표범

표범

The Leopard

― 어떻게 두꺼비를 삼킬 것인가

주세페 토마시 디 람페두사 지음
최명희 옮김

Giuseppe Tomasi di Lampedusa
Il GATTOPARDO
1958

책머리에

작품과 작가에 대하여

 이탈리아의 서평지 Turrolibri가 '최근 백 년 동안 출판된 이탈리아의 소설 중에서 당신이 가장 좋아하는 소설은?'이라는 앙케이트 조사를 한 일이 있다. 그때 《표범》이 1위를 차지했다.
 《표범》은 문학적으로는 완전히 무명이었던 시칠리아 출신 귀족 주세페 토마시 디 람페두사Giuseppe Tomasi di Lampedusa가 일약 세계에 이름을 알리는 결정적 계기가 된 소설이다. 그가 세상을 떠나고 1년이 지나 출간(1958년)된 이 소설은 간행 당시부터 세계적 베스트셀러가 되었다. 그런데 우리나라에서는 《표범》, 하면 아마 거장 비스콘티 감독의 영화1963년 칸느 영화제 그랑프리 수상작품를 떠올리는 사람이 많을 것이다. 그 영화는 물론 명작이라는 이름에 걸맞게 뛰어난 작품이다. 그러나 원작소설에서는 그보다 훨씬 깊고 복잡한 음영을 갖춘 세계가 펼쳐진다.

소설은 근대 이탈리아 통일1861년 1년 전부터 1910년 5월까지, 반세기라는 긴 기간에 걸쳐 시칠리아 최고의 명문귀족 살리나 가문이 '몰락'해가는 과정을 그리고 있다.

'표범'을 가문의 문장으로 하는 명문귀족 살리나 가문의 당주 돈 파브리치오. 그는 나라의 정치는 물론 자기 가정의 운영에도 무관심하다. '은자' 혹은 '고등유민'이라고 해도 좋을 유위하면서 무위한 삶을 관통하고 있다. 이것은 사실 작가 람페두사의 삶 그 자체였다.

타고난 책벌레였던 그가 아버지의 뜻에 따라 어쩔 수 없이 법학 공부를 시작한 1915년, 제1차 세계대전이 발발한다. 이때 그는 군에 소집되어 장교로 복무한다. 그는 전장에서 오스트리아군의 포로가 되었다가 헝가리의 포로수용소를 탈출한다. 그리고 이탈리아로 돌아와 중위로 다시 군복무를 한다. 이때의 경험이 그에게 《표범》을 쓰게 한 것인지 모른다. 이탈리아 통일이 제1차 세계대전 발발의 근본 원인이었기 때문이다.

앞서 말했듯이, 이 소설은 이탈리아 통일 1년 전인 1960년 가리발디의 시칠리아 상륙부터 시작된다. 그리고 이어지는 가리발디의 '붉은 셔츠대'와 정부군의 전투, 거듭되는 승전과 패전, 그리고 프랑스와 오스트리아의 개입을 뿌리치고 이루어낸 통일, 국민투표 등이 소설의 배경이다. 하지만 이런 일련의 역사적 사실들이 소설의 전면에 등장하는 것은 아니다. 다만 그 역사적 사실을 알지 못하면 이 소설을 읽는 데 상당한 어려움이 따를 수 있다.

그래서 역자는 '역자후기'를 대신해 '시찰리아 소사'와 '이야기의 역사적 배경'을 정리해 책머리에 두기로 했다.

시칠리아 소사

기원전 800년경부터 시칠리아와 남이탈리아에는 그리스의 식민도시가 건설되어 있었다. 물리학자 아르키메데스의 고향 시라쿠사도 그 중 하나이다.

기원전 334년부터 기원전 146년까지 시칠리아는 3차에 걸쳐 로마와 카르타고 사이에서 지중해의 패권을 둘러싸고 벌어진 포에니 전쟁의 주요 전투장이 되었다. 로마가 승리한 후 이 섬은 그 지배하에 들어갔다. 그 상황은 기원 476년의 서로마 제국의 멸망까지 이어진다.

그 후 동고트와 반다르 등의 게르만 민족의 침공이 있었으나,

대부분의 기간은 비잔틴 제국, 즉 동로마 제국의 통치 아래 있었다. 그러다가 8세기경부터 활동을 개시한 이슬람 세력이 827년, 이 섬을 통치하기 시작했다. 이후 노르만의 침입이 있기까지 약 250년 동안 섬은 아랍인의 지배 아래 있었다.

11세기말에 남이탈리아로 진출한 노르만 세력은 시칠리아로 시선을 돌려 팔레르모를 수도로 하는 노르만 왕조를 건설한다. 노르만 왕조시대와 그 유파를 잇는 슈타우펜조의 프리드리히 2세 시대야말로 긴 시칠리아 역사 중에서도 가장 빛나는, 우아하고 세련된 문화를 꽃피운 시기였다. 이 시대에 시칠리아의 수도 팔레르모는 스페인의 트레드, 콜드바와 함께 12세기 르네상스를 대표하는 도시였으며, 그리스의 학문을 유럽에 도입시킨 창구이기도 했다. 그러나 그것은 노르만 왕조시대가 약 130년, 슈타우펜조 시대가 70년, 합해서 약 200년의 짧은 기간이었다.

1258년, 슈타우펜조의 멸망으로 프랑스의 안쥬 가문이 권력을 차지했다. 그러나 1282년, 시칠리아인의 반란으로 14년 만에 물러난다. 그런 뒤 1302년부터 스페인의 기나긴 통치가 시작되었다.

아라곤가에서 부르봉가로 이어지는 스페인 통치시대는 그후 560년 동안이나 지속되다가 마침내 1861년, 이탈리아가 통일되면서 막을 내리게 된다.

이야기의 역사적 배경

이탈리아는 1861년 3월에 통일국민국가로 출발하는데, 그 전까지는 7개국의 집합체에 지나지 않았다. 북쪽에서부터, 피에몬테 사르데냐 왕국, 롬바르도 베네트 왕국, 파르마 공국, 몽데나 공국, 토스카나 대공국, 교황령, 그리고 양 시칠리아 왕국이다.

소설의 무대는 양 시칠리아 왕국으로, 그 영역은 시칠리아섬과 나폴리를 포함한 남이탈리아 일대이다. 이 이름으로의 지배는 두 시기로 나뉜다. 첫 번째는 1442년부터 58년에 걸쳐 스페인 아라곤 가의 알폰소 5세가 양 시칠리아 왕을 자칭한 시대, 두 번째는 1816년부터 60년까지 스페인 부르봉 왕조의 지배 아래 있던 왕국시대이다. 두 번째 양 시칠리아 왕국의 마지막 왕이 프란체스코 2세로, 소설의 제1장에 등장한다.

한편 1820년 3월의 스페인 혁명은 이탈리아에도 영향을 미쳐 나폴리, 시칠리아, 피에몬테 등지에서 입헌제도를 주장하는 민중봉기가 일어났다. 오스트리아의 진압에 의해 수포로 돌아갔지만 이때 나타난 주요한 인물이 마치니였다. 공화주의자인 주세페 마치니는 '청년 이탈리아' 당을 설립하고 이탈리아의 민족 해방을 국제적 여론에 호소했다. 또한 인민들의 자발적인 봉기를 유도하여 그 구심점을 확보하려고 애를 썼다. 1849년에 그는 공화적 통일이라는 계획을 강조하면서 롬바르디아를 무대로 민중 봉기를 시도했다. 그의 혁명운동은 실패로 끝났지만 이탈리아 통일 운동의 시발점으로 기여한 바가 컸다.

그러나 통일과정에서 가장 중요한 역할을 한 인물은 주세페 가리발디 장군이다. 이탈리아의 국민영웅으로 추앙받는 가리발디는 원래 마치니의 공화주의에 동조하는 입장이었으나 후에 외세를 배격한 이탈리아 통일주의로 전향한다. 이 소설의 가장 주요한 역사적 배경이 되고 있는 것은 1860년의 가리발디가 이끄는 이탈리아 통일 전쟁이다.

통일 직전의 일곱 개 나라 중 유일한 독립국가는 사르데냐 왕국뿐이었다. 나머지 여섯 개 나라는 로마를 중심으로 하는 교황령과, 직간접으로 오스트리아 제국의 지배와 영향 아래 있었다. 따라서 이탈리아 독립과 통일을 위한 싸움은 당연히 사르데냐 왕국의 주도 아래 전개되었다. 사르데냐 왕 비토리오 에마누엘레 2세의 은밀한 지원 아래 가리발디 장군은 의용군 '천인대 붉은 셔츠대'를 이끌고 시칠리아로 향한다. 소설의 전반부는 이 시점에 맞추어져 있다. 즉 1860년 5월 11일, 부대는 시칠리아 서쪽 끝 마르사라에 상륙, 부르봉 왕조의 군대를 추격하며 5월 27일, 팔레르모에 입성하고 곧 나폴리 이남 일대를 평정한다. 그후 가리발디 장군은 군대를 끌고 내려온 사르데냐 왕에게 정복지를 모두 헌상한다.

이전으로 거슬러 올라가 9월 6일, 소설 제 1장에 등장하는 남이탈리아 왕 프란체스코 2세는 가에타 성채로 도주했다. 10월 1일, 왕국군은 보루투르노 강에서 가리발디군을 만나 격전 끝에 패하고 남시칠리아 왕국은 멸망하게 된다(국왕 프란체스코 2세는 로마로 망명했다).

　통일은 이루었지만 로마를 중심으로 하는 교황령은 여전히 프랑스의 지배 아래 있었다. 가리발디 장군은 다시 의용군을 이끌고 시칠리아에서 남이탈리아를 경유하는 로마 공격을 계획했다. 그러나 프랑스 황제 나폴레옹 3세의 개입이 두려웠던 이탈리아 신왕국 정부는 가리발디와 대립한다. 그 결과 이탈리아 남단 칼라브리아 지방의 아스프로몬테의 산중에서 가리발디군은 정부군과 충돌, 가리발디 자신도 다리에 중상을 입었다. 이 상황은 제 4장의 무도회에서 다루어지고 있다.

　그 뒤 여러 우여곡절을 거쳐 최종적으로 로마가 이탈리아 왕국으로 병합된 것은 1870년 10월의 일이다.

　이상으로 '시칠리아 소사'와 '이야기의 역사적 배경'을 간략하게 소개했다. 하지만 '이탈리아 통일'이라는 역사적 사실만이 이 소설이 가진 가치의 전부가 아니라는 점은 앞에서 말한 바와 같다.

　이 소설에는 무엇보다도 '죽음이라는 그림자가 있어 생은 빛나고 신성한 본질을 부각시킨다'는 깊은 진실이 숨어있다. 그렇기에 이 소설이 오랫동안 독자를 매혹시킬 수 있었던 것이다.

소설의 주인공이자 명문 귀족인 돈 파브리치오 공작은 봉건제의 마지막 세대이다. 냉소적 회의론자인 그는 역사라는 거대한 흐름 앞에서 삶과 죽음에 대한 광대한 사유를 펼쳐보인다. 또한 근대 합리주의의 새로운 기수로 등장하는 탄크레디와 신흥계급의 딸인 앙겔리의 연애를 통한 관능적 심리, 당대 유럽 귀족계급의 생활상, 이탈리아의 자연풍광을 섬세한 필치로 그려내면서 작가 람페두사는 독자의 시각과 후각, 청각을 생생하게 일깨운다.

치밀하면서도 현란한 데카당스적인 묘사와 인간군상의 심리에 대한 날카로운 통찰력, 이런 요소들이 어우러져 이 소설을 이탈리아 현대소설의 최고봉으로 올렸을 것이다. 다만 역자의 능력 부족으로 이 소설이 지닌 높은 문학적 향기를 훼손시킨 것은 아닌지 두려울 따름이다.

끝으로 어려운 출판 현실에서 이 책의 출간을 선뜻 응해주신 동안출판사의 유병국 사장님께 깊이 감사드린다. 또한 방대한 자료를 찾고 꼼꼼하게 정리해준 이종수 주간님께도 감사의 말을 전한다.

2015년 4월
최명희

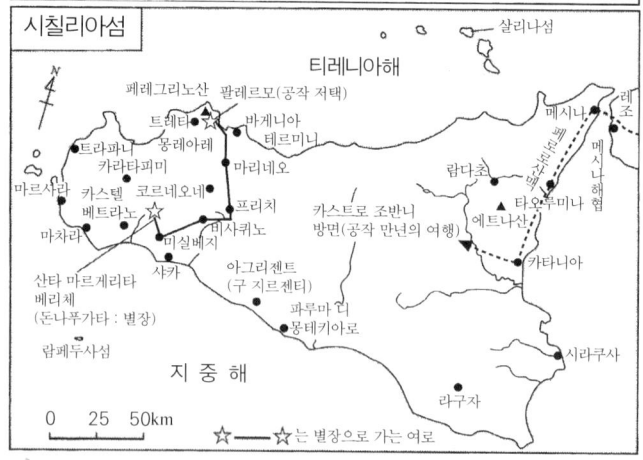

주요 등장인물

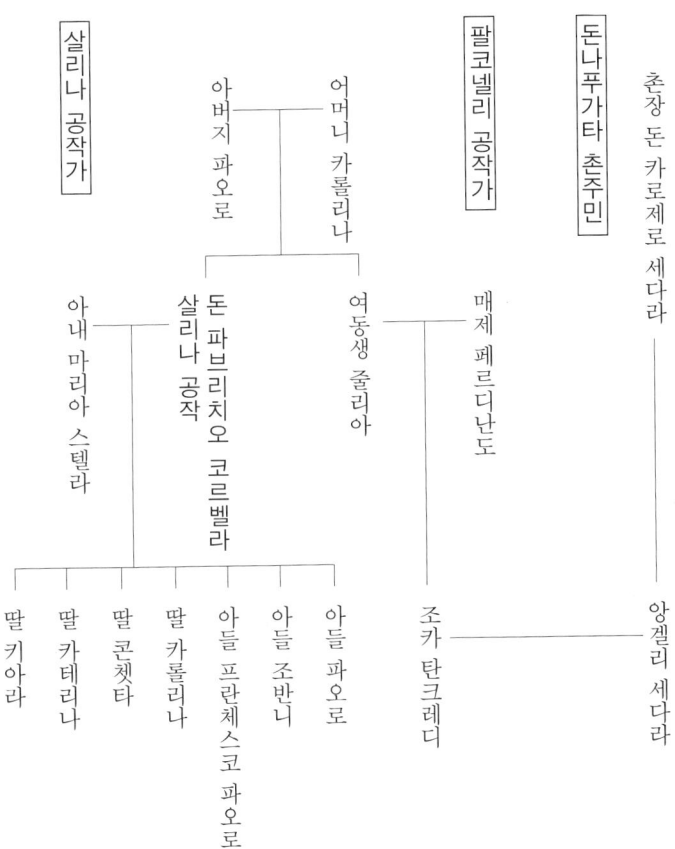

페르디난도 2세 : 스페인계 부르봉 가 출신. 양 시칠리아 왕국의 전 국왕
프란체스코 2세 : 양 시칠리아 왕국의 현재 및 최후의 국왕
비토리오 에마누엘레 2세 : 피에몬테 사르데냐 왕. 초대 통일 이탈리아 왕
가리발디 장군 : 이탈리아 통일운동의 영웅. 천인대(붉은 셔츠대)수령

목차

제Ⅰ장 1860년 5월 … 19

묵주 기도 / 살리나 공작 돈 파브리치오 / 병사의 시체 / 왕을 만나다 / 가족의 저녁식사 / 시대의 탓? 죄인은 누구인가 / 세 개의 불 / 탄크레디 / 미래의 지배계급 / 천체관측소에서 / 점심식사 / 공작과 농부들 / 가리발디군의 상륙

제Ⅱ장 1860년 8월 … 93

대소동 이후 / 새로운 만남 / 돈나푸가타의 환영식 / 성당에서 / 별장관리인 로트로 / 콘쳇타의 사랑 / 암피트리테의 샘물 / 혁명 그 자체 / 앙겔리와 탄크레디 / 별들의 세계 / 여자 수도원 / 창밖의 풍경

제Ⅲ장 1860년 10월 … 157

사냥하러 가는 길 / 공작의 고민 / 탄크레디의 편지 / 국민투표 / 돈 치쵸 투메오의 분노 / 어떻게 '두꺼비'를 삼킬 것인가

제IV장 1860년 11월 … 223

세다라 촌장 / 약혼녀의 첫 방문 / 폭풍우치는 밤 / 붉은 셔츠를 벗다 / 관능의 태풍 / 저택지 안으로의 항해 / 두 개의 채찍 / 흡연실에서 / 피에몬테인 슈발레이 / 마을 순회 / 시칠리아가 원하는 것 / 여명 속의 출발

제V장 1861년 2월 … 309

피로네 신부의 귀향 / 옛친구들과 약초꾼 / 가족이라는 이름의 가시 / 조카딸의 지참금 / 명예를 중요시하는 남자 / 팔레르모로 돌아가다

제VI장 1862년 11월 … 347

폰테레오네 저택의 무도회 / 무도회장의 여자들 / 수확은 끝났다 / 저택의 식당 / 대위와의 대화 / 무도회의 끝

제VII장 1883년 7월 … 391

생이 빠져나가는 소리 / 나폴리 여행 / 공작 돈 파브리치오의 죽음

제VIII장 1910년 5월 … 415

살리나 저택의 세 자매 / 성화와 성물 / 콘쳇타의 방 / 적은 어디에 있는가 / 대교구장의 방문 / 성물의 최후

저자가 부연 설명한 글은 ( )로 묶고, 역자주는 작은 글자로 표기하였습니다.

제 I 장

1860년 5월

묵주 기도

"지금, 그리고 우리가 죽음에 임하여, 아멘."

저녁식사가 시작되기 전에 날마다 올리는 묵주 기도가 막 끝났다. 공작公爵은 반 시간에 걸쳐 온화한 목소리로 그리스도와 성모 마리아의 수난을 환기시켰다.

기도가 끝나자 사람들의 목소리가 너울처럼 술렁였다. 너울대는 목소리들의 천 위에서 사랑, 순결, 죽음 등 범상치 않은 말들이 금빛 꽃모양으로 반짝였다. 한순간, 로코코풍의 거실 풍경이 바뀌었다. 비단 벽지 위에서 앵무새가 겁을 먹고 자홍색 날개를 펼쳤다. 창문과 창문 사이에 걸려 있는 막달라 마리아 상도 여느 때와는 달랐다. 그녀는 더 이상 꿈꾸는 듯한 눈빛의, 풍성한 금발의 미인이 아니었다.

곧 사람들의 목소리가 그치고 일상의 질서가 돌아왔다. 하인들이 밖으로 나가려고 문을 열었다. 그동안 문앞에서 풀이 죽어 기다리고 있던 벤디코(세계에서 가장 큰 몸집을 가진 그레이트덴 견종)가 꼬리를 흔들며 실내로 뛰어들었다. 여자들부터 천천히 의자에서 일어섰다. 드레스를 흔들며 한 명씩 뒤로 물러서자 젖빛 포석鋪石 위에 그려진 벌거벗은 신들이 서서히 그 거대한 모습을 나타냈다. 다만 안드로메다Andromeda, 그리스 신화에 나오는 에티오피아왕 케페우스와 왕비 카시오페이아의 딸는 아직 보이지 않았다. 그녀는 느린 어조로 추가 기도문을 외고 있는 피로네 신부의 법의法衣 아래 갇혀 있었다. 그래서 자신을 구해내고 입맞춤하기 위해 은빛 파도 위를 날아오는 페르세우스Perseus, 그리스 신화에 나오는 영웅. 제우스와 아르고스의 공주 다나에 사이에서 태어났다와의 재회를 잠시 미루어야 했다.

천장 프레스토화의 신들도 깨어났다. 살리나 가문의 영광을 기리며 바다의 신 넵투누스의 아들인 트리톤과 숲의 정령 도류아데스가 꼭두서니 빛으로 물든 구름을 뚫고 날아올랐다. 산과 바다에서 신들은 이곳 시칠리아의 도시 팔레르모 뒷쪽에 있는 콘카도로Concad'oro, 황금언덕 분지를 향해 날아왔다. 그들은 너무도 힘찬 날개짓으로 원근법의 간단한 규칙마저 무시했다. 신들 중에서도 왕족에 속하는 번개의 신 주피터Jupiter, 제우스, 눈썹을 찌푸린 마르스Mars, 로마 신화의 군신(軍神), 상냥스러운 비너스Venus, 미와 사랑의 여신, 시종을 거느린 이 세 신들이 '표범'을 본뜬 살리나 가家의 푸른 문장紋章을 아슬아슬하게 받쳐들었다. 앞으로 23시간 반 동안 그들은 이 저택의 지배자가 될 것이다. 벽에 있는 원숭이들도 다시 앵무새들을 희롱하기 시작했다.

팔레르모 시의 올림포스 신들이 지켜보는 가운데, 살리나 집안의 사람들도 그리스도가 있는 신의 세계에서 서둘러 빠져나갔다. 딸들은 드레스의 주름을 고쳐 여미고 푸른 눈을 마주보면서 여학생 기숙사 특유의 은어로 소근거렸다. 4월 4일 폭동팔레르모에서 일어난 이탈리아 독립파의 움직임이 일어났을 때 그녀들은 만약의 사태를 우려해 집으로 돌아와 있었다. 그런 지도 어느 새 한 달이 지났다. 그녀들은 살바토레 수도회에서 가졌던 친밀한 생활과 캐노피 침대가 있는 공용침실을 그리워하고 있었다. 어린아이들은 파올라의 성 프란체스코 초상화를 서로 갖겠다고 다투었다. 집안의 장남이자 가문의 상속자가 될 파오로 공작은 담배를 피우고 싶어 초조했다. 하지만 아무래도 부모님 앞인지라 주머니에 손을 넣은 채 담배 케이스만 만지작거렸다. 그의 핼쑥한 얼굴에는 어딘지 모르게 순진한 기운이 엿보였다. 오늘은 운이 없는 날이었다. 아일랜드 산 갈색 말馬인 구이스칼드도 기운이 없어 보였다. 게다가 연인인 파니는 평소에 늘 보내오던 보랏빛 편지를 보낼 방법을 찾아내지 못한 것 같다(그게 아니라면 편지를 보낼 생각이 없었던 걸까?). 그렇다면 구세주 그리스도가 이 세상에 현신한 것은 도대체 무엇 때문일까? 공작부인은 크나큰 불안과 근심으로 검은 구슬 자수가 새겨진 자루 속으로 묵주를 매정하게 똑 떨어뜨린 후, 깊은 생각에 잠긴 듯한 아름다운 눈을 들어 '하인'인 아들과 딸들, '폭군'인 남편 양쪽을 돌아보았다. 남편을 보면서 그의 지배하에 몸을 맡기고 싶다는 덧없고도 간절한 소망으로 그녀는 자신의 작은 몸을 슬쩍 내밀었다.

살리나 공작 돈 파브리치오

잠시 후, 살리나 공작 돈 파브리치오돈은 스페인어의 호칭. 당시 나폴리는 스페인 부르봉 가의 지배하에 있었다가 자리에서 일어섰다. 육중한 체구로 인해 바닥이 흔들렸다. 그러자 그는 마치 인간과 동물 사이에서 자신의 위세를 확인이라도 했다는 듯, 자부심에 넘치는 환한 미소를 지었다. 그러다 문득 묵주 기도 때 무릎 보호용으로 썼던 손수건이 깨끗하지 않다는 사실을 깨달았다. 손수건 위에 붉은 장정의 두꺼운 기도문집을 올려둔 탓이었다. 게다가 거기에는 커피 얼룩까지 묻어 있었다. 새삼 불쾌한 기분이 밀려들면서 그의 표정은 다시 어두워졌다.

그는 비만은 아니었다. 다만 엄청난 거구였고 힘까지 장사였다. 서민들이 사는 집에 들어가면 샹들리에 가장자리에 매달린 장미꽃 장식물에 머리가 닿을 정도였다. 또 손가락 힘만으로 더 컷ducat, 과거 유럽 여러 국가들에서 사용한 금화을 종잇장처럼 구겨버릴 수도 있었다. 그래서 그가 사용하는 포크나 스푼은 수시로 망가졌다. 하인들은 살리나 저택과 은 세공점 사이를 끊임없이 왕복해야 했다. 식사 도중에 그가 치미는 화를 억누르려고 포크나 스푼 손잡이를 둥그렇게 휘어버리는 일이 잦았기 때문이었다. 그렇지만 그 커다란 손이 섬세한 작업을 하거나 혹은 여자의 몸을 애무할 때면 결코 그런 일은 일어나지 않았다. 그럴 때 그의 손가락은 실로 섬세하고 민감하게 움직였다. 이 점은 그의 아내인 마리아 스텔라가 몸으로 절실히 깨닫고 있는 사실이었다. 저택의 꼭대기 층에는 공작의 소유인 천체관측소가 있었다. 그곳에는 볼트와 너트, 손잡이, 렌즈, 파인더와 같은, 망원경에 필요한 온갖 부속물과 연장이 비좁을 정도로 빽빽하게 진열되어 있었다. 그러나 공작은 부드럽고도 섬세한 손길로 그 모든 물품들을 질서정연하게 잘 보전할 줄 알았다.

5월 29일, 해질녘의 석양빛이 살리나 공작 돈 파브리치오의 장미색 피부와 꿀색 머리카락을 붉게 비추고 있었다. 그의 외모가 가진 특징은 독일계 혈통의 어머니 카롤리나 공작부인에게서 물려받은 것이다. 그녀는 30년 전, 양 시칠리아 왕국^{빈 체제 후에 나폴리와 시칠리아가 병합되었다. 별칭은 나폴리 왕국}의 궁정사회에서 도도한 자태로 대단한 화제를 불러일으킨 적이 있었다. 돈 파브리치오 공작의 핏속을 흐르는 게르만적인 특성은, 단순히 올리브색 피부와 까마귀색 머리카락이 전부인 이 나라에서 흰 피부와 매혹적인 금발이라는 사실 그 이상의 것이었다. 그의 개성은 1860년의 시칠리아 귀족사회에서는 쉽게 받아들여질 수 없는 것이었다. 품위를 존중하는 기질, 일종의 윤리적인 엄격성, 추상적 사고 성향 등이 그러했다. 그가 지닌 이러한 기질적 특성은 팔레르모라는 나약한 '서식환경', 즉 기이한 것을 좇는 편집증이나 완고한 도덕주의자들, 또는 실리만을 따져 이리저리 표류하는 사람들 사이에서 시대에 대한 경멸감으로 바뀌었다.

지난 수세기 동안 살리나 집안의 사람들은 가계 수익이나 채무관계의 덧셈, 뺄셈조차 제대로 할 줄 몰랐다. 이런 집안의 장자(동시에 마지막 자손)이면서 대표자인 공작은 특히 수학에 뛰어난 재능을 보였다. 그는 자신의 재능을 천문학에 바쳤다. 그 분야에서 그는 사회적으로 충분히 공로를 인정받았으며 개인적으로도 큰 즐거움을 맛보았다. 이 점에 대해서는 다음과 같은 사실에서 납득할 수 있다. 천체의 별들은 그의 자부심과 수학적 분석력이 훌륭하게 조합된 계산에 따라 움직였다(실제로 그런 것처럼 보였다). 그는 소혹성 두 개(하나는 가문의 이름인 살리나로 이름을 붙였고, 다른 하나는 그가 아꼈던 사냥개 즈베르토로 이름을 붙인)를 발견했다. 그는 군신 마르스와 유피텔영어로는 주피터 사이에 위치한 그 별들이 살리나 가문의 명예를 지켜준다는 생각까지 했다. 이러한 믿음은 살리나 저택의 식당 천장에 그려진 프레스코화가 단순히 궁정화가가 그린 아부의 산물이 아니라 신의 계시가 부여된 그림이라는 착각과 궤를 같이하는 것이었다.

모친에게서 자부심과 지성을, 부친에게서는 호색함과 경박성을 물려받은 돈 파브리치오 공작은 유피텔 같은 위엄 있는 풍모를 지녔다. 그럼에도 가련하게도 끝없이 불만에 시달리며 괴로움을 겪고 있었다. 자신이 속한 계급은 몰락하는 중이며 가문의 재산도 사라지고 있는 중이었다. 다만 사태를 지켜볼 뿐 달리 손 쓸 도리가 없었다. 역사의 흐름을 돌이킬 방법 같은 건 생각조차 하지 않았다.

묵주 기도와 저녁식사 사이의 반 시간은 하루 중에서 자신의 신경을 괴롭히는 일이 가장 적은 때이기도 했다. 그 때문에 그는 몇 시간 전부터 생각에 잠긴 채 식사가 나오기를 기다렸다.

병사의 시체

기쁨에 겨워 뛰어다니는 벤디코를 앞세우고 공작은 정원으로 통하는 짧은 계단을 내려갔다. 정원은 세 방향이 벽으로, 나머지 한 방향은 저택의 외벽으로 둘러싸여 있었다. 격리된 느낌을 주는 그 공간은 왠지 묘지처럼 생각되기도 했다. 관수용 도랑을 따라 흙을 쌓아둔 탓에 더욱 그런 느낌이 들었다. 흙더미는 거인들이 묻혀있는 길고 커다란 무덤을 연상시켰다. 붉은 기운이 감도는 땅 위로 풀과 나무들이 무질서하게 자라고 있었다. 군데군데 꽃들도 제멋대로 피어나고 있었다. 밀테myrtle, 은매화 울타리는 사람들이 다니는 길을 표시하기보다는 비좁은 길을 막으려고 심어진 것처럼 보였다.

울타리 안쪽에는 여기저기 얼룩처럼 거무스름한 노란색 이끼가 보였다. 꽃의 여신 플로라 조각상이 방금 깨어난 얼굴로 수세기 동안 그래왔듯이 부드럽게 교태를 던졌다. 그 곁에 있는 두 개의 벤치 위에는 둘둘 감긴 형상으로 회색 대리석 팔걸이가 조각되었다. 한쪽 구석에는 아카시 나무가 금색 꽃을 피워 철 지난 생기를 흩뿌리고 있었다. 대지는 아름다움에 대한 욕정을 뿜어내고 있었다. 그러나 게으른 공기와 접촉하면서 금방 시들어버렸다.

이 정원은 고행을 위해 네 벽 속에 감금되어 있는 것이다. 그러면서 성녀의 유물로 빚은 신비한 향수와도 같은, 이상하게도 야릇한 육감적 향기에 감싸여 있다. 코를 자극하는 카네이션의 짙은 향기는 장미향과 어우러져, 정원 귀퉁이에서 무거운 듯 꽃송이를 드리운 목련꽃의 끈끈한 향기과 뒤섞여 피어올랐다. 땅 가까운 곳에는 아카시의 새콤한 향기가 밀테의 사탕과자처럼 달콤한 향기와 어울려 박하향으로 흐르고 있었다. 건너편 과수원에서 일찍 영글은 오렌지가 규방 같은 농밀한 향을 풍기며 담장을 넘어 흘러들었다.

맹인들이 좋아할 만한 정원이었다. 눈을 즐겁게 해줄 만한 요소는 거의 없었다. 그러나 그의 후각은, 고상하다고는 할 수 없겠지만 그래도 거의 마비될 것 같은 즐거움을 맛보고 있었다. 자신이 직접 파리에서 구해온 '폴 네이론Paul Neyron'이라는 이름의 장미꽃은 이 땅에서 변질되어버렸다. 옮겨 심어진 이곳 시칠리아 땅에서 낯선 토질에 시달리다가 결국 생명의 활력을 잃어버린 것이다. 특히 7월의 가혹한 열기를 견디느라 장미꽃은 외설스런 색깔의 양배추 모양으로 변해버렸다. 그런데 지금 그 꽃이 쾌락의 강렬한 향기를 내뿜고 있었다. 프랑스에서 장미를 가꾸는 사람은 그 꽃이 그런 향을 뿜으리라고는 상상도 못할 것이다. 그것은 시칠리아 토양이 내포한, 힘을 마비시키는 듯한 강력한 수액 때문이었다. 공작은 장미 꽃잎 한 장을 코끝에 대어 보았다. 파리에 있는 오페라극장 무용수의 허벅지 냄새를 맡고 있는 기분이었다. 장미꽃잎에 콧등을 들이밀던 벤디코는 이내 질색을 하면서 죽은 도마뱀 냄새나 거름과 같은 더 순수한 감각을 찾아서 달려갔다. 향기 가득한 정원에서 공작은 우울한 기억을 떠올리고 있었다.

'지금 여기는 달콤한 향기로 가득하다. 그런데 한 달 전……'

새콤달콤한 꽃향기로 인해 공작은, 지금은 사라졌지만 그때는 저택 어디에서나 풍기던 메스껍고 불쾌한 냄새를 상기했다. 제5기병대대에 소속된 어느 젊은 병사의 시체가 부패하는 냄새였다. 상 로렌초에서 일어난 반란군 부대와의 전투에서 부상을 입은 병사는 혼자서 다친 몸을 이끌고 이 레몬 나무 밑동까지 와서 숨을 거두었다. 시체는 땅을 뒤덮은 클로버 풀밭 위에 엎드린 자세로 발견되었다. 피와 토사물 속에 얼굴을 묻고 땅에 손톱을 박아넣은 그 시신은 이미 개미군단에 의해 점령 당한 채였다. 소총 멜빵 밑으로 흘러나온 창자가 보라색 체액 덩어리로 응고되어 있었다.

심각하게 훼손된 그 시체를 발견한 사람은 농장 관리인 루소였다. 루소는 먼저 시체를 뒤집어 얼굴을 위로 향하게 했다. 그런 다음 붉은 천으로 얼굴을 가리고 나뭇가지를 사용해 벌어진 배 안으로 창자를 밀어넣었다. 그리고는 병사가 입고 있는 녹색 망토를 펴서 상처부위를 덮어주었다. 그러는 동안에도 그는 속이 메슥거려 시체를 피해 몇 번이나 침을 뱉었다. 심장이 울렁거리고 숨을 쉬기도 힘들었지만 그래도 일을 깨끗하게 처리했다. 그런 다음 그가 말했다.

"사람답게 살지 못한 사람은 죽어서도 고약한 냄새가 나거든."

그 한마디 말이 고독한 죽음에 대한 추도사의 전부였다.

동료 병사들이 망연한 표정으로 시체를 밖으로 들고 나갔다(어깨를 잡고 손수레까지 끌고 갔기 때문에 '인형'의 내용물이 다시 쏟아져 나왔다). 저녁 기도에는 낯선 자의 영혼에게 바치는 '심연으로부터 De Profundis, 절망의 구렁텅이에서의 외침, 시편 제 130편'의 기도가 덧붙여졌다. 이로써 살리나 가문 여자들의 양심은 충족되었다. 그후 그 일에 대해서는 아무도 입밖에 내지 않았다.

돈 파브리치오 공작은 여신 플로라의 발에서 이끼를 조금 떼어내고 산책을 계속했다. 5월의 태양은 서글픈 기운이 감도는 화단 위로 그의 커다란 그림자를 던졌다. 병사의 죽음에 대해서는 그 누구도 입에 담지 않았다. 병사란 단지 국왕을 지키기 위한 존재일 뿐이다. 그렇지만 창자가 흘러나온 병사의 주검은 공작에게 생생한 이미지로 되살아나곤 했다. 죽은 병사가 마지막 힘을 다해, 부디 자기 영혼의 안식을 빌어달라고 그에게 호소하고 있는 것만 같았다. 그래야만 비로소 필연이라는 거대한 대의명분에 희생의 제물로 바쳐진 자신의 고난과 죽음을 정당화할 수 있다는 듯이. 누군가를 위해 혹은 무엇인가를 위해 죽는다는 것. 그것은 좋다. 세상의 질서가 유지되기 위해 필요할 것이다. 하지만 자신이 누구를 위해 무엇을 위해 죽어야 했는지를 단 한 명이라도 알고 있는 사람이 있다는 것, 최소한 그 점은 확인되어야 한다. 병사의 뭉개진 얼굴이 바란 것은 분명 그것이었을 것이다. 안개처럼 희미해서 그 너머는 알지 못한다 해도 말이다.

만약 공작이 사촌형인 마르비카에게 물었다면 그는 이렇게 대답했을 것이다.

"하지만 그는 국왕폐하를 위해 목숨을 바친 거라네, 파브리치오. 그건 엄연한 사실이지."

마르비카는 언제나 스스로 친구와 동료의 대변자로 나서고 싶어 했다.

"질서와 연속성, 의례, 법률, 명예의 대변자로서, 교회를 옹립하고 폭도들의 최후 목적인 사유재산권의 붕괴를 막기 위해 날마다 고군분투하시는 국왕폐하를 위하여!"

이 대단한 미사여구야말로 공작이 뼛속까지 익숙해져 있는 세계의 전부를 보여준다. 그러나 여기에는 그가 납득할 수 없는 무엇인가가 있다. 왕, 그는 그 왕이라는 인물을 잘 알고 있다. 적어도 얼마 전에 돌아가신 분 페르디난도 2세에 대해서는 말이다. 그러나 지금의 왕 프란체스코 2세은 장군복을 두른 신학생에 지나지 않는다. 졸장부에 지나지 않는다는 점만큼은 확실하다.

"하지만 그것은 올바른 토론 방식이 아니야, 파브리치오."

마르비카는 자주 반론을 가했다.

"단 한 명의 군주가 계속 왕좌를 차지하고 있는 건 아니야. 그러나 군주제라는 이념은 언제나 동일한 것이지. 개별적인 인물을 두고 평가할 수는 없어."

"그 말은 인정합니다. 그렇다고 해도 그 이념의 화신인 역대 왕들이 일반인의 수준보다 못하다는 건 있을 수 없는 일이에요. 정말이지 그래서는 안 됩니다. 그렇게 되면 이념 자체가 손상되니까요."

공작은 벤치에 앉아 벤디코가 화단을 파헤치는 모습을 말없이 지켜보았다. 개는 자기가 해낸 일을 칭찬받으려고 악의 없는 눈길을 가끔씩 그에게 던졌다. 개는 카네이션 열다섯 송이를 갈갈이 찢어놓았고 생울타리 한 부분을 망가뜨렸고 게다가 도랑까지 파헤쳐 막아놓았다. 꼭 사람이 해놓은 짓처럼 보였다.

"그만 해, 벤디코. 이리 와."

그러자 개는 곧장 달려와서 그의 손바닥에 흙투성이가 된 콧등을 문질렀다. 자신의 중대한 작업을 중단시킨 것은 잘못이지만 그러나 공작님은 특별히 용서해 주겠다고, 개의 표정은 그런 말을 하고 있었다.

왕을 만나다

알현, 선대왕 페르디난도가 카세르타, 나폴리, 카포디몬테, 포르티치와 그밖에 멀리 떨어진 온갖 장소에서 그에게 허락한 수차례의 접견…….

돈 파브리치오 공작은, 쌍각모를 옆구리에 끼고 나폴리의 유행가를 흥얼거리며 말이 너무 많아 전혀 생각이 없어 보이는 안내시종을 따라 화려한 건물 안으로 들어갔다. 끔찍할 정도로 저속한(실로 이 부르봉 왕조의 상징이라 할 수 있는) 가구들이 진열된 수많은 방들을 지나고 두 건물을 잇는 낡은 회랑을 통과했다. 그리고 사람의 접근이 거의 없는 작은 계단을 올라 드디어 대기실로 들어섰다. 그곳에는 꽤 많은 사람들이 모여 있었다. 무표정하고 어두운 얼굴의 경비병들과 애타고 초조해 보이는 청원객들이었다. 시종은 뭐라고 변명을 하면서 일반인들을 옆으로 비키게 한 다음, 궁궐 관계자들이 이용하는 또 다른 대기실로 그를 안내했다. 푸른색과 은색으로 치장된 작은 방이었다. 잠시 기다리자 하인이 삐걱 소리를 내며 문을 열어주었다. 마침내 국왕과 마주하게 되었다.

왕의 서재는 아담하고 간소한 편이었다. 흰색 벽 위에 현 국왕인 프란체스코 1세_{역사적 사실로는 2세}와 굳은 표정의 왕비의 초상이 걸려 있었다. 난로 위쪽에는 성인들과 나폴리의 성소를 그린 세 가지 색상의 석판화가 걸려 있고 그 옆에는 안드레아 델 사르트 1486~1531, 피렌체파 화가의 작품인 놀란 표정의 성모 그림이 있었다. 선반 위에는 밀랍으로 세공된 아기예수, 그 앞에 불을 밝힌 작은 램프가 놓여 있었다.

커다란 책상 위에는 희고 노랗고 파란 온갖 색깔의 서적들이 가득했다. 바야흐로 최후의 시기에 다다른 왕의 행정 관련 모든 장부가 이곳에 쌓여 있는 것이다. 또 이곳은 왕이 자신의 서명인 'D.G.'를 하는 곳이기도 했다.

어지럽게 널린 서류더미 너머에 왕이 있었다. 일어서는 모습을 보이고 싶지 않아서인지 왕은 이미 일어서 있었다. 커다랗고 푸르스름한 안색에 금빛이 감도는 구레나룻을 길렀다. 거친 천으로 만든 군복 차림이었는데, 군복 밑으로 마치 낙하하는 폭포처럼 날렵하게 늘어진 보라색 바지가 보였다. 왕은 손에 입을 맞출 것을 예상했던지 오른손을 약간 기울이면서 한 걸음 앞으로 나섰다.

"어서 오시게, 살리나, 내게는 큰 기쁨이오."

왕의 나폴리 사투리는 그래도 시종의 사투리보다는 훨씬 품위가 있었다.

"예를 갖추지 못한 복장으로 뵙게 된 저의 무례를 용서하십시오. 지금 막 나폴리에 도착하였습니다. 그러나 주군인 왕을 먼저 찾아뵙고 인사드리는 일을 소홀히 할 수가 없었습니다."

"살리나, 그런 시시한 건 말할 필요가 없소. 여기는 그대의 집이나 다름없으니, 집처럼 생각하시게."

왕은 책상 너머에 앉으며 집처럼 생각하라고 거듭 말한 뒤 손님에게 의자를 권했다.

"그런데 젊은 여인들은 어떻게 지내고 있소?"

공작은 생각했다. 이럴 때는 호색한이 위선자처럼 구는 모양새로 착각하도록 내버려두면 그만이다.

"젊은 여인들이라니요. 폐하, 저는 벌써 이렇게 나이가 들었고, 더구나 결혼이라는 성스러운 굴레에 묶여 있는 몸입니다."

왕의 입꼬리가 비틀렸다. 그는 성가시다는 듯 손끝으로 서류를 두드렸다.

"아니, 그런 뜻으로 한 말이 아니지, 그대의 딸, 공작 집안의 영양에 대해서 물었던 것일 뿐. 귀여운 따님 콘쳇타는 벌써 숙녀가 다 되었겠군."

화제는 가족에서 과학으로 옮겨갔다.

"살리나, 그대는 자신만이 아니라 우리 왕국 전체에 커다란 명예를 안겨주었소. 과학은, 만약 종교를 공격하려고 들지만 않는다면 대단히 위대한 것이오."

그러나 곧 왕은 친구라는 가면을 벗어버리고 새삼 근엄한 군주의 태도를 취했다.

"시칠리아에서는 카스텔치카라에 대해 어떻게 말하고 있소?"

돈 파브리치오는 조심해야겠다고 생각했다. 왕당파와 자유주의파 어느 쪽 진영에서도 카스텔치카라의 평판은 좋지 않았다. 그는 그 점을 잘 알고 있었다. 그러나 친구를 배신하는 일은 하고 싶지 않았다. 공작은 일반적인 말로 화제를 비켜갔다.

"비록 명예에 상처를 입긴 했지만 훌륭한 인물이라고 생각합니다. 다만 총독의 직책을 감당하기에는 조금 나이가 많은 듯 합니다."

왕의 안색이 어두워졌다. 살리나는 고자질을 하지 않으려는 것이다. 그렇다면 그에게는 도움이 되지 않았다. 왕은 책상에 양 손을 얹고 그만 물러가기를 재촉하는 제스처를 보였다.

"처리해야 할 일이 너무 많군. 이 왕국의 운명 전부가 내 어깨에 달려있다고 하니."

하지만 그쯤에서 왕은 다시 친절한 말 한 마디쯤 해주고 싶었다. 그는 벗었던 친구의 가면을 다시 썼다.

"다음에 나폴리를 방문할 때는 콘쳇타가 왕비를 만나보는 게 좋겠소. 공식적으로 궁전을 방문하기에는 아직 나이가 어리지만, 집안 친척끼리 만나 식사하는 자리라면 뭐라고 말할 사람은 없겠지. 이건 사람들이 흔히 하는 말로 마카로니와 젊은 여자의 조합 같은 거니까. 잘 가시게. 살리나, 건강하기 바라오."

그러고 보니 예전에도 그가 물러갈 때 무언가 미진한 점이 있었다. 돈 파브리치오가 뒤로 물러서서 두 번이나 고개를 숙여 인사했을 때 왕은 다시 그를 불러세웠다.

"그런데 살리나, 그대에게 해주고 싶은 말이 있소. 소문에 그대의 조카인 탄크레디가 팔레르모에서 좋지 않은 패들과 어울린다고 들었소. 어째서 그대는 그 젊은이의 행실을 바로잡으려고 하지 않소?"

"하지만 왕이시여, 탄크레디는 여자와 도박 외에는 무엇에도 관심이 없습니다."

왕은 화를 냈다.

"살리나, 그대가 틀렸소. 후견인인 그대가 그 청년에 대해 책임을 져야 되오. 경거망동하지 않도록 경고하시오. 그럼 이만."

왕비의 방명록에 서명하기 위해 공작은 화려하지만 낡아빠진 건물 내부를 한참 걸어야 했다. 그의 기분은 차츰 가라앉았다. 낮은 신분의 사람을 대하듯 함부로 그를 취급했던 왕의 태도를 떠올리자 기분이 좋지 않았다. 친숙함을 우정으로, 협박을 권위로 착각하는 사람들이 있다. 그러나 자신은 그런 것에 동조할 수 없다. 흠잡을 데 없이 완벽한 격식이 몸에 밴 시종과 나란히 걸어가면서 그는 자문을 계속했다.

'죽음의 징후가 공공연히 드러나고 있는 이 왕국의 계승자는 과연 누구일까?'

'저 멀리 작은 수도에서 지금은 성인처럼 받들어지고 있는 피에몬테 왕 비토리오 에마누엘레 2세. 1810~1878. 후의 통일 이탈리아 초대왕? 그래봤자 결국은 마찬가지 아닌가? 토리노 사투리가 나폴리 사투리로 바뀌는 것일 뿐, 달라질 것은 없다.'

두 사람은 방명록이 있는 곳까지 왔다. 그는 '파브리치오 코르벨라 살리나 공작'이라고 자신의 이름을 적었다.

'그렇지 않으면 주세페 마치니 1805~1872. '청년 이탈리아당' 창립자의 공화국이 출현할 것인가? 그야 고마운 일 아닌가. 그때는 나도 간단한 이름의 코르벨라 씨가 될 테니까.'

돌아오는 동안에도 그의 마음은 조금도 가벼워지지 않았다. 코라 다놀라와의 밀회조차 마음을 달래주지 못했다.

'이런 시국에 내가 무엇을 할 수 있단 말인가? 어둠에서 벗어나려는 시도를 포기하고 눈을 감은 채 가까이 있는 것들만 붙들 것인가? 아니면 팔레르모의 더러운 광장에서 있었던 일처럼 무턱대고 총질이라도 해야 한다는 건가? 하긴 뭐, 총을 쏴댔다고 해서 그게 뭐 어쨌다는 거냐?'

가족의 저녁식사

"팡, 팡, 해봐야 아무 결말도 나지 않지. 그렇지 않나, 벤디코?"

땡, 땡, 땡. 총소리 대신 저녁식사를 알리는 종소리가 울렸다. 입에 침을 흘리며 저녁밥을 기다리던 벤디코가 쏜살같이 뛰어갔다. 계단을 오르면서 공작은 벤디코가 꼭 피에몬테 사람 같다는 생각을 했다.

살리나 저택의 저녁식사는 시칠리아의 법도에 어울리는 나름의 정취를 보존하고 있었다. 물론 다소 뻔한 허세로 보이는 측면도 없지 않지만 회식자(주인부부, 아들과 딸들, 양육보모, 가정교사들, 모두 14명)의 숫자만으로도 만찬 식탁의 위용을 갖추고 있었다.

헝겊을 대고 기운 곳이 있긴 해도 그래도 최고급 테이블보를 씌운 식탁이 님프가 새겨진 무라노 Murano, 베네치아의 특산품인 유리 생산지로 유명한 섬 산 줄촛대 위 램프의 불빛으로 밝게 빛나고 있었다. 창문으로 아직 햇빛이 비쳐들었지만 거무스레한 벽면 위 돋을새김의 흰색 문양은 이미 그늘 속에 잠겼다. 찬장에는 빼어난 품격을 자랑하는 대량의 은제 식기류와 선왕의 좋은 성품을 기리는 'F.D.' 페르디난도 왕 하사품 이니셜이 상감된 보헤미아 산 컷글라스제의 근사한 유리잔들이 잘 정돈되어 있었다. 접시마다 유서 깊은 머리글자가 새겨져 있었는데, 그 접시들은 긴 세월에 걸쳐 접시 닦이들의 손에서 무사히 살아남은 것으로, 각기 다른 식기세트의 부분들이었다. 보통 사이즈보다 훨씬 크고 녹색을 띤 아몬드색 바탕에 금색 닻을 그려 넣은 카포디몬테Capodimonte, 나폴리 근교에 있는 이름 높은 도자기의 생산지산의 우아하면서도 고풍스러운 접시는 공작 전용으로 따로 놓여 있었다.

공작은 주위의 모든 사물을 조감도처럼 한눈에 바라보는 것을 좋아했다. 그가 식당에 들어섰을 때는 빠짐없이 모여 있었다. 공작부인만 자리에 앉았고 다른 사람들은 모두 의자 뒤에 서 있었다. 포개진 스프 접시 옆에는, 뚜껑을 향해 춤추듯 뛰어오르는 표범이 새겨진 커다란 스프 사발이 놓여 있었다. 바로 그 앞이 공작의 자리였다.

공작이 손수 수프를 떠서 나누어 주었다. 그것은 가장의 양육 의무를 상징하는 즐거운 일이었다. 그날 밤은 수프 사발 옆면에 국자가 부딪치는 금속음이 매우 불길하게 울려퍼졌다. 가족들이 오랫동안 듣지 못했던 음향이었다. 그 소리는 공작이 분노를 누르고 있다는 반증이었다. 40년이 지난 후에 그의 아들 중에서 유일하게 살아남은 프란체스코 파오로가 종종 말했듯이, 그것은 세상의 모든 소리들 중에서 가장 불길한 소리였다. 공작은 그때 열여섯 살인 아들이 아직 오지 않았다는 사실을 깨달았던 것이다.

바로 그때 그 아들이 들어왔다.

"죄송합니다, 아버지."

그런 다음 아들은 의자에 앉았다. 질책은 없었다. 여러 모로 집안의 파수꾼 역할을 하고 있는 피로네 신부가 고개를 숙이고 기도를 올렸다. 폭탄은 터지지 않았다. 그러나 탄환이 갈랐던 공기만으로도 식탁은 완전히 얼어붙었다. 여하간 저녁식사는 엉망이 되고 말았다. 한 마디의 대화도 없이 식사가 진행되었다. 공작은 푸른 눈을 가늘게 내려깔고 자식들을 하나 하나 조용히 관찰했다. 가족들은 모두가 숨을 죽였다.

그런데 그때 공작은 오히려 '훌륭한 가족'이라는 생각을 하고 있었다. 딸들은 건강하고 아름다운 외모를 갖추었다. 볼에는 매혹적인 보조개가 패였고 미간에는 살리나 가문 특유의 주름이 살짝 새겨져 있다. 아들들도 모두 날씬하고 건강한 신체를 가졌다. 그들은 지금 관찰되고 있다는 것을 알면서도 조금은 거친 손놀림으로 식기를 다루고 있었다.

차남인 조반니는 2년 전 집을 떠났다. 누구보다 더 사랑받았고, 그러면서도 누구보다도 더 까다로웠던 그 아들은 어느 날 갑자기 집을 나가버렸다. 그 후 두 달 가량 연락이 없었다. 그러다가 어느 날 런던에서 아들의 편지가 날아왔다. 먼저 심려를 끼친 점에 용서를 구하면서 자신은 건강하게 잘 지내고 있다고 했다. 그러면서 안락하고 '너무나 자상한(즉 속박당한)' 집에서의 생활보다는 지금 석탄회사의 직원으로 지내는 간소한 생활이 더 마음에 든다고 했다. 공작은 자신이 런던에서 지냈던 시절을 떠올렸다. 그 낯선 도시의 짙은 안개 속을 방황하고 있을 젊은 아들을 생각하면서 마음이 아팠다. 그 아픔은 실제로 뭔가에 찔린 듯한 물리적인 통증이었다. 그의 안색이 어두워졌다.

옆에 앉아 있던 공작부인이 그 기색을 눈치챘다. 그녀는 아이처럼 사랑스러운 손을 살며시 뻗쳐 테이블 위에 놓인 강하고 육중한 남편의 손을 쓰다듬었다. 그 갑작스런 접촉으로 공작의 욕구가 되살아났다. 동정받은 것에 대한 분노와 상기된 관능이 느끼는 감각이었다. 그러나 그 감정은 당사자인 부인에게로 향하지 않았다. 베개에 머리를 파묻은 마리앙니나 귀여운 마리앙니, 창부의 모습이 머리를 스쳤던 것이다. 그는 느닷없이 소리 질렀다.

"도메니코!"

그리고 하인에게 명령을 내렸다.

"돈 안토니오에게 가서 마차에 말을 매라고 해라. 저녁식사가 끝나는 대로 팔레르모로 가겠다."

순간 공작부인의 표정이 굳어졌다. 그는 아내의 눈을 보면서 곧 후회가 생겼다. 그러나 일단 내린 명령을 철회한다는 것은 있을 수 없는 일이었다. 자신의 비정함을 조소라도 하듯, 내뱉듯이 말했다.

"피로네 신부, 나와 함께 동행해 주세요. 열한 시까지는 돌아올 예정입니다. 신부님은 수도원 동료들과 두 시간 정도 함께 있으면 됩니다."

시대의 탓?

한밤중에 소동의 소용돌이에 있는 팔레르모 거리로 가겠다는 것은 불순한 정사情事를 즐기러 가겠다는 언명과 같은 것이었다. 그밖에 달리 생각해볼 여지가 없었다. 게다가 저택에 소속된 사제에게 동행을 요구했다는 점에서 특히 신의 노여움을 자청하는 일이었다. 적어도 피로네 신부는 그렇게 생각하지 않을 수 없었다. 신부는 당혹스러웠지만 그렇다고 해서 공작의 뜻을 어길 수는 없었다.

후식으로 나온 과일을 다 먹어갈 때쯤이었다. 현관 앞에서 마차 끄는 소리가 들렸다. 거실에서 하인이 공작에게 실크햇을 주고 예수회 신부에게는 삼각모를 건넸다. 그때까지 부인은 눈물을 머금은 채 그의 외출을 막아보려고 헛되이 애원하고 있었다.

"하지만 파브리치오, 이런 시간에 외출을 하시다니……. 길에는 병사들과 강도가 들끓는다는데……. 어떤 봉변을 당하실지 모르잖아요?"

그는 웃어넘겼다.

"어리석은 소리 하지 말아요, 스텔라. 바보처럼. 도대체 무슨 일이 일어난다는 거요? 나를 몰라볼 사람은 아무도 없어요. 팔레르모에서 나보다 덩치 좋은 사람은 없지 않소? 자, 다녀오겠소."

그렇게 말하고 그는 자기 턱 높이에 닿는, 여전히 아름다움을 간직한 아내의 볼에 재빨리 입을 맞추었다. 아내의 살결에서 스친 냄새가 달콤한 기억을 불러일으켰던 것일까, 아니면 뒤따라오면서 생각을 바꾸기를 재촉하는 피로네 신부의 경고 때문일까, 마차 앞에 섰을 때 그는 외출을 하지 않기로 마음 먹었다. 마차를 다시 마구간으로 돌려보내라고 지시하려는 순간, 갑자기 저 위쪽에서 그를 소리쳐 부르는 목소리를 들었다.

"파브리치오, 여보, 파브리치오."

곧이어 귀청이 찢어지는 듯한 날카로운 비명이 들렸다. 여느 때처럼 공작부인이 히스테리 발작을 일으킨 것이다.

"자, 가자."

마부석에서 배 위에 채찍을 비스듬히 걸치고 기다리던 마부를 향해 공작이 말했다.

"출발한다. 팔레르모에 도착하면 신부님을 수도원 앞에서 내려드려라."

 말을 마친 뒤 그는 하인이 대답할 틈도 없이 재빨리 마차 창문을 닫아버렸다.

 아직 밤의 장막이 완전히 드리워지지 않았다. 높은 담장 사이로 하얗게 떠오르듯 길이 길게 뻗어 있었다. 살리나 저택의 구역을 벗어나자 왼쪽으로 지붕이 조금 무너진 팔코넬리 가문의 저택이 보였다. 조카이자 그가 후견인으로 있는 탄크레디의 집이었다. 여동생의 남편, 즉 조카의 아버지는 엄청난 도락가였다. 결국 그는 유흥으로 재산을 몽땅 탕진한 뒤 저세상으로 가버렸다. 그 몰락이 어찌나 철저했던지 하인들 제복에 붙은 은장식까지 녹여서 가용에 보태어야 했다. 그후 공작의 여동생마저 죽고 나자 왕은 열네 살의 나이로 고아가 된 탄크레디의 양육을 외삼촌인 돈 파르리치오 공작에게 맡겼다.

 공작은 그 아이에 대해서 거의 아는 바가 없었다. 그러나 곧 그 소년이 얼마나 사랑스러운 존재인지를 깨닫게 되었다. 매사가 울적했던 공작은, 넘치는 생명력과 경박한 듯 보이면서도 그 이면에 진지성을 감추고 있는 소년을 보면서, 자유롭고도 활기찬 기상을 발견했다. 공작 스스로는 분명하게 자각하지 못했겠지만 사실 그는 자신의 장남인 착한 파오로가 아니라 탄크레디가 자신의 진짜 장자, 후계자이기를 바라고 있었다.

이제 탄크레디는 스무 살이 되었다. 후견인인 공작이 가끔 넉넉히 주는 용돈으로 그는 청춘을 만끽하고 있었다.

'그 아이는 무슨 생각을 하고 있는 걸까?'

공작이 조카의 생각을 하고 있는 동안 마차는 팔코넬리 저택 옆을 스치듯 지나갔다. 철책 너머에서 폭포수처럼 흘러넘치는 커다란 부겐빌레아bougainvillea, 분꽃과에 속하는 관목으로, 빨간 꽃이 피는 열대식물 꽃송이들이 마치 사제의 비단 천처럼 어둠 속에서 화려하게 저택을 수놓고 있었다.

'도대체 무슨 계획이 있는 걸까?'

왕이 한 젊은이의 교제 관계를 언급한 것은 도리에 어긋나는 일이었다. 하지만 왕이 말한 내용은 사실이었다. 그런 말을 듣는 것도 당연했다. 도박을 하며 어울리는 친구들이나 그의 매력에 반해 따라다니는 이른바 '몸가짐이 나쁜' 여자들에 둘러싸여 탄크레디는 '비밀결사'에 관심을 보였다. 그러면서 국민위원회의 지하조직과도 관계를 맺고 있었다. 왕의 돈을 손에 넣는 한편 그쪽에서도 자금을 얻고 있을 것이 틀림없다. 4월 4일의 사건 이후 공작은 그 젊은이가 귀찮은 일에 말리지 않도록 많은 신경을 썼다. 시기심과 의심이 많은 카스텔치카라, 지나치게 정중한 태도를 취하는 마니스카르도도 직접 만나 보았다. 그들의 행동은 전혀 바람직한 것이 아니었다. 그러나 외삼촌의 눈으로 보면 완전히 잘못된 것도 아니었다. 좋지 않은 것은 시대였다. 좋은 가문의 젊은이가 굳이 위험한 친구들과 어울리지 않더라도 파라오 게임 트럼프의 킹을 사로잡는 게임 정도는 할 수 있어야 했다. 그것을 허락하지 않는 시대야말로 문제가 있는 것이다.

"참으로 가혹한 시대입니다. 영주님."

메아리처럼 피로네 신부의 목소리가 울려퍼졌다. 지금 신부는 공작의 거대한 몸집에 떠밀려 마차 한쪽 구석에 처박혀 있었다. 공작의 난폭한 몸집에 굴복당한 채 예수회 신부는 육체와 양심 양쪽으로 모욕을 받는 중이었다. 그러나 신부도 역시 만만찮은 사람인지라 자신의 일시적인 굴욕감을 역사라는 지속성을 가진 세계를 빌려 불만을 토로한 셈이었다.

"저길 보십시오, 영주님."

신부는 석양의 잔광에 둘러싸여 콘가도로 위에 우뚝 솟은, 깎아지른 산을 가리켰다. 산의 등성이와 봉우리 곳곳에서 불길이 오르고 있었다. 매일 밤 왕의 영지와 수도원의 도시를 향해 '반란분자'가 피우는 봉화였다. 그 불길은 임종의 밤이 가까운 중병환자들의 방에 밝혀진 등불을 연상시켰다.

"보고 있어요, 신부님."

그렇게 응답하고 나서 그는 생각했다.

'탄크레디는 지금 저 반란의 불길 근처에 있을 것이다. 귀족이

면서 스스로 귀족이라는 신분을 멸시하고 먼곳을 향해 태우는 붉은 불길을 자신의 손으로 밝히고 있다.'

'나는 참으로 한심한 후견인이다. 제멋대로 어리석은 짓을 저지르고 다니는 철부지를 돌봐야 하다니.'

죄인은 누구인가

마차는 완만한 내리막길로 접어들었다. 그 아래에 어둠에 잠긴 팔레르모 거리가 펼쳐졌다. 빽빽히 들어선 지붕 낮은 집들이 거대한 규모의 수도원 건축물에 압도당한 채 금방이라도 무너져내릴 것만 같았다. 수도원은 열 개가 넘었다. 하나같이 지나치게 큰 규모로 대개 두세 채의 건물이 모여 하나의 그룹을 이루었다. 남성용과 여성용, 부유층용과 빈민층용, 귀족용과 평민용, 예수회, 베네딕트파, 프란체스코회, 카푸친회, 카르멜회, 구속주회, 아우구스티노 수도회…… 라는 식이었다. 희미한 윤곽의 수도원 건물들은, 마치 더 이상 젖이 나오지 않는 유방처럼 피곤한 기색의 낡고 둥근 지붕을 하늘 쪽으로 내밀고 있었다. 바로 이 수도원들이 이 거리의 어두움과 성격과 위세를 지배하면서, 시칠리아의 끓어오르는 태양도 거부할 수 없는 죽음의 열정을 지탱하는 것이다. 밤이 깊어질수록 그들이야말로 이 거리를 지배하는 제왕임이 더욱 분명해진다. 산에서 타오르는 불길은 바로 이 제왕들을 향해 더 높이 타오르고 있다. 하지만 그들 역시 수도원에 기거하는 사람들과 다를 바 없다. 똑같이 폐쇄적이고 그러면서도 권력과 나태를 갈망하는, 망자에 지나지 않는다.

갈색 말들이 평보의 속도로 비탈길을 내려가는 동안 공작은, 수도원이 행하는 억압과 구속에 대한 거부감과 탄크레디의 앞날에 대한 걱정으로 인해, 자신의 신분과 모순되는 쪽으로 생각을 몰아가고 있었다.

마차는 오렌지꽃이 절정을 맞고 있는 길 가운데를 지나고 있었다. 풍경은 보름달의 흰 빛에 감싸여 있었다. 상념들이 지워지고 신혼의 침상에서 풍기는 듯한 오렌지꽃 짙은 향기만이 대기를 떠돌고 있었다. 땀투성이가 된 말 냄새, 마차 좌석의 가죽 냄새, 피로네 신부와 공작의 체취까지, 현실의 모든 냄새가 사라지고 오직 오렌지꽃의 달콤한 향기만 남아 있었다. 그 향기는 저 신비로운 이슬람의 왕궁이나 아라비아의 밤과 같은 관능적 도취의 즐거움을 연상시켰다.

피로네 신부도 마음이 움직였다.

"얼마나 멋진 나라입니까, 영주님. 만일……"

'만일 이 많은 예수회원들만 없었다면……'

감미로운 공상에 방해를 받자 공작은 반발심으로 그런 생각이 치밀었다. 그러나 곧 감정을 가라앉히고 커다란 손을 들어 오랜 친구의 삼각모를 가볍게 두드렸다.

도시로 들어가는 입구에는 아이롤디 저택이 있었다. 거기서 순찰대가 마차를 세웠다. 풀리아Puglia, 이탈리아 남동부 아드리아해와 타란토 만 사이에 있는 주 사투리와 나폴리 사투리가 뒤섞여 들려왔다. 병사가 '정지' 신호판과 함께 들고 다니는 네모난 램프의 불빛 아래 긴 철검의 그림자가 흔들렸다. 그때 하사관 한 명이 무릎 위에 실크햇을 얹고 앉아 있는 돈 파브리치오를 알아보았다.

"무례를 용서하십시오, 공작님. 지나가십시오."

그리고는 다음 검문소에서 귀찮은 일이 생기지 않도록 병사 한 명을 마부 자리에 동석하게 했다. 무거워진 마차는 속도를 늦추어 랑키비레 저택 옆을 반 바퀴 돌아서 채소밭을 따라 난 길을 통과한 뒤 마크에다 문門을 지나 도시로 들어갔다. 쿠아트로 칸티 디 캄파냐 거리의 찻집 '로메레스'에서는 경비대의 장교들이 농담을 하며 커다란 셔벗 잔을 홀짝이고 있었다. 그것은 도시생활을 보여주는 하나의 상징에 지나지 않았다. 거리에는 인적이 거의 없었다. 다만 가슴 위에 흰색 가죽 벨트를 두른 순찰대의 규칙적인 장화 소리만이 울려퍼지고 있었다. 도로변 양쪽으로 산악회, 성흔회聖痕會, 십자군회, 수도회 등이 마치 숫자표저음 주어진 숫자가 딸린 저음 위에 즉흥적으로 화음을 보충하면서 반주 성부를 완성하는 기법처럼 길게 이어졌다. 그 풍경은 마치 허무 그 자체의 깊은 잠에 빠져있는 듯한, 타르 색처럼 엷은 검은색 후피동물의 무리처럼 보였다.

"두 시간 뒤에 돌아옵니다, 파드레. 기도를 많이 해주세요."

피로네 신부는 당혹스러웠지만 수도원의 문을 두드릴 수밖에 없었다. 마차는 곧 좁은 길을 따라서 멀어졌다.

마차를 시내에 있는 팔라초palazzo, 정무를 보는 관청에서 기다리게 한 뒤, 공작은 목적지를 향해 걸었다. 먼 거리는 아니었지만 그 곳은 치안이 좋지 않기로 소문난 곳이었다. 완전군장을 한 병사들이 야영지에서 몰래 빠져나와 광장에 와 있는 것만 보아도 알 수 있었다. 그들은 생기 없는 흐리멍덩한 눈빛으로 지붕이 낮은 작은 집에서 밖으로 나왔다. 조잡하게 만들어진 발코니에는 바실리코basilico, 차조깃과의 1년초 화분이 놓여 있었다. 불량스러워 보이는 한 무리의 젊은이들이, 폭이 넓은 바지를 입고 시칠리아인이 화가 났을 때 보여주는 특유의 낮은 어조로 언쟁을 벌이고 있었다. 멀리서 보초병들이 쏘는 총소리가 들렸다. 이제 그는 카라의 땅에 접어들었다. 쇠락한 항구에는 반쯤 썩은 몇 척의 폐선이 아래 위로 흔들리고 있었다. 그 풍경은 옴에 걸려 절망에 빠진 개의 모습을 떠올리게 했다.

'나는 죄인이다. 나는 두 가지 면에서 죄를 짓고 있다. 신의 계율에 비추어서, 그리고 스텔라의 애정을 배신했다는 점에서. 여기에 대해서는 의심의 여지가 없다. 내일 피로네 신부에게 참회해야 한다. 아니다. 쓸데없는 생각이다.'

공작은 속으로 자신을 비웃었다. 오늘 그가 저지르게 될 불미스런 짓을 신부가 모를 리 없었다. 그러나 곧 자신의 행동을 합리화하는 억지 논리가 승리했다.

'내가 죄를 저지르려 한다는 점은 분명한 사실이다. 그러나 그것은 더 이상 그 죄를 되풀이하지 않기 위해서이다. 더 큰 재난에 끌려들기 전에 육욕이라는 이름의 가시를 빼내기 위해 짓는 죄일 뿐이다. 이건 신도 아실 것이다.'

그는 자신에 대한 연민에 압도되었다. 놀랍게도 그는 마음속으로 눈물까지 흘리고 있었다.

'나는 약하고 가련한 인간이다.'

강력해진 감정의 힘으로 그는 더러운 자갈길을 힘껏 내딛고 있었다.

'나는 약한 존재다. 내가 기댈 수 있는 사람은 아무도 없다. 스텔라! 신 앞에 맹세코 나는 언제나 그녀를 사랑해왔다. 나는 스무 살에 결혼했다. 그러나 요즘 들어 스텔라는 말과 행동에서 자꾸 천해지고 있다. 더구나 그녀는 나이가 좀, 많다.'

자신이 약하다는 자각은 흔적도 없이 사라졌다.

'내 몸은 아직도 기운이 넘친다. 그러니 어떻게 한 여성만으로 만족할 수 있겠는가? 더구나 스텔라는 침대에서 안길 때면 반드시 십자가부터 그린다. 절정의 순간에도 오직 '예수님, 마리아님!' ('하느님, 부처님'처럼 공작부인의 말버릇)만을 부를 뿐이다. 결혼할 당시만 해도 그 행동이 나를 완전히 몰입시켰지. 그러나 지금은······. 이미 우리는 일곱 명의 자식을 보지 않았는가. 그런데도 나는 아직 그 여자의 배꼽을 본 적이 없다. 도대체 이런 일이 가당키나 한가?'

새롭게 떠오르는 질문 앞에서 그는 거의 소리치고 싶을 만치 흥분하고 있었다.

'그런 일이 정말 이치에 맞는 것일까? 정말이지 누구에게든 물어보고 싶다.'

그러면서도 그는 사창가가 늘어선 카테나 구역으로 발걸음을 옮기고 있었다.

'정말 죄 많은 사람은 그녀가 아닌가!'

문득 그런 생각이 스치면서 그는 마음이 편안해지고 용기가 생겼다. 그는 곧 마음을 정하고 마리앙니나가 있는 집의 문을 두드렸다.

세 개의 불

 두 시간쯤 지나서 공작은 피로네 신부와 함께 집으로 돌아가는 마차에 앉아 있었다. 신부는 흥분해 있었다. 외부로부터 거의 격리된 살리나 저택 안에서 알고 있었던 것보다 정치 상황이 훨씬 더 긴박하게 진행되고 있다는 것을 동료 신부들에게서 자세히 들었기 때문이었다. 그들은 섬 남쪽의 시아카에 상륙하는 피에몬테군대를 걱정했다. 당국은 민중 속에서 일어나는 불온한 기운을 감지하고 있었다. 도시의 폭력조직들은 권력이 약해지는 징후 속에서 약탈이나 부녀자 폭행의 기회를 기대했다. 신부들은 겁을 집어먹었다. 그들 중 가장 고령인 세 명의 신부는 이미 그날 오후에 수도원의 서류를 실은 우편선과 함께 떠나버렸다.
 "신이시여, 우리에게 가호를 내리소서. 신심 깊은 이 왕국을 외면하지 마소서."
 돈 파브리치오 공작은 자기혐오의 얼룩을 완전히 지울 수 없었다. 그럼에도 대단히 만족스럽고 은밀한 기분에 젖은 채 그는 신부가 하는 말을 거의 듣지 않았다. 마리앙니나는 농촌 여자 특유의 모호한 눈빛으로 그를 바라보았다. 어떤 것도 거부하지 않고 순종적으로 봉사했다. 비유하자면 비단 치마를 입은 벤디코였던 것이다. 그녀는 흥분의 절정에 "공작님!"이라고 외쳤다. 그 말을 상기하면서 그는 만족스런 미소를 지었다. 3년 전 그가 국제천문학회 모임에서 소르본느 대학으로부터 은메달을 받았을 때 만났던 파리의 창녀 사라가 같은 순간에 외친 "나의 고양이!"나 "금발 원숭이!"보다 더 마음에 들었던 것이다. 물론 "예수님, 마리아님!"은 비할 바도 아니었다. 적어도 그 말속에 불경스러운 울림은 없었다. 마리앙니나는 좋은 아이다. 다음에 갈 때는 6미터 정도 심홍색 비단 천을 선물로 주어야겠다.

그럼에도 그 말 속에는 여전히 듣는 사람을 괴롭히는 부분이 있다. 수많은 남자들의 손길을 거친 젊은 육체, 모든 것을 체념한 뒤의 교태와 음란한 행동들. 그렇다면 자신은 무엇인가? 그저 한 명의 호색한에 지나지 않는다. 파리의 책방에서 우연히 꺼내든 시집에서 읽었던 시 한 구절이 되살아났다. 시인의 이름은 기억나지 않았다. 프랑스에서 매주마다 새로 태어나고 사라져가는 그런 시인들 중 한 명일 것이다. 진열되어 있는 레몬색 책의 대열, 우연히 마주친 시구를 그는 머리속으로 암송했다. 특히 마지막을 장식하는 시구가 귓전을 맴돌았다(세부 내용은 약간 다르지만 보들레르의 〈키테라 섬으로의 출항〉에서).

신이시여,
이 마음과 육체를 혐오 없이 바라볼

용기와 힘을 제게 주소서.

마차 램프의 불빛이 갈색 말들의 엉덩이 위로 번쩍이며 미끄러지고 있었다. 말들의 속보에 따라 흔들리면서 공작은 일종의 절망적인 행복감에 잠긴 채 잠이 들었다. 그 동안에도 신부는 라 파리나라거나 크리스피1818~1901. 가리발디의 방패가 된 거물 정치가라는 인물을 생각하면서 마음을 어지럽히고 있었다. 공작이 다시 잠에서 깨어난 것은 마차가 팔코넬리 저택 앞의 길모퉁이에 이르렀을 때였다.

'그래도 그 아이, 탄크레디가 불길을 피우며 스스로 파멸하지 않았으면 좋겠구나.'

공작은 부부의 방으로 돌아왔다. 스텔라는 커다란 황동 침대 위에서 머리에 나이트캡을 쓰고 숨소리를 내며 잠들어 있었다. 그 모습을 보면서 그는 곧 일상의 평온한 기분을 되찾았다.

"나를 위해 아이를 일곱 명이나 낳아주었지. 지금까지 저 여자는 언제나 나의 것이었다."

방안에는 기분 좋은 풀뿌리 냄새가 가득했다. 히스테리 발작의 마지막이 남긴 흔적이었다.

"가엾은 스텔라."

공작은 침대에 누워서도 괴로움을 되새겼다. 몇 시간이 지나도록 좀처럼 잠을 이룰 수가 없었다. 강력한 신의 손길이 그의 머릿속을 휘저어 세 개의 불을 뒤섞고 있었다. 마리앙니나의 애무의 불, 무명 시인의 시구의 불, 격정에 사로잡힌 산 위의 불.

새벽이 가까워질 때쯤 공작부인은 다시 한 번 십자가를 그릴 기회를 가지게 되었다.

탄크레디

다음날 아침, 태양은 완전히 기운을 회복한 공작을 환하게 비추었다. 커피를 마시고 그는 붉은 색 바탕에 꽃무늬가 있는 실내용 가운을 걸친 채 거울 앞에 서서 수염을 깎았다. 벤디코가 커다란 머리를 그의 실내화 위에 올려놓고 엎드려 있었다. 오른쪽 뺨을 면도하고 있을 때 거울 속 자기 얼굴 너머로 젊은 남자의 얼굴이 보였다. 걱정이 된다는 듯 바라보는 그 얼굴에는 장난기가 엿보였다. 야위긴 했으나 기품 있는 얼굴이었다. 그는 뒤를 돌아보지 않고 면도를 계속했다.

"탄크레디, 어젯밤에는 무슨 일을 벌였나?"

"잘 지내셨어요? 외삼촌. 제가 무슨 일을 벌이다니요. 저는 그저 친구들와 함께 있었을 뿐입니다. 따분한 밤이었어요 팔레르모에 놀러 나가신 제가 아는 어느 분과는 전혀 다른 시간을 보냈다구요."

돈 파브리치오는 입술과 턱 사이의 성가신 수염을 다듬어보려고 열심이었다. 조카는 젊은이다운 쾌활한 어조로 투정을 부렸다. 아무래도 그에게 화를 낼 수 없었다. 사실 속으로는 조금 놀라기도 했다. 그는 턱 밑에 수건을 대고 돌아서서 잠자코 조카를 쳐다보았다. 탄크레디는 몸에 딱 붙는 상의에 비싼 각반을 두른 사냥복 차림이었다.

"그 아는 분이란 누구를 말하는 게냐?"

"외삼촌, 바로 당신이십니다. 아이롤디 저택 옆 검문소에서 중사와 이야기하고 계신 것을 제 눈으로 똑똑히 봤거든요. 와우, 정말이지 대단하십니다. 그 연세에 말이지요. 거기다 황공하게도 신부님까지 동행하시다니! 노년이 되어도 방탕은 시들지 않는다! 그렇구말구요."

이쯤 되면 불손함이 지나쳤다. 이 아이는 무엇이든 용서받을 수 있다고 믿는 듯하다. 탄크레디가 가늘게 눈웃음을 지으면서 그를 마주보았다. 푸른 색의 맑은 눈, 그 어머니의 눈이면서 공작 자신의 눈이기도 했다. 알 수 없는 뜨거움이 울컥 치밀었다. 이 녀석은 정말이지 예의라는 걸 모르는구나. 그래도 공작은 여전히 그를 나무랄 생각이 들지 않았다. 젊은이가 하는 말이 틀린 것도 아니었다.

"그건 그렇고. 옷차림은 뭐냐? 무슨 일이 있는 거니? 아침부터 가면무도횐가?"

젊은이는 잠깐 진지한 표정을 지었다. 그러나 곧 삼각형의 해사한 얼굴로 전혀 뜻밖이라는 듯 큰 소리로 말했다.

"마침내 출발입니다, 외삼촌. 30분 후에 저는 출발해요. 외삼촌께 작별인사를 드리러 왔어요."

공작은 다시 가슴이 죄이는 듯한 통증을 느꼈다.

"결투?"

"큰 결투입니다, 외삼촌. 프란체스코 왕과의 결투입니다. 신이여, 굽어 살피소서. 저는 산으로, 콜레오네로 갑니다. 이건 아무에게도 말하지 말아 주세요. 특히 파오로에게는 절대 말하시면 안돼요. 대단한 계획이 있으니까요. 저는 이대로 집에 남을 생각은 조금도 없어요. 집에 있다간 조만간 체포될지도 몰라요."

그 순간 공작의 머리 속에 어떤 환상이 떠올랐다. 잔혹하고 무참한 게릴라들의 전투, 숲속에서의 총격전, 저토록 사랑스러운 청년인 탄크레디가 그 저주받은 병사처럼 배가 갈라지고 내장을 쏟아낸 채 정원의 바닥에 쓰러져 있었다.

"무슨 소리냐! 그런 어리석은 녀석들과 한 패가 되려 하다니! 모조리 부랑배 아니면 사기꾼에 지나지 않아. 팔코넬리 가문은 우리 집안과 마찬가지로 국왕을 위해 봉사해 왔어."

젊은이가 다시 눈웃음을 지었다.

"물론 국왕을 위해서입죠. 다만 어떤 국왕이냐가 문제죠."

그런 다음 젊은이는 잠시 말이 없었다. 마음에 일어나는 의혹과 싸우고 있는 듯했다. 그 진지한 모습이 공작에게는 너무도 사랑스럽게 여겨졌다.

"만일 우리가 참여하지 않는다면 그들이 이 나라를 공화국으로 만들어버릴 것입니다. 현재의 상태를 지키기 위해서는 모든 것을 바꾸어야 해요. 제 말 뜻을 아시겠어요?"

그는 조금 흥분한 듯 외삼촌을 포옹했다.

"곧 다시 뵐게요. 삼색기이탈리아 신(新)국가의 깃발를 흔들고 다시 돌아오겠습니다."

조카는 동료들의 웅변에 오염되어버린 것일까? 아니, 그렇지 않다. 그에게는 과대망상과는 다른 무엇이 있다. 그것은 어리석은 행동이면서 동시에 어리석음을 거부하는 행동이었다. 아들 파오로는 아마 지금쯤 말의 소화상태를 지켜보고 있을 것이다. 그러나 여기 있는 이 젊은이야말로 진정한 나의 아들이 아닌가. 돈 파브리치오는 서둘러 자리에서 일어섰다. 그리고는 목에 걸친 수건을 벗어던지고 서랍 속을 뒤졌다.

"탄크레디, 잠깐 기다려라."

공작은 조카의 뒤를 따라가서 주머니에 금화 꾸러미를 넣어주고 어깨에 손을 올렸다. 젊은이는 웃기 시작했다.

"지금 혁명 자금을 지원해주시는 겁니까? 하하, 감사합니다. 외삼촌, 그럼 가볼게요. 외숙모님께도 인사 전해주세요."

그렇게 말하고 탄크레디는 계단을 뛰어 내려갔다.

컹컹컹, 저택 안을 뛰어다니며 즐겁게 짖어대던 벤디코가 방으로 들어왔다. 공작이 면도와 세수를 마치자 하인이 들어와서 옷 입는 것을 도왔다.

'삼색기…… 삼색기, 만세라니! 저 애송이가 그렇게 외치고 있다. 그따위 도형에 대체 무슨 의미가 있다는 것이냐? 고작해야 프랑스인 흉내를 내고 싶은 거겠지. 황금색 꽃 문장紋章을 곁들인 우리 순백의 국기 나폴리 왕국기에 비하면 쓰레기에 불과한 것을. 그런 싸구려 색상의 조합에서 그들은 대체 어떤 희망을 보고 있다는 것이냐?'

검은 자수가 새겨진 커다랗고 위엄있는 넥타이를 맬 차례였다. 그 성가신 일을 하는 동안에는 정치에 신경을 쓰지 않는 편이 좋았다. 한 번, 두 번, 세 번을 감아서 두툼한 손가락으로 세심하게 주름을 만들어 평평하게 고른 다음, 그는 루비 눈알이 달린 메두사의 작은 머리로 넥타이를 고정시켰다.

"깨끗한 조끼를 가져오게. 여기 얼룩이 묻어 있잖나."

하인은 까치발로 공작에게 밤색 프록코트를 입혀준 다음, 향유 몇 방울을 뿌린 손수건을 건넸다. 공작은 체인이 달린 시계와 잔돈 지갑을 주머니에 넣은 뒤 거울을 보았다. 염치 없게도 그는 여전히 상당한 미남이었다.

'노년이 되어도 방탕은 시들지 않는다? 이 철부지 녀석, 농담이라 해도 너무 심했어. 저 녀석이 내 나이쯤 되면 어떤 모습이 될까? 지금도 저렇게 빼빼 말랐으니 아마 뼈와 가죽만 남은 미라 꼴이 되겠지.'

그가 힘있게 발걸음을 딛을 때마다 복도의 창문이 달그락거렸다. 저택의 내부는 화려했고 환하고 아름답게 장식되어 있다. 누가 뭐래도 자신의 집인 것이다. 계단을 내려가면서 공작은 다시 조카가 했던 말을 떠올렸다. 옳은 말이었다.

'현 상태 그대로 지속시킬 수만 있다면……'

탄크레디는 대단한 녀석이다. 그는 언제나 그렇게 믿어왔다.

미래의 지배계급

관리실에는 아무도 없었다. 굳게 잠긴 창살문을 통해서 햇빛이 내부를 환히 밝히고 있었다. 저택에서 일어나는 자잘하고 일상적인 업무들을 처리하는 사무실이었다. 그런데도 어딘가 근엄한 분위기를 띠고 있어서 쉽게 접근하기 어려운 느낌이 있었다.

회반죽 벽에 걸린, 살리나 가문의 전체 영지를 그린 커다란 그림들이 밀랍으로 광택을 낸 마루 위에 비치고 있었다. 검정과 금색의 틀 안에서 그림은 한층 더 선명한 색조로 두드러져 보였다. 살리나의 영지 중에는 쌍둥이처럼 닮은 산 두 개가 있는 섬도 있었다. 섬은 레이스 같은 거품을 품은 바다에 둘러싸여 있다. 한편 바다 위에는 서너 척의 갤리선이 깃발을 나부끼고 있다.

쿠에르체타의 성모교회 chiesa madre 주위로 나즈막한 집들이 늘어서 있다. 푸른 옷의 순례단이 교회로 걸어가고 있다. 계곡 사이에 위치한 라가티지, 근면한 농부들이 흩어져서 보리를 경작하고 있는 아르지보카레, 공작 소유의 바로크풍 저택이 있는 돈나푸가타, 그리고 그곳을 향해 달리는 심홍색, 초록색, 금색 마차의 행렬들. 그 마차 안에는 분명히 여인들, 술병, 바이올린 같은 것이 잔뜩 실려있을 것만 같다. 살리나 가문의 모든 영지는 드없이 쾌청한 하늘 아래, 긴 콧수염을 달고 기분좋은 미소를 짓는 '표범'의 비호 아래 놓여 있다.

활력으로 충만한 그 그림들은 본래 '혼성'이기도 하고 '순종'이기도 했던 한 빛나는 왕국을 기리고 있다. 소박하면서도 열정이 넘치는 솜씨로 그려낸 지난 세기의 걸작들이다. 그러나 그들은 영지의 경계를 명확하게 표시하거나 면적 또는 수익성을 나타내는 일에는 대단히 서툴렀다. 그 문제는 아직도 해결되지 않은 상태로 남아 있다. 수백 년에 걸쳐 세습된 부富는 이제 다만 살아가는 동안의 사치와 장식품들, 유흥의 즐거움으로 전락했다. 그것이 전부였다. 봉건제의 쇠퇴는 영주의 특권과 동시에 의무까지 사라지게 했다. 이제 부는 마치 오래 묵은 포도주처럼 정열과 색조만을 남긴 채 욕망과 경영, 뿐만 아니라 귀족의 미덕인 신중함까지 모두 술통 밑바닥으로 가라앉혔다. 그렇게 해서 부는 결국 자기 자신마저 사라지게 했다. 종말을 향해 가는 부는 휘발성 기름과도 같이 이제 곧 마지막까지 증발되고 말 것이다.

영지 그림들 중에서도 축제 분위기로 흥청이는 지역 몇 군데는 이미 공중으로 휘발되어 사라졌다. 다만 선명한 색조의 그림 속에서 그 이름만을 남겨두고 있을 뿐이다. 남아 있는 또 다른 땅들도 곧 그렇게 될 것이다. 공중으로 날아가기 직전에 나뭇가지에서 소란스레 지저귀는 9월의 제비떼가 생각난다. 그러나 아직 영지는 많이 남아 있다. 언제까지든 남아 있을 것이다.

그렇게 결론을 내렸지만 공작의 기분은 나아지지 않았다. 사무실에 있을 때면 그는 늘 울적했다. 실내의 중앙을 차지하고 있는 커다란 책상에는 열 개가 넘는 서랍들, 벽감壁龕처럼 움푹한 공간들, 감추어진 선반들, 또 작은 물건들을 보관하는 상자들이 마치 무대장치처럼 교묘하게 설비되어 있었다. 또한 비밀 조종장치가 있어서 노랗고 검은 목재의 책상은 아무리 솜씨 좋은 도둑 앞에서도 안전했다. 책상 위에는 서적이 가득 쌓여 있었다. 공작은 그 책들이 천문학을 중심으로, 아타락시아ataraxia, 마음이 평정부동(平靜不動)한 상태. 에피쿠로스 학파에서 행복의 필수 조건으로 꼽음를 가져오는 것으로 한정되도록 신경을 썼다. 다른 것은 어떤 식으로든 마음을 어지럽히기 때문이었다. 그는 페르디난도 전 국왕의 책상을 떠올렸다. 거기에는 결재나 처리를 요구하는 서류뭉치가 흘러넘치고 있었다. 흔히 그런 방법으로라도 운명의 급류에 영향을 미칠 수 있다고 생각한다. 그러나 예측과는 달리 물은 언제나 다른 계곡으로 흘러가고 만다.

돈 파브리치오는 최근에 미국에서 새로 개발된 약품에 대해 생각했다. 치명적인 수술을 받을 때도 전혀 통증을 느끼지 않고 가혹한 재난 앞에서도 태연할 수 있게 해주는 약이라고 했다. 이교적인 스토이시즘이나 기독교적인 자기 체념을 대체할 조악한 과학이 찾아낸 그 약은 모르핀이라고 불린다. 왕에게는, 뭐가 뭔지 알 수 없는 그 통치 업무가 바로 모르핀에 해당될 것이다. 그리고 자신에게는 그보다는 좀더 나은 정제품인 천문학이라는 모르핀이 있다. 이미 날아가버린 영지인 라가티지와 이제 곧 날아가게 될 위험에 놓인 아르지보카레 땅에 대한 걱정을 떨쳐내려고 공작은 프랑스어 잡지《학계통신》의 최신호를 읽기 시작했다.

'……그리니치 천문대의 최신 발견 중에는 특히 두드러지게 흥미를 끄는 것이 있다…….'

그러나 그는 곧 그 맑고 화창한 별들의 왕국을 떠나야 했다. 회계를 맡고 있는 돈 치쵸 페라라가 들어왔던 것이다. 왜소한 체구의 페라라는 편안한 사람이라는 인상을 주는 안경을 쓰고 얼룩 하나 없이 말끔한 나비넥타이를 하고 있다. 그런 식으로 자유주의자 특유의 몽상적이고 탐욕스러운 내심을 감추려는 것이다. 페라라는 여느 아침보다 한결 활기차 보였다. 피로네 신부를 곤란하게 만들었던 어젯밤의 사건이 그에게는 오히려 기운을 북돋워주는 뉴스였음이 분명했다.

"좋지 않은 시대입니다. 영주님."

의례적인 인사를 한 뒤 그는 말을 이어갔다.

"큰 재난이 일어나지 않을까 걱정입니다. 하지만 작은 소동과 반발이 있은 후에는 다시 만사가 다 좋은 쪽으로 흘러가겠지요. 우리 시칠리아에도 희망찬 새로운 시대가 도래할 것입니다. 설령 젊은이들이 목숨을 잃게 되더라도 그 숫자가 그리 많지 않다면, 그야 뭐 어쩔 수 없는 일로 보아야겠지요."

공작은 뭐라고 낮은 말로 중얼거렸지만 확실한 의견은 말하지 않았다.

"돈 치쵸."

그리고 말했다.

"쿠에르체타의 징수를 정확히 하도록 신경을 써주게. 벌써 2년째 입금된 게 전혀 없잖나."

그 말은 마법처럼 효력을 보였다.

"회계에는 절대 실수가 없습니다, 영주님. 다만 한 가지, 돈 안젤로 맛촤에게 수속을 끝내도록 편지를 보내야 합니다. 편지는 제가 작성해 두었으니 영주님께서 서명을 해주시기 바랍니다."

말을 마친 뒤 페라라는 많은 양의 회계장부를 뒤적이다가 밖으로 나갔다. 장부에는 2년 늦기는 했지만 살리나 가문의 회계 상황이 멋진 필체로 꼼꼼하게 기록되어 있었다. 그러나 정말 중요한 점은 거기에 들어있지 않았다.

혼자가 된 돈 파브리치오는 별들의 왕국으로 되돌아가는 일을 잠시 미루었다. 장차 일어날 사태에 대한 걱정 때문이 아니라 회계담당 페라라가 신경에 거슬렸기 때문이었다. 그가 보여주는 처세에서 공작은 미래의 지배계급을 떠올렸던 것이다.

'선량한 척 하는 사람의 말은 늘 현실과는 정반대이다. 그는 젊은이들이 죽는 것을 한탄하고 있지만, 과연 그럴까? 지금 대립하고 있는 양쪽의 성격을 조금이라도 파악하고 있다면, 죽는 사람은 극히 소수라는 걸 알 수 있다. 전쟁의 승리 기록에 필요한 수를 넘기는 일은 없다. 그것은 나폴리에서도 토리노에서도 마찬가지다. 그보다도 나는 차라리 지금이, 그의 말투를 빌리자면, '우리 시칠리아에 있어 빛나는 시대'라고 믿고 싶다. 그의 말은 고대 그리스의 니키아스 시대 이후 새롭게 봉기하는 세력들이 이 땅에 상륙할 때마다 매번 했던 약속이지만, 아직 한 번도 실현된 적이 없었다. 그렇다면 도대체 무슨 일이 일어난다는 것일까? 실질적인 손해는 거의 없을 정도의 작은 반격이 있고 그런 다음에는 교섭이 이루어지겠지. 결국 모든 것이 바뀐 후 만사는 다시 이전과 같이 돌아갈 것이다.'

그는 탄크레디가 했던 수수께끼 같은 말을 상기했다. 그 속에는 참으로 수긍할 만한 점이 있었다. 그는 홀가분해진 심정으로 잡지를 내려놓았다. 그리고 가난처럼 영원한 모습을 지닌, 검붉게 패인 페레그리노 산의 경사면을 바라보았다.

잠시 시간이 흐른 후 농장관리인인 피에트로 루소가 들어왔다. 공작이 자신의 고용인 중에서 가장 수완이 뛰어난 인물로 평가하는 인물이다. 루소는 활동하기 편한 줄무늬 코르덴 사냥복을 맵시있게 차려입었다. 그는 무엇보다 자기 욕망을 가감없이 드러낼 줄 아는 인물이다. 그야말로 상승 과정에 있는 계급의 선명한 구현물이다. 그렇다고는 해도 시종일관 정중한 태도를 취할 줄 알며, 또 거의 헌신적이라고 할 만한 성실성을 잃지 않았다. 설령 그가 농장을 관리하면서 조금씩 물건을 빼돌리는 경우가 있다 해도 그것 역시 자신의 당연한 권리라고 믿었다.

"탄크레디님이 떠났으니, 상심이 매우 크시겠습니다. 하지만 그리 오래 가지는 않겠지요. 저는 그렇게 믿고 있습니다. 만사가 다 잘 될 것으로 보입니다."

다시금 공작은 시칠리아가 지닌 수수께끼와 마주쳤다. 집집마다 빗장이 걸려 있고, 걸어서 10분이면 갈 수 있는, 자기가 살고 있는 마을로 가는 길도 모른다고 잡아떼는 농민들이 살고 있는 섬. 그렇다. 이 섬에 사는 사람들은 그런 이상한 수수께끼 같은 일들을 평소에 여봐란 듯이 한다. 그들은 조심성을 신격화하면서 숭배하고 있다.

그는 루소를 자리에 앉게 하고 그의 눈을 보면서 물었다.

"피에트로, 남자답게 솔직히 하나만 말해보게. 자네도 이번 일에 연관되어 있나?"

루소는 자신은 관련되지 않았다고 대답했다. 자신은 처자식이 딸린 한 집안의 가장이라고 말한 뒤, 그런 위험을 무릅쓸 수 있는 사람은 탄크레디처럼 젊고 건강한 사람들이라고 덧붙였다.

"아버지나 다름 없는 영주님께 제가 감히 무엇을 숨기려고 하겠습니까? 그건 생각도 못할 일입니다."

(그렇게 말하지만 그는 3개월 전에 공작 소유의 레몬 150상자

를 자기 창고로 빼돌렸다. 게다가 공작이 그걸 알고 있다는 것까지 알고 있었다.)

"그러나 미리 말씀드리고 싶은 게 있어요. 제 마음은 항상 그들과 함께, 그 용기 있는 젊은이들과 함께 있답니다."

문을 흔들면서 애정 표현에 안달이 난 벤디코를 안으로 들어오게 한 다음 그는 다시 자리에 앉아 말을 이었다.

"영주님도 아시겠지만 이제 더 이상은 참을 수 없는 지경입니다. 가택수색과 심문, 무의미하고 형식적인 서류들, 사거리마다 번뜩이며 감시하는 경찰의 눈. 성실한 사람이 자유롭게 자기 일을 할 수 없어요. 그렇지만 앞으로는 자유롭고 안전한 사회가 되겠지요. 세금도 가벼워지고 상거래도 순조롭게 풀리겠죠. 만사가 좋은 쪽으로 흘러가고 있습니다. 손해를 보는 쪽은 신부들뿐입니다. 신은 우리처럼 가난한 사람들을 도우십니다."

돈 파브리치오는 미소를 지었다. 중간에 거간꾼을 내세워 아르지보카레의 영지를 수중에 넣으려 하는 인물이 놀랍게도 바로 루소라는 사실을 알고 있기 때문이다.

"반격이나 소동이야 있겠지만 살리나 저택은 어떤 성채보다도 안전합니다. 영주님은 저희 아버지시고 또 이곳에는 제 친구들이 많이 있으니까요. 피에몬테 놈들이 이 저택 안으로 들어서는 일이 있다면 그건 오직 모자를 벗고 영주님께 경의를 표하러 올 때

뿐일 겁니다. 더구나 영주님은 돈 탄크레디의 외삼촌이고 후견인이십니다."

그 말은 공작의 자존심을 건드렸다. 마치 자신이 루소의 친구들 덕분에 보호받고 있는 것처럼 들렸기 때문이다. 하지만 현재 자신에게 유리한 면이 있다면 그것은 그가 청개구리처럼 행동하고 있는 탄크레디의 외삼촌이라는 사실이다.

"다음 주에도 자넨 내가 살아있다는 걸 확인할 수 있을 거야. 내게는 벤디코가 있으니까 말이지."

그렇게 말하면서 그는 커다란 개의 한쪽 귀를 손가락으로 세게 비볐다. 불쌍하게도 개는, 기쁘기는 했지만 분명히 아프다는 소리를 냈다.

루소는 다음과 같이 말해서 그를 안심시켰다.

"아시겠습니까, 영주님, 모든 게 다 좋은 쪽으로 가고 있습니다. 정직하고 능력 있는 사람은 미래를 개척할 수 있습니다. 그런 후에는 다시 이전과 다름 없습니다."

이놈들, 즉 시골의 자유주의자들은 가장 손쉽게 이익을 취하는 방법만 알아내면 그걸로 충분하다. 그 이상을 바라지 않는다. 제일 먼저 날아가는 제비는 있겠지만, 그러나 그것으로 그만이다. 둥지 안에는 아직 많은 수의 제비가 남아 있다.

"아마 자네 말대로 되겠지. 누구도 미래를 정확히 말할 수는 없을 테지만."

비로소 그는 숨겨진 말의 의미를 모두 이해한 것 같았다. 탄크레디의 수수께끼 같은 말, 회계담당 페라라의 과장된 말, 관리인 루소의 옳지는 않지만 자연스럽게 진실이 스며있는 말, 그 모든 말들이 감춘 비밀을 납득하면서 비로소 안도했다. 많은 일들이 일어날 것이다. 어떤 소동이 있다 해도 그것은 단지 한 편의 익살극, 광대의 복장에 스며든 몇 방울 혈흔으로 법석을 피우는 감상적인 희극에 지나지 않을 것이다. 이 나라에서는 모든 것이 타협 속에 녹아들고 만다. 프랑스와 같은 격정적인 폭발은 있을 수 없다. 아니, 프랑스조차도 48년 6월의 사건(제 2공화정 하의 노동자 봉기)을 제외하다면 과연 진정한 사건이라고 할 만한 게 있었던가. 솔직히 그는 그런 말을 하고 싶었다. 그러나 예의를 중시하는 기질 탓에 그 기분을 억제했다.

"잘 알았네. 자네들은 우리를, 그러니까 자네들의 '아버지'를 파멸시키려고 그러는 건 아닌 것 같군. 다만 우리를 대신하려고 하는 게지. 부드럽고 평화적인 방법으로, 경우에 따라서는 몇 천 더컷의 돈을 다른 주머니에 숨기면서 말이지. 그렇지 않은가? 루소군, 어쩌면 자네 조카는 진심으로 자신이 남작이라고 믿고 싶어 하지 않을까? 자네도 빨강머리 농부의 아들이 아니라 루소러시아인 또는 러시아어라는 뜻라는 이름에 비추어 모스코바 대공국 귀족의 후손쯤 될런지도 모르지. 아니, 그보다 먼저 자네 딸이 우리 일가 중 한 사람, 푸른 눈과 가늘고 긴 손을 가진 탄크레디와 결혼식을 올릴 수도 있지. 자네 딸은 미인이니까. 그 처녀가 몸을 치장하는 법만 배운다면……. 그래, '만사가 현 상태 그대로'라는 희망으로 온갖 소동이 일어난다 해도 종국에는 지금의 상태로 끝나게 될 거야. 다만 계층의 자리바꿈은 서서히 시작될 테지. 시종으로서의 내 황금빛 열쇠와 성 젠나로의 분홍색 훈장은 서랍 안으로 들어갈 테고 나중에는 우리 아들 파오로의 유리상자 안에 보관되겠지. 그러나 살리나 가문은 그대로 살리나로 남을 걸세. 물론. 어느 정도 보상도 있을지도 모르겠군. 사르데냐 왕국의 상원의원이라든가 아니면 성 마우리치오 야누아리우스회의 회원임을 보증하는 황갈색 리본이라든가. 어느 것이든 어차피 훈장에 지나지 않지만 말일세."

그는 일어섰다.

"피에트로, 친구들에게 말해주게. 이 고장에는 젊은 아가씨들이 많다는 걸. 그러니 그 아가씨들을 너무 놀라게 하지는 마라고 전하게."

"제가 이미 말했습니다. 영주님, 살리나 저택은 수도원처럼 평온할 것입니다."

그렇게 말하고 루소는 부드러우면서도 살짝 비웃는 듯한 미소를 보였다.

돈 파브리치오 공작은 벤디코를 데리고 밖으로 나갔다. 피로네 신부를 찾아갈 생각이었으나 개의 애원하는 눈빛에 못 이겨 먼저 정원으로 갔다. 사실 벤디코는 전날 밤의 활약에 미련이 남아있는 터였다. 그래서 제가 파헤쳤던 도랑 쪽으로 재빨리 달려갔다. 정원은 어제보다 더 강렬한 향기에 싸여 있었다. 아침 햇살 아래 아카시 나무는 금색으로 빛났다.

'그러나 군주들, 우리 국왕들은? 왕위 계승권은 어떻게 될까?'

잠깐이긴 했지만 그는 선왕 페르디난도 왕가 사람들, 자신이 그렇게도 경멸하고 있는 현 국왕 프란체스코와 그 일당이야말로 자신에게 신념과 애정을 가진 참된 형제이며 진짜 왕들이라는 생각이 스쳤다. 그러자 마음의 평온을 유지하고 싶어하는 자기 감시라는 군대가 법률이라는 소총부대와 역사라는 포병대를 이끌고 원조하러 달려왔다.

'그럼 프랑스는 어떤가? 나폴레옹 3세가 법을 위반하지 않았다고 누가 말할 수 있을까? 민중을 최고의 운명으로 인도하는 것처럼 보이는 이 개명파의 황제 아래서 프랑스인들은 과연 행복하지 않았을까? 조금 더 들어가보자. 카를로 3세, 그의 경우라고 해서 전혀 위법성이 없었던가? 비톤토 전투, 코르레오네와 비사퀴노에서의 싸움, 피에몬테 군대가 우리나라 군대에 입힌 타격, 모든 것이 현 상태 그대로를 지키려고 벌인 싸움에 지나지 않는다. 제우스조차도 처음부터 올림포스의 정당한 왕이 아니었다.'

제우스(피에몬테 왕)가 사투르누스Saturnus, 농경신, 그리스 신화의 크로노스와 같음에 대항해 일으킨 쿠데타의 비유는 공작의 기억 속에 있던 천체의 별자리가 환기시킨 것이었다.

천체관측소에서

한바탕 파뒤집고 뛰면서 몸안의 열기로 헐떡거리는 벤디코를 버려두고 공작은 실내로 통하는 계단을 올라갔다. 딸들이 살바토레의 여자 친구들 이야기를 나누고 있는 거실을 지나(그가 지나가자 딸들이 일어나며 비단 드레스가 스치는 소리가 났다) 길고 좁은 계단을 오르자 천체관측소의 푸른 빛이 펼쳐졌다.

피로네 신부는 미사 기도를 올리고 나서 쿠키와 함께 진한 커피를 한 잔 마셨다. 그런 다음 자리에 앉아 대수계산에 몰두하고 있었다. 천체망원경 두 대와 일반 망원경 세 대의 접안렌즈 위에는 검은 덮개를 씌워두었다. 밝은 시간에 렌즈를 보게 되면 태양빛 때문에 시력을 다칠 위험이 있기 때문이었다. 다섯 대의 망원경이, 밤이 되어야 식사가 제공되는 습관에 잘 길들여진 짐승처럼 얌전히 웅크리고 있었다.

공작을 보자 신부는 장부를 밀쳐 놓으면서 지난 밤 있었던 일을 생각했다. 일어나서 공작에게 정중하게 인사를 하면서도 그 일에 대해 언급하지 않을 수 없었다.

"영주님, 고해하러 오셨습니까?"

오전에 있었던 일들로 전날 밤 외출 사건을 잊고 있었던 공작은 놀라면서 물었다.

"고해? 하지만 오늘은 토요일인데요."

그제서야 공작은 전날 밤의 일을 기억하고 미소를 지었다.

"솔직히 말해서 파드레 신부님, 그럴 필요까지는 없을 것 같군요. 신부님도 벌써 다 알고 있지 않나요?"

암묵적으로 공범임을 강요하는 듯한 말투에 예수회 신부는 반발심이 일었다.

"영주님, 고해의 의미는 죄를 고백하는 데 있지 않고, 죄를 참회하는 데 있습니다. 고해를 하기 전까지는, 그러니까 영주님이 제게 고백하기 전까지는 신부인 제가 그 일을 알든 모르든 상관없이 죄가 남아 있습니다."

그는 소매자락에 붙어있던 털 한 올을 주의 깊게 떼어내 입으로 불어버린 후 다시 산수 계산에 들어갔다.

앞으로의 정세에 대해 확신을 가졌으므로 공작은 여유가 있었다. 다른 때였다면 틀림없이 무례하게 들렸을 신부의 말에 다만 미소를 지었을 뿐이다.

풍경은 제 스스로의 아름다움을 활짝 드러내고 있었다. 강렬하게 내리쬐는 햇빛 아래, 사물은 조금도 무게감이 느껴지지 않았다. 바다는 동그랗게 깊고 푸른 반점처럼 반짝이고 있었다. 밤 동안은 무시무시한 형상들이 도처에 숨어있는 것처럼 보였던 산들도 햇빛 속에서 둥둥 떠올라 마치 수증기라도 잔뜩 싣고가는 배처럼 보였다. 어둡고 불길하게 울리던 팔레르모 거리는 이제 그 색조가 완전히 바뀌어 목동의 발 아래로 모여드는 양떼처럼 수도원의 벽을 부드럽게 둘러싸고 있었다. 항구에는 사태를 전망하기 위해 파견된 한 대의 외국 함선이 닻을 내리고 있었다. 이상할 정도로 고요한 그 풍경 속에는 어떤 불안의 흔적도 찾아볼 수 없었다. 5월 13일의 아침, 태양은 아직 최고의 격렬함에는 미치지 못한, 그러나 거짓 없는 진짜 시칠리아 제왕처럼 나타났다. 제왕은 흉포하고 거만하고 뻔뻔스러운 사람들의 의욕을 빼앗아 무기력한 노예 상태로 몸과 마음을 마비시키는, 바로 그 태양이었다. 그리고 무기력은 광포한 꿈과 그 꿈이 낳은 힘에서 파생된 폭력이라는 이름의 요람에서 자라는 것이었다.

'우리에게 주어진 마약을 또 다른 것으로 바꾸기 위해 과연 몇 명의 비토리오 에마누엘레가 필요한가!'

피로네 신부가 자리에서 일어섰다. 허리의 끈을 고쳐맨 후 공작을 향해 손을 뻗었다.

"영주님, 제가 무례했습니다. 용서하십시오. 하지만 제 말에 귀를 기울이시고 고해성사를 해주세요."

두 사람 사이의 서먹했던 긴장이 풀렸다. 공작은 피로네 신부에게 자기가 생각하는 바의 정치적 관측에 관해 이야기했다. 그러나 신부는 안심할 수 없었다. 그의 어조는 오히려 더 신랄하게 바뀌었다.

"그렇다면 영주님은 자유주의자에게 동조하시는군요. 그렇습니다. 자유주의자에게! 한마디로 말해서 영주님은 우리를, 이 위대한 교회를 희생해서 프리메이슨과 손을 잡으려 하십니다. 그 무뢰한 폭도들은 교회의 재산, 가난한 사람들의 것이기도 한 그 재산을 강탈해서 자기들끼리 나누어 가지려 합니다. 그렇게 되면 누가, 지금도 교회 당국에 의해 인도되고 있는 저 많은 은혜 받지 못한 사람들의 굶주린 배를 채워줄 수 있겠습니까?"

공작은 말없이 듣고 있었다.

"절망하여 모여든 군중을 진정시키려 든다면 과연 어떤 일이 벌어질까요? 솔직히 말씀드리겠습니다, 영주님. 저들이 원하는 것은 결국 영주님이 소유한 토지입니다. 처음에는 그 일부를, 그리고 결국에는 그 모두를 빼앗기게 되겠지요. 그렇게 해서 신은,

설령 프리메이슨의 손을 빌렸다고 해도, 결국 정의를 실현하십니다. 다만 신이 육체의 눈이 먼 사람은 고쳐주신다고 해도, 마음의 눈이 멀어버린 사람은 과연 어떻게 하실지요?"

비참한 심정으로 신부는 크게 한숨을 내쉬었다. 그 한숨 속에는 교회 재산의 낭비에 대한 진지한 고뇌, 다시금 감정적이 되고 말았다는 자탄, 그리고 사랑하는 공작에게 상처를 주었을지 모른다는 우려가 담겨 있었다. 공작의 격한 분노를 예상하면서도 한편으로는 그의 관용을 시험해보고 싶은 마음도 없지 않았다. 신부는 앉은 자세로 돈 파브리치오 공작을 유심히 지켜보았다. 공작은 붓솔을 들고 천체망원경의 먼지를 털어내고 있었다. 섬세한 작업에 집중하고 있는 것처럼 보였다. 그런 다음 수건으로 자신의 손을 꼼꼼히 닦았다. 얼굴에는 별다른 표정이 드러나지 않았다. 그의 맑은 두 눈은 오직 손톱에 묻은 기름때를 찾는 데 주의를 집중하고 있었다.

환한 햇빛 속에서 저택 아랫쪽은 무한히 평화로운 고요에 감싸여 있었다. 오렌지밭 어디쯤에서는 정원사의 개와 벤디코가 어울려 짖는 소리가 들려왔다. 요리실에서 점심을 준비하느라 고기를 칼질하는 도마소리가 리드미컬하게 울리고 있었다. 그러나 그 소리들은 저택 주위를 둘러싸고 있는 고요를 흩뜨리지 않고 오히려 더 단단하고 깊게 만들고 있었다. 거대한 태양빛이 거친 대지와 함께 인간들의 소란을 삼켜버린 듯했다.

돈 파브리치오 공작은 신부의 책상 앞에 마주 앉았다. 그리고는 신부가 매끈하게 깎아둔 연필로 부르봉가의 상징인 백합을 그리기 시작했다. 진지하면서도 무심해 보이는 그 행동은 피로네 신부의 심란했던 기분을 풀어주었다.

"파드레, 우리는 그저 인간일 뿐이지요. 그러나 우리는 맹목적이지 않아요. 우리는 끊임없이 변화하는 현실을 살아가면서 마치 해초가 파도의 움직임에 몸을 맡기듯, 그렇게 우리도 이 현실에 적응하려 합니다. 성 가톨릭교회에서는 불멸의 생을 약속하지요. 하지만 사회의 한 계급으로서의 우리는 그렇지 않아요. 만약 우리에게 백 년간 지속되는 약속이 주어진다면 그건 아마 영원의 약속과도 같을 겁니다. 물론 우리에게도 아들과 손자를 걱정하는 마음이 없진 않아요. 지금 이 손으로 귀여워해주는 아이들 말입니다. 하지만 백 년 이후의 일까지 우리가 염려할 수는 없잖아요? 설령 1960년에 내 자손들이 살아있다고 해도 내가 그 아이들까지 마음 쓰는 건 불가능해요. 그러나 교회는 할 수 있어요. 그 점을 주목해야 합니다. 불사不死여야 한다는 것이 교회의 운명이니까. 그러나 그 절망 속에는 위로가 포함되어 있어요. 그래서 만약 교회가 지금이나 앞으로 언젠가 우리 귀족 계급을 희생시켜 자신을 구할 수만 있다면, 아마 교회는 그렇게 할 겁니다. 설마 그럴

리가 없다고, 신부님은 그렇게 생각하나요? 아닙니다. 교회는 틀림없이 그렇게 할 것이며, 또 그렇게 하는 것이 옳아요."

피로네 신부는 공작의 기분을 상하게 하지 않았다는 것만으로도 다행이라고 생각했다. 그래서인지 불쾌감은 전혀 느끼지 않았다. 다만 교회에 대해 어째서 '절망'이라고 하는지는 납득할 수 없었다. 그러나 신부는 오랜 고백성사를 통해 공작이 때때로 던지는 농담에 대해서는 이해했다. 그렇다고 해서 대화에서 상대방이 이겼다고 쉽게 인정하고 싶지는 않았다.

"영주님, 토요일에는 꼭 두 가지 죄에 대해 고해성사를 하셔야 합니다. 하나는 어젯밤에 있었던 육체의 죄, 또 하나는 오늘 있었던 마음의 죄입니다. 기억해 두십시오."

마음의 평정을 찾은 두 사람은 외국 천문대 중 하나인 알체트리 천문대 토스카나 대공국 피렌체의 천문대로 가능한 빨리 보내야 할 보고서에 관해서 의논했다. 시간에 맞춰 행진하고 인도되는 별들, 지금 이 시간에는 눈에 보이지 않지만 분명히 현존하고 있는 별들은 정확한 궤도를 따라 천공에 선을 그리고 있다. 혜성들은 정해진 시간에 몇 초 차이로 어김없이 그 모습을 드러낸다. 별들은 아내 스텔라의 생각처럼 대이변을 알리는 사자 같은 것이 아니다. 별의 출현에 대한 정확한 예측은 우주의 숭고한 질서 속으로 스스로를 던져 동참하려는 인간 이성의 승리인 것이다.

'저 아래 정원에서 벤디코가 사냥감을 쫓아다니든, 요리사가 부엌칼로 죄없는 동물의 고기를 토막내든, 그런 것은 아무래도 좋다. 이 높은 천제관측소에 서 있을 때면 나는 나의 자긍심과 또 다른 쪽의 내가 지닌 잔혹성이 서로 융화되고 조화를 이루는 것을 느낀다. 진정으로 중요한 문제는 오직 하나, 나의 정신을 죽음에 가장 가까운 추상적 시간 속에서 살게 하는 것이다.'

공작은 평소의 망상도, 어젯밤의 꿈틀거리던 육욕도 다 잊어버린 채 생각에 잠겼다. 사유 속에서 그는 피로네 신부가 습관적으로 말하는 이상의 보다 깊은 측면, 즉 우주와의 합일감을 맛보고 있었다. 이날 아침에도 반 시간 동안 천장의 신들과 벽지의 원숭이들은 다시금 침묵했다. 거실에서 그것을 느끼는 사람은 아무도 없었다.

점심식사

점심식사를 알리는 종소리가 그들을 다시 하계로 불러냈다. 그때쯤 두 사람은 앞으로의 정세에 대한 이해가 더욱 분명해지면서 둘 다 불안감을 떨쳐버리고 명랑한 기분으로 돌아와 있었다. 그 덕분에 평소와는 달리 저택 전체에 즐거운 기운이 퍼져나갔다.

점심식사는 하루의 일과 중에서 가장 중요한 시간이기도 했다. 신의 은총으로 모든 것이 순조롭게 흘러갔다. 그런데 스물한 살이 된 딸 카롤리나가 쓰고 있던 장식용 가발이 식탁 위의 접시에 떨어지는 일이 일어났다. 핀을 단단히 고정하지 않아서였다. 다른 날의 식사자리였다면 꽤 언짢은 일이 일어났을 수도 있었겠지만, 그날은 오히려 식탁의 즐거움을 배가시켰다. 카롤리나 옆에 앉았던 동생이 벗겨진 가발을 들고 장난스럽게 목에 둘렀던 것이다. 그것은 마치 수도사가 걸치는 망토처럼 보였다. 무심결에 돈 파브리치오도 빙그레 웃음을 지어보였다. 탄크레디의 출발과 행선지와 목적에 대해서는 이제 가족 모두가 알고 있었다. 그래서 모두 그것을 화제로 삼았다. 큰아들 파오로만 아무 말없이 식사에 열중했다. 마음 한켠에 일말의 불안감을 감추고 있던 공작과 또 한 사람, 아름다운 이마에 그늘이 깔린 콘쳇타를 제외하고는 누구도 그 점을 마음에 두지 않았다.

'젊은 아가씨는 가발 하나에도 감정이 움직인다. 탄크레디와 콘쳇타는 잘 어울리는 커플이 될 것이다. 걱정되는 건 탄크레디는 더 높은 곳을, 이건 결국 더 낮은 곳과 같은 말이지만, 여하간 그 아이는 그것을 원하고 있다는 점이다.'

앞날에 대한 염려를 덜어놓은 덕분에 그를 짓누르고 있던 불투명한 안개가 걷히면서, 공작은 평소 잘 드러내지 않던 선량한 마음씨를 겉으로 나타냈다. 딸 콘쳇타를 안심시키려고 국왕의 군대가 가진 소총은 성능상 결함이 아주 많다고 주장한 것이다. 대부분의 소총에 강선이 없어서 총을 쏘아도 명중되는 경우가 거의 없다는 것이었다. 확실한 근거가 있는 이야기도 아니었고, 또 그 말을 구체적으로 이해할 만한 사람도 없었다. 그런데도 그 설명을 들으면서 모두 안도감을 느꼈다. 비참하고 참혹한 실제적인 전쟁이 간결하고 명쾌한 도식으로 바뀌었기 때문이었다.

식사의 마지막 코스로 럼주가 든 젤리케익이 나왔다. 그것은 특히 돈 파브리치오가 좋아하는 후식이었다. 평화가 찾아온 집안 분위기에 감사하면서 공작부인이 아침부터 신경을 써서 준비하게 했던 것이다.

케이크는 사람들을 압도하듯 당당하게 등장했다. 그것은 도저히 정복할 수 없는, 미끄러운 절벽 위에 자리잡은 성채 또는 성채 위에 세워진 탑처럼 보였다. 성탑은 체리와 피스타치오라는 빨강과 초록의 경비병이 지키고 있었다. 그러나 성벽 안은 투명하고 흔들거려 스푼을 꽂으면 안으로 쑥 들어갔다. 마지막 차례가 된 열여섯 살의 젊은 프란체스코 파오로 앞까지 왔을 때는, 호박색 성채는 파손된 경사면과 돌담의 파편밖에 남아있지 않았다.

알코올 향과 갖가지 어우러진 묘한 맛으로 공작은 식욕이 솟구쳐 이미 무너져내린 성을 공격하느라 여념이 없었다. 글라스에는 마르살라주가 절반 정도 남아 있었다. 그는 잔을 들어 가족을 빙 둘러보았다. 그리고 콘쳇타의 푸른 눈을 잠시 바라본 뒤 큰소리로 말했다.

"우리의 친애하는 탄크레디의 건강을 위하여."

그는 포도주를 단숨에 들이켰다. 술잔이 다시 가득 채워지자 글라스의 금박 표면에 또렷하게 떠올라 있던 'F.D.'라는 이니셜은 보이지 않았다.

공작과 농부들

식사를 마친 돈 파브리치오 공작이 관리사무소에 갔을 때는 이미 해가 기울어 있었다. 벽면의 그림들도 그늘 속에 들어가 더 이상 그에게 비난의 암시를 던지지 않았다.

"영주님, 그간 안녕하셨습니까."

파스트렐로와 로니그로, 두 사람이 우물쭈물하면서 인사를 했다. 해마다 공물의 일부를 현물로 가져오는 소작인들이었다. 두 사람은 검게 탄 얼굴에 말끔히 면도를 하고서 긴장한 듯 뻣뻣한 자세로 서 있었다. 가축 냄새가 풍기고 있었다. 공작은 그들에게 친근하고 일상적인 사투리로 말을 건넸다. 가족 안부나 가축의 상태, 농작물의 예상 수확량 등을 듣고 나서 공작이 물었다.

"뭔가 가져왔는가?"

두 사람이 동시에 그렇다고 대답했다. 그리고 그것을 옆방에 갖다 놓았다고 했다. 공작은 문득 부끄러움을 느꼈다. 그들과 나누는 대화가 자신이 페르디난도 왕을 방문했을 때와 비슷하다는 자각 때문이었다.

"잠시 기다리게. 페라라가 영수증을 줄 거야."

공작은 두 사람에게 각각 2두카토^{베네치아의 금화} 정도의 돈을 주었다. 아마 그 액수는 그들이 가져온 것의 실제 가격보다 더 많이 쳐준 것일 터이다.

"모두의 건강을 위해, 한잔 마시게."

그리고 나서 공작은 '현물'을 보러 갔다. 마루에는 10킬로그램 단위로 묶은 양 치즈, '프리보사레'가 네 다발이 놓여 있었다. 그는 냉담한 눈길로 그것을 바라보았다. 그 치즈를 좋아하지 않았기 때문이었다. 그 옆에서 태어난 지 1년이 안 된 어린 양이 도축되고 있었다. 가엾은 머리는 지금 막 생명이 빠져나간 목 근처에 버려져 있었다. 깊숙이 갈라진 양의 복부 밖으로 진홍색 창자가 흘러나와 있었다.

"신의 자비를……."

한 달 전에 보았던 정원의 사체가 생각나서 공작은 속으로 그렇게 중얼거렸다. 다른 쪽에는 닭 여덟 마리가 두 마리씩 쌍으로 묶여 있었다. 벤디코가 더듬듯이 코를 갖다 대자 닭은 놀라서 날개를 퍼덕거렸다.

'무의미한 공포의 표본이다.'

그는 생각했다.

'개는 저들에게 조금도 위험하지 않다. 뼈 한 조각도 먹지 않는다. 만약 먹는다면 이놈의 배를 갈라버리겠다.'

그러나 그는 끔찍한 광경과 피를 더 이상 보고 싶지 않았다.

"파스트렐로, 닭은 닭장에 넣어두게. 지금 바로 식품저장실로 가져가지 않아도 되니까. 그리고 양은 부엌으로 옮겨, 거기서 마저 처리하도록. 아무래도 여기가 더러워지니까. 치즈도 그리로 옮기고. 그리고 창문을 열어 냄새를 없애주게."

곧 영수증을 챙겨서 페라라가 들어왔다.

쿠에르체타 공작, 즉 장남 파오로가 서재에서 공작을 기다리고 있었다. 공작은 서재의 장의자에서 낮잠을 자는 습관이 있었다. 파오로는 용기를 내어 아버지와 대화를 하려고 기다리고 있었던 것이다. 그는 키가 작고 밝은 황갈색 피부에 실제보다 나이가 들어보이는 청년이었다.

"아버지, 여쭤볼 것이 있습니다. 제가 탄크레디를 만나면 어떤 태도를 취해야 합니까?"

공작은 아들이 하려는 말이 무엇인지 알았다. 그러자 짜증이 밀려 왔다.

"무슨 말을 듣고 싶은 거냐? 달라질 건 아무것도 없다."

"하지만 아버지, 동의하시지는 않겠지만 그는 시칠리아를 어지럽히는 폭도들에게 가세하러 갔습니다. 그건 결코 있을 수 없는 일입니다."

인습적인 편견에서 자유로운 사촌형을 대하는 완고한 젊은이의, 둔한 사람이 총명한 사람에게 품게 되는 원한과 시기심이 정치적 시각으로 대치된 것이다. 돈 파브리치오는 아들에게 앉으라고 권하지도 않은 채 말을 받았다.

"하루 종일 말의 배설물이나 살피는 일보다는 차라리 바보짓을 하는 편이 더 낫다. 내가 보는 탄크레디는 전보다 훨씬 나은 젊은이가 되었다. 만일 네가 앞으로도 '쿠에르체타 공작'이라는 칭호를 사용하게 된다면, 또는 내가 죽은 후 약간의 돈이라도 상속받을 수 있다면, 그건 바로 탄크레디와 그의 친구들 덕분이라고 생각해라. 그만 나가거라. 또 다시 이 문제를 언급하면 용서하지 않겠다. 이 집안에서 일어나는 일은 내가 결정한다."

그러나 공작은 곧 마음을 가라앉히고 농담투로 어조를 바꾸었다.

"나가 봐라. 졸리구나. 정치 이야기는 네가 열심히 챙겨주는 갈색 말, 구이스칼드에게 해봐라. 아마 말이 통할 거야."

겁이 난 파오로가 문을 채 닫기도 전에, 공작은 프록코트와 장화를 벗어던지고 거구의 몸집으로 장의자를 삐걱거리다가 곧 잠이 들었다.

가리발디군의 상륙

공작이 일어나자 신문과 편지를 담은 쟁반을 들고 하인이 들어왔다. 팔레르모에서 사촌형 마르비카의 종복이 말을 달려 가져온 서신이었다. 공작은 조금 얼떨떨한 기분으로 편지를 읽었다.

'친애하는 파브리치오, 이렇게 편지를 쓰면서도 나는 완전히 의기소침해 있네. 신문에 무서운 뉴스가 있으니 꼭 읽어 보게. 피에몬테군이 쳐들어왔네. 우리 쪽이 완전히 패했어. 나는 오늘 밤에 가족들을 데리고 목조선으로 영국으로 건너갈 계획이야. 자네도 그렇게 하길 바라네. 자네가 내 말을 믿고 따르겠다면 내가 자리를 확보해 두겠네. 부디 신께서 이 나라를 지켜주시길. 포옹과 함께, 쿠쵸.'

편지를 접어 주머니에 넣으면서 공작은 큰 소리로 웃기 시작했다.

'마르비카! 아무것도 모르는군. 지금 무서워서 벌벌 떨고 있겠군. 저택은 고용인들에게 관리하라고 시켰을 테지만, 그렇게 되면 그 집은 곧 폐가가 되고 말지.'

'어쨌든 파오로는 팔레르모로 보내야겠다. 이런 시절에 집을 비운다는 것은 집을 버리는 것이나 마찬가지다. 저녁식사 때 이야기하기로 하자.'

그는 신문을 펼쳤다.

'5월 11일, 명백한 해적행위가 벌어졌다. 무장한 집단이 마르사라 해안으로 침범해 들어왔다. 약 800명으로 추정되는 이 무리는 가리발디가 이끄는 해적단인 것으로 알려졌다. 정보에 의하면 해적단은 해안 상륙 후 국왕 군대의 추격을 교묘하게 따돌리면서 카스텔트라노 지역으로 향하고 있다. 그 도정에서 선량한 시민들을 협박하여 무차별 약탈과 파괴 행위를 일삼고 있다……'

가리발디 1807~1882라는 이름에서 그는 약간 긴장했다. 산발한 머리칼과 텁수룩한 수염이 특징인 이 모험가야말로 진정한 마치니주의자 책머리에 참조였다. 그는 뭔가 성가신 일을 계획하고 있는 것이 분명했다.

'그러나 만약 그가 피에몬테 군주의 의도하에 상륙한 것이라면, 그는 군주의 신뢰를 받고 있다는 것이다. 그렇다면 제멋대로 행동할 리가 없다.'

공작은 머리를 손질한 뒤 신발을 신고 프록코트까지 입었다. 신문은 서랍 속에 넣었다. 이제 저녁 기도, 묵주 기도 시간이 되었다. 거실에는 아직 아무도 없었다. 장의자에 앉아 기다리는 동안 그는 천장의 그림에서 불의 신 우르카누스_{헤파이스토스}에 시선을 멈추었다. 그 모습이 언젠가 토리노에서 보았던 석편화에 새겨진 가르발디와 닮았다는 점을 깨닫고 싱긋 미소지었다.

'아내를 배신한 남자라는 건가.'

가족이 모였다. 비단 옷자락이 스치는 소리. 어린아이들은 장난을 치고 입구쪽에서는 늘 그렇듯이 하인들이 안으로 들어오고 싶어 안달하는 벤디코를 어르느라 진땀을 빼고 있었다. 햇빛은 작은 먼지를 불러내며 벽면의 심술궂은 원숭이들을 환하게 비추었다. 공작은 무릎을 꿇고 기도를 시작했다.

"살베 레지나_{사랑스러운 마리아}, 자비로우신 어머니시여……."

제 II 장

1860년 8월

대소동 이후

"나무다! 나무가 있다!"

선두에 달리던 마차에서 외침소리가 터져나왔다. 그 소리는 뒤따르던 네 대의 마차에 차례로 전해졌다. 마차 행렬은 흰 흙먼지에 휩싸여 거의 보이지 않았다. 잠깐씩 땀투성이의 지친 얼굴들이 마차 창문으로 나타났다가 곧 만족하는 표정을 지으며 다시 사라지곤 했다.

나무는 겨우 세 그루였다. 그것도 자연이 낳은 실패작이라고 부를 만한 '유칼립투스 나무'였다. 그렇긴 해도 그 나무는 살리나가의 사람들이 아침 여섯시에 비사퀴노 영지를 출발한 이후 처음 만나는 자연의 아들이었다. 벌써 열한 시가 넘은 시각이었다. 다섯 시간이 넘도록 그들은 햇빛 속에서 누런 구릉으로 단조롭게 이어지는 울적한 풍경밖에 보지 못했던 것이다.

마차는 평지를 빠르게 달리다가 잠시 후 완만한 오르막길로 접어들었다. 곧이어 조심스럽게 말을 몰아야 할 내리막이 나타났다. 빨리 달리든 천천히 달리든, 마차 주변의 모든 소리는 말들의 목에 매달린 방울소리로 수렴되고 있었다. 작열하는 태양빛 아래 오직 방울소리만이 마차가 달리고 있음을 알렸다.

연하고 푸르스름한 색조가 깃든 마을에서부터 뭐라고 이름 붙일 수조차 없는 마을들을 지나왔다. 바싹 마른 강 위에 당당하게 서 있는 다리를 건넜고, 보는 사람의 마음까지 황량해지는 쓸쓸한 낭떠러지를 끼고 달렸다. 나무도 냇물도 보이지 않았다. 다만 태양과 흙먼지만 있었다. 먼지 때문에 창문을 열 수도 없었다. 밀폐된 마차 안의 온도는 섭씨 50도를 오르내릴 정도였다.

나무들은 하얗게 탈색된 하늘을 향해 호소라도 하듯이 비틀린 형상을 하고 있었다. 그러나 나무가 일행에게 알려주는 것은 많았다. 그러니까 그들은 이미 살리나 가문의 영지에 들어선 것이다. 이제 두 시간 정도만 더 가면 여행의 종착지에 닿을 것이다. 그 전에 샘물터가 있는 장소에 닿을 것이다. 어쩌면 벌레들이 들끓고 있을지도 모르겠지만, 그 물로 세수를 하고 점심식사를 할 수 있을 것이다.

10분 후에 마차 행렬은 란핀체리 농장에 닿았다. 그곳에는 꽤 큰 규모의 주택 건물이 있었다. 일 년에 한 달 정도 머물다 떠나는 계절근무자들과 노새나 다른 가축들이 지내던 곳이다. 견고하게 만들어진 대문은 부서졌고 그 위에 돌로 만든 '표범'이 보였다. 춤추는 형상의 표범은 다리 부분이 깨져 있었다. 유칼립투스 나무로 둘러싸인 넓은 샘물터는 건물 가까이에 있었다. 그 장소는 긴 세월 동안 참으로 많은 역할을 맡아왔다. 목마른 사람은 거기서 갈증을 풀었고, 다른 한쪽에서는 아이들이 헤엄치며 놀았다. 때로는 티푸스를 창궐케 했고, 사람을 가두는 장소이기도 했고, 또는 짐승이나 사람들의 무덤이 되기도 했다. 익사한 시체가 이름 모를 매끈한 해골이 될 때까지 물은 일체의 비밀을 숨겨주었다.

살리나 가의 사람들이 모두 마차에서 내렸다. 공작은 자신이 좋아하는 돈나푸가타 영지에 예상보다 빨리 도착할 것 같아 기분이 좋았다. 한편 공작부인은 피로에 지친 듯 안절부절하고 있었다. 그러다가 남편이 즐거워하는 모습을 보면서 다시 기운을 내었다. 딸들은 모두 지쳤다. 어린아이들은 처음 보는 시골 풍경에 신이 나서 사방으로 뛰어다녔다. 타는 듯한 더위도 그들의 흥분을 가라앉힐 수는 없었다. 아이들을 뒤쫓아 다니던 프랑스인 가정교사 돔브르유 양은 완전히 두 손 들었다는 듯 고개를 내저었다. 그녀는 알제리아의 뷰죠 원수 가족과 함께 지낸 몇 년을 떠올리면서, "아아, 신이시여, 이게 무슨 일입니까. 아프리카보다도 더 끔찍하군요"라는 말만 되풀이했다. 그러면서 약간 들창코인 코를 연신 풀었다. 성무일과서를 펴고서는 금방 잠들어버렸던 피로네 신부에게는 여행이 너무 짧게 느껴졌다. 그는 일행 중에서 가장 생생한 상태였다. 도시 출신의 하녀와 하인들은 익숙치 않은 시골 환경에 대고 진저리를 쳤다. 다섯 번째 마차에 실려온 벤디코는 공중에서 낮게 돌고 있는 까마귀들에게서 어떤 불길한 징후를 느낀 듯이 계속 큰 소리로 짖으며 돌아다녔다.

모두가 먼지투성이였다. 눈썹도, 입술도, 묶은 머리까지도 하얗게 되었다. 휴게지에 도착해서는 모두 서로의 먼지를 털어주었다. 그 주위로 흙먼지가 풀풀 날렸다.

이런 상황에서 탄크레디의 우아하고 단정한 모습은 특히 주목을 끌었다. 그는 말을 타고 왔다. 덕분에 마차 행렬보다 반 시간가량 일찍 도착했다. 그래서 먼지를 털어내고 옷매무새를 고치고 흰 넥타이로 바꾸어맬 여유가 있었다. 다용도로 쓰이는 샘물에서 수통으로 물을 푸고 그 수면에 비추어 얼굴을 단장했다. 그는 오른쪽 눈에 검은 안대를 착용했는데, 3개월 전 팔레르모 전투에서 다친 눈썹 부위의 상처를 치료하기 위해서였다. 하지만 지금 그것은 그때 일을 환기시키는 구실에 지나지 않았다. 그의 장난기는 왼쪽 눈 하나에 집중되어 나타났다. 흰 넥타이에는 진홍색 장식끈을 달았는데, 그것은 전에 그가 착용했던 붉은 셔츠를 연상시켰다. 그는 공작부인이 마차에서 내릴 때 손을 잡아주고, 소매자락으로 공작의 실크햇에 앉은 먼지를 털어주고, 사촌자매들에게는 캔디를 나누어 주었다. 어린 사촌들을 짖궂게 놀리다가는 곧장 피로네 신부 앞에서 무릎을 꿇는 포즈를 취하기도 했다. 또 짖어대는 벤디코를 달래고 가정교사 돔브르유 양을 위로했다. 그러면서 모든 사람의 마음을 사로잡았다.

물을 먹이기 전에 우선 몸의 열기를 식혀 기운을 회복하도록 마부들은 말을 천천히 몰면서 주위를 산책시켰다. 하인들은 농장 건물의 직사각형 그늘 쪽에 밀짚을 깐 뒤 그 위에 테이블 보를 폈다. 그렇게 해서 샘물터에서의 식사가 시작되었다. 주위에는 밀의 그루터기와 밀짚이 검고 노란 색으로 점점이 뒤섞여 파도처럼 들판이 끝없이 펼쳐져 있었다. 그 황량한 풍경에서 8월이 다 가도록 끝없이 비를 기다리는 시칠리아의 목마른 대지가 지르는 신음 소리가 들려오는 듯했다.

새로운 만남

한 시간 후, 기운을 회복한 일행이 다시 마차를 타고 길을 떠났다. 말들이 지친 탓에 속도는 처음 출발 때보다 느려졌지만 목적지가 가까웠으므로 오히려 더 빨리 가고 있는 것처럼 생각되었다. 낯익은 영지를 하나씩 지나가면서 주위의 풍경은 차츰 삭막함을 지우고 한결 생기있는 모습으로 펼쳐졌다. 조금 더 가면 가족이 종종 산책이나 소풍을 가곤 했던 건조지 드라고나라 협곡이 나오고 마돈나 데레 그라치에^{자애로운 성모} 수도원에 도착할 것이다. 그곳은 돈나푸가타에서 시작되는 가장 긴 산책로가 끝나는 지점이기도 했다.

공작부인은 잠들어 있었다. 돈 파브리치오 공작은 마차 안에서 느긋하게 부인과 단둘이 지내는 시간이 무척 마음에 들었다. 1860년 8월 하순이었다. 앞으로 3개월 동안 지내게 될 돈나푸가타 영지로 가는 길이었다. 그는 모든 것이 흡족했다. 그것은 단순히 돈나푸가타의 저택이나 그곳의 사람들 때문만은 아니었다. 아직 살아갈 만한 영지가 남아 있다는 사실 때문도 아니었다. 그는 팔레르모 저택의 천체관측소에서 느끼던 평온이라든가 어쩌다 마리앙니나와 보냈던 밀회에 대해서 더 이상 미련이 없었다.

지난 3개월 동안 팔레르모 거리에서는 대소동이 있었다. 그 떠들썩한 연극은 실제로 그에게 약간의 의구심을 일으켰다. 상황을 이해하고 붉은 셔츠의 괴물 가리발디를 기꺼이 맞이할 수 있는 사람은 자신뿐이라고 자부하고 있었다. 그런데 예상이 빗나갔던 것이다. 몇몇 경솔한 사람을 제외하면, 모든 팔레르모 시민들이 누구나 다 그 소동을 반기는 것처럼 보였다. 사촌형 마르비카는 '집정관'인 가르발디의 부하 경찰에게 체포되어 10일 동안 유치장에서 지내야 했다. 팔레르모에 남겨둔 그의 아들 파오로도 동일한 불평분자로 지목되었다. 하지만 파오로는 좀 어리숙한 측면을 보였으므로 유치한 모반계획과 연루되어 있음이 밝혀졌음에도 그냥 내버려 두었다. 그러나 대부분의 사람들은 공공연히 기쁨을 과시하면서 그들을 환영했다. 꽃모양의 삼색 휘장을 흔들면서 아침부터 밤까지 떼를 지어 몰려다니며 환호성을 지르고 웅변을 토하기도 했다.

 가르발디의 점령이 시작될 때 그런 야단법석이 일어난 것은, 어쩌다 큰길을 지나는 부상병들을 치켜세우는 환호성에서, 또는 골목에서 취조 받거나 고문 당하는 '밀정', 즉 패배한 기존 경찰들의 신음 소리에서 사람들이 사태의 흐름을 파악했기 때문이었다. 그 점은 필연적인 과정이었음을 인정해야 한다. 하지만 이제 부상병들의 상처는 아물었고 살아남은 '밀정'들은 다시 새로운 경찰의 일원으로 채용되었다. 결국 그 모든 소란은 참으로 바보스럽고 싱거운 소동에 지나지 않았다. 적어도 공작에게는 그렇게 보였다. 그럼에도 우스꽝스러움은 다만 어설픈 교화정책에 따른 피상적인 현상에 지나지 않는다. 일의 기본, 즉 경제나 사회 현상과 관련해서는 공작의 예상대로 만족스러운 것이라고 인정하지 않을 수 없었다.

농장관리인 돈 피에트로 루소는 약속을 지켰다. 살리나 저택 주위에서는 총소리가 나지 않았다. 팔레르모의 저택에서 중국제의 값비싼 도자기 세트를 도둑맞은 것은 순전히 파오로가 저지른 어리석음 때문이었다. 파오로는 정원에서 소작농을 시켜 그것을 상자 두 개에 넣어 포장하도록 시켰다. 그런데 포격이 있자 농부들을 버려두고 혼자 달아났다. 당연히 농부들은 기회를 놓치지 않았고 그것을 들고 가버린 것이다.

루소가 예언한 대로 피에몬테 사람들(공작은 그들을 전과 다름없는 호칭으로 불렀다. 그래야 마음이 편했기 때문이다. 사람들은 그들을 칭송할 때는 '가리발디파'라고 불렀고, 비웃고 싶을 때는 '가짜 가리발디당'이라고 불렀다)은 공작을 만나면서 모자를 완전히 벗지는 않았지만, 그래도 부르봉 왕조의 장교 모자처럼 생긴 붉은색의 주름진 모자챙에 적어도 손을 갖다대기는 했다.

6월 20일이었다. 피에몬테의 장군 한 명이 검은 단추가 달린 붉은 반소매 상의를 입고 살리나 저택을 찾아왔다. 공작은 하루 전날 탄크레디로부터 연락을 받았다. 부관을 대동하고 나타난 장군은 식당 천장에 있는 프레스코화를 감상할 기회를 허락해 달라고 정중하게 청했다. 그 요청은 흔쾌히 수락되었다. 공작은 재빨리 하인에게 거실에 걸린 정장 차림의 페르디난도 1세의 초상화를 치우게 하고 그 자리에 별 시비거리가 되지 않을 '예루살렘의 제물을 씻는 수조'라는 그림을 걸도록 지시했다. 정치적 이득과 미적 효과를 고려해서 취한 조치임은 두말할 필요도 없다.

30세 가량의 토스카나 출신인 장군은 무척 활달한 성격에 이야기를 즐기는 사람이었다. 좀 약삭빠르다는 느낌도 있었지만, 그래도 성장 배경이 좋고 호감이 가는 인물이었다. 그 장군이 집정관이 되어 통치를 시작한 지는 얼마 되지 않았지만 공작은 '각하'라는 존칭을 깎듯이 붙이면서 공손한 태도를 취했다. 부관은 19세의 젊은 견습생이었다. 그는 밀라노의 백작으로 잘 닦인 장화를 신고 있었다. 특히 그는 프랑스어를 발음하듯 'r'을 발음해서 아가씨들의 마음을 사로잡았다.

탄크레디도 그들과 함께 왔다. 그는 전투의 공로로 대위로 승진했다. 꼭 승진이라기보다는 어쩌다 보니 그렇게 된 셈이었다. 부상의 고초를 겪긴 했지만 그는 붉은 셔츠를 입고 승리자 무리들과 나누는 친밀감도 거부하지 않았다. 그 패들은 동질감의 표시로 흔히 서로를 '자네' 또는 '우리의 용감한 친구여!'라고 열정적으로 부르곤 했는데, 탄크레디도 그들과 만나면 코멘소리로 맞장구를 치곤 했다. 돈 파브리치오 공작의 눈에 그것은 일종의 비웃음처럼 보였다. 공작은 흠잡을 데 없이 정중한 태도로 장군과 부관을 대했다. 그러나 그들과 같이 시간을 보내면서 진심으로 유쾌했고 또 신뢰감이 생겼다. 그래서 공작은 3일 후의 저녁식사에 두 사람을 초대하기로 했다.

피에몬테의 장군이 노래를 부르기로 했다. 그러자 장녀인 카톨리나가 피아노 연주를 맡았다. 피아노 앞에 앉은 그녀의 모습은 너무도 사랑스러웠다. 황홀해진 장군은 시칠리아를 거의 찬양하는 노래, 〈내 님을 다시 만나네, 그리운 땅이여〉를 부르는 위험한 행동까지 보였다. 이 뜻밖의 일로 탄크레디는 그런 엉터리 노래는 들어보지도 못했다는 듯 언짢은 표정으로 악보의 페이지를 넘기고 있었다. 그 사이 부관인 밀라노의 백작은 장의자에 웅크려 앉은 채 콘쳇타와 오렌지꽃을 주제로 시인 알레아르도 알레아르디 1812~1878. 시인. 이탈리아 독립운동에 참가해 통일 후 하원 및 상원의원을 역임했다에 관한 이야기를 나누었다. 콘쳇타는 그의 말을 듣는 척 하면서도 속으로는 사촌오빠의 태도에 마음을 쓰고 있었다. 피아노를 비추는 촛불 때문에 실내가 다소 어둡긴 했지만 그날 밤의 연회는 시종일관 화기애애한 분위기로 진행되었다. 그후에도 좋은 분위기의 만남이 몇 번 더 이어졌다.

그러던 어느 날, 피에몬테의 장군은 추방령이 내려진 예수회 신부 명단에서 피로네 신부를 빼달라는 취지의 부탁을 받았다. 신부가 고령인 데다 지병이 있다는 이유를 들어서였다. 장군은 신부의 인품을 높게 평가하고 있었으므로 그 이유를 믿는 척하면서 뒤로 손을 썼다. 그래서 피로네 신부는 예전의 지위 그대로 저택에 머물 수 있었다. 돈 파브리치오 공작은 자신의 생각이 옳았다고 확신하게 되었다.

소용돌이의 시대에 장군은 특히 여행하는 사람에게 필요한 통행증 발급에 큰 도움이 되었다. 혁명이 일어난 해에도 살리나 가의 사람들이 피서를 떠날 수 있었던 것은 장군이 힘을 써준 덕분이었다. 우리의 젊은 대위, 탄크레디도 휴가를 내어 공작의 가족들과 함께 떠났다. 출발하기 위해서는 통행증뿐 아니라 다른 여러 번거로운 수속이 필요했다. 행정당국에서 지르젠티_{중세부터 20세기 초까지의 아그리젠트의 호칭}의 실질적인 '유력자'들과 물밑교섭을 하면서 긴 시간을 기다려야 했다. 교섭은 주로 피에트로 루소의 주재 하에 웃음과 악수와 금전으로 밀어부쳐 해결했다. 이렇게 해서 공작은 한층 더 쓸모 있는 다른 통행증을 손에 넣을 수 있었다. 이런 일은 그다지 특별한 경우도 아니었다. 한편 산더미처럼 쌓인 여행가방과 식료품을 옮기도록 요리사와 하인 몇 사람을 앞서 보내야만 했다. 그 모든 일들이 끝난 후에야 가족은 겨우 출발할 수 있었다.

 피에몬테의 장군과 그 부관이 꽃다발을 들고 배웅을 나왔다. 마차가 살리나 저택을 벗어나 한참을 갈 때까지 그들은 붉은 셔츠의 팔을 흔들었다. 마차 창문으로 검정 실크햇을 쓴 공작의 얼굴이 한 번 뒤를 돌아보았다. 그러나 젊은 부관이 꼭 한 번만 더 보고 싶었던, 레이스 장갑을 낀 콘쳇타의 손은 그녀의 무릎에 포개진 채 끝내 움직이지 않았다.

 여행은 사흘 동안 계속되었다. 여행길은 참담하기 그지없었다. 무엇보다 도로가 좋지 않았다. 사트리아노공이 총독의 지위를 잃게 된 발단이기도 했던, 시칠리아의 악명 높은 도로는 곳곳에 웅덩이가 패였고 흙먼지가 넘쳐났다. 그 외에도 온갖 장애물을 피해 마차를 세워야만 했다. 공증인의 친구인 말리네오의 집에서 보낸 첫날 밤은 그래도 견딜 만했다. 이튿날은 프리치의 싸구려 여인숙에서 보냈다. 침대 하나를 세 명이 써야 했고 밤새 빈대에게 물어뜯겨야 했다. 비사퀴노에서 보낸 셋째 날 밤에는, 다행이 빈대는 없었지만 파리들이 기승을 부려 공작은 셔벗 잔에서 세 번이나 파리를 건져냈다. 또 통로 가까운 곳에 '칸타로스의 방 변소'이 있어서 고약한 인분 냄새를 견디기 어려웠다. 그 때문인지 공작은 밤새 악몽에 시달렸다. 희미하게 여명이 밝아올 때쯤 그는 강렬한 악취를 느끼며 땀에 흠뻑 젖은 채 잠에서 깼다. 그는 그 끔찍한 여행길에 비추어 자신의 인생을 돌이켜 보았다.

처음에는 기분 좋은 평야를 걷는 듯했다. 그러다가 바위투성이의 산길을 힘겹게 올랐고 우뚝한 절벽 사이의 계곡을 빠져나왔다. 그러나 그렇게 생각한 것도 잠시, 절망과도 같은 오직 한 가지 색상만이 끝없이 펼쳐진, 사람 하나 없는 무인지대에 자신만이 홀로 남겨져 있었다.

새벽의 그 환상은 이미 중년을 넘어선 그에게 큰 충격을 주었다. 물론 낮이 되면 사라질 헛된 망상에 지나지 않았다. 그럼에도 그는 연륜에 비추어 알고 있었다. 그런 망상이야말로 마음속 깊이 비애를 침전시키고 날마다 조금씩 쌓이면서 결국 진짜 죽음을 불러들이는 것이다.

태양이 떠오르자, 공작의 마음에 떠올랐던 끔찍했던 망상은 다시 무의식이라는 은신처로 자취를 감추었다. 돈나푸가타가 가까웠다. 그가 유년기를 보냈던 곳이다. 저택과 분수대, 선조들의 추억이 떠올랐다. 그곳 사람들은 모두 친절했고 헌신적이었으며 순박했다. 다만 워낙 어지러운 시기인지라 염려되는 바도 없지 않았다. 최근에 일어난 그 소동 뒤에도 그 사람들은 전과 다름없이 충실한 태도로 그를 환대해 줄까?

'상황부터 보기로 하자.'

이제 거의 다 왔다. 말을 타고 가던 탄크레디가 밝은 표정으로 마차 창문을 들여다 보았다.

"외삼촌, 외숙모, 내릴 준비를 하세요. 5분 후에 도착입니다."

사려 깊은 탄크레디가 공작보다 앞서 마을에 들어갈 리가 없었다. 말은 속도를 늦추어 선두 마차와 보조를 맞추며 앞으로 나아갔다.

돈나푸가타의 환영식

영지로 들어가는 다리 맞은편에는 마을의 지도자격인 사람들이 수십 명의 농부들에게 둘러싸여 공작 일가를 기다리고 있었다. 마차가 다리 위로 들어서자 마을 음악대가 열성을 다해 〈우리는 집시〉를 연주하기 시작했다. 돈나푸가타 마을이 '우리의 공작님'을 맞을 때 늘상 해왔던, 조금 어색하긴 했지만 친밀감을 표시하는 환영의 첫 인사였다. 뒤에서 심부름하는 아이들이 달려가 공작의 도착을 보고하자 곧 성모교회와 성령수도회의 즐거운 종소리가 울려 퍼졌다.

'신의 가호로, 변한 게 없는 것 같구나.'

마차에서 내리며 공작은 그런 생각을 했다. 새로운 깃발인 삼색 장식띠로 머리를 묶은 촌장 돈 카로제로 세다라, 조금 그을은 듯한 넓적한 얼굴의 사제장 토로토리노, 국민군 대위의 자격을 표시하는, 주름과 깃털 장식의 옷을 입은 공증인 돈 치쵸 지네스트라, 그리고 의사인 돈 토토 잠보노가 기다리고 있었다. 자리타라는 소녀가 공작부인에게 꽃다발을 내밀었다. 가지런한 묶음은 아니었는데, 30분쯤 전에 저택 정원에서 꺾어 묶은 것이기 때문이었다. 성당의 오르간 연주자인 돈 치쵸 투메오도 함께 있었다. 엄밀히 보자면 그는 그 자리에 어울리는 신분은 아니었다. 공작과 함께 사냥을 다니는 동료이자 친구의 자격으로 나오게 된 것이다. 그는 공작을 기쁘게 해줄 요량으로 애견 테레지나를 데리고 나왔다. 코 위에 담갈색 반점이 두 개 있는, 붉은 털의 암컷 사냥개였다. 개를 데려온 건 좀 당돌한 행동이긴 했지만 공작은 기쁜 표정으로 그들을 맞았다. 공작은 진심으로 즐겁고 행복했다.

　베르디의 음악과 종소리가 명랑하게 울려퍼지는 가운데 공작은 촌장을 포옹하며 감사의 말을 전했다. 그런 다음 일일이 모든 사람과 악수를 했다. 농부들은 말없이 지켜보며 서 있었다. 호기심이 가득한 그들의 눈에는 어떤 적의도 보이지 않았다. 그들에게 공작은 해마다 바치는 공물과 약간의 소작료를 종종 잊어버리는 관대한 영주님이었다. 따라서 굳이 원한을 품을 만한 까닭은 없었다. 또한 그들은 살리나 저택과 교회 정문과 분수대 꼭대기,

또는 마조루카 타일 위에 새겨진 춤추는 형상의 수염 달린 '표범' 그림에 매우 친숙해 있었다. 농부들은 피케 piqué 직물의 면바지를 입은 진짜 '표범'이 누구에게나 친근하게 손을 내밀고 상냥하게 웃으며 즐거워하는 모습을 꼭 한 번은 눈으로 확인해보고 싶었던 것이다.

'문제는 없다. 모든 것이 예전 그대로다. 아니, 오히려 전보다 좋아질 수도 있다.'

탄크레디도 커다란 관심의 대상이 되었다. 전부터 누구나 그를 알고 있었지만 지금은 완전히 달라진 모습으로 나타난 것이다. 사람들은 그에게서 예전에는 어떤 것에도 신경 쓰지 않는 자유로운 한 젊은이를 보았지만 지금은 말그대로 자유주의를 신봉하는 귀족, 로조리노 피노의 친구, 팔레르모 전투의 명예로운 부상자를 보았다. 모든 사람들이 찬미하는 가운데 탄크레디는 마치 물 만난 고기처럼 자유롭게 헤엄쳐 다녔다. 그는 정말로 시골사람들의 기분을 좋게 해주었다. 농부들에게 사투리로 말을 걸어 농담을 하고 자기 자신과 자신의 상처를 웃음의 대상으로 삼았다. 그러나 '가리발디 장군'의 이름을 말할 때는 목소리를 낮추어 성체현시대 聖體顯示臺 앞에서 생각에 잠긴 신학생 같은 묘한 태도를 취했다. 그는 또 마을 촌장인 돈 카로제로 세다라가 해방의 날에 큰 활약을 했다는 소문을 기억하고 그 당사자를 향해 유쾌한 목소리로 소리쳤다.

"돈 카로제로, 크리스피 씨가 당신을 무척 칭찬하더군요."

그런 뒤 사촌동생인 콘쳇다의 팔을 잡고 나타나 다시 한 번 사람들을 놀라게 했다.

성당에서

하인과 아이들, 그리고 벤디코를 태운 마차는 곧바로 저택으로 향했다. 관습에 따라 외지에서 돌아온 사람은 집에 들어가기 전에 먼저 성모교회에서 열리는, 신의 영광을 칭송하는 〈테 데람〉 연주에 참석해야 했다. 성당은 가까운 곳에 있었으므로 모두가 행렬을 지어 그곳으로 향했다. 새로 도착한 사람들은 먼지투성이긴 했지만 그래도 위엄을 갖추어, 마을의 지도자들은 잘 차려입긴 했으나 한층 더 조심하는 태도로 차례로 걸어갔다.

맨 앞에 선 사람은 군복을 착용한 돈 치쵸 지네스토였다. 제복의 영예 덕분으로 그 자리를 차지한 것이다. 그 뒤를 이은 것은 부인과 팔짱을 낀 공작이었다. 그 모습은 새끼를 품고 얌전해진 암사자를 생각나게 했다. 탄크레디가 그 뒤를 따랐다. 그는 오른쪽에 콘쳇타를 동반하고 있었다. 콘쳇타는 사촌오빠와 나란히 성당으로 걷고 있다는 사실에 감격하여 거의 눈물이 날 지경이었다. 탄크레디는 도로의 구덩이, 버려진 야채나 과일 껍질 같은 것을 밟지 않도록 그녀의 팔을 잡아끌기도 했다. 그녀를 배려하는 마음에 좀 세게 당기기도 했는데, 그래도 콘쳇타는 전혀 불쾌하지 않았다. 그 뒤로 사람들이 제각기 줄지어 따라갔다.

오르간 연주자는 사냥개 테레지나를 집에 데려다 놓고 성당으로 가려고 서둘렀다. 연주 시간에 늦어서는 안 되기 때문이었다. 종소리는 여전히 즐겁게 울리고 있었다. 집들의 외벽에는, 두 달도 더 지난 지금까지 서툰 글씨로 '가리발디 만세' '비토리오왕 만세' '부르봉왕에게 죽음을' 등등의 빛바랜 문구가 남아 있었다. 하지만 지금은 벽 속으로 스며 들어가기를 바라는 것처럼 보이기도 했다. 성당 계단을 올라가는 동안에는 사방에서 폭죽이 터졌다. 마침내 그 작은 행렬이 교회 안으로 들어섰다. 바로 그때 숨을 헐떡이며 뛰어온 돈 치쵸 투메오가 자리를 잡고 뜨거운 마음을 담아 〈사랑하라, 알프레드〉를 연주하기 시작했다.

성당 안 붉은 대리석의 나즈막한 기둥 사이에는 호기심으로 몰려든 사람들로 빼곡했다. 살리나의 가족들은 둥그렇게 모여 앉았다. 짧은 의례가 진행되는 동안 대중은 돈 파브리치오 공작의 거대한 몸집을 보면서 놀라움을 금치 못했다. 한편 공작부인은 더위에 지쳐 거의 실신할 지경이었다. 탄크레디는 파리를 쫓는

척 하면서 몇 번인가 콘쳇타의 금발을 만지기도 했다. 모든 절차가 빈틈없이 진행되었다. 토로토리노의 설교가 끝나고 사람들은 제단 앞에 머리를 숙인 후 밖으로 나갔다. 광장은 햇빛으로 이글거렸다.

계단 밑에서 마을의 지도자들과 작별인사가 있었다. 미사가 진행되는 동안 낮은 목소리로 몸이 좋지 않다고 공작에게 호소했던 공작부인은 그날 저녁의 만찬에 촌장과 사제장, 그리고 공증인을 초대하기로 했다. 사제는 직업상 혼자였고 공증인은 독신주의여서 결혼하지 않았다. 그래서 공작부인은 아내가 있는 촌장에게만 부부동반으로 초대했다. 촌장의 아내는 농가 출신이면서 대단한 미인으로 소문나 있었다. 그런데 남편인 촌장은 몇 가지 이유를 들어 그녀가 사람들 앞에 나오지 못하게 하고 있었다. 그렇기 때문에 촌장이 아내의 건강이 좋지 않다고 말했을 때만 해도 사람들은 그러려니 했다. 하지만 그는 다음의 말을 덧붙여 모두를 놀라게 했다.

"영주님, 마님. 만일 허락해 주신다면, 제 딸 앙겔리와 함께 참석하고 싶습니다. 그 아이는 한 달 전에 성인이 되었습니다. 그 모습을 여러분께 보여드리고 싶습니다."

청원은 받아들여졌다. 한편 오르간 연주자 투메오가 사람들의 어깨 너머에서 어슬렁거리는 것을 보고 공작은 그를 향해 큰 소리로 말했다.

"그리고 자네! 물론 자네를 부른 걸세, 돈 치쵸 투메오. 사냥개 테레지나를 데리고 집으로 오게."

이어서 공작은 사람들을 향해 소리쳤다.

"그럼 여러분, 저녁식사 시간인 아홉 시 반에 모두 보게 되기를 기대하겠습니다."

공작의 마지막 말은 오랜 시간이 지날 때까지 돈나푸가타 지역에서 회자되었다. 아무것도 변하지 않았다고 믿었던 공작이 어처구니없게도 스스로 변한 모습을 내보이고 말았던 것이다. 그때까지 공작은 그처럼 친근한 말을 해본 적이 없었다. 그 말을 뱉는 순간부터, 물론 당장 눈에 띈 건 아니었지만, 그의 위세는 쇠락하기 시작했다.

별장관리인 로트로

살리나 가문의 별장은 성모교회와 바로 이웃해 있었다. 정문은 광장 쪽으로 나 있고 정면에서 보면 일곱 개의 발코니 창이 보였다. 저택의 본채는 폭이 200미터가 넘는 대단히 큰 건축물이었다. 그 너머에는 다채로운 양식으로 지어진 건물들이 세 개의 넓은 뜰을 둘러싸고 조화롭게 배치되었다. 바깥 쪽에는 담으로 둘러싸인 드넓은 정원이 펼쳐졌다. 광장으로 통하는 정문 앞에서 살리나 가족 일행은 새로운 환영 인사를 받았다. 별장 관리인인 돈 오노프리오 로트로 집사는 마을 입구에서 있었던 공식 환영행사에는 참가하지 않았다.

그는 원래 그런 행사에 한 번도 참석한 일이 없었다. 선대의 공작부인 카롤리나의 엄격한 교육과 훈도 때문이었다. 그는 '인민'이란 세상에 존재하지 않는다고 생각했다. 그리고 공작이 이곳 돈나푸가타의 별장에 있지 않을 때는 어딘가 다른 나라에 머물고 있다고 믿었다. 몸집이 작고 수염이 텁수룩한 그 노인은 자기보다 훨씬 어리고 씩씩한 아내를 옆에 세우고 집안의 하인들과 소총을 든 여덟 명의 농장 관리인들을 나란히 세운 뒤, 정문 앞에서 기다리고 있었다.

"영주님, 마님, 별장에 오신 것은 진심으로 환영합니다. 잘 오셨습니다. 지난 번 이곳을 떠나실 때 그대로 모든 것이 보전되어 있습니다."

집사 돈 오노프리오는 공작이 신용하는 몇 안 되는 사람들 가운데 한 명이었다. 또 그는 공작에게서 뭔가를 훔쳐가지 않는 유일한 사람이기도 했다. 그가 가진 청렴함과 정직성은 편집증적인 데가 있었다. 그 점에 관해 몇 가지 일화가 있었다.

한 번은 공작부인이 별장을 떠나면서 설탕이 든 리큐어liqueur, 정제 알코올에 설탕·향료를 섞은 혼성주의 일종를 절반 정도 마시고 남겨 두었다. 그런데 1년 정도 지나서 부인이 돌아왔을 때, 수분은 모두 증발하고 당분 덩어리가 된 리큐어 잔이 있던 자리에 그대로 놓여 있었다. 왜냐하면 그것은 '공작님의 재산 일부이므로 함부로 손 대면 안 되는 것'이기 때문이었다.

돈 오노프리오와 아내인 돈나 마리아의 공식적인 인사가 끝나자 공작부인은 서둘러 침실로 향했다. 딸들과 탄크레디는 더위를 피해 정원의 나무 그늘을 향해 달려갔다.

돈 파브리치오 공작과 집사 노인은 저택을 천천히 둘러보았다. 모든 것이 완벽한 상태로 잘 보존되어 있었다. 그림이 든 무거운 액자나 금빛 장정을 두른 오래 된 서적들도 먼지 한 점 없이 빛나고 있었다. 문 테두리의 회색 대리석도 햇빛으로 반짝이고 있었다. 모든 것이 50년 전과 똑같았다. 혁명의 거센 소용돌이를 빠져나온 공작은 기운이 되살아나면서 자신감이 솟구치는 것을 느꼈다. 그는 자기 옆에서 조심스런 걸음으로 걷고 있던 돈 오노프리오에게 거의 애무하듯 자애로운 눈길을 보냈다.

"오노프리오, 자네는 우리 재산을 지켜주는 수호신이야. 고마움을 어떻게 표시해야 할지 모르겠어."

지금까지 아무리 치하할 일이 있어도 공작이 말로 직접 그걸 표시한 적은 한 번도 없었다. 집사는 황공하면서도 너무 놀라서 그를 빤히 쳐다보았다.

"제 의무입니다, 영주님. 당연히 제가 해야 할 의무입니다."

그리고는 감격한 마음을 감추기 위해 왼쪽 새끼손가락의 기다란 손톱으로 귀를 후비는 척 했다.

결국 집사 노인은 홍차를 대접 받는 괴로움을 맛보아야 했다. 공작은 찻잔에 그득히 두 번이나 따라주었다. 그는 억지로 그것을 다 마셨다. 그런 다음 노인은 공작에게 돈나푸가타에서 있었던 몇 가지 일들을 보고했다. 2주 전에는 아퀴라 땅의 임대계약을 전보다 더 나쁜 조건으로 갱신해야 했으며, 객실의 지붕 수리에 얼마의 비용을 지출했으며, 그렇지만 금고에는 관리 비용과 세금, 자신의 급료를 제하고 영주님이 마음껏 쓸 수 있는 금액으로 3,275온스 16세기 초부터의 시칠리아 통화. 1820년에 금지되었지만 이후에도 습관적으로 사용되었다 가 남아 있다고 했다.

이어서 그해 벌어진 대소동에서 일어난 일들을 보고했다. 그것은 촌장 세다라 씨의 운에 대해서였다. 촌장이 대단히 급격한 상승세를 타고 있다는 것이었다. 6개월 전에 투미노 남작에게 융자해준 돈이 체불기한을 넘겨 저당 잡은 토지는 촌장의 것이 되었다. 또 1,000온스의 대부금으로 1년에 500온스의 이자를 받아 재산을 늘렸고, 4월에는 빵 한덩이 값으로 2사르마 1사르마는 약 1.7

헥타르의 토지를 수중에 넣었으며, 또 그 땅에는 잘 팔리는 석재가 많아서 그걸 채굴할 궁리를 하고 있으며, 뿐만 아니라 가리발디 군대가 상륙하기 직전, 어지러운 정세에 주민들의 식료품이 부족한 것을 빌미로 하여 터무니없이 비싼 가격으로 보리를 팔아 큰 돈을 벌었다는 것이다. 그런 일들을 하나 하나 설명하고 있는 노인의 목소리에는 원한 같은 것이 서려 있었다.

"저는 다섯 손가락을 꼽아 보았습니다. 돈나푸가타에서의 세다라 촌장의 수입은 이제 곧 영주님과 맞먹을 정도입니다. 더구나 그가 가진 재산은 이 고장에만 있는 게 아닙니다."

재산이 늘어나면서 그의 정치적 영향력도 막강해졌다. 그는 이곳 돈나푸가타 지역과 그 주변에서 자유주의 세력의 최고위급으로 올라섰다. 그래서 자신은 국정선거에서 토리노 의회의 하원의원으로 선출될 수 있다고 확신했다.

"그런데도 왜 그 모양일까요? 그는 영리한 사람이어서 그런 일은 없겠지만, 예를 들어 그 딸을 보면 알 수 있습니다. 기숙학교에서 돌아온 그 아가씨는 허리 밑을 부풀린 치마를 입고, 벨벳 리본을 늘어뜨린 모자를 쓰고 마을을 돌아다닙니다."

공작은 잠자코 듣고 있었다. 촌장의 딸이라면 오늘 저녁에 데려오겠다는 그 앙겔리일 것이다. 그는 성인이 된 양치기의 딸이 궁금해졌다. 변한 게 없다는 건 사실이 아닌 것 같았다. 양치기였던 돈 카로제로가 이제는 부유한 정치가로 변모했다. 그러나 그것은 충분히 예상된 일이었고 결국 치뤄야 할 청구서 같은 것이었다.

공작의 침묵으로 돈 오노프리오 집사는 당황했다. 마을에서 떠도는 소문 따위를 쓸데없이 늘어 놓았다고 후회했다.

"영주님, 목욕물을 데우도록 시켰습니다. 아마 지금쯤 준비가 되었을 듯합니다."

돈 파브리치오는 문득 피로감을 느꼈다. 세 시가 넘었다. 새벽부터 아홉 시간 가까이 뜨거운 햇빛 아래 있었던 셈이다. 그는 새삼 전신이 먼지투성이라는 점을 깨달았다.

"수고 많았네, 돈 오노프리오. 여러 가지로 고맙게 생각하네. 그럼 저녁식사 때 보세."

콘쳇타의 사랑

공작은 계단을 올라 실내로 들어갔다. 인레이드 직물의 벽걸이가 걸린 거실을 지나 햇빛이 미늘창을 통해 비쳐드는 방으로 들어갔다. 서재에는 부울17세기 프랑스의 도예가의 진자시계 소리만이 나직이 째각이고 있었다.

"참으로 조용하구나."

그는 회반죽의 흰색으로 칠해진 욕실로 들어섰다. 바닥에는 거친 타일이 깔려 있고 그 가운데 배수구가 있었다. 욕조는 매우 컸다. 긴 타원형의 욕조는 바깥쪽은 노란색, 안쪽은 흰색으로 칠해져 네 개의 튼튼한 나무받침대 위에 놓여 있었다. 차양이 없는 창문으로 햇빛이 거침없이 쏟아져 들어왔다. (벽에는 목욕가운이 걸려 있고 줄을 당겨 사용하는 의자 위에는 속옷이 개켜져 있었다. 또 하나의 의자에는 접혔던 흔적이 있는 겉옷이 놓여 있었다. 그 밖에 욕조 바로 곁에는 커다란 장미색 비누와 브러시, 물에 담그면 좋은 향의 유액이 나오는 밀기울 봉지와 커다란 스펀지 등이 있었다.)

돈 파브리치오 공작이 하인을 부르자 곧 두 사람이 물소리를 내며 양동이를 하나씩 들고 나타났다. 양동이 하나에는 냉수, 다른 하나에는 뜨거운 물이 담겨 있었다. 두 사람이 몇 차례 더 물을 날라와 타원형 욕조를 가득 채웠다. 그는 손으로 물의 온도를 적절히 맞추었다. 하인들이 물러가자 옷을 벗고 욕조에 들어갔다. 거대한 몸집 때문에 물은 금방 넘칠 것 같았다. 비누칠을 하고 몸을 문질렀다. 물의 온기 덕분으로 몸과 마음의 긴장이 풀리고 곧 졸음이 쏟아졌다. 바로 그때 문을 두드리는 소리가 들렸다. 하인 도메니코가 주뼛거리며 들어왔다.

"피로네 신부님이 즉시 영주님을 뵙고자 합니다. 옆방에서 목욕이 끝나기를 기다리고 있습니다."

공작은 놀랐다. 그러나 골치거리는 가능한 빨리 알아두는 게 최상책이다.

"괜찮아. 들어오라고 해."

'예수회 신부가 서두를 줄도 아는군.'

그런 생각을 하다가 문득 그는 신부 앞에서 복장의 예의를 갖춰야 한다는 점에 생각이 미쳤다. 서둘러 욕조에서 몸을 일으켰다. 피로네 신부가 들어오기 전에 목욕 가운을 걸칠 시간은 있을 줄 알았는데, 일은 그렇게 되지 않았다. 비누거품을 씻어내는 중에 신부가 욕실로 들어선 것이다. 물기를 닦을 수건도 없이 전라의 모습으로 신부와 마주서게 되었다. 그는 벗은 몸으로, 자욱히 피어오르는 수증기 속에 어깨와 팔의 물기를 뚝뚝 떨구면서, 거인 헤라클레스처럼 우뚝 서 있었다. 마치 알프스의 계곡에서 흘러내린 물이 론강, 라인강, 그리고 도나우강을 흘러 대지를 적시는 것 같았다.

피로네 신부가 공작의 벌거벗은 거대한 몸을 보는 것은 처음이었다. 영혼의 적나라한 고백인 '고해성사'에는 익숙했지만, 근친상간의 고백조차 눈썹도 까닥하지 않고 들을 수 있었지만, 태초의 아담과도 같은 그 무해하고 대담한 육체 앞에서 신부는 당황했다. 어찌 할 바를 몰라 황급히 변명하면서 나가려 했다. 공작쪽에서도 당혹스럽긴 매한가지였다. 그는 자신의 불편한 심기를 신부에게 되돌려주고 싶었다.

"바보 같은 짓은 그만해요. 그보다 목욕가운이나 집어줘요. 못하겠다면 손으로 직접 내 몸을 닦아주든가."

그는 언젠가 신부와 벌였던 언쟁을 떠올렸다.

"충고하건대, 파드레. 당신도 더 자주 목욕을 하세요."

늘 도덕적 설교로 기선을 제압하던 상대에게 위생상의 충고로 반격을 날렸다는 생각에서 공작은 내심 유쾌했다. 그가 가운을 입고 머리의 물기를 털고 목을 닦는 동안 피로네 신부는 그의 발을 닦아주었다.

커다란 몸 구석구석을 다 닦고 어느 정도 물기가 마르자 공작이 먼저 말을 꺼냈다.

"앉아요, 파드레. 뭐가 그리 급한 일인지 이야기 해보세요."

"사실은 이렇습니다, 영주님. 제가 어떤 미묘한 문제로 부탁을 받게 되었습니다. 영주님께는 아주 소중한 분이지요. 그럴 자격이 없는데 그 분은 저를 신뢰하여 마음을 열어주셨습니다. 그리고 그 마음을 영주님께 전하는 역할을 제게 맡기셨습니다."

뭔가 망설이는 듯 피로네 신부는 본론을 꺼내지 않은 채 변죽만 울리고 있었다. 결국 공작이 단도직입적으로 물었다.

"요컨대 파드레, 그 사람이 누굽니까? 공작부인인가요?"

그러면서 공작은 한쪽 팔을 쳐들었다. 위협하는 듯한 몸짓이었지만 사실 공작은 아직 덜 마른 겨드랑이를 닦으려던 참이었다.

"마님은 지금 쉬고 계십니다. 아직 뵙지도 못했어요. 그 사람은, 바로 콘쳇타 아가씨입니다."

그리고는 잠시 말을 그쳤다가 덧붙였다.

"콘쳇타 아가씨는 사랑에 빠졌습니다."

45세 뒤에 나오는 나이와 모순되지만 원문 그대로 옮김의 남자는, 자식이 사랑할 나이가 되었다는 사실을 알기 전만 해도 자신이 아직 젊다고 믿는 경향이 있다. 공작 또한 비로소 자신이 늙었다는 생각이 들었다. 사냥감을 쫓아 수 마일을 달리기도 했고, 신을 부르며 절규하기도 했고, 지금은 길고 힘든 여행을 끝내고 상쾌해졌으나, 그 모든 것은 지나갔다. 한 순간 그는 로마의 줄리아 궁정 뜰에서 양떼에 둘러싸인 채 많은 손자들의 수발을 받고 있는 백발 노인을 떠올렸다.

"어리석게도! 그 아이는 왜 그런 걸 당신에게 말한 겁니까? 어째서 내게 오지 않았나요?"

공작은 콘쳇타가 사랑에 빠진 상대가 누군지도 묻지 않았다. 그건 중요하지 않았다.

"영주님이 너무도 엄격하게 가장으로서 권위를 지키시고 애정을 표현하지 않으시니 그런 듯합니다. 불쌍하게도 아가씨는 너무도 겁을 내어 사제인 제게 상담을 요청했습니다."

돈 파브리치오는 깊은 한숨을 내쉬었다. 끝없는 하소연과 눈물, 달래주고 가르쳐야 할 말들을 떠올렸다. 신경질적인 딸아이가 돈나푸가타에서의 첫날을 망쳐놓았다.

"알아요, 파드레. 잘 알아요. 이 집에서 나를 찾는 사람은 아무도 없다는 거. 한심하군요."

공작의 금빛 가슴 털에서 물방울이 반짝였다. 욕실 바닥의 타일 위로 졸졸 물이 흐르고 있었다. 욕실은 밀기울의 유액 냄새와 아몬드 비누향으로 가득했다.

"그럼 내가 딸에게 어떻게 하면 좋을까요? 신부님 생각을 말해보세요."

한증막 속에 있는 듯 이글거리는 열기에 신부는 땀을 뻘뻘 흘리고 있었다. 이야기를 전했으니 그만 돌아가고 싶었지만 책임이 남아 그러지도 못했다.

"그리스도의 사랑에 기반하는 가정을 꾸린다는 것은 기쁜 일입니다. '가나의 혼례식'에서 예수님이 세례를 하신 것은……"

"말을 돌리지 마세요. 나는 지금 내 딸의 혼인을 말하는 것이지 일반적인 혼인에 대한 의견을 묻는 게 아니니까. 탄크레디는 정식으로 구혼을 했나요? 그게 언젭니까?"

5년 동안 피로네 신부는 그 젊은이에게 라틴어를 가르쳤다. 7

년 동안 그의 당돌한 행동과 장난기에 시달리기도 했다. 그리고 누구나 그렇듯이 그의 매력에 빠졌다. 그러나 최근 들어 탄크레디가 보이는 정치적 행태만은 도저히 인정할 수 없었다. 신부의 마음 속에는 오래된 애정과 새로운 미움이 겨루고 있었다. 그는 당장 뭐라고 대답해야 좋을지 몰랐다.

"정식으로 어떤 의사 표시는 하지 않았습니다. 그러나 콘쳇타 아가씨는 그를 믿어 조금도 의심하지 않습니다. 사촌이 하는 말이나 보내는 눈빛, 태도, 은밀한 암시를 아가씨는 그 맑은 영혼으로 믿고 있습니다. 자신이 사랑받고 있다고 믿고 있습니다. 총명하고 순종적인 콘쳇타 아가씨는 만일 그가 정식으로 구혼하게 되면 자신이 어떻게 응답해야 할지를 제가 대신해서 영주님께 여쭈어볼 것을 부탁했습니다. 아가씨는 이제 곧 구혼이 있을 것으로 생각합니다."

그 말을 듣고 공작은 조금 안심이 되었다. 딸아이는 언제 어떻게 젊은 남자, 더군다나 탄크레디 같은 남자의 속마음을 뚫어보는 안목을 가지게 된 걸까. 어쩌면 그것은 단순한 환상, 그러니까 기숙사 여학생들의 베갯머리 평화를 어지럽힌다는 '황금의 꿈' 같은 것에 지나지 않을지도 모른다. 그렇다고 해도 무슨 위험이 있는 것은 아니다.

위험, 그 말이 그의 머리속을 맴돌았다. 위험. 그러나 누가 누구에게 위험하다는 것인가? 자신은 콘쳇타를 무척 사랑하고 있다. 그 딸은 언제나 순종적이었다. 지나치게 강인한 아버지의 의지에 밀리면서도 절대 반항하는 태도를 보이지 않는 온순한 성격이었다. 그는 그 점을 좋아했다. 순종적이고 온순하다는 판단은 그가 과대평가한 것일 수도 있다. 그렇다기보다는 콘쳇타는 다만 마음의 평화를 깨뜨릴 소지가 있는 일은 아예 피해버리는 쪽이었다. 그래서 아버지가 어떤 변덕적인 명을 내려도 거부하려 들지 않았던 것이다. 그러나 지나친 요구 앞에서는 반발하는 눈빛이 스쳐 가곤 했다. 그런 점은 공작도 어느 정도 묵인했다.

분명히 공작은 딸을 사랑했다. 그러나 딸을 사랑하는 마음 그 이상으로 탄크레디를 아꼈다. 처음부터 그 젊은이가 지닌 재능과 명랑한 기질과 다정한 품성에 매혹되었다. 탄크레디는 세상물정을 이해하는 통찰력을 가졌고, 또 유행하는 선동문구들에 대처하는 재능이 있었다. 공작은 그런 문제에 일시적으로만 집중할 수 있었다. 사정에 통달한 사람의 눈으로 보면, 공작의 관심은 단순히 기분전환에 지나지 않았다. 어찌됐든 탄크레디가 가진 그 모든 장점이 공작의 마음에 들었던 것이다. 돈 파브리치오와 같은 유형의 귀족들은 다른 사람의 기분을 맞추는 일 따위는 거의 안중에 두지 않았다.

공작의 눈으로 볼 때 탄크레디는 앞날이 유망한 청년이었다.

그는 아마도 새로운 제복의 신흥계급이 새 정치질서를 계획할 때 최고의 기수가 될 것이다. 그에게 한 가지 부족한 면이 있다면 돈이 없다는 점이다. 돈, 이것만큼은 탄크레디가 전혀 가지지 못한 것이다. 정치계에 나서기 위해서는 무엇보다 자금이 필요하다. 가문의 이름은 더 이상 힘이 없다. 선거에서 표를 사기 위한 자금, 주민의 환심을 사기 위한 자금, 눈이 멀어버릴 정도로 화려한 저택을 차지하기 위한 자금. 그렇다. 호화롭고 커다란 저택을 차지하기 위한…….

콘쳇타가 가진 미덕과 총명만으로 그 재능 많고 야심찬 젊은이가 새로운 세계의 꼭대기로 향하는 좁고 위험한 계단을 무사히 올라갈 수 있도록 힘이 되어줄 수 있을까? 내성적이고 순종적이며 뒤로 물러나서 사색하기를 좋아하는 그녀가 과연 그런 역할을 해낼 수 있을까? 지금 그대로 귀여운 여학생인 채로 남지 말라는 보장이 없다. 그렇게 되면 그녀는 결국 남편의 앞길을 방해하는 장애물이 되고 말 것이다.

"어떻게 생각하나요, 파드레? 대사 부인으로서 빈이나 페테르부르크로 출발하는 콘쳇타의 모습을 상상할 수 있습니까?"

그러자 피로네 신부의 머리는 완전히 혼란에 빠졌다.

"도대체 그게 무슨 상관이 있는지요? 무슨 말씀인지 저는 전혀 모르겠습니다."

돈 파브리치오는 더 이상 설명하지 않고 다시 생각에 빠졌다. 자금? 지참금 정도라면 콘쳇타도 마련할 수 있다. 그것은 사실이다. 그러나 살리나 가문의 재산은 8등분으로 나뉜다. 똑같이 나누는 것도 아니다. 딸들의 몫이 훨씬 적다. 그렇다면 어떻게 될까? 탄크레디는 콘쳇타가 아닌 다른 상대가 필요하다.

마리아 산타 파우는 어떤가? 그녀는 이미 자기 명의의 토지를 네 군데나 가지고 있다. 친척들은 모두 사제이거나 검소한 사람들뿐이다. 스투라의 딸들 중에서도 생각해볼 수 있다. 얼굴은 못생겼지만 아무튼 굉장히 돈이 많은 집안이다.

사랑, 분명히 사랑은 필요하다. 그러나 사랑의 불꽃은 1년만 지나면 사그라들고 만다. 그 뒤의 30년은 그 사랑의 재로 살아간다. 그는 사랑이 어떤 것인지 잘 알고 있다……. 탄크레디라면, 그의 앞에 선 여자는 하나같이 잘 익은 배처럼 금세 무너지고 말 것이다…….

그는 한기를 느꼈다. 등의 수분은 증발하고 무릎은 차가워졌다. 손가락도 시려왔다. 이제부터 여러 가지 성가신 대화를 해야 할 것이다. 될 수 있는 한 피하고 싶지만…….

"자, 나는 이제 가서 옷을 갈아 입어야겠어요. 파드레, 콘쳇타에게 가거든 내가 화를 내지 않았다는 걸 말해줘요. 그 아이가 단순히 낭만에 빠져 변덕을 부리는 게 아니라는 점이 확실해지면 그때 다시 이야기 합시다. 그만 나가봐요"

교회에서 '장례'를 알리는 종소리가 나직한 음조로 울리고 있었다. 돈나푸가타에서 누군가가 죽은 것이다. 쇠잔한 육체는 비가 내릴 때까지 기다릴 힘이 없다. 죽은 자는 시칠리아의 여름이라는 이 가혹한 시간을 견뎌내지 못했던 것이다.

'행복한 남자다.'

공작은 수염에 로션을 바르면서 생각했다.

'운이 좋았던 거야. 딸이니 지참금이니 정계에서의 입신출세니 하는 그런 것들과는 아무 상관이 없는 곳으로 갔으니.'

짧은 순간이긴 했지만 그는 알지 못하는 죽은 자와 교감을 나누면서 마음을 가라앉혔다.

'죽음이 있는 한 희망이 있다.'

그는 생각했다. 딸이 결혼 문제로 고민하고 있는데 담담하기만 한 자신이 조금 우스웠다.

'요컨대, 그건 그들의 문제다 Ce sont leurs affaires, aprés tout.'

곤란한 문제에서 빠져나오기 위해 그는 프랑스어로 결론을 내렸다. 그런 다음 안락의자에 앉은 채 잠이 들었다.

암피트리테의 샘물

한 시간 후, 그는 한층 맑아진 기분으로 일어나서 정원으로 갔다. 태양은 이미 서쪽으로 기울어 한낮의 짓누르던 열기는 힘을 잃었다. 이 정원에서 가장 아름다운 나무들인 태평양 삼나무와 소나무, 떡갈나무의 잎들이 지는 햇빛을 받아 반짝였다. 정원 가운데로 난 길은 높은 월계수 울타리 사이로 완만하게 이어지고 그 길을 따라 이름 모를 신들의 반신상이 둘러서 있었다.

길 안쪽에서 바다의 신 넵투누스Neptune의 아내 암피트리테Amphitrite의 샘물 속으로 쏟아지는 분수의 물소리가 들렸다. 그녀와 재회할 시간이었다. 그는 서둘러 그쪽으로 향했다. 바다의 신 트리톤Triton의 소라고둥과 물의 정령 나이아스Naias의 조가비에서, 그리고 바다 괴물들의 콧구멍에서, 솟구친 물은 실처럼 가늘게 갈라지면서 다시 샘솟아 암피트리테 샘물의 푸른 수면을 탁탁 소리 내며 때렸다. 튀어오르는 물방울들은 크고 작은 거품으로 물결치고 튕겨나가 쉴새없이 소용돌이치며 흘렀다. 벨벳 같은 이끼를 품은 돌들 사이에서 샘물은 마치 영원한 쾌락을 약속이라도 하듯이 끊임없이 출렁였다. 서툰 솜씨의 장인이 만든, 그런데도 어딘가 품격과 아름다움이 느껴지는 둥그런 연못 가운데에는 조그만 섬이 있었다. 그 섬에는 민첩한 바다의 신 넵투누스가 엉큼한 미소를 띠운 채 아내 암피트리테를 포옹하고 있다. 드러나 있는 암피트리테의 배꼽은 물보라 속에서 석양빛을 받아 반짝였다. 그들은 이제 곧 물 그림자 속으로 들어가 은밀한 입맞춤을 나눌 것이다. 돈 파브리치오 공작은 발길을 멈추고 말없이 그것을 바라보았다. 추억이 되살아나면서 마음이 북받쳐왔다. 그는 잠시 동안 그렇게 서 있었다.

"외삼촌, 이국종異國種 복숭아를 보러 가지 않으실래요? 아주 잘 자랐어요. 그런 야한 조각물은 그만 보시죠. 외삼촌 연세의 남자에게 적절한 볼거리가 아닙니다."

쾌활한 탄크레디의 목소리로 공작은 공상에서 깨어났다. 조카는 고양이처럼 기척도 없이 불쑥 나타난 것이다. 그를 보는 순간 공작은 왠지 원망스러운 기분이었다. 지금껏 그런 적이 한 번도 없었는데 말이다. 군살 하나 없이 매끈한 몸매와 투명한 푸른 눈을 가진 이 멋쟁이 청년이야말로 바로 두 시간 전에 자신에게 죽음의 사념을 떠올리게 한 당사자가 아닌가. 그렇다면 이 기분은 원망이 아니라 불안이 모습을 바꾼 것이다. 사실 그는 탄크레디가 콘쳇타 이야기를 꺼낼까 봐 두려워하고 있었다. 그러나 조카의 접근 방식은 어떤 은밀한 사랑 이야기를 고백하려는, 적어도 그런 것은 아닌 듯 했다. 그는 안심했다. 공작을 바라보는 조카의 시선에는 젊은이가 연장자를 대하는 일종의 조소와 애정이 뒤섞여 있었다.

'젊은 사람들은 우리에게 의식적으로 친절하게 군다. 그러나 장례식 바로 다음 날이면 우리에게서 완전히 해방된다는 점도 잘 알고 있다.'

두 사람은 이국종 복숭아를 보러 갔다. 2년 전 독일에서 들여온 묘목을 꺾꽂이로 접목시킨 것이다. 과일이 많이 열리지는 않았다. 접목시킨 두 그루 나무를 합쳐도 고작 열두 개 정도였다. 그러나 복숭아는 벨벳 같은 솜털에 알이 굵고 달콤한 냄새가 났다. 양쪽 볼에 어렴풋한 장미색을 머금은 노란 과일은 왠지 수줍어하는 중국의 여인을 연상시켰다. 공작은 예의 그 섬세한 손가락 끝으로 과실을 살짝 건드렸다.

"먹기 좋게 잘 익었군. 아쉽지만 오늘 만찬에 내놓기에는 양이 적어. 내일 맛을 보기로 하자."

"그렇게 하시지요. 외삼촌. 저는 이런 순간의 외삼촌이 참 좋아요. 자기가 하는 일의 성과를 바르게 평가하고 정당하게 맛보는 즐거움. 외삼촌은 방금 '경건한 농부'의 모습을 보여주셨어요. 아까 그 엉큼한 눈길로 벌거벗은 조각상을 보고 있던 모습과는 전혀 다른 사람이라니까요."

"하지만 탄크레디, 이 복숭아도 그 사랑에서, 사랑의 행위로 태어난 거야."

"그렇군요. 그것도 사랑이죠. 가문의 수장으로서의 외삼촌과 정원사의 그늘 아래서 태어난 사랑. 오래 숙고한 뒤에 나오는, 그야말로 풍부한 사랑일 테지요. 그 사랑이……."

그렇게 말하고 그는 떡갈나무 숲 너머, 끊임없이 속살거리며 흐르는 샘물 쪽을 가리켰다.

"그 사랑이 사제의 입회하에 성립된 정당한 것이라고, 정말로 그렇게 생각하시는 겁니까?"

이야기가 이상한 방향으로 흐르자 돈 파브리치오 공작은 얼른 화제를 돌렸다.

현관 쪽으로 가면서 탄크레디는 자신이 들었던 돈나푸가타에 서 있었던 이런저런 연애사건들을 이야기했다. 농장관리인 세베리오의 딸 메뉴는 약혼자의 아이를 임신해 바로 결혼식을 올리게 되었다는 것, 코리키오는 까딱하면 배신당한 남편의 총에 죽을 뻔했다는 것, 등등.

"대체 너는 어디서 그런 이야기를 듣는 거냐?"

"저는 이해를 하니까요, 외삼촌. 제가 이해하기 때문에, 그들은 무슨 말이든 다 들려줍니다. 제가 이해심이 많다는 건 누구나 다 알고 있거든요."

비스듬히 굽은 모퉁이를 돌아서 긴 층계를 따라 꼭대기까지 올라갔을 때쯤에는 정원의 나무들 너머로 땅거미가 내리기 시작했다. 수평선이 보이는 바다 저쪽에서 거대한 먹구름이 피어오르고 있었다. 신의 분노가 가라앉은 것일까? 시칠리아에 깔렸던 지난 해의 먹구름은 올해 안에 끝을 맺을 것인가? 저 거대한 검은 구름에는 위안의 뜻이 담겨 있다. 몇 천, 몇 만의 사람들이 기다리는 것, 땅 속 깊은 곳에서 숨쉬고 있을 무수한 씨앗들이 기다리는 것, 저 먹구름은 그 기다림을 달래주고 있다.

"어쩐지 여름이 끝난 것 같군. 기다리던 비가 오면 좋으련만."

돈 파브리치오 공작이 중얼거렸다. 그 말은 일종의, 자부심 강한 귀족이지만 자신도 농부의 친구라는 점을 은근히 내비친 것이다. 사실 그에게 있어서 비는 그저 성가신 것에 지나지 않았다.

혁명 그 자체

돈나푸가타에서의 첫 번째 만찬이 모범적인 성격을 가지도록 공작은 세심한 주의를 기울였다. 15세 이하의 아이들은 식탁에 오지 못하도록 하고 프랑스 산 포도주를 준비하고 오븐에 구운 고기에는 로마식 펀치를 곁들이게 했다. 하인들은 머리에 분을 뿌리고 반바지를 착용했다. 한 가지 주목할 점은 야회복 차림이라는 관습적인 의무사항에 관해서였다. 야회복을 준비하지 못한 손님들이 난처하지 않도록 그 의무조항을 없애버렸다.

'레오폴드 방'으로 불리는 드넓은 객실에서 살리나 저택의 사람들은 그날 밤의 마지막 초대손님을 기다렸다. 레이스 달린 삿갓 밑에서 석유램프는 선명한 윤곽의 노란 빛을 퍼뜨리고 있었다. 살리나 가문의, 승마복을 입은 선조들의 거대한 초상화는 그들의 추억에 비추어 엄숙하고 막연한 영상에 지나지 않았다. 집사인 돈 오노프리오는 아내와 함께 이미 도착해 있었다. 작은 두 건이 달린 망토를 어깨에 걸친 사제장도 도착해서 마리아 기숙학교에서 일어난 사건에 대해 공작부인과 이야기를 나누고 있었다. 오르간 연주자 돈 치쵸도 왔다(애견 테레지나는 주방의 테이블 다리에 묶여 있었다). 그는 공작과 함께 드라고나라 협곡에서 거둔 사냥의 전리품들을 꿈처럼 추억하고 있었다. 모든 것이 평온했다. 그때 열여섯 살의 아들 프란체스코 파오로가 무서운 기세로 객실에 뛰어 들었다.

"아버지, 돈 카로제로가 계단을 올라오고 있습니다. 그런데, 연미복을 입었습니다!"

탄크레디는 누구보다 빨리 상황을 파악했다. 그는 마침 돈 오노프리오의 아내에게 환심을 사려던 참이었는데 그 말을 듣자 참지 못하고 웃음을 터뜨렸다. 돈 파브리치오 공작은 웃지 않았다. 막내아들이 전한 보고는 가리발디군이 마르사라 해변에 상륙했을 때보다 더 큰 충격을 주었다. 물론 그때는 충분히 예상하고 있었고 또 눈앞에서 일어난 사건이 아니었다. 전조나 상징에 민감한 공작은 지금 자기 집 계단을 오르고 있을 하얀 나비넥타이와 검은 연미복을 떠올리면서 혁명 그 자체를 본 것 같았다. 자신은 더 이상 돈나푸가타에서 제일 가는 자산가가 아니었다. 그리고 이제 그는 낮에 입었던 평상복 차림으로, 당연한 권리인 듯 야회복을 차려입은 초대객을 맞아야 했다.

기운이 빠져나가는 듯했다. 그 기분은 손님을 맞기 위해 문쪽으로 기계적인 걸음을 옮기면서도 계속되었다. 그러나 문을 열었을 때 들어서는 돈 카로제로를 보자 그 기분은 사라졌다. 정치적인 과시로 연미복은 성공했을지도 모르겠으나 품격이라는 측면에서 볼 때 손님의 옷차림은 참담할 정도로 실패작이었다. 최고급 영국제 옷감으로 만든, 최신 유행에 따른 스타일이었다. 그런데도 그 모양새는 정말이지 괴상했다. 구두쇠로 소문난 촌장 돈 카로제로는 그 지방 지르젠티Gilgenti 장인에게 재봉을 맡겼다. 본고장 런던 재단의 '지침서'는 그 기술자의 손에서 이상한 형태로 잘려지고 말았다. 연미복의 제비꼬리 끝은 마치 하늘을 향해 애원하듯 벌떡 일어섰고 양복 옷깃은 너무 넓어서 희극적이었다. 게다가 그가 신은 장화에는 단추까지 달려 있었다.

그런 차림새로 돈 카로제로는 장갑을 낀 손을 뻗으며 공작부인 쪽으로 나아갔다.

"딸이 죄송하다는 말씀을 전해달라고 합니다. 아무래도 채비가 덜 끝난 것 같습니다. 이런 경우의 숙녀가 어떠한지는 부인께서 더 잘 아실 테지요."

그렇게 말한 뒤 그는 파리풍의 가볍고 기묘한 표현을 사투리로 덧붙였다.

"하지만 금세 나타날 겝니다. 아시다시피 여기는 우리 집에서 아주 조금 떨어졌으니깐요."

그 '금세'는 5분이었다. 문이 열리고 앙젤리가 들어왔다. 그녀의 첫 인상은 사람들에게 충격을 주었다. 살리나 가족도 모두 숨을 죽였다. 탄크레디도 자신의 관자놀이 혈관이 떨리는 것을 느꼈다. 그 강렬한 아름다움에 충격을 받아 남자들은 그 미녀가 지닌 다른 결점들에 대해서는 말하기는커녕 알아채지도 못했다. 하나같이 냉정한 시각을 잃어버린 것이다.

그녀는 키가 컸으며, 공평하게 말해서 대단히 멋진 스타일을 갖추고 있었다. 크림색의 피부에서는 그 살결에 잘 어울리는 신선한 크림 냄새를 풍겼다. 귀여운 입술은 딸기향을 연상시켰다. 부드럽게 물결치는 연한 검정색 머리칼은 큼직하게 묶어 올렸다. 이마 밑에서 갈색 눈동자는 마치 조각상의 눈처럼 움직이지 않는 듯 하면서도 어딘가 비정한 색조를 띠우며 새벽별처럼 빛났다.

그녀는 희고 넓은 드레스를 나부끼며 가볍게 걸어왔다. 자신의 아름다움을 확신하는 여성이 그렇듯이, 침착하고 자신감에 넘치는 당당한 모습이었다. 몇 달이 지난 후에야 사람들은 그토록 자신만만하게 등장했던 그 순간의 그녀가 실제로는 너무나 불안해서 거의 실신하기 직전이었다는 사실을 알게 되었다.

앙겔리는 그녀 쪽으로 달려간 공작에게 눈길도 주지 않았다. 꿈이라도 꾸는 듯 미소를 띤 탄크레디 앞도 그냥 지나쳤다. 그리고는 공작부인의 안락의자 앞에 이르러 멋진 허리를 가볍게 굽혀 인사를 했다. 시칠리아에서는 흔치 않은 그 인사법은 매력적인 미인에게 이국적인 신선함까지 더해주었다.

"앙겔리, 오랫동안 만나지 못했군요. 많이 변했어요. 어디까지나 좋은 쪽으로 말이에요."

공작부인은 자기 눈을 믿을 수가 없었다. 기억 속에서 그녀는 4년 전까지만 해도 볼품없는 옷차림에, 오히려 못생겼다는 인상을 주었던 소녀였다. 지금 눈앞에 있는 풍만한 아가씨의 이미지와는 도무지 연결되지 않았다. 공작에게는 분명한 기억이 남아있지 않았다. 그는 다만 예측이 완전히 빗나갔다는 점을 알았을 뿐이었다. 아버지의 연미복이 가져온 충격이 이제 딸의 미모가 주는 충격으로 바뀐 것이다. 처음에는 검은 의상이었고 다음에는 유백색의 피부였다. 하지만 두 번째의 재봉솜씨는 실로 멋지게 완성된 것으로 인정하지 않을 수 없었다. 그러나 공작은 노련한 사람이었다. 곧 그녀의 진정한 매력을 알아보고 싶었다. 그래서 예전에 그가 보비노 공작부인이나 람페두사 공작부인에게 했던 것처럼 다정하고도 품위있게 그녀에게 말을 걸었다.

"시뇨리나signorina, 미혼 여성의 경칭. 아가씨 앙겔리, 당신처럼 아름다운 꽃을 저희 집에 맞이하게 되어 그지없이 행복합니다. 언제라도 다시 찾아주기를 기대하겠습니다."

"감사합니다, 공작님Principe. 당신께서 보여주신 호의는 이전부터 저희 아버지께 베풀어주신 친절과 조금도 다르지 않습니다."

살짝 딱딱한 느낌은 있었으나 목소리는 아름답고 차분했다. 피렌체의 기숙학교에서 생활했기 때문인지 그녀의 말투에는 지르젠티 지방의 사투리가 거의 남아 있지 않았다. 대신 시칠리아어의 딱딱한 울림이 조금 있었다. 그 딱딱한 발음까지도 그녀가 보여준 밝고 침착하고 우아한 아름다움과 멋진 조화를 이루었다. 피렌체에서 그녀는 '영주님'이라는 존칭 대신에 공작님으로 부르는 법을 배웠던 것이다.

여기서 탄크레디에 대해 언급할 만한 일은 전혀 일어나지 않았다. 그는 돈 카로제로에게서 앙겔리를 소개받으면서 그녀의 손에 입 맞추고 싶다는 충동을 겨우 참았다. 잠시 동안 푸른 눈동자로 지긋이 그녀에게 빛을 보냈지만 결국 그는 로트로 부인의 상대로 남아야 했다. 부인의 말을 듣는 척은 했지만 한 마디도 귀에 들어오지 않았다. 한편 어두운 구석에 앉아 있던 피로네 신부는 명상 속에서 성서 구절을 생각하고 있었다. 그런데 그날따라 유독 데릴라, 유디트, 에스텔 등 구약에 나오는 미녀들만 떠올랐다. 드디어 객실 중앙의 문이 열리고 주방장이 '식사입니다'PRAN PRON, 시칠리아의 말투. 이탈리아어라면 'PRANZO PRONTO'라고 소리쳤다. 식사 준비가 다 됐다는 것을 알리는 이상한 울림의 신호였다. 사람들은 모두 식당으로 향했다.

앙겔리와 탄크레디

경험이 많은 공작은 초대객에게 먼저 포타주potage, 되직한 수프로 시작하는, 시칠리아 방식의 만찬 절차를 따르지 않았다. 자신의 취향을 지키기 위해 정통 요리 코스를 깨는 일에 조금도 개의치 않았던 것이다. 한편 식사의 첫 번째 코스로 그다지 맛이 없는 수프가 나오는 외국의 풍습에 대해 이곳 사람들도 알았다. 그래서 만찬이 시작되기 전부터 일말의 우려를 숨기고 있었다.

따라서 녹색과 금색 옷을 입고 머리에 분을 뿌린 하인 세 명이 각각 높이 쌓아올린 마카로니가 든 팀발로timballo, 고기·야채 등

^을 _{원통형으로 만들어 구운 파이}가 담긴 커다란 은쟁반을 가지고 들어왔을 때, 스무 명 중 네 명을 제외하고 일제히 환호성을 터뜨렸다. 네 명이란, 미리 알고 있었던 공작과 공작부인, 그리고 앙겔리와 콘쳇타였다. 앙겔리는 도도한 척 하느라, 콘쳇타는 식욕이 없었기 때문이었다. 다른 사람들은 모두 황홀한 듯 피리소리 같은 탄성이나 날카로운 목소리를 터뜨리면서 각자 자기 식으로 만족감을 표시했다. 다만 주인인 공작이 엄격한 눈으로 일동을 돌아보았기 때문에 곧 감정을 숨기고 예의를 차렸다.

순서는 차치하고라도 푸짐하고 먹음직스러워 보이는 미트파이만으로도 찬탄을 자아내기에 충분했다. 알맞게 잘 구워져 연한 갈색을 띤 금색 껍질, 설탕과 계피의 향긋한 냄새. 그러나 그것도 전주곡에 지나지 않았다. 나이프로 딱딱한 파이를 자르자 그때부터 진정한 만찬의 즐거움이 시작되었다. 향을 가득 품은 김이 피어오르고 곧 이어 닭의 간, 삶은 새알, 얇게 썬 햄, 닭고기, 송로_{truffe, 프랑스 특산 버섯의 일종. 세계 3대 진미의 하나} 등이 혀가 데일 듯 뜨겁고 기름진 마카로니와 버무러져 있었다. 마카로니는 고기의 육즙으로 익혀 연한 황갈색의, 이루 말할 수 없이 식욕을 자극하는 색조를 띠고 있었다.

지방에서 흔히 그렇듯이 만찬이 시작되자 모두가 먹는 일에만 열중했다. 사제장은 십자를 그은 후에는 더 이상 한마디도 하지 않고 오직 먹는 데만 몰두했다. 오르간 연주자는 눈을 감은 채로 육즙을 핥고 있었다. 그는 토끼와 도요새 사냥에 재능을 허락하신 덕분으로 어쩌다 이처럼 황홀한 음식을 먹을 수 있게 해주신 신께 감사드렸다. 그러면서 이 파이 한 조각만 있다면 자신과 테레지나는 한 달을 보낼 수 있을 거라고도 생각했다. 그리고 앙겔리, 우리의 아름다운 앙겔리는 토스카나의 특산 파이 '밀리아쵸'와 예의범절은 깡그리 잊어버리고, 다만 17세의 왕성한 식욕과 가운데를 꼭 잡은 포크가 시키는 대로만 집중했다.

탄크레디는 식욕을 성욕과 연관시켜, 포크로 입에 가져가는 향기로운 음식에서 옆자리의 앙겔리와의 입맞춤의 맛을 상상해보려 했다. 그러나 그 상상이 너무 천하다는 생각이 들어 그 문제는 적어도 케이크를 맛볼 때까지 미루기로 하고 식욕만 즐기기로 했다. 돈 파브리치오 역시 눈앞에 있는 앙겔리의 미모에 빠지긴 했지만, 그러나 셔벗 '두미 그라스'의 맛이 지나치게 강하다는 걸 알아차리고 내일 요리사에게 일러 주어야겠다는 생각을 했다. 다른 사람들은 먹는 데 정신이 팔려 그런 점까지 알아채지 못했다. 그러나 요리를 정말로 맛있게 해주는 힘은 집안 깊숙히 자리잡고 있는 기운, 오라 인체나 물체가 주위에 발산한다고 하는 신령스러운 기운 라는 사실은 아무도 생각하지 않았다.

모두가 즐겁고 만족했다. 단 한 사람 콘쳇타만 제외한다면. 그녀는 앙겔리를 포옹하고 입맞춤으로 인사를 하면서 앙겔리가 부르려 했던 경칭인 '귀하'를 거절하고 소녀시절부터의 친근한 호칭인 '당신'으로 이야기하자고 제안했다. 하지만 연한 푸른색 속옷 밑에서 그녀의 심장은 죄여들 것만 같았다. 살리나 가문의 기질인 난폭한 피가 거꾸로 돌아, 단아한 표정을 짓고 있긴 했지만, 속으로는 끔찍한 환상을 돌리고 있었다.

탄크레디는 그녀와 앙겔리 사이에 앉아 있었다. 양심의 가책을 느끼는 사람 특유의 끈질기다 싶을 정도의 정중한 태도로 옆의 두 사람을 똑같이 챙기면서 달콤한 말과 재담을 공평하게 들려주었다. 그러나 욕망의 흐름은 이내 침입자 쪽으로 흘러가기 시작했다. 콘쳇타는 그것을 동물적인 직감으로 느낄 수 있었다. 미간 사이 주름이 더욱 깊어지면서 마음 속에서는 죽고 싶다는 소원과 죽이고 싶다는 욕망이 싸우고 있었다. 그녀는 포도주잔을 들면서 새끼손가락을 위로 올리는 앙겔리의 무식한 행동을 눈치챘고, 그녀의 목덜미에서 붉은 반점을 찾아냈고, 또 그녀가 이빨 사이에 낀 음식물을 손톱으로 빼려다가 그만 둔 것도 놓치지 않았다. 그러면서도 상대가 냉철한 성격을 지녔다는 점도 분명히 감지했다.

그러나 그런 것은 모두 사소한 문제였다. 앙겔리의 관능적 매력 앞에서는 아무런 힘도 없었다. 콘쳇타는 급박한 상황에 처한 미장이가 납으로 된 물통에 달라붙듯이 절망적인 생각을 담아 매달렸다. 자신이 눈치챈 것을 탄크레디도 알고, 그래서 가정환경과 교육의 차이의 확실한 증거로 불쾌감을 느껴주기를 간절히 원했다. 그런데 탄크레디도 그런 건 이미 알고 있었지만 웬일인지 전혀 효과는 없었다. 절세의 미녀 앞에서 청춘의 피는 이미 끓어올랐다. 또 야심만만한 가난한 남자의 뇌수 속에서 재력을 가진 젊은 여자, 다시 말해 이해타산이라는 자극에 현혹된 것이다.

만찬이 막바지에 접어들면서 화제는 차츰 다양해졌다. 돈 카로제로는 품위 없는 사투리를 쓰면서도 특유의 날카로운 직감으로 가르발디 군대의 정복 과정에서 엇갈리며 생겨난 사건들을 늘어놓았다. 한편 공증인은 공작부인에게 지금 '길에서 벗어난 곳'(즉 돈나푸가타에서 100미터 떨어진 곳)에 건설 중인 작은 별장에 관한 이야기를 들려주었다.

기도와 식사, 샤브리 산 포도주에 취하고 또 만찬에 참석한 모든 남성들의 영접에 취해 앙겔리는 탄크레디에게 팔레르모에서의 '빛나는 공로' 이야기를 해달라고 졸랐다. 그녀는 테이블 위에 팔꿈치를 대고 손으로 볼을 받치고 있었다. 취기와 흥분으로 발그레해진 그녀의 볼은 사람들에게 기분 좋은 긴장감을 느끼게 했다. 팔목과 손가락, 그리고 손끝에 놓인 흰 장갑이 아라베스크 문양을 만들고 있었다. 탄크레디는 거기서 절묘한 우아함을, 콘쳇타는 혐오감을 느꼈다. 탄크레디는 그녀의 아름다움에 사로잡혀 황홀해 하면서도 전쟁을 아주 가볍게, 마치 아무 의미도 없다는 듯이 말했다. 지빌로사를 향해 가던 밤의 행군, 비크시오와 라마사 중간지역에서 벌어졌던 작은 전투들, 테르미니를 앞에 두고 공격전을 펼쳤던 일들에 관한 이야기들이었다.

"그건 내가 아직 눈에 연고를 바르기 전의 일이었어요. 재미있는 일들이 참 많았어요. 아시겠어요, 시뇨리나? 그 중에서도 가장 재밌었던 건 5월 25일 저녁, 이 상처를 입기 몇 분 전의 일입니다. 가리발디 장군은 오리리오네 여자 수도원 꼭대기에 파수대를 세울 생각이었죠. 그래서 수도원 문을 두드렸어요. 몇 번이나 두드려도 끝내 열어주지 않더군요. 일반인의 출입이 금지된 수도원이었던 겁니다. 다소니, 알드리게타, 그리고 다른 몇 명과 함께 총으로 위협하며 문을 열라고 엄포를 놓았지만, 결국 열리지 않았어요. 그래서 우리는 근처에 포격을 맞은 집으로 가서 대들보를 하나 들고 왔습니다. 문은 큰 소리를 내며 부서졌어요. 안으로 들어가보니 아무도 없더군요. 그런데 복도 구석에서 절망적으로 낑낑대는 소리가 들리는 겁니다. 수녀들이 숨어 있었어요. 제단 가까운 곳에서 한덩어리로 웅크려 있더군요. 열명이 넘는 흥분한 젊은이들 앞에서. 정말로 그 수녀들은 무엇이 무서웠을까요? 참으로 웃기는 장면이었습니다. 못생긴 데다 주름투성이인 할머니들뿐이었거든요. 검은 수녀복을 입고서 눈을 둥그렇게 뜨고 우리를 받아들이려는……. 허겁지겁 순교(?) 준비를 하고 있는 게 아니겠습니까. 암캐처럼 코를 킁킁거리면서요. 호남아인 다소니가 외쳤습니다. '여러분, 우리는 아무 짓도 하지 않습니다. 우리의 관심은 다른 데 있습니다. 여러분이 만약 수습수녀들을 만나게 해준다면 우리는 얌전히 돌아가겠습니다!' 모두 배를 잡고 웃어댔지요. 그러고선 맥이 풀린 수녀들을 그냥 놔두고 2층으로 올라가 테라스에서 왕국 군인에게 총알을 퍼부었던 것입니다."

앙겔리는 여전히 팔꿈치로 얼굴을 받친 채 젊은 암늑대처럼 하얀 이를 모두에게 보이며 웃었다. 그녀는 그 농담을 유쾌하게 받아들였다. 다만 폭행 가능성 운운에는 당황해서 아름다운 목을 움찔거렸다.

"모두 정말 재미있는 분들이시네요. 저도 함께 하고 싶을 정도로요."

탄크레디는 사람이 바뀐 것처럼 보였다. 젊은 아가씨의 관능적인 '오라'가 가져온 흥분 때문일까. 어조는 한층 활기를 띠고 기억도 생생해졌다. 한 순간 그는 좋은 가문 출신의 청년에서 야만적인 병사로 변신했다.

"시뇨리나, 만약 당신이 계셨더라면 수습 수녀 같은 건 필요 없었을 겁니다."

앙겔리는 집에서도 자극적인 농담을 들을 기회는 얼마든지 있었다. 그러나 이중적인 어법으로 성적 희롱의 대상이 된 것은 이것이 처음이었다(하기야 이것이 마지막은 아니었지만). 기발한 농담이 마음에 들었는지 웃음소리가 높아지다가 한순간 높고 날카롭게 울려퍼졌다.

이것을 계기로 모두 자리에서 일어났다. 탄크레디는 몸을 굽혀 앙겔리카 마루에 떨어뜨린 깃털 부채를 주웠다. 일어나면서 그는 얼굴을 붉힌 콘쳇타의 속눈썹에 눈물 방울이 맺힌 것을 보았다.

"탄크레디, 그런 추잡스러운 이야기는 고해신부님께 하세요. 식탁에서 젊은 여자에게 할 얘기가 아닙니다. 적어도 제가 동석하고 있는 자리에서는 더욱 그렇습니다."

그 말을 들으면서 탄크레디는 등을 돌렸다.

별들의 세계

침실로 가던 도중에 돈 파브리치오 공작은 작은 발코니 앞에서 걸음을 멈추었다. 아래에 펼쳐진 정원은 그늘 속에 잠긴 채 잠들어 있었다. 가라앉은 대기 속에서 나무들은 납을 녹인 것처럼 무거워 보였다. 가까이 솟아 있는 종루 근처에서 마치 이 세상의 소리가 아닌 듯한 올빼미 울음소리가 들려왔다. 하늘에는 구름한 점 없었다. 저녁에 보았던 먹구름은 어디로 갔는지 흔적도 없이 사라졌다. 아마도 신의 벌이 약한 곳, 죄가 적은 땅으로 떠났을 것이다. 별들은 어둠침침한 빛으로 두꺼운 열기의 대기층을 뚫고 스며나왔다.

공작의 상념은, 다가갈 수도 만질 수도 없지만 그러나 어떤 대가도 요구하지 않고 즐거움만 주는 별들의 왕국으로 향했다. 예전에 그랬듯이 그는 몽상 속에서 천체 운행을 계산하는 노트를 손에 들고 차가운 하늘로, 그 순수한 지성의 세계로 한시라도 빨리 돌아가고 싶었다. 아무리 어려운 계산이라도 언제든 올바른 답을 찾아낼 수 있을 것이다.

'오직 그들만이 맑은 영혼의 품성을 간직하고 있다.'

그는 이 세상의 방식에 따라 생각했다.

'도대체 누가 묘성昴星, 이십팔수(二十八宿)의 열여덟째 별자리의 별들. 황소자리의 플레이아데스성단에서 가장 밝은 6~7개의 별의 지참금이나 시리우스성의 정치적 입신, 직녀성의 침실에서의 일에 신경을 쓰겠는가.'

오늘은 좋지 않은 날이었다. 복부의 압박감이 그러했고, 또 별들도 그렇게 가르치고 있었다. 그는 보통 쓰이는 천체도에 별을 끼워 맞춰보는 대신, 눈을 뜰 때마다 머리 속에서 하나의 도형을 그려보는 것이다. 위쪽 두 개의 별이 눈에, 아래의 하나는 턱 쪽에 해당된다. 그는 충격을 받을 때마다 이 삼각형의 기이한 얼굴

도형을 성좌 속에 비추게 되었다. 카로제로의 연미복, 콘쳇타의 사랑, 탄크레디의 유별나던 흥분, 자신의 우유부단, 거기에 앙겔리의 무서울 정도의 아름다움도 그렇다. 나쁜 일뿐이다. 산사태의 전조처럼 바위가 움직이고 있는 것이다. 탄크레디, 그 아이의 생각은 옳다. 나도 찬성이다. 될 수 있으면 힘을 빌려주자. 그러나 조금 치사한 구석이 있다는 점도 부정할 수 없다. 그 점은 자신도 탄크레디와 별반 다르지 않다.

"그만 하고 잠이나 자자."

벤디코가 어둠 속에서 그의 무릎에 머리를 비볐다.

"벤디코. 너도 그들과 닮았어, 저 별들과……. 다행히도 마음을 들킬 일도 없고 괴로움을 만들 일도 없지."

그는 어둠 속에서 잘 보이지 않는 개의 머리를 들어올렸다.

"게다가 너는 코와 같은 높이에 눈이 있다. 턱이 없는 네 머리로는 결코 악령을 불러낼 수 없을 거야."

여자 수도원

수백 년 동안 이어온 전통에 따라 돈나푸가타에 도착한 다음 날 살리나 가 사람들은 성령 SANTO SPIRITO 수도원으로 가서 공작의 선조인 성녀의 묘에 참배하러 갔다. 코르벨라는 수도원을 설립한 후, 지원을 계속하면서 성인과 같은 생활로 신앙에 봉사하다가 생을 마쳤다.

   수도원은 엄격하게 출입금지의 규칙을 지키고 있었다. 즉 남성의 출입은 금지되었다. 돈 파브리치오 공작이 이곳을 방문하는 것은 특별한 경우였다. 설립자의 직계후손인 그는 출입금지의 원칙에서 제외되었던 것이다. 그 특권을 나누어 가진 사람은 오직 한 사람, 나폴리 왕뿐이었다. 그 점에서 공작은 큰 자부심을 가지고 있었다.

   그가 성령수도원을 좋아하는 진정한 이유는 그 수도원이 규범을 지키려는 완고한 의지를 가졌기 때문이었다. 또 다른 이유로 돔형의 천장 가운데 새겨진 '표범'을 좋아했다. 그 밖에도 소박하고 수수한 분위기의 면회실, 대화 창구의 이중 격자창, 전할 편지나 메시지를 운반하는 나무 달구지, 또 남성인 공작과 왕의 전용 출입문 등, 그 전반적인 분위기를 좋아했기 때문이다. 거칠고 검은 수녀복 위에 유난히 도드라져 보이는 미세한 주름 모양의 하얀 리본을 가슴에 단 수녀들도 마음에 들었다. 여자 수도원장이 되풀이 말하는 성녀에 얽힌 기적 이야기를 듣고 있노라면 공작은 늘 새롭고 넉넉해지는 마음이 되곤 했다. 또 수도원장이 정원 한쪽을 가리키면서 성녀의 금욕적인 생활에 화가 난 악마가 돌을 던졌는데, 공중에서 그 돌이 멈춘 지점이라고 설명할 때면 왠지 절실한 감정이 솟구치곤 했다.

성녀가 거주하던 방 벽에는 판독이 불가능한 두 통의 편지가 액자에 들어있었다. 그 유명한 편지를 보면서 그는 언제나 그랬듯이 경이로움에 사로잡혔다. 그 중 한 통은 성녀가 선의 길로 악마를 인도하기 위해 쓴 것이고 다른 한 통은 그 충고를 따를 수 없어 정말로 안타깝다는 내용을 담은 답장이라고 했다.

또 그는 수녀들이 전통적인 방식으로 만드는 아몬드 과자도 좋았다. 성무일과의 합창을 듣는 것도 즐거웠다. 공작은 창립자인 성녀 코르벨라의 뜻을 이어받아 자신의 수입에 비추어 상당히 큰 액수의 돈을 그 종교공동체에 지속적으로 기부해왔다.

그날 아침, 살리나 가족들은 즐거운 마음으로 두 대의 마차를 타고 마을에서 조금 떨어진 수도원으로 향했다. 첫 번째 마차에는 공작과 공작부인, 그리고 딸 카롤리나와 콘쳇타가 타고 있었다. 그리고 두 번째 마차에는 탄크레디와 딸 카테리나, 피로네 신부가 타고 있었다. 탄크레디와 피로네 신부는 수도원의 '벽 바깥'에서 기다리며 면회실에서 달구지로 운반해온 아몬드 과자를 대접받게 된다. 콘쳇타는 좀 멍한 표정이긴 했으나 한결 평온해진 듯했다. 공작은 어제의 일이 어떤 후유증도 남지 않기를 바랐다.

남성의 출입이 금지된 수도원에 들어가는 것은 아무리 대단한 권리를 가진 사람이라 해도 그리 간단한 문제가 아니었다. 수녀들은 일단 형식적으로나마 몇 차례에 걸쳐 거절하는 뜻을 내비쳤다. 이미 허락이 전제된 상황에서 그런 태도는 일종의 긴장과 재미를 더해주었다. 그런데 대기시간이 끝나갈 쯤에 갑자기 탄크레디가 공작에게 말했다.

"외삼촌, 저도 들어갈 수 없을까요? 저도 절반은 살리나 가문의 사람이잖아요. 그런데도 아직 한 번도 들어가지 못했어요."

공작은 그의 요구를 내심 기뻐했다. 그러나 단호하게 고개를 저었다.

"알다시피 이곳에 들어가도록 허락된 사람은 나뿐이다. 다른 남자는 들어갈 수 없다."

그러나 탄크레디는 좀처럼 포기하지 않았다.

"외삼촌, 저는 오늘 아침에 서고에서 수도원 설립에 관한 기록물을 읽어보았어요. 거기에는 수도원장의 허가만 있으면 공작과 그를 따르는 비천하지 않은 남성 두 명까지는 건물에 들여보내도 좋다고 적혀 있었습니다. 저는 외삼촌의 종자든 뭐든 될 수 있어요. 그러니 원장께 청을 넣어주세요. 꼭 부탁드립니다."

젊은이는 평소와 달리 간절하게 부탁했다. 아마 그는 전날 밤의 자신의 경솔한 처신을 잊어주기를 바랐을 것이다. 돈 파브리치오 공작은 그러려고 생각했다. 그러나 콘쳇타가 더없이 부드러운 웃음을 지으면서 그에게 말했다.

"탄크레디, 여기 올 때 지네스트라 저택 앞에 대들보가 놓여있는 걸 봤어요. 그걸 메고 오시죠 그럼 간단히 들어갈 수 있을 텐데요."

탄크레디의 눈빛이 어두워지면서 얼굴이 양귀비꽃처럼 붉어졌다. 수치심 때문인지 분노 때문인지는 알 수 없었다. 그는 공작에게 뭔가 말을 하려 했다. 그러자 다시 콘쳇타가 가로막았다. 이번에는 웃음을 거둔 심술궂은 어조였다.

"아버지, 상대하지 마세요. 이 분은 언제나 농담을 하고 싶어 하니까요. 적어도 당신은 다른 여자 수도원에는 들어가보셨잖아요? 그걸로 충분하지 않은가요? 우리 가문의 수도원에 들어가는 건 도리에 어긋납니다."

큰 소리를 내면서 대문의 빗장이 열렸다. 열기로 후텁지근한 면회실에는 수녀들이 정렬해 있었다. 그녀들의 소곤대는 소리와 복도의 냉기가 한꺼번에 밀려왔다. 교섭을 하기에는 이미 늦었다. 탄크레디는 뒤에 남았다. 그는 맹렬하게 불타는 햇빛 속에서 수도원 앞을 어슬렁거렸다.

방문은 성공적으로 끝났다. 분란을 원치 않는 공작은 콘쳇타가 했던 말의 의미를 모르는 척 했다. 그저 사촌끼리의 장난이었을 뿐이다. 어쨌든 둘의 언쟁 덕분에 번거로운 일을 피해갈 수 있게 되었다. 부탁하고 설명하고 결정을 기다리는 그런 성가신 과정들 말이다. 그러니까 오히려 잘된 일이었다. 그런 다음 일행은 모두 성녀 코르벨라의 묘지로 가서 경건한 마음으로 참배했다. 수녀가 따라준 싱거운 커피도 참을 만했고 또 장미색과 녹색의 아몬드 과자도 맛있게 먹었다.

공작부인은 몇 군데 방을 둘러보았다. 콘쳇타는 수녀들과 평소의 부드럽고 얌전한 말투로 이야기를 나누었다. 공작은 매번 그랬듯이 식당 테이블 위에 20온스의 돈을 놓아두었다. 출구를 나왔을 때는 피로네 신부밖에 없었다. 탄크레디는 급히 보내야 할 편지를 잊었다며 걸어서 돌아갔다고 했다. 그렇게 설명했지만 아무도 그 말을 귀담아 듣지는 않았다.

창밖의 풍경

저택에 돌아오자 공작은 시계와 피뢰침 바로 밑, 저택 정면의 중앙에 있는 서고로 올라갔다. 열기를 막기 위해 창을 닫아둔 커다란 발코니에 서면 돈나푸가타의 광장이 한눈에 보였다. 넓은 광장에는 먼지투성이의 플라타너스가 그림자를 떨구고 서 있었다. 맞은 편 집들의, 유쾌한 건축가가 설계한 파사드façade, 건축물의 주된 출입구가 있는 정면부가 과시하듯 서 있었다. 오랜 세월을 거치는 동안 표면이 닳아져 반들거리는 연석의 괴물 형상들이 몸을 뒤튼 채 좁다랗고 보잘것없는 발코니를 떠받치고 있었다. 돈 카로제로 촌장의 집을 포함한 다른 몇 채의 집들은 프랑스제정기의 유행을 따른 파사드 뒤쪽에 자리잡고 있었다.

공작은 넓은 방안을 이리저리 걸어다녔다. 걸으면서 이따금 광장으로 시선을 던졌다. 햇볕에 타고 몸집이 작은 노인 세 명이 그가 마을에 기증한 벤치에 앉아 있었다. 열 명 가량의 개구쟁이 꼬마들이 나무 검을 휘두르며 서로 쫓고 쫓기며 뛰어다녔다. 나무에는 노새 네 마리가 묶여 있었다. 한여름의 태양이 뜨겁게 내리쬐는, 전형적인 시골 풍경이었다.

창 앞을 서성이는데 문득 공작의 시선을 사로잡는 것이 있었다. 세련된 도시풍의 사람이었다. 쭉 뻗은 곧은 몸매에 매끈한 스타일의 좋은 옷을 입고 있었다. 그는 눈길을 집중했다. 탄크레디였다. 멀어서 잘 보이지 않기는 했지만 날씬한 몸에, 딱 맞는 플록코트를 입고 있는 폼이 그가 틀림없었다. 옷을 갈아입은 것이다. 조금 전 성령 수도원에 갔을 때 입었던 밤색 옷이 아니라, 그 자신의 말을 빌리면, '고혹적 색채'인 프러시안블루 색상이었다. 손에는 손잡이에 에나멜 칠을 한 스틱을 들고(거기에는 팔코넬리 가문의 문장인 '일각수'와 '항상 순수하라'라는 좌우명이 조각되어 있을 것이다) 신발이 더러워지는 것을 겁내는 사람처럼 고양이걸음으로 걷고 있었다. 열 걸음 정도 떨어져 하인이 뒤따르고 있었다. 그의 손에는 리본 달린 바구니가 들려 있고 거기에는 양쪽 볼에 어렴풋한 장미색을 머금고, 노랗게 익은 복숭아가 가득 담겨 있었다. 그들은 전쟁놀이를 하는 꼬마들을 지나서, 노새 똥을 조심스레 피하면서, 촌장 세다라의 집 앞에 도착했다.

제III장

1860년 10월

사냥하러 가는 길

 한바탕 비가 쏟아지다가 곧 그쳤다. 태양은 다시 제왕의 자리를 차지했다. 그러나 그 태양은 일주일간 신하들이 친 바리케이드에 의해 왕좌에서 밀려났다가 헌장이라는 족쇄를 차고 겨우 지배권을 탈환할 수 있었던 절대군주프란체스코 2세를 생각나게 했다. 열기는 회복했지만 더 이상 어떤 것을 태워버릴 듯한 위협은 없었다. 힘을 잃은 태양은 식물들의 색채를 잡아두기도 어려웠다. 풀밭의 클로버나 박하는 아직 생기를 잃지는 않았으나 어딘가 불안한 색조를 내비치고 있었다.

 돈 파브리치오 공작은 사냥개 테레지나와 아르그토, 그리고 돈 치쵸 투메오와 함께 새벽부터 오후까지 사냥을 하며 시간을 보냈다. 그러나 쏟은 노력에 비하면 성과는 보잘것 없었다. 사냥꾼이 아무리 솜씨가 좋은들 사냥거리가 없으면 그걸로 끝이었다. 공작은 겨우 메추라기 두 마리를 잡았지만 그것만으로도 만족스러웠다. 시칠리아에서 사냥으로 잡은 야생 동물은 '사실상' 최고 등급의 식품으로 분류되었다.

공작에게 있어 사냥감이 많다는 것은 어쩌면 부차적인 기쁨에 지나지 않을 수도 있었다. 그는 오히려 세세한 것들에서 즐거움을 찾아냈다. 그 즐거움은 먼저 어둑어둑한 새벽에 일어나 방에서 램프에 불을 밝히는 일부터 시작된다. 불빛에 비치어 그의 움직임은 천장에 선명한 윤곽을 그리며 크게 일렁인다. 이렇게 해서 즐거움은 점점 분명해진다. 그의 그림자는 쥐죽은 듯 고요한 몇 개의 방을 지난다. 칩과 빈잔들 사이로 트럼프 카드가 흩어져 있는 게임대 곁을 램프를 흔들며 지나간다. 스페이드 잭이 자세를 잡고 사냥이 성공하기를 기원하고 있다. 이어서 아침의 회색 빛을 받으며 조용한 정원을 통과한다. 일찍 깨어난 작은 새들이 몸을 구부려 날개에서 이슬을 털어내고 있다. 마지막으로 담쟁이 덩굴로 뒤덮인 작은 문을 열고 빠져나간다. 집을 나서는 동안 기분은 들뜨고 고조된다.

이제 밝아오기 시작한 아침 햇살을 받으며 청정한 기운으로 가득한 도로로 나서면 노란 콧수염 사이로 미소를 머금고 기다리고 있는 오르간 연주자 돈 치쵸의 모습이 보인다. 즉시 그는 개들에게 뿌듯한 마음으로, 그러나 난폭한 어조로 명령을 내린다. 기다리는 개들의 부드러운 털 밑에서 근육이 떨리고 있다. 하늘엔 샛별이 깜박이고 있다. 껍질을 벗긴 포도알처럼 투명하고 습기를 띤 구체는 이미 지평선 너머에서 비탈길을 달려오는, 태양신을 태운 수레바퀴 소리를 듣고 있을 것이다.

곧 조수의 흐름처럼 뒤엉켜 가까워지는 양떼를 만난다. 발에 끈을 묶은 목동들이 돌을 던지며 양들을 쫓는다. 양들의 털은 새벽빛을 받아 장미색으로 빛나고 있다. 목동들은 앞다투어 달리는 양치기 개들과 고집불통의 양들 사이의 암투를 진압하려 애쓴다. 이 시끄러운 간주곡이 끝나면 길은 꺾어져 산등성이를 향한다. 방목지는 태고 이래 시칠리아의 변함없는 깊은 정적 속에 깊이 잠겨 있다.

곧 현실의 시공간에서 점점 더 멀어지게 된다. 그의 별장이 있고 신흥 부자들이 살고 있는 돈나푸가타는 이미 2마일도 더 멀리 떨어져 있다. 이제 그곳은 마치 철길의 터널에서 희미하게 보이는 풍경처럼 기억 속의 빛바랜 이미지에 불과하다. 생활의 고뇌도 사치스러움도 그곳에서는 너무도 실제적이고 분명했던 이유들이 여기서는 거의 다 사라지고 없다. 사람이 사는 마을을 떠난

영구불변의 대자연에 비하면 돈나푸가타에서의 생활은 늘 미래에 속해 있다. 그 생활의 재료는 돌이나 살이 아니라, 꿈속에서 그린 미래라는 천으로 직조된 유토피아에서 가져왔기 때문이다. 그 유토피아는 플라톤을 자처하는 시골 철학자가 공상한 것에 지나지 않는다. 그것은 사소한 우연으로도 전혀 다른 것이 되거나 혹은 전혀 아무것도 아닌 무로 끝날 수도 있다. 그러나 그것이 무엇이든 과거가 보존하는 충전된 에너지마저 고갈되면서 결국에는 사람들이 더 이상 그 문제로 고민하는 일도 없어질 것이다.

공작의 고민

돈 파브리치오는 지난 두 달 동안 온갖 귀찮은 일들에 시달려왔다. 문제거리는 마치 도마뱀의 사체를 향해 기어드는 거미떼처럼 도처에서 터져나왔다. 그 중 몇 가지는 정치의 틈바구니에서 나왔고 또 다른 것은 주위 사람들의 파동치는 감정의 충돌에서 생겨났다. 게다가 그 충돌은 날카로운 고통을 수반하는 것이었다. 하지만 그것은 어디까지나 자기 내부에서, 그러니까 정치문제나 주변 사람의 변덕(화가 날 때는 변덕이라고 생각하지만 마음이 가라앉은 후에는 감정이라고 생각했다)에 자신이 보이는 불합리한 반응에서 기인하는 것이었다. 그는 매일처럼 자기양심이라는 연병장에 골치아픈 문제거리의 군단을 사열했다. 가로 혹은 세로로 온갖 대열을 짜며 동태를 살폈다. 그 과정에서 해결의 실마리를 찾을 수 있기를 기대했던 것이다. 하지만 그 바람은 이루어지지 않았다.

예전에는 마음을 괴롭히는 일들이 훨씬 적었다. 어쨌든 그에게 돈나푸가타에서의 생활은 곧 휴가 시간이었던 것이다. 근심이라는 병사들은 무기를 내려놓은 채 계곡에 흩어져 느긋이 빵과 치즈를 먹고 노는 데 정신이 팔려 있었다. 그 때문에 군복을 입고 전투에 임하는 과정을 거의 잊어버렸다. 소를 몰고 나온, 평화로운 전원의 농부와도 같이 투지를 잃어버린 것이다.

하지만 올해는 골치아픈 문제들이 무더기로 반란군처럼 무기를 휘두르고 소리를 지르며 쳐들어오고 있다. 전에는 자신의 집에서 '해산!'이라는 호령만 내려도 누구도 감히 반란을 도모할 꿈도 꾸지 못했다. 그러나 지금 그는 연대장인 자신의 권위와 통제력에 강한 의혹이 생겼다.

악단, 폭죽소리, 종소리, '우리는 집시', 그리고 도착 뒤 신의 영광을 찬양하는 '테 데움'의 합창, 그런 환영식에 대해서 그는 늘 고맙게 생각했다. 그런데 연미복 차림으로 저택 계단을 올라왔던 돈 카로제로의 이른바 '시민혁명' 이후, 그리고 콘쳇타의 내성적인 품위에 먹구름을 던졌던 앙겔리의 미모, 시대의 흐름을 예측하면서 또한 이성異性에 대한 열정으로 자기 야심의 현실적 계기를 잡은 탄크레디, 마지막으로 '국민투표'에 대한 불안과 불신, 등에서 오랜 세월 무시와 타협으로 난국을 헤쳐왔던 '표범'인 공작은 이제 어쩔 수 없이 굴복이라는 현실에 봉착한 것이다.

탄크레디가 떠난 지도 한 달이 지났다. 그는 지금 카세르타의 영지에 있는 전 국왕페르디난도 2세의 궁전에 머물면서 가끔 돈 파브리치오 공작에게 편지를 보내왔다. 공작은 늘 그 편지를 웃음과 욕을 섞어 읽었다. 그리고 책상 서랍의 가장 깊숙한 곳에 넣어두었다. 콘쳇타에게는 직접 편지를 보내지 않았다. 그 대신 다정하면서도 쾌활한 어투로 그녀에게 안부를 전해달라는 말을 잊지 않았다.

한번은 편지 말미에 '표범 가의 여러분 모두에게, 특히 콘쳇타에게는 키스를'이라는 말이 첨가되어 있었다. 공작은 가족들에게 편지를 읽어주면서 가장다운 배려로 그 문구를 생략했다. 앙겔리는 날이 갈수록 눈부신 매력이 더해졌다. 그녀는 거의 매일처럼 아버지와 함께, 아니면 심술궂은 눈초리의 몸종을 데리고 찾아왔다. 표면상으로는 여자 친구들, 즉 공작의 딸들을 방문하는 것이지만 실상 관심은 그녀가 무심한 듯 던지는 질문, "공작님에게서 소식은 없었나요?"라는 말 속에 들어 있었다. 앙겔리가 말하는 공작은 물론 돈 파브리치오 공작을 가리키는 것이 아니라 가리발디 군의 젊은 대위 탄크레디를 지칭하는 것이다.

살리나 가의 사람들은 그녀가 지닌 관능적 매력에 대한 미망과 사랑하는 탄크레디의 성공이라는 기대가 뒤섞인 복합적인 감정으로 그녀를 대했다. 그것은 썩 유쾌한 기분은 아니었다. 앙겔리의 질문에는 매번 공작이 응답했다. 그는 신중히 생각해서 알고 있는 데까지 말해주었다. 하지만 그가 들려준 것은 가위를 들고 가시가 될 만한 부분(예를 들어, 나폴리에서 탄크레디가 상카를로 극장에 갔다가 그곳의 무용수인 아우롤라 슈바르츠바르트 양의 멋진 다리를 건드렸다고 기술한 부분)과 아직 부풀지 않은 딱딱한 꽃망울(예를 들어, '앙겔리 양의 소식을 알려주십시오' '페르디난도 2세의 서재에서 안드레아 델 사르트가 만든 성모상을 보면서 세다라 양을 생각했습니다' 등의 문구)은 조심스럽게 잘라내고 남은 건조하고 맥빠지는 내용들이었다.

그런 식으로 공작은 탄크레디의 실제와는 상관없는 지루한 이미지만을 앙겔리에게 보여주었다. 그렇다고 해서 그들 사이의 사랑의 중개자 역할을 거절한 것은 아니었다. 그런 신중한 대응방식은 아마도 탄크레디가 합리적인 판단과 정열을 뒤섞어 외삼촌인 자신의 입을 적절히 이용하려는 희망을 암시했기 때문이었을 것이다. 물론 그의 소망이 전부 이루어진 것은 아니었다. 그로서는 자신이 그에 따라 행동하고 있다는 자체가 피곤하고 짜증스러웠다. 그런 행동은 언젠가부터 공작이 어쩔 수 없이 하고 있는, 거짓으로 언동을 꾸미는 위선적 처세에 지나지 않았다. 그는 1년 전의 생활이 그리웠다.

그 당시만 해도 자기 생각대로 말하고 행동했다. 아무리 어리석은 말일지라도 복음서 구절처럼 받아들여졌고, 아무리 뻔뻔스러운 행동도 대범함으로 여겨졌다. 적어도 그는 그렇게 믿고 있었다. 따라서 과거에 대한 향수가 솟구치면, 특히 울적한 상태에서는 그 위험한 비탈길로 멀리까지 내달리곤 했다. 한번은 앙겔리가 내민 차에 설탕을 넣으면서 자신이 300년 전의 선조였던 파브리치오 코르벨라와 탄크레디 팔코넬리를 부러워하고 있음을 깨달았다.

그 시대였다면 앙겔리와 잠자리를 하고 싶으면 굳이 사제를 찾아갈 필요도 없었다. 농부의 딸이 가져오는 지참금(물론 그때는 그런 것조차 존재하지 않았지만)을 기대할 필요도, 나폴리의 조카가 존경하는 외삼촌에게 전해야 할지 기다려야 할지 줄타기와도 같은 재주를 부리게 할 필요도 없었을 것이다. 선조로부터 물려받은 호색의 충동(반드시 육욕에서 오는 것은 아니고 나태에서 기인하는 측면도 있겠지만)은 그만큼 야만적인 것이어서 50세나 먹은 이 점잖은 신사는 무의식중에 얼굴을 붉혔다. 그리고 양심의 오랜 여과를 거친 후에는 루소Jean-Jacques Rousseau, 프랑스의 계몽사상가 식의 가책으로 그의 영혼은 자신이 품었던 욕망에 깊은 수치심을 느꼈다. 결과적으로 공작은 자신이 처한 현실적인 정치적 상황에 더욱 민감해졌고 그만큼 혐오감도 깊어졌다.

탄크레디의 편지

상황이 예상보다 빠르게 진행되고 있음이 확실했다. 전날 밤 탄크레디의 편지가 도착했다. 돈나푸가타에는 좀처럼 들어오지 않는 부정기 우편마차가 노란 상자에 우편물을 담아왔다.

편지는 고급스럽고 사치스러운 종이에 또렷하고 균형 잡힌 필체로 쓰여 있었다. 그만큼 내용이 중대하다는 것을 시사하는 것이었다. 또한 그 편지가 몇 번이나 고쳐 쓴 초고의 '정서'라는 것도 알 수 있었다. 편지는 다정한 '외삼촌'이 아니라, 가장 공식적인 문구인 '친애하는 파브리치오 백부님'으로 시작되었다. 그 형식은 처음부터 농담이 아니라는 점을 분명히 밝히고 동시에 이어질 내용의 중대성을 예감하게 했다. 또 필요하다면 편지를 다른 사람에게 보여도 좋다는 승인이었으며, 나아가 기원을 밝힌 정확한 호칭으로 마술적 구속력을 부여하는 고대의 종교적 전통에도 부합되는 것이었다.

이어지는 내용으로 '친애하는 파브리치오 백부님'은 그의 '충실하고 성실한 조카'가 석 달 전부터 격렬한 연애감정에 빠져버렸음을 알게 되었다. '전쟁의 위험(실은 카세르타의 공원을 산책하는 일)'도, '대도시의 온갖 유혹(무용수 슈바르츠바르트의 유혹)'도, 그 어떤 것도 자신의 머리와 마음 속에서 앙젤리 세다라 양의 이미지(미모, 품위, 장점, 지력을 찬양하는 길고 긴 형용사의 나열)를 물리칠 수 없음을 고백하고 있었다. 잉크와 감정이 그려 낸 문장의 그 선명한 소용돌이 속에는 자기 힘이 약하다는 것을 자각한 탄크레디가 힘들게 자기 감정을 억누르려 애쓰고 있음이 잘 드러났다('나폴리의 어수선함과 전우들과의 엄격한 생활 속에서 제 감정을 억누르려고 힘들게 노력했습니다만 그 시간은 실로 허무한 것이었습니다').

깊어만 가는 연정은 그의 자존심을 훨씬 넘어섰다. 그래서 마음으로부터 경애하는 외삼촌의 이름으로 앙겔리 양에게 결혼 신청을, 그 '존경하는 아버님'에게 해주었으면 한다는 취지의 편지를 쓰게 된 것이다. '백부님도 아시다시피, 저는 사랑하는 그녀에게 애정과 이름과 검 외에는 드릴 것이 없습니다'. 현 시대가 로망파적 계절의 한복판에 있다는 점을 여실히 드러내는 문구였다. 이어서 팔코넬리 가문과 세다라 가문(그는 대담하게도 세다라 가문라는 말을 썼다)이라는 전통을 가진 가문과 신흥계급 가문의 결합은 현재 이탈리아 정치운동이 지향하는 목표 가운데 하나인 계급의 평등화에 기여할 수 있다는 점을 들어서 두 사람의 결혼의 타당성, 아니 오히려 그 절대적인 필연성을 길게 논하고 있었다.

그러나 이 부분은 편지의 일부에 지나지 않았다. 편지는 전체적으로 공작의 예상을 빗나가지 않았다. 에둘러 말하기, 재기 넘치는 문구들, 조롱조의 투정들, 이해심 가운데 냉정함을 유지하는 조카의 장난기 반짝이는 푸른 눈동자를 그대로 보여주었다.

자코뱅풍의 문투로 결혼의 혁명적 의의를 내세운 부분은 딱 한 페이지에 맞추어 기술되어 있었다. 그 페이지를 빼고 읽어도 전혀 어색하게 느껴지지 않았다. 그 점을 깨달으면서 공작은 탄크레디의 재치에 새삼 감탄했다. 나머지 내용은 최근에 있었던 전투 상황에 대한 간단한 묘사에 이어 자신은 1년 내로 '신생 이탈리아의 성스러운 수도의 운명'을 갖춘 도시 로마로 가게 될 것이라는 확신을 표명한 뒤 지금까지 공작이 자신에게 보여준 배려와 애정에 감사의 말을 전했다. 마지막으로 뻔뻔하게도 '제 장래의 행복이 걸린' 일을 감히 공작에게 위탁했던 무례를 사죄하는 말로 끝났다. 마지막 인사말은 공작 한 사람에게만 보냈다.

편지를 읽고 공작은 머리가 좀 아팠다. 새삼 그는 역사의 급박한 흐름을 깨달았다. 현대적 표현^{작품 속에서가 아니라 작가가 글을 쓰던 시}

점으로 비유하자면, 팔레르모와 나폴리 사이를 운항하는 국내선 비행기로 알고 탑승한 승객이 놀랍게도 자신이 초음속 제트기를 타고 눈 깜짝할 사이에 목적지에 도착한 것을 알았을 때와 비슷한 심경이었을 것이다. 인격의 아랫층, 즉 애정의 지층이 들썩이며 잠시라도 관능의 만족을 구하고 동시에 영속적인 경제적 안정을 확보하기로 결심한 탄크레디가 기특하게 생각되었다. 한편으로 자신의 희망을 앙겔리가 받아들였다고 믿고 있는 조카의 과도한 자신감에 대해서 생각이 미쳤다. 그 문제에 대해서라면 내일이라도 당장 자존심을 굽히고 돈 카로제로와 교섭을 시작해야 했다. 전혀 자기 성격에 맞지 않는, 신중하고도 냉정하게 복잡한 계산을 해야 한다고 생각하자 불쾌감이 솟구쳤다. 그는 더 이상 탄크레디의 생각을 하지 않기로 했다.

유리갓을 씌운 석유램프의 푸르스름한 조명빛 아래 침대에 누워 공작은 아내에게 편지를 읽어주었다. 공작부인 스텔라는 처음에는 말없이 들으면서 몇 번인가 성호를 그었다. 그러나 결국에 그녀는 오른손이 아닌 왼손으로 십자가를 그어야 저주의 행위 한다고 잘라 말했다. 그 놀라운 발언을 시작으로 그녀는 천둥소리와도 같은 열변을 토했다. 손가락으로 시트를 구기면서 그녀가 외치는 말은 문 닫힌 방안에서, 달빛처럼 아련한 조명빛 속에서, 붉은 횃불처럼 격렬하게 타올랐다.

"나는 탄크레디가 콘쳇타와 결혼하기를 바라고 있었어요. 그런데 그는 배신자에 지나지 않아요. 그렇다니까요! 젊은이들은 다 똑같아! 전에는 국왕을 배신하고 이젠 우리를 배신하는군요. 사기꾼! 꿀처럼 달콤한 말을 늘어놓으면서 하는 짓에는 독이 가득 차 있어. 애초에 피 한 방울 섞이지 않았는데, 그런 못된 인간을 끌어들이니까 이런 꼴을 당하는 겁니다!"

가족끼리의 말다툼 특유의 중무장한 말의 기병이 계속 투입되었다. 공격은 더욱 거세졌다.

"제가 늘 말씀드렸잖아요. 그런데 아무도 들으려고 하지 않으니. 나는 처음부터 그 거만한 아이가 싫었어요. 당신이었어. 당신은 언제나 그 못된 인간에게 푹 빠져 있었죠!"

공작부인도 탄크레디의 부드럽고 달콤한 말에 저항할 수 없었던 것은 사실이었다. 그녀도 똑같이 그를 사랑하고 있었다. 하지만 "당신이 잘못한 거예요!"라고 소리칠 때의 해방감은 인간이 맛볼 수 있는 가장 섬뜩한 쾌감에 속할 것이다. 그럴 때면 나머지 감정이 몽땅 쓸려나가 버린다.

"게다가 이번에는 살리나 공작이고 외삼촌인 당신에게, 은인인 당신에게, 자신이 속였던 여자의 아버지인 당신에게, 그 칠칠맞은 여자의 사기꾼 같은 아버지에게 수치스런 부탁을 하게 하다니! 뻔뻔스럽기도 해라! 파브리치오, 당신은 절대로 그런 일을 해선 안 돼요. 그래선 안 되는 일이에요! 절대로!"

폐부를 찌르듯 목소리가 날카로워지면서 그녀의 몸이 굳어지고 곧 경련을 일으키기 시작했다. 침대에 누운 채 천장을 보고 있던 돈 파브리치오 공작은 곧 장롱 위로 시선을 돌려 진정제인 쥐오줌풀이 있는가를 확인했다. 병이 보였고 은수저가 병의 주둥이에 비스듬히 꽂혀 있었다. 그것은 마치 청록색의 어스름 속에서 히스테리의 폭풍에 대항하도록 세워진 등대처럼 빛나고 있었다. 공작은 일어나서 그것을 집으려다가 곧 위엄을 갖추어 침대에 앉은 채로 말했다.

"스텔라, 어리석은 말은 하지 말아요. 당신은 지금 자신이 무슨 말을 하고 있는지도 몰라. 앙겔리는 절대로 칠칠맞은 여자가 아니야. 미래야 알 수 없지만 어쨌든 보통의 젊은 여자는 아니지. 누구보다도 미인이고 또 누구나처럼 탄크레디를 좋아해요. 무엇보다 그 아가씨에게는 돈이 있어. 사실 그 돈의 대부분은 원래 내 돈이었지만. 아무튼 돈 카로제로는 솜씨좋게 재산을 불리고 잘 관리할 줄도 알아. 탄크레디에게는 아무래도 그 돈이 필요해. 그 아이는 똑똑한 남자고 야망이 있잖아. 물론 돈을 좀 쉽게 쓰는 경향이 있긴 하지만. 그 아이가 콘첻타에게 청혼을 한 것도 아니고, 따지자면 그를 함부로 대한 건 우리 딸 쪽이야. 그걸 배신이라고 하면 안 되지. 탄크레디는 시대 흐름에 따르고 있을 뿐이야. 그래,

정치적으로나 개인적으로나. 누가 뭐래도 그는 내가 가장 사랑하는 젊은이야. 그건 당신도 잘 알고 있을 거요. 그렇지 않소? 스텔라."

그의 다섯 손가락이 그녀의 작은 머리를 쓰다듬었다. 스텔라는 이제 흐느껴 울고 있었다. 물을 한잔 마시고 나자 분노가 슬픔으로 바뀌었다. 돈 파브리치오는 따뜻한 침대에서 장농까지 차가운 바닥을 맨발로 걸어갈 필요가 없어졌다. 부인을 확실하게 안심시켜 주려고 그는 화를 내는 척했다.

"나는 내 집에서나 내 방에서, 더구나 침대에 누운 채로 난리치는 소리 같은 건 듣고 싶지 않아. '그렇게 하세요'도 '그래서는 안 돼요'도 용서할 수 없어. 결정하는 사람은 나야. 당신이 그런 희망을 품기도 전에 나는 이미 결정을 내렸어. 그러니까 이제 그만!"

흥분된 목소리를 싫어하는 그는 화를 낸 뒤 크게 심호흡을 해야 했다. 앞에 탁자라도 놓인 듯 주먹으로 자기 무릎을 치고 그 아픔으로 마음을 억눌렀다.

공작부인은 부들부들 떨며 겁 먹은 강아지처럼 낮은 목소리로 뭐라고 중얼거렸다.

"이제 그만 자요. 내일은 사냥을 가야 하니까 일찍 일어나야 해. 이제 단념해요. 결정된 건 이미 결정된 거야. 잘 자요, 스텔라."

그는 아내에게 입을 맞추었다. 처음에는 화해의 표시로 이마에, 다음에는 사랑의 표시로 입술에 입맞춤을 했다. 그리고 벽쪽으로 몸을 눕혔다. 비단 벽지 위로 누워 있는 자신의 그림자가 산맥의 능선처럼 보였다.

스텔라도 침대에 누웠다. 오른쪽 다리가 공작의 왼쪽 다리에 살짝 닿았다. 이제 그녀는 완전히 진정되었다. 힘과 자신감이 넘치는 남편이 자랑스러웠다. 탄크레디 같은 건, 그리고 콘쳇타의 일조차도 지금은 아무래도 상관이 없었다…….

국민투표

사냥 때문에 자주 찾아가는, 만약 이렇게 말하는 것이 허락된다면, '향기로운 자연'인 숲으로 가면 공작은 칼날 위를 맨발로 걷는 곡예와 같은 생활의 모든 번거로움을 잠시나마 완전히 잊어버릴 수 있었다. '숲'이라는 말 속에는 인간의 손이 닿지 않은 장소라는 뉘앙스가 들어 있다. 구릉의 경사면을 뒤덮은 관목 숲은 그 옛날의 페니키아, 도리아, 이오니아 사람들이 당시의 '아메리카'에 해당하는 시칠리아에 처음 상륙했을 때 보았던 그 모습 그대로 무성하게 우거져 있었다. 돈 파브리치오 공작과 오르간 연주자 돈 치쵸 투메오는 숲속을 헤치고 달리면서 2,500년 전 스파르타의 아르키다모스왕과 소피스트인 피로스토라토스가 그랬던 것처럼 덩굴가시에 긁히기도 하고 미끄러지기도 했다.

두 사람은 태고의 원시림을 보고 있었다. 땀에 젖은 옷이 할퀴고 엉키는 덩굴가시처럼 몸에 축축하게 들러붙었다. 무심히 불어오는 해풍은 은매화와 에니시다 나무들을 흔들어 사향초 향기를 뿌렸다. 사색에 잠긴 듯 사냥개들은 꼼짝하지 않고 앉아 있었다. 그러나 실제로는 신경을 한껏 곤두세우고 먹잇감을 노리고 있는 중이다. 사냥의 신 아르테미스에게 기도를 올리고 사냥을 나섰던 그 옛날에도 개들은 그러했을 것이다.

언덕의 정상 가까이 이르렀을 때, 사냥개 아르그토와 테리시나가 먹잇감의 존재를 감지하고 그 특유의 신호를 보냈다. 엎드린 자세로 뒷다리에 힘을 주며 나직히 신음소리를 냈다. 숨 막히는 몇 분의 시간이 흘렀을 때 풀숲에서 회색 꼬리 하나가 재빨리 움직이는 것이 보였다. 거의 동시에 두 발의 총성이 울려퍼졌다. 긴박한 시간은 지나갔다. 사냥개 아르그토가 공작의 발밑에 아직 목숨이 남은 작은 짐승을 물어다 놓았다. 산토끼였다. 회색털 때문에 자신을 들켜버린 것이다. 머리와 가슴쪽에 치명상을 입었다.

돈 파브리치오는 토끼의 검은 두 눈이 자신을 보고 있다고 생각했다. 비난의 기색도 없이 녹청색 눈꺼풀로 조금씩 감겨드는 그 눈빛에는 세상의 존립 자체에 대한 허망함이 느껴졌다. 부드러운 털에 감싸인 귀는 벌써 식어가고 작은 다리는 경련을 일으키며 도망이라도 치듯이 헛된 반복을 했다. 인간과 마찬가지로 짐승도 이곳에서 달아나려 하고, 불확실한 구원을 기대하며 몸부림치다 죽어가는 것이다. 비애감을 느끼며 공작은 손끝으로 짐승의 코를 만져보았다. 토끼는 마지막 경련을 보인 뒤 곧 숨을 거두었다. 그러나 공작과 돈 치쵸는 즐거웠다. 공작에게는 연민이라는 마음의 동요까지 즐거웠다.

산꼭대기에 이르러 그들은 위성류渭城柳와 코르크나무의 성긴 숲 사이로 시칠리아를 내려다 보았다. 그 광경 속에서 바로크풍의 도시와 오렌지밭은 보잘 것 없는 장식물처럼 보였다. 겹겹이 산의 능선이 파도치며 끝없이 이어지는 불모의 땅. 희미한 윤곽을 그리며 서글픈 듯 포개진 능선들은 도저히 이성으로 파악하기 어려운 신비 그 자체였다.

태고의 모습 같은 건 상상할 수도 없었다. 구릉은 마치 파도가 광풍에 휩싸인 한순간 돌처럼 굳어버린 거대한 바다처럼 보였다. 그 바다의 주름 가운데 갇혀 있는 돈나푸가타 마을에는 사람 하나 보이지 않았다. 시든 포도나무의 행렬만이 사람들의 거리가 있음을 말해주었다. 구릉들 너머에는 대지보다 더 혹독하고 더 불모인 군청색 바다가 자리잡고 있었다. 바람은 그 바다로부터 땅을 가로지르며 짐승들의 배설물과 시체 냄새, 그리고 사루비아

향기를 흩뿌렸다. 그런 다음 다시 태연히 구도를 바꾸며 새로운 냄새를 몰고 왔다.

그 바람이 토끼가 살아 있었다는 유일한 흔적인 몇 방울의 핏자국을 말려버린다. 본토에서 가리발디의 텁수룩한 머리카락을 휘날리게 했던 그 바람은 가에타의 성벽을 지키다가 끝내는 헛된 희망으로 도주하다 짐승처럼 죽어간 나폴리 왕국 보초병의 텅 빈 눈에 먼지를 불어넣는다.

코르크나무의 작은 그늘 밑에서 공작과 돈 치쵸는 휴식을 취하면서 나무 수통에 든 따뜻한 포도주를 마셨다. 공작이 휴대한 사냥물 주머니에서 꺼낸 닭고기와 돈 치쵸가 준비해온 밀가루 빵 '무포렛'를 함께 먹었다. 볼품없이 생겼지만 매우 달콤한 맛이 나는 포도 '인솔리아'도 맛보았다. 두 사람 앞에서 마치 빚쟁이처럼 집요하게 앉아 있는 사냥개들에게도 빵조각을 던져주었다. 만물을 관장하는 태양 아래서 돈 파브리치오와 돈 치쵸는 잠깐 눈을 붙이기로 했다.

총에 맞아 토끼가 죽고, 차르디니가 인솔하는 피에몬테 왕국 군대의 대포 앞에서 나폴리 왕국군대가 항복하고, 정오의 태양이 사냥꾼들을 잠들게 했지만, 그러나 그 어느 것도 개미떼를 막을 수는 없었다. 오르간 연주자 돈 치쵸가 뱉어낸 몇 개의 포도알 주위로 침이 섞인 그 약간의 부패물을 차지하기 위한 개미들의 행진이 시작되었다. 모루코 산 꼭대기의 네 번째 코르크나무 아래로 몰려드는 개미들의 대열은 용감했고 저돌적이었다. 서너마리씩 뭉쳐 가끔은 멈추어 소곤대기도 하고 다른 그룹과 부딪치기도 하면서 목표물을 향해 진격했다. 개미의 반들반들한 등은 기쁨으로 떨리고 있었다. 그 위로 공중에는 새들이 날고 있었다.

개미들의 부지런한 움직임을 지켜보다가 공작은 실없는 생각에 빠져들었다. 잠은 어느새 달아나버렸다. 그는 얼마 전 돈나푸가타 마을에서 있었던 국민투표의 날을 생각했다. 그 며칠 동안 일어났던 일들은 그에게 놀라움과 의혹을 남겨 놓았다. 그 장소에서, 개미들을 제외하면 마음 쓸 일 하나 없는 대자연 속에서 투표에 대해 당시 품었던 의혹만이 그의 흥미를 당겼던 것이다. 개들은 길게 몸을 뻗은 채 마치 오려낸 그림처럼 엎드려 자고 있었다. 나뭇가지에 거꾸로 매달린 토끼는 바람을 맞아 한쪽으로 기울어져 있었다. 잠에서 깬 돈 치쵸는 파이프를 피웠다.

"돈 치쵸, 21일날 자네는 어느 쪽에 표를 주었나?"

그 질문에 오르간 연주자는 움찔했다. 마을의 친구들처럼 그 역시도 일상적인 장소에서는 깎듯이 예절을 갖추어 행동할 줄 알았다. 그런데 낯선 장소에서 갑자기 의표를 찔린 그는 놀라서 입 안으로만 우물거렸다.

공작은 그가 겁내고 있는 것으로 오해하고 다그쳤다.

"자네는 대체 누구를 무서워하고 있는 건가? 여기에는 우리 두 사람과 개들과 바람뿐이지 않은가."

공작이 말하는 그 증인들은 사실 그를 안심시키지 못했다. 바람이라는 말은 소문을 연상시켰다. 공작의 절반은 시칠리아인이었다. 그나마 믿을 수 있는 건 개들뿐이었다. 적어도 개들은 말을 할 줄 모르니까. 그러나 그는 곧 기운을 내어 고쳐 생각했다. 농민이 지닌 빈틈없는 특성으로 그는 적당히 대답하기로 마음먹었다. 다시 말해 내용 없는 대답을 하기로 했다.

"죄송합니다. 그러나 영주님의 그 질문은 아무 의미도 없습니다. 돈나푸가타에서는 누구나 다 '찬성'표를 던졌으니까요."

돈 파브리치오 공작도 이미 알고 있는 사실이었다. 하지만 돈 치쵸의 대답은 한 고장의 수수께끼를 역사의 수수께끼로 전환시켰다. 투표가 있기 전, 마을 사람들은 공작을 찾아와서 조언을 구했다. 공작은 그들에게 찬성표를 던지라고 진지하게 권유했다. 투표가 가결되리라는 것은 이미 정해진 사실이다. 투표라는 뻔한 속임수, 역사적 필연성, 게다가 '반대' 입장을 밝힌 사람은 주위의 눈총에 시달리며 괴로움을 겪을 것이다. 어쩔 수 없는 선택이다. 그러나 사람들은 그가 하는 말을 거의 이해하지 못했다.

세상의 견해에 구애받지 않는 사람의 입장에서 볼 때 공작의 견해는 아주 취약한 기반 위에 복잡한 구조물을 세우려는 이른바

토속적 마키아벨리즘이 작용한 것처럼 보였다. 혈액과 소변에 대해 근본적으로 잘못된 수치를 들어 치료하면서도 좀처럼 그것을 바꾸려하지 않는 의사처럼 시칠리아인(당시의)은 환자의 목숨을 빼앗고 결국에는 자신의 생명까지 빼앗기게 된 것이다.

'표범'의 비호 아래 살아왔던 사람들 중에도 몇몇은 살리나 공작이라는 인물이 '혁명'(이 시골구석에서는 최근의 난리를 그렇게 부르고 있었다)에 찬성표를 던지는 일은 있을 수 없다고 믿었다. 공작이 어떤 식으로 의견을 표명하든, 실제로 하는 말과는 반대되는 결과를 원하는 냉소적인 농담이라고 생각했다.

방문한 사람들 가운데 일부(그리고 가장 좋은 사람들 쪽이었는데)는 공작의 서재를 나가면서 그의 의견에 존경을 표시하기도 했는데, 그것은 그야말로 비웃음에 지나지 않았다. 그런데 공작은 그것을 눈치채지 못하고 자기 말의 의미를 파악한 것으로 생각하고 기뻐했다. 한편 또 다른 사람들은 공작의 말을 들으면서 그가 계급의 배신자이거나 정신이 나간 것으로 생각하고 그 점을 안타깝게 여겼다.

사람들은 공작의 말을 귀기울여 듣지 않았다. 하지만 그들은 잘 알지 못하는 좋은 것보다는 알고 있는 나쁜 것을 택하라는 천 년도 더 된 그 속담을 따르고 싶어했다. 개인적인 이해에서든 종교적 신념에서든 아니면 구체제에 은혜를 입었다는 이유에서든

새 체제 속으로 그렇게 쉽사리 들어설 수는 없었다. 그들은 새로운 시대적 현실을 인정하기를 망설이고 있었다. 또 하나, 해방이라는 난리통에 자고 일어나면 닭이든 콩이든 없어지는 일이 허다했다. 가리발디군이든 부르봉군이든 남편이 강제로 징집되어 집을 비운 사이에 아내가 없어지는 경우도 적지 않았다.

자신을 찾아온 사람들 중에서 적어도 열 명 정도는 '반대' 표를 던졌을 것이다. 확실히 그는 그런 인상을 받았다. 그것은 확실히 적은 수였다. 그렇지만 돈나푸가타처럼 작은 마을에서는 무시해버릴 수도 없는 숫자였다. 더구나 그를 방문한 사람들은 마을의 일부 선택된 사람들에 지나지 않았다. 공작의 별장에 얼굴을 내밀겠다는 생각 같은 건 꿈에도 해본 적 없는 또 다른 몇백 명의 투표권자들이 있었다. 그들 중에도 분명히 반대자가 있을 것이다. 공작의 예상은 돈나푸가타에서의 찬성은 70, 반대는 30 정도로 분산된다는 것이었다.

국민투표 날은 흐리고 바람이 강하게 불었다. 길가에는 모자의 리본에 '찬성'이라고 쓴 커다란 카드를 꽂은, 피곤에 찌든 듯한 젊은이들이 어슬렁거렸다. 원래는 쾌활한 곡이었으나 아리비아풍 애가로 바뀐 '아름다운 지그장'이 시칠리아가 더듬어 찾는 운명을 암시하듯, 바람에 날리는 휴지조각과 쓰레기들 사이로 흐르고 있었다. '외지인'(즉 지르젠티 땅의 사람) 두셋이 메니코 할아범의 가게를 당당히 차지하고선 신흥국가인 이탈리아와 통일된 새로운 시칠리아의 '희망이 넘치는 빛나는 미래'를 소리 높여 노래하고 있었다.

농부 몇 명이 말없이 그 노래를 듣고 있었다. 농부들은 '괭이'에 의존한 비근대적인 노동과 강요된 나태와 가난의 오랜 세월을 견디면서 하나같이 무기력했다. 기침을 하고 자주 침을 뱉긴 했지만, 그들은 침묵하고 있었다. 아무도 입을 떼지 않았기 때문에 마침내 '외지인'들은 산술 이하의 기초학과(천문학, 변증법, 수사학, 산술, 기하, 음악 등의 고전학) 중에서 수학보다도 수사학을 우선해야 한다는 결단을 내렸다(후에 돈 파브리치오가 말했듯이).

오후 네 시쯤 공작은 오른쪽에 피로네 신부를, 왼쪽에 돈 오노프리오 로트로를 동반하고 투표하러 갔다. 투명한 피부에 범접하기 어려운 인상으로 그는 투표장을 향해 천천히 걸어갔다. 걷는 동안 바람이 일으킨 흙먼지가 눈에 들어가지 않도록 몇 번인가 손으로 눈을 가려야 했다. 그러면서 바람이 없으면 공기는 늪처럼 고이겠지만 건강을 가져오는 바람은 동시에 많은 쓰레기를 날리게 하는 것이라고 피로네 신부에게 투덜댔다. 공작은 결막염에 쉽게 걸리는 체질이었다.

그는 3년 전에 페르디난도 전 국왕을 방문하기 위해 카세르타를 찾았을 때 입었던 검은 프록코트를 입고 있었다. 왕은 다행히도 죽어버렸으니 더러운 바람에 두들겨맞는 운명의 날과 마주치지 않아도 좋았다. 만약 살아 있었다면 자신의 무지에 종지부가 찍히는 것을 두눈으로 보아야 했을 것이다. 그러나 그건 정말로 무지였을까? 그렇다면 티푸스에 걸려 죽은 사람도 모두 무지 때문에 죽은 것이 된다. 또 그는 방대한 양의 쓸데없는 서류와 싸우고 있던 페르디난도 왕을 떠올렸다. 그때 왕이 보여준 불쾌한 표정은 어쩌면 애원하는 것이었을지도 모른다는 생각이 들었다.

너무 늦게 이해한 것이다. 그런 생각은 흔히 그렇듯이 그를 우울하게 했다. 그의 표정이나 동작에서도 침울한 기운이 느껴졌다. 눈에 보이지 않는 장례식 마차를 뒤따라 가고 있는 듯 보였다. 도로 위의 자갈을 밟는 거친 발걸음에서 그의 마음속 분노를 읽을 수 있었다. 그는 실크햇의 리본에 어떤 것도 꽂지 않았다. 그것만으로도 일종의 의견 표명으로 생각될 소지가 있었다. 윤기 나는 펠트felt, 양털 등을 압축하여 만든 두꺼운 천 표면에 '찬성'과 '반대'가 교대로 나타나며 갈등하는 것이 그를 아는 사람의 눈에는 보였다.

투표장에 도착했다. 거구의 몸으로 그가 실내에 들어서자 입회인 전원이 자리에서 일어섰다. 투표를 하려고 기다리고 있던 농부 몇 명이 자리를 비켰다. 돈 파브리치오는 애국심 넘치는 세다라 촌장의 손에 '찬성'의 표를 넘겨주었다. 피로네 신부는 애초에

투표를 할 생각이 없었고 하지 않아도 그만이었다. 일전에 그가 마을 주민으로 등록되지 않도록 손을 써두었기 때문이었다. 한편 집사인 돈 오노프리오는 공작의 의향에 따라 이 지극히 복잡한 이탈리아 문제를 가장 간결한 회답, 단음절로 된 '찬성Si' 한 마디로 정리했다. 돈 오노프리오 노인은 마치 피마자유를 마시는 어린아이와 같은 단순함으로 자기 입장을 깔끔하게 정리해버린 것이다.

투표가 끝나자 세다라 촌장은 공작 일행에게 2층에 있는 자신의 집무실에서 '한잔 하자'고 제안했다. 하지만 피로네 신부는 절제해야 했고 돈 오노프리오 집사는 복통이라는 이유로 아래층에 남았다. 그래서 돈 파브리치오 공작 혼자서 접대를 받게 되었다.

돈 카로제로 세다라 촌장의 집무실에서 먼저 눈에 띈 것은 책상 위에 놓인 가리발디의 석판화였다. 오른쪽에는 그 전조를 축복하듯 비토리오 에마누엘레의 초상이 있었다. 전자는 실물보다 더 미남으로, 후자는 조금 못생기게 그려져 있었는데 두 사람 모두 얼굴을 덮을 정도로 풍성한 머리칼을 가졌다는 점에서 공통점이 있었다. 작은 테이블 위에는 파리똥이 묻은 오래된 비스킷이 담긴 쟁반과 달콤한 리큘 '로조리오'가 있는 납작한 컵이 열두 개 놓여 있었다. 테이블 중앙에 놓인 그 컵들은 악의 없이 새로운 국기를 상징하는 빨강 네 개, 녹색 네 개, 하양 네 개의 색깔순으로 늘어 놓았다.

공작은 자신도 모르게 미소를 지었다. 마음의 상처에 얇은 피막이 생기는 듯 싶었다. 그는 하얀 컵을 골랐는데 그것은 사람들이 화제로 삼고 싶은 부르봉왕가 깃발에 대한 때늦은 경의의 표명 때문이 아니라 다만 소화시키기가 가장 쉬울 것 같아서였다. 그러나 세 가지 종류의 로조리오는 하나같이 달고 끈적거리고 메슥메슥한 맛이 났다.

건배를 하지 않은 것은 잘한 일이었다. 카로제로 촌장의 말대로 너무 큰 기쁨은 말로 표현할 수 없는 것이다. 촌장은 돈 파브리치오에게 지르젠티 시 당국에서 보낸 편지를 보여주었다. 돈나푸가타 마을에서 일을 하겠다는 주민에게 하수공사비로 2,000리라 리라는 1861년부터 새 왕국의 정식 통화의 지원금이 지불된다는 내용이었다. 촌장은 그 공사가 1861년 중에는 완성할 것으로 내다보았다. 그 언명은 몇십 년 후 프로이트가 심리의 메커니즘으로 설명했던 '틀린 말' 중의 하나였다. 그리고 그들은 헤어졌다.

해가 지기 전에 창부 여기에도 창부는 있었다. 다만 집단이 아니라 주로 혼자서 행동했다 서너 명이 머리에 삼색 리본을 달고 광장으로 왔다. 그녀들은 여성이 투표에서 배제된 점에 대해 항의했다. 하지만 가장 급진적인 자유주의자들로부터도 구박을 받아 곧 물러가지 않으면 안 되었다. 4일이 지나《시칠리아신문》은 돈나푸가타 지역에서 '아름다운 여성 대표 몇 명이 사랑하는 조국의 빛나는 운명에 확고한 신념을 표명하기 위해 광장에 나섰다. 그녀들은 애국심 넘치는 그 지역의 모든 민중으로부터 찬동의 박수를 받았다'고 보도했다.

투표가 끝나고 입회인들이 개표작업에 들어갔다. 그리고 밤이 깊어 마을 사무소의 중앙 발코니 창이 열리고 돈 카로제로 촌장이 삼색 허리띠를 매고 모습을 드러냈다. 소년 두 명이 양쪽에서 점화된 커다란 촛대를 손에 들고 서 있었다. 그런데 바람이 불어 촛불은 금방 꺼져버렸다. 암흑 속의 보이지 않는 군중을 향해 촌장은 돈나푸가타에서의 국민투표 결과를 큰소리로 발표했다.

등록된 선거인 515명, 투표한 사람 512명. '찬성' 512, '반대' 0.

칠흑 같이 어두운 광장 아래쪽에서 박수와 만세 소리가 터져 나왔다. 앙겔리는 자기 집의 작은 발코니에서 음침한 인상의 몸종과 함께 탐욕을 감춘 아름다운 손을 들어 박수를 쳤다. 연설이 시작되었다. 최상급 표현과 이중자음이 뒤섞인 형용사가 넘쳐 흘러 집들의 벽에서 벽으로 메아리쳤다. 왕—새로운 왕 비토리오 에마누엘레 2세과 가리발디 장군에게 바치는 폭죽이 터졌다. 삼색의 불꽃이 어두운 밤하늘을 향해 날아 올랐다. 여덟 시가 되자 모든 것이 끝났다. 그런 다음에는 태고 이래 여느 밤처럼 마을은 다시 암흑 속에 잠겼다.

돈 치쵸 투메오의 분노

모루코 산의 정상에서는 밝은 빛 아래 모든 것이 투명했다. 그러나 돈 파브리치오의 영혼 깊숙한 곳에는 아직도 그날 밤의 어둠이 고여 있었다. 그 어둠의 불확실성만큼이나 무겁고 괴로운 기분이었다. 그것은 단순히 국민투표라는 큰 사건에서 비롯된 것은 아니었다. 양 시칠리아 왕국의, 자기 계급의, 또는 개인의 이해관계라는 것은 대부분 묻혀버리긴 하지만 결국은 생존을 유지한다는 문제에서 파생된 것이다. 그 점을 생각하면 더 이상의 추가적인 요구는 적절하지 않다. 그의 불쾌감은 원래 정치적인 것에 있는 것이 아니라 훨씬 더 깊은 곳, 인간 내부의 무지한 집적물, 즉 비합리라 불리는 무의식의 동기 속에 그 뿌리를 두고 있음이 분명했다.

'이탈리아'는 돈나푸가타의 그 불안한 밤에 탄생했다. 팔레르모에서는 태만 속에서, 나폴리에서는 소란 속에서 태어난 것과 마찬가지로 이 마을에서는 망각 속에서 생겨났다. 그러나 여기에는 분명히 무엇인가 간교한 힘이 개입되어 있었음이 분명하다. 하지만 태어난 이상 어떻게든 살 수 있다는 희망을 버려서는 안 된다. 어떤 선택을 하더라도 더욱 나빠질 뿐이다. 그런데 이 끈질긴 불안은 대체 무엇을 의미하는 것일까? 무의미한 숫자가 열거되는 동안에도, 과장된 연설이 행해질 때도 무언가가 혹은 누군가가 어디론가 사라지고 있다는 느낌을 받았다. 그곳이 어디였는지, 마을의 어느 집 현관 앞이었는지 아니면 민중 의식의 어느 주름살 속이었는지는 신만이 아실 일이다.

차가워진 공기 때문에 돈 치쵸 투메오는 잠에서 깼다. 그는 공작의 크고 당당한 몸집을 보면서 안도감을 느꼈다. 지금 그의 의식 속에는 쓸데없는 분노인 줄 알면서도 끝내 무시해버릴 수 없는 억울함이 불끈거리고 있었다. 그는 몸을 일으켰다. 몸짓과 손짓을 섞어가며 사투리로 열심히 말하기 시작했다. 그 모습은 우스꽝스러우면서도 나름대로 사리를 분별하는, 그럼에도 가련한 꼭두각시처럼 보였다.

"영주님, 저는 '반대'표를 던졌습죠. '반대', 정말로 '반대'였다구요. 영주님 말씀은 저도 기억하고 있어요. 불가항력이라든가 무익함이라든가 호기라든가 뭐 그런 말씀이셨죠. 다 옳으신 말씀입죠. 그러나 저는 정치 같은 건 몰라요. 그런 건 다른 사람들이 하겠지요. 잘들 알아서 하라 이겁니다. 그래도 저, 치쵸 투메오는 정직한 인간입니다. 궁뎅이가 빵꾸난 바지를 입은, 가난하고 불쌍한 남자입죠(그렇게 말하면서 그는 꼼꼼하게 꿰맨 사냥용 바지의 엉덩이를 두드렸다). 그래도 저는 은혜를 밥 말아먹는 놈은 아닙죠. 그런데 관청의 돼지새끼들이 제 생각을 입안에 넣고 씹어버렸어요. 자기들 좋을 대로 제 말을 개똥으로 만들어버렸어요. 저는 '검다'고 했는데, 자기들이 '희다'고 말을 바꿔먹었다, 이겁니다요! 제 의견을 말할 딱 한 번의 기회가 왔는데 말입죠. 세다라, 그 개구리 같은 촌장놈이 저를 지워버리고 세상에 없는 놈으로 만들었어요. 저는 죽은 레오나르도의 아들 프란체스코 만나라는 돈나푸가타 성모교회의 오르간 연주자구요, 누구한테도 폐 끼치지 않고 제 할 일을 하는 인간입니다. 그런데 어떻게 그(여기서 그는 마음을 진정시키려고 손가락을 깨물었다)…… 그, 발랑 까진 여자(앙겔리)가 태어났을 때 직접 작곡한 마주르카로 축하까지 해준 저한테 어떻게 그런 짓을 할 수 있답니까?"

수수께끼는 완전히 풀렸다. 돈 파브리치오의 마음속에서 의혹이 사라졌다. 비로소 그 더러운 바람이 불던 날 밤에 돈나푸가타와 또 다른 장소에서 무엇이 사라졌는지 알 수 있었다. 살해당한 것은 바로 '신뢰'라는 이름의 신생아였다. 이것이야말로 가장 소중하게 양육해야 할 생물이었다. 만일 그것이 튼튼하게 자라지 못한다면 모든 무익하고 어리석은 파괴행위가 도처에서 활개치는 그런 세상이 될 것이다.

돈 치쵸의 반대표를 포함해서 돈나푸가타에서 대략 50표, 그리고 왕국 전체에서 10만 정도의 '반대'표가 있었을 것이다. 그렇다고 해도 결과가 바뀔 리는 없었다. 오히려 찬성이라는 승리가 훨씬 더 의미 있는 것이 되었을 것이다. 개인의 마음의 자유가 더 잘 보전되었기 때문이다. 민중이 6개월 전에 들었던 말은 '내 말을 따라라. 그러지 않으면 다치게 돼'라는 식의 위협이었다. 그런데 지금은 그때의 협박이 고리대금업자의 간사한 말투로 바뀌었다.

'당신이 직접 서명했죠? 그 점은 틀림없는 사실이죠? 그렇다면 우리가 시키는 대로 해야죠. 자, 이게 증거입니다. 당신의 희망이 곧 우리의 희망이랍니다.'

돈 치쵸는 다시 떠들어댔다.

"신분이 높은 분들과는 얘기가 다릅죠. 그분들은 영토 한 부지를 더 늘린다고 해서 특별히 은혜라고 생각 안 할 수도 있어요. 그렇지만 빵 한 조각에도 감사할 줄 아는 게 사람의 도립니다. 돈을 거는 게 자연의 법칙인 줄 아는 세다라 같은 장사꾼과는 말해 봐야 입만 아프겠죠. 저희들, 밑에 있는 사람들 입장에서 보면 어차피 세상은 그대로, 있는 그대로 받아들일 수밖에요. 영주님도 아시겠지만 돌아가신 저희 아버지는 잉글랜드 세력 밑에 있던 왕

페르디난도 4세 시대에 상 오노프리오의 왕실 사냥터 관리인이셨어요. 가난했어도 왕국에서 지급된 옷과 은으로 된 기장에는 위엄이 있었습니다. 제가 학교를 다닐 수 있었고 지금의 제가 있는 것은, 영주님의 자비로 교회 오르간 연주자가 될 수 있었던 건, 오직 당시 카라브리아 후작부인이셨던 스페인의 이자벨라 왕비님 덕분입니다. 생활이 정말 어려웠을 때는 어머니가 왕가에 청원 편지를 보냈습죠. 그러면 꼭 5온스의 지원금이 왔답니다. 그것도 다 저희를 나폴리에서 좋은 사람으로, 선량한 인간으로, 충실한 신하로 생각해주셨기 때문입지요. 저희 집에 오실 때마다 왕은 아버지 어깨를 두드리고 손을 잡아주시며 말씀하셨어요. '돈 리오나, 그대 같은 사람이 내겐 꼭 필요한 사람이라네. 나폴리 왕위와 나를 지켜주는 버팀목이네.' 그러면 곁에 섰던 부관이 금화를 주곤 했습죠. 요즘 사람들은 그걸 다 왕이 좋은 사람인 척 하느라 그런 거라고 말들 하지만, 그것도 다 배가 아파서 하는 말입지요. 실제로는 헌신적인 봉사에 대한 당연한 보수였어요. 만약 지금 천국에 계신 왕과 왕비께서 이번 일을 보신다면 뭐라고 하시겠습니까? 돈 레오나르도 투메오의 아들이 우리를 배신했다고 말씀하시겠지요. 천국에서는 진실만 통하니 그래도 얼마나 다행입니까! 다 아실 테지요. 영주님 같은 분들은 말씀하십니다. 왕실 문제도 대단한 건 아니다, 당연한 일이다, 라고요. 아마 그럴 테지요. 아니, 그렇습니다. 하지만 금화 5온스를 받은 건 확실하고 그 돈으로 무사히 겨울을 넘긴 것도 사실입니다. 그 빚을 갚을 수 있게 된 지금 저는 제로인간이 되고 말았어요. '너는 이 세상에는 없는 것이다'라고요. 저의 '반대'는 '찬성'으로 바뀌었어요. 그래서 저는 졸지에 '충성스럽고 선량한 신민'에서 '더러운 부르봉 놈'이 되고 말았어요. 지금은 이놈저놈 가릴 것 없이 사비아왕국이탈리아 독립운동을 추진한 왕가 편만 듭니다. 하지만 저는, 사비아 놈들 따위는 커피처럼 갈아서 마셔버릴랍니다."

그리고는 엄지와 집게손가락으로 머리속의 비스코티를 집어 상상의 컵 안에 찍어 먹는 시늉을 했다.

돈 파브리치오는 전부터 돈 치쵸를 좋아했다. 그 호의는, 청년 시절에는 자신이 당연히 예술가가 될 것이라고 믿었으나 나이가 들면서 자신에게 재능이 없음을 알았을 때, 야망은 줄어들었지만 그래도 그 작아진 꿈을 주머니에 넣고 계속 정진하는, 그런 종류의 사람에게 느끼는 연민과 호감 같은 것이었다. 동시에 그는 돈 치쵸의 가난하지만 유유자적한 생활 태도를 좋아했다.

그러나 지금 공작은 그에게 일종의 감탄하는 마음까지 생겼다. 양심의 밑바닥에서 자랑스럽게 우러나오는 그의 말을 들으면서 공작은 그가 자신보다 더 고결한 삶을 살고 있지 않은가 하는 반성을 했다. 세다라 촌장 같은 부류의 사람들, 돈나푸가타에서 투표 숫자에 속임수를 쓴 인물에서부터 팔레르모와 토리노의 정치적 거물에 이르기까지, 그들은 결국 개인의 양심의 목소리를 죽임으로써 죄를 범한 것은 아닐까. 당시의 돈 파브리치오는 알지 못했지만 그후 수십 년에 걸쳐 무기력하고 굴종적이라는 이유로 남부인이 경멸받게 된 배경은 아마도 역사상 처음으로 경험한 자유의 표현 기회를 그토록 어리석은 것으로 전락시키고 말았다는 데서 기인했을 것이다.

돈 치쵸는 홀가분해진 심정이었다. '예의 바른 신사'는 뒤로 밀려났다. 원래 자기의 한 부분이긴 하나 오늘따라 훨씬 더 일상적인 '스노프'의 얼굴을 공작에게 보여준 것이다. 그는 원래 부당한 취급을 받고 있는 '수동적 스노프'라는 종에 속해 있었다. 스노프라는 말은 그때까지도 시칠리아에서는 알려져 있지 않았다.

그러나 고흐 이전에도 결핵환자는 존재한 것과 마찬가지로, 먼 옛날에도 복종하고 모방하는 것, 특히 자신보다도 사회적 지위가 더 높은 사람들의 기분을 건드리지 않는 것을 최고의 생활신조로 삼는 사람들은 있어 왔다. 그들이 바로 '스노프'신중하고 소극적인 사람로, 시기심 많은 사람과는 정반대되는 타입이다. 스노프는 주로 '헌신적' '성실한' '정직한' '충실한' 등의 형용사로 설명된다. 통상적으로 그들은 만족한 인생을 보내는 사람들이었다. 그들에게는 고귀한 신분의 사람이 보내는 작은 미소만으로도 자신의 하루를 밝게 비추기에 충분했기 때문이다.

특히 그런 미소에는 아름다운 말이 동반되기 마련이었다. 그래서 그에 따른 부드러운 감사의 말을 지금보다 훨씬 더 자주 들을 수 있었다. 진정한 스노프다운 성실한 돈 치쵸는 혹시 돈 파브리치오에게 불쾌감을 준 건 아닌지 걱정이었다. 그래서 그는 자기 말로 인해 공작의 미간에 드리워진 그림자를 떨쳐버릴 방도를 생각했다. 가장 확실한 방법은 다시 사냥을 시작하는 것이었다.

낮잠의 꿈을 깨우는 도요새 몇 마리와 토끼 한 마리가 사냥총의 희생물이 되었다. 그날따라 총소리는 유난히 비정했다. 왜냐하면 살리나 공작도, 돈 치쵸도, 그 죄 없는 짐승들을 돈 카로제로 세다라 촌장에 대한 분풀이로 삼았기 때문이다. 그러나 가끔씩 발사되는 총소리도, 한 순간 번쩍이며 흩어지는 깃털도, 공작에게 힘을 주지는 못했다. 집으로 돌아갈 시간이 가까워지면서 그는 곧 있게 될 평민출신 촌장과의 교섭이 떠올라 다시금 불안과 분노가 치밀었다. 굴욕감으로 마음이 더욱 무거워졌다. 속으로 도요새 두 마리와 토끼 한 마리를 아무리 '돈 카로제로'라고 불러본들 소용없는 일이었다. 울컥하는 혐오감을 애써 삼키면서 그는 가능한 상대방에 대해 더 많이 알아야겠다는 생각을 했다. 더 정확히 말해 촌장의 현재 행보에 대해 세간의 평을 알아볼 계획이었다. 그래서 돈 치쵸는 그날 두 번째로 당혹스러운 질문을 받았다.

"돈 치쵸, 잠깐 내 말을 들어주게. 자네는 마을사람들을 자주 만나니 잘 알 거야. 돈나푸가타에서 사람들은 돈 카로제로를 어떻게 보고 있나?"

돈 치쵸 투메오의 입장에서는 촌장에 관한 자신의 의견을 충분히 확실하게 밝혔다고 생각했다. 그렇게 대답하려던 순간, 돈 탄크레디가 앙겔리를 바라보던 열정적인 눈길과 또 그 비슷한 소문들이 생각났다. 정말 그렇다면 좀 전에 자신이 앙겔리에 대해 지나치게 부정적으로 말해 공작이 진짜로 불쾌했을지도 몰랐다. 그는 자신이 내뱉었던 말을 후회했다. 그나마 다행인 것은 그녀를 확실하게 부정하는 의견을 밝히지 않았다는 점이다. 게다가 새삼 느껴지는 오른쪽 집게손가락의 가벼운 통증이 그의 마음을 진정시키는 효과를 주었다.

"요컨대 영주님, 돈 카로제로 세다라는 지난 몇 달간 출세한 다른 사람들만큼 그렇게까지 나쁜 사람은 아닙니다."

소심한 평가이긴 했으나 돈 치쵸는 그것만으로 충분히 솔직하게 자기 의견을 제시했던 것이다.

"나는 돈 카로제로와 그 가족에 대해 알고 싶네."

"솔직히 말해 영주님, 돈 카로제로는 엄청난 부자입니다. 세력가이구요. 또 구두쇠입죠(딸이 기숙학교에서 지낼 때 그와 아내는 오믈렛 하나를 둘이서 나누어 먹는다고 했다). 하지만 필요하다면 돈을 쓸 줄도 압니다. 세상에 돌아다니는 돈은 분명히 누군가의 호주머니에 들어갈 테죠. 많은 사람들이 그 주머니에 기대어 살아가구요. 상대가 친구라면, 그는 분명 친구를 중요하게 생각할 사람입니다. 토지는 지대를 받고 빌려주는데 농부들은 그걸 내느라 죽을 지경이지요. 그래도 한 달 전 가리발디 군이 상륙했을 때, 그 사람은 파스구아레 투리피에게 50온스의 돈을 빌려줬답니다. 그건 정말이지 성녀 로자리아가 팔레르모에서 페스트 유행을 막아주신 이래로 처음 있는 놀라운 기적이었답니다. 아무튼 촌장은 머리가 비상하게 돌아가는 사람입지요. 영주님, 지난 해 봄만 해도 어땠는 줄 아십니까? 그는 마차나 노새를 타기도 하고 걸어다니기도 했는데 비가 오나 맑은 날이나 하여튼 완전히 박쥐 모양새로 사방 곳곳에 안 나타나는 데가 없었어요. 그때마다 비밀 결사가 생겨났고요. 집회를 열고 거기 참석하라고 꼬드겼어요. 그건 뭐, 단지 시작점에 지나지 않았죠. 몇 달도 안 돼 그는 토리노 국회로 진출했습죠. 그후 몇 년 동안 성직자들의 재산이 매물로 나왔어요. 그 사람은 마르카와 마르시다로의 영지를 거의 공짜로 손에 넣었어요. 그리곤 이 지방에서 제일가는 재산가가 되었습죠. 돈 카로제로, 그 사람은 분명히 앞으로 나타날 미래의 인간상입니다. 유감스럽지만 영주님, 그건 분명히 그럴 겁니다."

돈 파브리치오는 몇 달 전 햇빛이 가득한 천체관측소에서 피로네 신부와 나누었던 대화를 떠올렸다. 예수회 신부가 예언한 그 일이 지금 현실이 되고 있다. 이 새로운 흐름과 관련해 조금이라도 자기 계급의 이익에 맞도록 방향을 유도하는 것도 하나의 전술이 아닐까? 공작은 눈앞에 닥친 돈 카로제로 촌장과의 회견에 대해 느꼈던 부담감을 다소 떨쳐낼 수 있었다.

"그런데 돈 치쵸, 그의 가족은 어떻게 되나?"

"돈 카로제로의 아내는 몇 년 전부터 저는 물론이고 아무도 본 사람이 없습죠. 그 여자는 성당 갈 때만 외출하니까요. 그것도 이른 아침 미사, 그러니까 새벽 다섯 시 미사에만 참석하는데 그때는 사람이 거의 없는 시간이죠. 오르간 연주도 없답니다. 하지만 저는 딱 한 번 일찍 일어나서 나가봤습죠. 그 여자를 보려구요. 돈나 바스티아나가 몸종을 데리고 안으로 들어오더군요. 저는 고해실 뒤에 숨어 있어서 그녀가 잘 보이지 않더라구요. 그런데 미사가 끝나자 그 여자는 더웠는지 검은 베일을 걷었어요. 맹세컨대 영주님. 그녀는 정말 눈이 부실 정도로 아름다운 여자였어요. 돈 카로제로 그 바퀴벌레 같은 인간이 사람들 눈에 띄지 않도록 제 마누라를 꼭꼭 숨겨두는 것도 어느 정도 이해가 갔어요. 하지만 아무리 감시가 엄하다 해도 소문이란 건 새어나오기 마련입죠. 하인들에게도 입이 있으니까요. 돈나 바스티아나는 어쩐지 사람이라기보다는 짐승에 가까운 것 같아요. 읽고 쓸 줄도 모르고 시계도 볼 줄 모르고 또 똑바로 말할 줄도 모른다고 해요. 풍만한 육체를 가진 야생마라고나 할까요. 딸자식을 보듬어주고 예뻐해주는 법도 모른답니다. 다만 침대에서만큼은 더할 나위 없다고 하더군요."

왕비들의 호감을 받으며 왕후귀족의 충실한 종자라고도 할 수 있는 돈 치쵸는 간결하고 군더더기 없는 자신의 보고가 썩 마음에 들었다. 그는 흡족한 기분으로 미소를 지었다. 자신의 인격을 무시했던 촌장에게 어떤 식으로든 복수를 하고 싶었던 것이다.

"더구나 말입죠."

그는 말을 이었다.

"그 여자, 생각해보면 그렇게 될 수밖에 없었어요. 알고 계시는지요, 영주님? 그 돈나 바스티아나가 누구의 딸인지를요."

그는 뒤를 돌아보면서 멀리 있는 집들을 가리켰다. 집들은 언덕의 경사면에 곧 흘러내릴 듯이 달라붙어 있었다. 초라한 종루에 간신히 못 박힌, 말하자면 책형을 받고 있는 듯한 촌락이었다.

"영주님의 땅인 룬치에 사는 소작인의 딸입니다. 아버지의 이름은 페페 젠탄인데 지독히 더럽고 인상도 사나워서 모두 '똥덩어리 페페'하고 불렀답니다. 지저분한 말을 써서 죄송합니다, 영주님."

그리고 만족스럽다는 듯 테레지나의 한쪽 귀를 집게손가락으로 둘둘 감았다.

"돈 카로제로가 바스티아나와 눈이 맞아 달아나고 2년이 지나 페페는 람핀체리로 가는 골목 끝에서 죽은 채로 발견되었어요. 등에는 열두 발이나 사냥총탄이 박혀 있었답니다. 돈 카로제로가 항상 감시하고 있었어요. 페페의 그 끈질기고 건방진 태도가 점점 더 심해졌으니까요."

촌장에 대해서라면 돈 파브리치오도 어느 정도는 알고 있었다. 하지만 앙겔리의 외할아버지에 대한 소문을 듣는 것은 처음이었다. 페페라는 이름은 그의 앞에 더 오랜 시간을 펼치며 넘어서기 힘든 심연을 비추었다. 그에 비하면 돈 카로제로는 정원의 화단 정도였다. 솔직히 그도 처음에는 발아래 땅이 꺼지는 듯한 느낌을 받았다. 탄크레디는 과연 이런 사태를 어떻게 받아들일까? 그럼 나 자신은 어떤가? 남자의 외삼촌 살리나 공작과 여자의 외할아버지 페페에게서 어떤 공통점을 찾을 수 있을지 곰곰이 생각해 보았다. 아무것도 없었다. 앙겔리는 앙겔리, 꽃처럼 아름다운 아가씨였다. 페페에 대해 떠도는 말들은 그 장미꽃에게 그저 거름 이상의 의미는 없다. '냄새는 없다.' 그는 반복했다. '냄새는 없다.' 아니, 다만 그 아가씨에게서 나는 '아름다운 여성의 향기, 향기로운 냄새'만 있다.

"돈 치쵸, 자네는 짐승 같은 어머니와 똥냄새 나는 외할아버지

1860년 10월 199

에 대해선 이야기했는데 실제로 내가 관심을 가진 중요한 사람, 앙겔리 양에 대해서는 아무것도 말하지 않았어."

탄크레디가 그녀와 결혼할 것이라는 소문은 아무리 감춘다 해도 이제 곧 사방으로 퍼질 것이다. 그 젊은이가 돈 카로제로의 집을 찾아갔다는 것은 이미 공공연한 비밀이었다. 도시에서는 아주 흔한, 여성에 대한 큰 의미 없는 사소한 친절도 여기 돈나푸가타 마을의 완고한 도덕관에 비추게 되면 곧 열정의 확실한 증거가 되고도 남았다.

무엇보다도 그 사건은 믿을 수 없을 정도로 당돌한 사건이었다. 햇볕에 붉게 그을린 노인들과 길에서 전쟁 놀이에 정신이 팔린 아이들은 열두개 정도 담긴 복숭아 바구니가 지닌 유혹과 마술적인 효과를 이해하기 위해 그 분야의 권위자인 노련한 마녀들과 수수께끼를 풀어줄 참고서에 의지했다. 가장 먼저 참조한 점은 민중의 아리스토텔레스라고 할 만한 루스티리오 베닌카사였다. 다행히도 이 땅에서는 비교적 손쉬운 처방이 이미 공공연히 행해지고 있었다. 즉 상대를 험담의 표적으로 삼아 진실의 나머지 부분을 덮어버리는 것이다. 마을 사람들은 호색의 발동으로 앙겔리를 꼬시려고 덤비는 바람둥이 탄크레디라는 우상을 만들었다. 그리고는 그것이 전부라고 믿었다.

시골 사람들이 보기에 그것은 너무도 분명한 결론이었다. 영주계급의 높으신 양반들은 하나같이 여자를 좋아한다. 이 믿음은 믿음이 없는 자가 신을 향해 모독의 말로써 경의(!)를 표하는 것과 같았다. 그 일이 살리나 공작의 조카와 '똥덩어리 페페'의 손녀가 공 들이는, 계획된 결혼의 전조였다는 생각은 한순간도 그들의 머리를 스치지 않았다. 그래서 탄크레디가 떠나버리자 사람들의 관심 역시 갑자기 끊어졌다. 더 이상 그 일이 화제에 오르지 않았다. 그 점에 관해서는 돈 치쵸도 다른 사람들과 마찬가지였다. 그는 공작의 질문을 조카의 일시적인 열정을 문제삼고 싶어 하는 나이 많은 남자의 도락 정도로 이해했다.

"그 여자에 대해서는 별로 드릴 말씀이 없습니다만. 그 여자 자신이 모든 걸 보여주고 있으니까요. 그 눈과 피부, 그녀가 매력적이라는 건 아무도 부정할 수 없잖아요. 그건 분명합죠. 탄크레디 님도 잘 아셨던 게죠. 그게 아니라면 제가 천벌 받을 소리를 하고 있을지도요. 그 여자는 외할아버지의 그 토할 것 같은 입냄새가 아니라 어미의 미모를 고스란히 넘겨 받았어요. 게다가 총명해서, 영주님도 아시지요?. 피렌체에서 몇 년 지내면서 완전히 바뀌어 버린 겁니다. 완벽한 여성, 진짜 숙녀가 되었어요."

'완벽한 여성'이라는 말이 가진 의미는 중요하지 않았다. 치쵸는 말을 이었다.

"그녀가 기숙학교에서 돌아왔을 때 저도 그 집에 초대받았습죠. 그때 그녀는 제가 옛날에 작곡했던 마주르카를 피아노로 연주했어요. 솜씨야 서툴렀지만 아무튼 피아노 치는 그 모습을 보고 있자니 저는 너무도 황홀했어요. 검은 머리, 눈매, 그리고 다리, 가슴,⋯⋯아아 입냄새 같은 건 생각도 나지 않았습죠. 그 여자의 침대 시트에는 아마 천국의 향기가 날 겁니다."

공작은 씁쓸한 표정을 지었다. 비록 지금은 추락하고 있는 처지라 해도 명색이 상류계급의 한 사람으로서 그의 자부심은 그대로 남아 있었다. 아무 거리낌도 없이 미래의 조카며느리가 가진 관능적 매력을 칭송하는 말을 듣는다는 것이 그로서는 불편하지 않을 수 없었다. 돈 치쵸, 이렇게 정신없이 장래의 팔코넬리 공작부인에게 천박한 말을 늘어놓고 있구나. 하지만 이 불쌍한 친구가 아무것도 모르고 있다는 것은 틀림없다. 전부 말해줄 필요가 있다. 그러나 그렇게 되면 몇 시간 후에는 온 동네에 소문이 퍼질 것이다. 그는 돈나푸가타 공작으로서의 위엄을 접고 그를 향해 사람 좋은 웃음을 지어 보였다.

"자, 진정하게, 돈 치쵸. 그렇게 정색을 할 필요가 있나? 조카가 내게 편지를 보냈어. '앙겔리 양에게 결혼을 신청하는 중매 역할을 나에게 부탁하더군. 그러니 앞으로 그런 말을 입에 올릴 때는 평소의 자네답게 예의를 지켜주게. 그리고 이 일에 대해서는 자네에게 처음 알려준 것이니, 잘 알아서 판단하게. 이제 집으로 돌아가면 자네는 테레지나와 함께 사냥총 창고에 있게. 문은 내가 자물쇠로 채워둘 생각이야. 거기서 총을 손질하고 기름칠을 하면서 시간을 보내면 돼. 돈 카로제로가 나를 만나고 돌아가는 대로 곧바로 열어주겠네. 그 전까지는 어떤 비밀도 새어나가면 곤란하니까."

공작의 갑작스러운 명령에 돈 치쵸의 조심성과 신사다운 배려심은 단번에 쓰러지는 볼링핀처럼 일시에 무너졌다. 남은 것은 단 한 가지, 즉 자신이 전부터 품어왔던 그 해묵은 감정뿐이었다.

"그건 영주님, 절대로 안 됩니다. 영주님의 아들이라고 해도 좋을 탄크레디님이 적의 딸과 결혼을 하다니요. 저들은 언제나 영주님 발목을 잡았던 사람들이에요. 그 여자에게 넘어간다면, 그건 저들이 승리하는 것입니다. 그건 무조건 항복이나 마찬가지에요. 팔코넬리, 그리고 살리나 양 가문은 그걸로 끝장입니다!"

말을 끝내고 돈 치쵸는 고개를 숙였다. 그는 너무나 슬픈 나머지 발 밑의 땅이라도 꺼지길 바랐다. 공작은 얼굴을 붉혔다. 귀밑까지, 안구까지 핏기가 솟구쳤다. 주먹을 불끈 쥐고 그는 돈 치쵸 쪽으로 한 걸음 다가섰다. 그러나 공작은 냉정히 사태를 관망하려는 의지에 단련된 학자였다. 사자 같은 위엄을 갖춘 얼굴 뒤에는 회의주의자의 맨얼굴이 숨어 있었다.

오늘은 이미 좋지 않은 일을 많이 보고 들었다. 국민투표의 속임수, 앙겔리의 외조부, 그리고 '살인용 사냥총'. 돈 치쵸의 말에도 진실이 들어 있다. 그는 진심을 다해 그 말을 했다. 하지만 어리석은 자에 불과하다. 그 결혼은 결코 끝이 아니다. 오히려 모든 것의 시작이다. 요컨대 돈 치쵸는 몇 세기에 걸친 인습의 틀에 갇혀 문제를 이해하는 것뿐이다.

불끈 쥐었던 주먹에 힘이 빠졌다. 손바닥에는 손톱자국이 남아 있었다.

"가세, 돈 치쵸. 자네는 아직 모르는 것이 많아. 그러나 방금 약속한 일은 지키도록. 알겠나?"

만일 누군가 산길을 내려가는 두 사람을 보았다고 해도 어느 쪽이 돈키호테이며, 어느 쪽이 산초 판사인지 쉽게 단언할 수 없었을 것이다.

어떻게 '두꺼비'를 삼킬 것인가

정각 네 시 반에, 한 치의 오차도 없이 돈 카로제로 촌장이 방문했다고 하인이 알려주었다. 그때까지 공작은 몸단장이 끝나지 않았다. 촌장에게 잠시 서재에서 기다리라고 전한 뒤 그는 침착하게 얼굴과 머리를 매만졌다. 런던에서 상자째 배송된 아트킨손사의 걸죽한 흰색 로션을 머리에 발랐다. 노래 제목처럼 제품의 명칭에도 그 문화 특유의 데포르메déformer, 자연 형태를 예술적으로 변형함가 채색되기 때문인가. 병에는 '라임주스'라는 라벨이 붙어 있었다.

고답적인 느낌을 주는 검은 프록코트 대신에 예상되는 축하 분위기에 어울릴 만한 연보라색의 코트를 입었다. 아침에 서둘러 면도하면서 빠뜨린 몇 가닥 금발 수염을 핀셋으로 뽑느라 약간의 품을 들였다. 피로네 신부가 들어왔다. 방을 나가면서 공작은 책상 위에 있던 독일어판《천체연구》지의 발췌 인쇄물을 집어들고 그것을 둥글게 말아 십자를 그었다. 깊은 신앙심을 나타내는 듯 보이는 그 행동은 사실 시칠리아에서는 흔히 볼 수 있는데, 그렇다고 해서 특별히 대단한 종교적인 의미를 가진 것은 아니었다.

방 두 개를 지나 서재로 향하면서 그는 자신이 겁을 먹고 떨고 있는 자칼의 새끼를 갈기갈기 찢어버리기 위해 숨을 죽인, 윤기 흐르는 멋진 털과 향기로운 냄새를 풍기는 당당한 '표범'이 된 것 같은 기분이었다.

그러나 공작과 같은 기질의 사람이 숙명적으로 걸머진 십자가라고 할 두뇌의 연상 작용이 그 기분을 방해했다. 갑자기 머리 속에서 프랑스의 역사를 다룬 그림 한 장이 떠올랐던 것이다. 깃털 장식의 의상을 걸친 오스트리아 원수와 장군들이 정복자 나폴레옹 앞에 정렬해 있었다. 나폴레옹의 얼굴에는 비웃음이 서려 있었다. 그러나 기품이 넘치는 것은 분명히 패배자들이었다. 승리자는 회색 코트를 입고 있는 조그마한 남자였을 뿐이다. 망트바와 우르마에서 있었던 사건을 다룬 그림 한 장이 떠오르는 바람에 그는 '기분이 상한 표범'이 되어 서재로 들어가게 되었다.

돈 카로제로는 거기 서 있었다. 작고 궁상스러운 몸집, 고르지 않은 면도자국의 얼굴, 영리함이 샘솟는 듯한 눈, 그는 어쩌면 진짜 자칼인지도 몰랐다. 그러나 그의 재능은 추상적 가치를 지향하는 공작의 능력과는 반대로 오직 실용적이고 구체적인 목표를 노리는 데 있었다. 따라서 촌장은 어떠한 악의라도 받아들일 만반의 준비가 되어 있었다.

공작이 기질적으로 상황에 따른 옷차림에 민감했다면, 이 경우의 촌장은 오히려 상복 같은 차림이 더 어울린다고 생각했던 것 같다. 그는 피로네 신부와 거의 같은 검은 옷을 입고 있었던 것이다. 그러나 신부가 타인의 의사 결정에 관여하려 들지 않는 성직자답게 추상적이고 냉담한 표정으로 한쪽에 자리잡고 있는 것에 반해, 촌장은 열렬히 그 순간을 기다리고 있다는 표정을 가감없이 드러내 보였다. 세기의 대교섭을 앞두고 두 사람은 먼저 형식적이고 의례적인 말들을 주고받으며 서로를 탐색했다. 날카로운 공격을 먼저 던진 쪽은 돈 카로제로 촌장이었다.

"영주님."

그가 물었다.

"탄크레디님에게서 좋은 소식이 있습니까?"

그 당시 시골 마을에서는 법적 근거 없이도 촌장직에 있는 사람이 마음대로 우편물을 검사할 수 있었다. 탄크레디가 편지에서 평소와는 달리 정중한 말을 쓴 것이 어쩌면 그를 긴장시켰을지도 몰랐다. 그런 생각이 스치자 공작은 좀 화가 났다.

"아니, 아니오. 돈 카로제로, 조카는 지금 사랑 때문에 완전히 정신이 나갔어요."

귀족 계급에도 수호신 같은 것은 존재한다. 그것은 무엇보다도 '예절'이다. 종종 그 여신이 '표범'족이 길을 잘못 들지 않도록 구원의 손길을 내밀어주기도 했다. 물론 그러라고 적지 않은 예물을 바치기도 하는 것이겠지만, 여하튼 여신 아테나가 오디세우스에게 비천한 행동을 억제하도록 했듯이 돈 파브리치오에게도 수호신 '예절'이 나타나 다행히도 그를 바닥으로 추락하지 않도록 지켜주었다. 다만 그는 예절을 갖추었으되 평생 단 한 번이라고 해도 좋을 만큼 솔직히 심중을 드러내 보였다. 아주 자연스러운 태도로 일말의 망설임도 없이 요점을 말했다.

"조카는 그대의 딸에게 완전히 빠져 버렸어요, 돈 카로제로. 어제 편지에 그렇게 써 보냈어요."

촌장은 뜻밖에도 놀라울 정도로 평정을 유지한 채 빙긋 미소 띤 얼굴로 손에 든 모자의 리본을 뚫어지게 보고 있었다. 피로네 신부는 건축현장 감독이 천장 서까래의 굳고 튼튼한 정도를 확인이라도 하듯이 천장만 바라보고 있었다. 돈 파브리치오는 맥이 빠져버렸다. 상대가 잠자코 있었으므로 놀라게 했다는 만족감조차 가질 수 없었다. 그래서 돈 카로제로가 뭔가 말하려 하자 오히려 안도감을 느꼈다.

"알겠습니다, 영주님. 이미 알고 있었습니다. 9월 25일 토요일, 탄크레디 님이 출발하시기 전날 밤에 저는 두 사람이 키스하는 것을 보았습니다. 저택 정원의 연못 가까이에서 월계수 담 아래는 생각보다 더 훤히 보이거든요. 한 달 전부터 저는 조카님이 뭔가 행동이 있기를 기다려 왔습니다. 오늘은 그 분의 생각이 어떤 건지 영주님께 여쭤보려고 이렇게 찾아왔습니다."

신랄한 침을 가진 벌떼가 돈 파브리치오를 노리고 습격해 왔다. 먼저 힘이 넘치는 한 남성으로서 자극받은 관능적 욕망에서 나온 질투라는 침이었다. 탄크레디는 자신이 평생 알지 못할 그 향기로운 딸기 맛을 이미 맛본 것이다. 두 번째 침은 경사스런 소식을 전하는 중개인의 역할은 고사하고 마치 범죄 피고인의 참고인 취급을 받고 있는 듯한 굴욕감이었다. 또 다른 침은, 자신은 어떤 사람이라도 움직일 수 있다는 자만심을 가진 사람들이 흔히 겪는 좌절감 같은 것이었다. 즉 자신의 생각과는 달리 대부분의 일이 자기가 모르는 사이에 진행되고 있었다는 데 대한 서글픈 자각이었다.

"돈 카로제로, 테이블 위에 던진 트럼프 카드를 뒤바꾸는 일은 그만두죠. 귀공을 이곳으로 오게 한 건 내가 지시했기 때문이오. 어제 조카가 보낸 편지 내용을 알려줄 생각이었소. 편지에는 그대의 딸에 대한 조카의 뜨거운 마음이 여실히 드러나 있었어요. 그러나 나는……."

(여기서 공작은 잠깐 말을 멈추었다. 촌장의 송곳처럼 날카로운 시선 앞에서 태연하게 거짓말을 한다는 것이 아무래도 쉽지가 않았다.)

"어리석게도 나는 그의 마음이 그렇게까지 강렬하다는 것을 눈치채지 못했어요. 조금도 모르고 있었어요. 편지의 결론은, 따님과의 결혼을 허락해 줄 것을 귀공에게 요청하는 중개역할을 내가 맡아 달라는, 그런 내용이었소."

돈 카로제로는 여전히 얼굴색 하나 바꾸지 않았다. 피로네 신부는 유능한 건축기사에서 이슬람교의 성인으로 변신하여 오른쪽 네 손가락을 왼쪽 네 손가락에 끼운 채 양쪽 엄지를 무용을 안무하듯이 방향과 위치를 바꾸며 빙빙 돌리고 있었다. 긴 침묵이 계속되고 있었다. 기다림에 지쳐 초조해진 공작이 먼저 말문을 열었다.

"돈 카로제로, 나는 지금 귀공의 생각이 어떤지를 알고 싶어서 기다리는 중이오."

공작의 안락의자 가까이에 있는 오렌지색 장식물에 시선을 두고 있던 촌장은 오른손으로 눈을 누르면서 자리에서 일어섰다. 그 눈에는 그의 솔직한 심정, 즉 환희가 넘치고 있었다. 일어서면서 표정이 돌변한 듯한, 그런 인상을 주었다.

"허락해 주십시오, 공작님(그가 '영주님'이라는 호칭 대신에 이렇게 부르자 돈 파브리치오는 만사가 잘 풀릴 것이라는 예감을 받았다). 저는 너무나 기뻐서 할 말을 완전히 잊어버렸습니다. 그렇지만 저도 현대를 사는 아버지이기에 우리 집의 자랑, 그리고 우리의 천사이기도 한 딸의 마음을 직접 묻지 않고서는 최종 답변을 드릴 수가 없습니다. 물론 저도 한 사람의 아버지가 가진 그 신성한 권리를 행사하는 방법을 잘 알고 있습니다. 저는 앙겔리의 마음속에 무엇이 들어 있는지 아주 잘 알고 있습니다. 따라서 저는 우리 가족에게 있어서 더없이 영광된, 탄크레디님의 따뜻한 마음을 제 딸이 진심을 다해 받아들일 것으로 믿고 있습니다."

돈 파브리치오는 북받치는 감동으로 거의 헤어나기 어려운 타격을 받았다. 막힌 가슴, 굴욕의 '두꺼비'를 완전히 삼켜버린 것이다. 머리와 내장은 잘게 씹혀 식도를 통해 내려갔다. 다리는 아직 완전히 씹히지 않고 입안에 남았지만 그것도 다른 점과 비교하면 아무것도 아니었다. 요컨대 가장 힘든 일은 끝난 것이다. 공작은 안도하면서 새삼 탄크레디에 대한 사랑이 깊어졌다. 그가 푸른 눈을 가느다랗게 빛내면서 편지를 읽고 있는 모습을 상상, 아니 정확히 상기했다.

사랑으로 맺어진 부부가 보내게 될 신혼의 기간. 사랑의 열정도, 감각의 곡예도, 모든 것이 놀라워 동그랗게 뜬 눈으로 다정하게 서로를 바라보는 높고 낮은 모든 위계의 천사들이 도와주고 축복해주는 그런 몇 달의 시간. 거기에 더하여 탄크레디의 앞날과, 재능을 마음껏 펼칠 수 있는 조건이 확실히 보장된 것이다. 그런 보장 없이는, 그는 곧 경제적 궁핍에 쫓겨 더 이상 성장할 동력도 희망도 잃게 될 것이다.

공작은 일어서서 얼떨떨한 표정을 짓고 있는 돈 카로제로 쪽으로 다가갔다. 의자에서 그를 일으켜 세우는가 했더니 곧 그를 가슴에 꼭 껴안았다. 그래서 촌장의 짧은 다리는 공중에 매달린 모양새로 대롱거렸다. 시칠리아에서 멀리 떨어진 시골 저택의 방 안에는 일순 꽃술이 빼곡한 보라색 꽃에 커다란 벌 한 마리가 매달린 일본 풍속화 한 점이 출현했다. 돈 카로제로의 발을 다시 바닥에 내려놓으면서 공작은 '이 사람에게 꼭 영국제 면도칼을 선물해야겠어'라고 생각했다. '이런 모양새로는 앞으로 곤란해.'

피로네 신부는 엄지손가락 돌리기를 멈추고 일어서서 공작의 손을 잡고 말했다.

"영주님, 이 결혼에 신의 가호가 함께 하기를. 영주님의 기쁨이 곧 저의 기쁨입니다."

그러나 돈 카로제로에게는 말없이 손가락 끝만 내밀었다. 그런 다음 그는 손등으로 벽에 걸려있는 기압계를 가볍게 두드렸다. 기압계의 바늘은 바닥을 가리키고 있었다. 날씨의 변화가 예상된다. 신부는 다시 자리에 앉아 성무일과서를 펼쳤다.

"돈 카로제로."

공작이 말했다.

"두 사람의 결합이야말로 모든 것의 기초이며, 실로 그 기초 위에서 미래의 행복이 시작될 것이오. 우리는 그것을 잘 알고 있으며, 또 그 이상을 바라지도 않아요. 다만 나처럼 나이가 든 사람은 아무래도 그밖의 일에도 신경이 쓰이는 법이지요. 팔코넬리 가문이 얼마나 유서 깊은 집안인가에 대해선 굳이 설명하지 않아도 되겠지요. 그 시조는 프랑스 안쥬가의 샤를르 1세와 함께 시칠리아로 건너왔어요. 그후 아라곤 왕가와 스페인의 부르봉 왕가 등, 뭐 일일이 이름을 다 들 필요는 없겠지만, 하여간 여러 왕가를 위해 봉사했어요. 틀림없이 이번에 새로 들어선 왕조에서도 전과 다름없이 번영을 계속해 나가리라는 점을 의심치 않소.(신이시여, 굽어살피소서!)"

(돈 파브리치오의 말은 어떤 것이 비꼬는 말인지 어떤 것이 진담인지 판단하기 어려울 때가 종종 있었다.)

"그 선조는 왕국의 귀족이었고 스페인의 대공, 산차고의 기사였어요. 마르타의 기사가 되고 싶으면 손가락만 들면 충분했지요. 기사단 본부에서 즉각 '마리토초'(말린 국화가 들어간 과자)라도 제조할 기세로 칭호를 주었으니까. 적어도 지금까지는 그렇소."

(풍자의 재치를 발휘한 이 말도 사실은 전혀 소용없는 시도였다. 왜냐하면 돈 카로제로가 예루살렘의 성 요한기사단 규약에 대해 완전히 무지했기 때문이다.)

"나는 귀공의 따님이 그 뛰어난 미모로 팔코넬리 가문의 유서 깊은 영예를 한층 드높이고, 그 덕망에 있어서도 대대의 기품 있는 공작부인들에 비해 전혀 손색이 없을 것으로 믿고 있어요. 이 가문의 마지막 부인인 나의 여동생도 분명히 천국에서 신랑신부를 축복해줄 겁니다."

그렇게 말하면서 돈 파브리치오는 새삼 뭉클해지는 심정이었다. 그리운 여동생 줄리아의 일생이 생각났기 때문이다. 여동생은 남편이자 탄크레디의 아버지가 벌였던 방탕한 기행으로 끝없이 희생만 치르다가 생을 마친 것이다.

"조카에 대해서는 귀공도 알겠지요. 잘 모른다면 지금 이 자리에서 내가 전적으로 보증할 수 있어요. 그 젊은이는 누구보다도 넘치는 선량함을 지녔소. 이런 생각은 비단 나만의 것은 아닐 겁니다. 그렇지요, 피로네 신부?"

독서에서 갑자기 불려나온 모범적인 예수회 신부는 부담스러운 딜레마에 직면하게 되었다. 그는 탄크레디의 고해사제였다. 따라서 젊은이가 저지른 죄에 대해서는 남김없이 알고 있었다. 물론 심각한 건 없었다. 그렇긴 하지만 지금 말하는 선량함에 대해서는 사실 꽤 많은 양을 덜어내야 할 듯 싶었다. 게다가 고백한 내용으로 볼 때, 부부의 애정생활을 굳건하게 해주는 쪽보다는 아무래도 부정적인 의구심이 들게 하는 쪽이 더 많았다. 물론 신부는 사제의 책무에 의해, 또 세속적인 편의를 고려해서도 그런 말을 입 밖에 내지는 않았다. 무엇보다도 신부는 그 젊은이를 진심으로 좋아했다. 마음 깊은 곳에서는 그 결혼에 승복하고 싶지 않았지만 그래도 신부는 말을 더듬는다거나 애매한 말은 피해갈 줄 알았다. 그는 신부의 주요 덕목 중에서도 가장 써먹기 좋은 진지함이라는 미덕으로 빠져나갔다.

"돈 카로제로, 우리의 친애하는 탄크레디가 가진 선량함이라는 자산은 진정 위대한 것입니다. 그는 신의 은총으로, 그리고 앙겔리 양의 실제적 미덕의 힘으로 언젠가는 꼭 그리스도에 버금가는 좋은 남편이 되리라고 믿습니다."

조금 위험한 예언이기는 했지만 심각한 어조 덕분에 별 문제 없이 넘어갔다.

"하지만 돈 카로제로."

공작은 아직도 남아있는 '두꺼비'의 부드러운 뼈를 잘게 씹으며 말을 이어갔다.

"팔코넬리의 유서 깊은 역사를 말하는 것이 무리이듯이, 귀공이 이미 알고 있는 이상 이 말을 하지 않을 수가 없군요. 현재 조카의 경제상황을 설명하자면, 물론 어쩔 수 없는 일이었지만, 그래도 그 빛나는 가문의 이름과는 전혀 걸맞지 않은 상태입니다. 탄크레디의 아버지, 그러니까 나의 매제인 페르디난도는 부친의 이름에 적절한 인물이 아니었소. 부자들이 종종 그렇듯이 씀씀이가 컸으며 이에 더해서 재산관리인들의 얼렁뚱땅 해치우는 식의 일처리가 화근이었어요. 사랑하는 조카이자 내가 피후견인이기도 한 그 젊은이가 물려받을 재산은 심각한 타격을 입었지요. 마차라 주변의 광대한 영지, 라바투사의 피스타치오 숲, 올리베리의 오렌지밭, 팔레르모의 저택 등, 돈 카로제로, 귀공도 아시다시피 그는 모든 것을 잃고 말았소."

돈 카로제로도 잘 알고 있었다. 그런 일들은 그의 기억 속에서도 가장 큰 규모로 일어났던 철새의 이동, 제비떼의 대규모 이동이었다. 그 사태는 전 시칠리아 귀족 계급에게 신중함을 각성시키기는커녕 오히려 공포감을 불러 일으켰다. 반대로 새롭게 부상하는 신흥 계급인 세다라들에게는 즐거움의 원천이기도 했다.

"제가 후견인이 된 이후로 단 하나, 팔레르모의 우리 집 가까이에 있는 그 저택만큼은, 물론 여러 번거로운 법률 수속을 강구해야 했지만, 어쨌든 어느 정도의 희생으로 겨우 구할 수 있었어요. 희생이라고 말하지만 사실 성녀 같은 나의 여동생 줄리아와의 추억과 저 사랑스러운 젊은이에 대한 애정이 있었기 때문에 나는 기꺼이 희생을 감수했던 것이오. 그 저택은 멋진 건물입니다. 계단은 마르브리아1729~1814. 팔레르모 출신의 건축가가 건축했으며 객실은 셀레나리오1707~1759. 팔레르모 출신의 화가가 디자인한 것이라오. 물론 새로 약간 손댄 부분이 있긴 하지만 그래봤자 겨우 산양을 키우는 오두막 정도일 거요."

마지막까지 남아있던 '두꺼비'의 작은 뼈는, 완전히 씹기는 어려웠지만, 그래도 꿀꺽 삼켜 뱃속에서 소화시켜 버렸다.

"그러나 돈 카로제로, 이런 재난과 가슴 아픈 일을 통해 탄크레디 같은 젊은이가 나타난 겁니다. 그의 선조들이 여섯 군데가 넘는 광대한 토지를 다 써버리지 않았다면 아마 그 젊은이가 그 정도의 기품과 배려와 매력을 갖추기는 불가능했을 거요. 적어도 이 시칠리아에서는 그렇소. 그건 지진이나 가뭄을 관장하는 일종의 자연법칙과도 같은 원리니까."

공작은 입을 다물었다. 불 켜진 두 개의 램프를 쟁반에 받쳐들고 하인이 들어왔다. 램프가 제 자리에 놓이자 돈 파브리치오는 방안에 흐르는 비애라고 부를 만한 불빛 속에 잠긴 채 잠시 침묵했다. 잠시 후 그가 다시 말을 이었다.

"탄크레디는 보통 젊은이가 아니오, 돈 카로제로. 단순히 성장 배경이 좋은 기품 있는 젊은이가 아니에요. 그는 거의 학습의 기회를 가지지 못했어요. 그런데도 생활하면서 알아야 할 것들을 모조리 습득했어요. 남자와 여자, 주위 상황, 시대의 흐름과 조화되는 거의 모든 것을 말이오. 야망이 크지만 그것도 당연해요. 출세와 성공에 대해서는 의심의 여지가 없어요. 귀공의 따님 앙겔리도 만약 그와 함께 상승하는 길을 가고 싶다면 틀림없이 성공할 겁니다. 게다가 탄크레디와 함께라면 가끔 화가 나는 일은 있어도 지루할 틈은 없을 거요. 그것만으로도 대단히 귀중한 재능이라오."

만약 촌장이 공작의 마지막 말을 세속적인 의미에서 충분히 이해했다고 말한다면 그건 과장된 평가일 것이다. 그는 다만 탄크레디의 빈틈없는 성격이라든가 상황에 대처하는 뛰어난 적응력에 대해서, 자신의 대략적인 판단에 비추어 충분히 공감할 수 있었다. 그는 가족 중에 영리하고 기회를 잡을 줄 아는 남자가 있기를 원했다. 그밖에 달리 바라는 것은 없었다. 그는 자신을 평범한 사람으로 여겼고 또 그렇게 믿고 있었다. 사실 딸이 그 젊은이에게 얼마간 낭만적인 감정을 품고 있음을 알았을 때 그는 다소 못마땅한 기분이었다.

"공작님, 그런 건 저도 알고 있었습니다. 다른 일도 물론입니다. 하지만 그런 건 아무래도 상관없는 일입니다."

오히려 그는 감상이라는 망토를 둘렀다.

"사랑입니다. 공작님, 사랑이야말로 모든 것입니다. 그리고 저는 그것이 어떤 건지 알고 있습니다."

그리고 그는 여기서 자신의 정의에 따라 진심에서 우러나오는 성의를 보이려고 애를 썼다.

"그러나 저도 인생의 경험을 쌓아온 사람으로서, 역시 제가 가진 카드만큼은 테이블에 올리고 싶습니다. 딸의 지참금에 대해 이야기하는 건 소용없는 일일지도 모르겠으나, 하지만 딸은 저의 심장에서 흐르는 피이기도 하고 내장 기관 중에서는 간이기도 합니다. 제게는 재산을 물려줄 사람이 그 아이 외엔 없습니다. 제가 가진 것은 다 그 아이의 것입니다. 하지만 젊은 두 사람은 당연히 당장 믿을 수 있는 것이 무엇인지 알고 싶겠지요. 혼인이 성사되면 644사르마 예전에 사용한 면적 단위, 지금으로 따지면 1,680헥타르가 되는 세테소리의 영토를 넘기겠습니다. 이곳은 바람이 잘 드는 보리경작 1급지입니다. 이 땅과 지빌드르체의 포도밭과 올리브 밭 180사르마도 딸에게 양도할 생각입니다. 그리고 결혼식 당일에는 신부에게 1,000온스 금화가 든 봉투 스무 개를 선사할 계획입니다. 그렇게 되면 제게 남는 것은 아주 조금밖에 되지 않습니다."

그리고는 믿기 어려우실 테지만 들어는 보시라는 표정으로 덧붙였다.

"그건 모두 딸의 것입니다. 그것만 있으면 전 세계의 마르쟈(앞에서 공작이 인용한 건축가 마르브리아를 잘못 발음한 것)가 만든 계단과 솔쵸넬로(이것도 셸레나리오를 잘못 발음한 것)가 설계한 천장을 깨끗이 수선할 수 있을 것입니다. 앙겔리에게는 틀림없이 최고의 주거지가 보장될 것입니다."

천박함과 거친 언동이 거침없이 뿜어져 나왔다. 듣고 있던 두 사람은 아연실색했다. 돈 파브리치오는 태연한 척 하느라 무진 애를 써야 했다. 탄크레디가 일으킨 충격은 예상보다 컸던 것이다. 그는 당장이라도 손을 놓아버리고 싶었다. 그러나 앙겔리의 미모와 세련된 냉소를 생각하면서 계약의 역겨움을 덮을 수 있었다. 피로네 신부도 충격을 감추려고 애를 쓰며 의자를 삐걱거리며 성무일과서 페이지를 넘겼다. 즉흥적인 음률을 흥얼거려 보려고 했으나 잘 되지 않았다.

다행히 그때 돈 카로제로의 입에서 상황에 전혀 상관 없는 발언이 튀어나왔다. 덕분에 두 사람은 무사히 곤혹스러움에서 빠져나올 수 있었다.

"공작님."

그가 말했다.

"제가 지금부터 말씀드리는 건 아무것도 아니라는 것쯤은 알고 있습니다. 그렇지만, 세다라 일족도 실은 귀족이랍니다. 제게 이르기까지 시골에 묻혀 눈에 띄지 않는, 지지리도 운이 없는 가계이기는 합니다만, 그러나 저의 서랍에는 정식 서류가 보존되어 있습니다. 언젠가는 조카님이 비스콘티 남작 가문과 맺어졌다는 걸 아시게 될 겁니다. 이건 페르디난도 4세 폐하가 마차라항의 세관 당국에 하사하신 칭호입니다. 저는 정식으로 법적 수속을 밟겠다고 생각하고 있습니다만, 아직 그럴 기회가 없었습니다."

부족한 '기회', 세관, 그 외에 그와 비슷한 관청 등, 그런 말은 한 세기 전의 시칠리아인에게 있어 대단히 중요한 관견 중의 하나였다. 그 인물이 선인인지 악인인지는 차치해두고, 몇 천 몇 만의 사람들의 희비를 교차시키고 흥분과 낙담을 야기시켰던 관건이기도 했던 것이다. 그 문제는 간단히 논하기에는 너무나도 중요한 테마이므로 여기서는 돈 카로제로의 문장학상의 농담이 사람의 밑바닥까지 샅샅이 들여다보는 예술적 감흥을 공작에게 일으켰다는 점만 지적하고 넘어가기로 하자. 그는 터지려는 웃음을 겨우 참았다.

그 후의 대화는 여러 방향으로, 끊이지 않은 잡담으로 흘렀다. 공작은 돈 치쵸를 캄캄한 창고 속에 가둬둔 것이 생각났다. 방문자의 말이 도무지 끝날 것 같지 않아 공작은 아예 입을 다물어버렸다. 그러자 곧 돈 카로제로는 정신을 차리고, 당장은 의심의 여지가 없는 앙겔리의 승인 답장을 가지고 내일 아침에 다시 오겠다고 약속한 뒤 작별인사를 했다.

촌장은 두 개의 객실을 지나 다시 포옹을 받은 후 계단을 내려갔다. 그 사이 공작은 발코니에서 꼴불견인 의상을 입고 황금과 무지에서 비롯된 짧은 이해심이 가득한 작은 체구가 점점 작아지는 것을 지켜보았다. 이제부터 저 남자는 자신의 친족 구성원 말단의 한 자리를 차지하게 된다.

잠시 후 그는 촛대를 손에 들고, 암흑 속에서 체념한 채 잎권련을 태우고 있던 돈 치쵸를 찾아갔다.

"미안하네, 투메오, 이해해 주게. 그럴 수밖에 없었어."

"잘 압니다. 영주님. 그런데 일을 잘 됐습니까?"

"다 잘 됐네. 그보다 더 잘 될 수는 없을 거야."

돈 치쵸는 축하의 말을 늘어놓은 뒤 하루종일 사냥으로 피곤해 잠이 든 테레지나의 목에 끈을 묶었다. 그리고 잡은 짐승이 들어있는 사냥주머니를 들어올렸다.

"돈 치쵸, 내 것도 가지고 가. 그건 당연한 보상이야. 조만간 다시 들르게. 오늘은 여러 가지로 미안하네."

화해의 표시로 공작은 돈 치쵸의 어깨에 힘센 손을 얹었다. 돈 치쵸는 새삼 공작의 힘을 상기했다. 살리나 가문의 마지막 충실한 하인은 곧 초라한 자기 방으로 돌아갔다.

공작이 서재에 돌아와 보니 피로네 신부는 성가신 토론을 피해 이미 빠져나간 뒤였다. 그는 일의 결말을 알려주려고 아내의 방으로 향했다. 힘차고 빠른 발걸음은 10미터 앞에서부터 그의 존재를 알렸다. 딸들이 있는 거실을 지났다. 카롤리나와 카테리나는 털실을 동그랗게 감고 있다가 그가 지나가자 방긋 웃으며 일어섰다. 가정교사인 마드무아젤 돔브르유는 서둘러 안경을 벗으며 음울한 표정으로 인사를 했다. 콘쳇타는 등을 돌린 채 레이스를 앞에서 자수를 놓고 있었다. 아버지가 지나가는 소리가 들리지 않았는지 뒤돌아보지는 않았다.

제IV장

1860년 11월

세다라 촌장

결혼 약속이 성사되어 서로 접촉이 빈번해짐에 따라 돈 파브리치오 공작은 점점 돈 카로제로 세다라라는 인물이 가진 일종의 불가사의한 능력에 감탄하게 되었다. 그리고 자꾸 만나다 보니 그의 꼴사납던 면도 자국, 촌스러운 사투리나 괴상한 복장, 찌든 땀냄새까지도 더 이상 신경 쓰이지 않았다. 그러면서 공작은 그 사람이 지닌 뛰어난 실력을 이해할 여유가 생겼다. 그로서는 손 써볼 도리가 없다고 생각되는 문제들도 촌장의 손에 들어가면 간단히 해결되었다. 성실이나 체면, 그리고 많은 사람들의 행동을 저지하는 교양이라는 족쇄에 조금도 구애받지 않는 그 인물은, 인생이라는 숲속을 마치 나무를 넘어뜨리고 짐승의 둥지를 으깨며 한 방향으로 달려나가는 코끼리처럼 자신의 생각대로 앞으로만 돌진해 나갔다. 할퀴는 가시나무도 밟히고 찢기는 짐승들의 비명도 그는 아예 눈치조차 채지 못했다. '죄송합니다' '거 참 황송합니다' '부탁드릴 게 좀 있습니다만' '친절에 감사드립니다' 등등, 포근한 바람이 살랑이는 편안한 물가에서 성장했던 그가 촌장과 잡담을 나누고 있노라면 마치 황야에서 휘몰아치는 시원한 바람을 쐬고 있는 듯했다. 깊은 계곡을 그리워하면서도 돈나 푸가타의 상록수와 서양 삼나무 숲에 둘러싸여 살아왔던 공작은 여태껏 한 번도 들어보지 못한 아르페지오의 조율을 연주하는 촌장의 활력에 내심 감탄하지 않을 수 없었다.

거의 자각하지 못한 채 공작은 자신이 해결하지 못하는 많은 문제들을 점점 더 숨김없이 촌장에게 털어놓기 시작했다. 그것은 공작의 어리석음 때문이 아니라 오히려 그런 문제에 자존심을 거는 것에 대한 냉소 때문이었다. 보다 더 근본적으로는 타고난 게으름과 몇 천 헥타르나 되는 토지에서 고작 10헥타르 정도씩 끊어 파는 일이 귀찮아서였다. 공작의 이야기를 듣고 문제를 나름대로 정리한 뒤 돈 카로제로는 이러저러한 법적 수단을 제시했고 그 방법은 기막히게 들어맞아 금방 효과를 나타냈다. 무서울 정도로 효율적인 두뇌가 생각해낸 방안들을 돈 파브리치오는 양심의 거리낌과 싸우면서도 채택했던 것이다. 그러한 처리방식은 결국 얄궂은 결과를 초래하게 되었다. 즉 시간이 지나면서 살리나 가문은 사용인이나 소작인에게 지나치게 탐욕스럽다는 평판을 얻게 된 것이다. 그러한 악평으로 돈나푸가타와 쿠에르체타 주변에서 공작의 위신은 큰 상처를 입었다. 그 후에는 어떤 방법으로도 신뢰라는 자산의 손실을 돌이킬 수 없게 되었다.

뻔질나게 공작에게 드나들면서 당연히 세다라에게도 모종의 변화가 있었다. 그것을 언급하지 않는다는 것은 공평한 처사가 아닐 것이다. 그때까지만 해도 세다라 촌장이 귀족사회 사람을 만난 건 일터(즉 거래)에서 뿐이었다. 극히 드물지만 그가 심각한 궁리 끝에 참석했던 몇 번인가의 연회장이 있긴 했다. 그러니까 귀족이라는 특이한 사회적 동물이 자신들의 가장 좋은 측면만을 보여주는 장소가 전부였던 것이다. 그런 접촉에서 촌장은 귀족이라는 사람들은 모두 양떼와 같다고 판단했다. 자기 재산인 양털을 가위로 마음대로 잘라가도 복잡한 체면치레 때문에 말 한 마디 못하는 그런 부류였다. 그러면서 또 뭐라 설명할 수 없는 호화로운 말들을 자기 딸에게 던지는, 단지 그 정도의 존재에 지나지 않는다고 확신하고 있었다.

그러다가 가리발디군의 상륙 이후 탄크레디와 알게 되면서 그는 그때까지 자신이 전혀 알지 못했던 타입의 귀족과 대면하게 되었다. 감상에 매이지 않는 그 젊은이는 귀족이라는 신분과 미소를 무기로 상대방을 매혹시키고 원하는 바를 수중에 넣는, 자신에게 유리한 거래에 능했다. 게다가 그는 이른바 '세다라 식'의 행동도 우아하고 품위있게 해치울 수 있었다. 자신에게는 그런 장점이 없음을 자각하고 있던 세다라 촌장은 점점 그에게 빠져들었다.

뒤이어 돈 파브리치오라는 인물과 접촉하면서 촌장은 공작에게서 구세대인 '양 귀족' 특유의 게으름과 자존 능력의 부족을 알아챘다. 하지만 그 이면에서 (젊은 팔코넬리 공작의 경우와는 성질이 다르지만) 역시 그만큼이나 강하게 사람을 끌어당기는 힘을 느낄 수 있었다. 공작은 추상이라는 관념적 에너지와 더불어 다른 사람에게서 온 것이 아닌 오직 자기 자신으로부터 생겨난 것들 속에서 생의 형식을 구하려는 성향을 가졌다. 관념을 지향하는 에너지로 인해 일종의 대범한 기운을 풍겼던 것이다. 말로는 도무지 표현할 수 없었지만 촌장은 그 힘에 완전히 압도되었다. 또한 그는 그런 매력이 대체로 품위 있는 행동방식에서 기인한다는 점도 알게 되었다. 그래서 예절을 갖춘다는 것이 상대방에게 얼마나 좋은 인상을 주는지도 알았다. 예절을 지키는 사람은 기본적으로 사람이 가진 여러 불쾌감과 추함을 교묘하게 배제하면서 '유리한 애타주의'를 실천하는 사람들이었다('유리한'이란 형용사는 '애타주의'라는 말이 지닌 무용성을 완화시킨다).

그래서 돈 카로제로 촌장은 모름지기 만찬이라는 데서는 씹는 소리를 내거나 손에 기름을 덕지덕지 묻히며 먹어서는 안 되며, 대화에서는 개처럼 짖는 소리를 요령껏 피해야 하며, 모든 것에 여성을 우선시하는 행동을 보여야 함을 배웠다. 그것도 자신이 지금껏 믿었던 것처럼 남성이 약해서가 아니라 오히려 그 반대로 남성이 가진 여유와 힘을 과시하는 것임을 알았다. 또 '자넨 진짜 이해력이 꽝이야'라고 말하는 대신, '잘 설명할 수는 없지만'이라고 말하는 편이 상대방에게서 더 많은 것을 끌어낼 수 있다는 것도 알았다. 그런 처신만 실수 없이 해낸다면 식사도 여성도 화제도 그리고 이야기 상대도 다 돋보이게 하고, 무엇보다도 자신에게 가장 득이 된다는 점을 깨달았다.

돈 카로제로가 스스로 알게 된 그 모든 것을 곧바로 실행에 옮겼다고 하면 그건 아마 지나친 말이 될 것이다. 아무튼 그 이후로 촌장은 조금 더 꼼꼼하게 수염을 깎았고, 세탁을 할 때 비누를 많이 쓴다고 잔소리하는 일도 그만 두었다. 그러한 변화는 그와 그 가족들에게 계급의 세련화를 예고했다. 만약 그런 식으로 3세대 정도만 거친다면 그 유능한 시골사람은 어디에도 손색 없는 신사가 되어 있을 터였다.

약혼녀의 첫 방문

약혼녀의 자격으로 살리나 저택을 찾은 앙겔리는 나무랄 데 없이 훌륭한 연기를 선보였다. 첫 방문은 너무도 매끄럽게 진행되었다. 그녀의 처세는 대단히 뛰어나서 말 한 마디 한 마디, 동작 하나 하나에 마치 탄크레디의 지시를 받고 움직인다는 생각이 들 정도였다. 물론 그 시대의 느린 통신기술을 생각하면 그런 추측은 가당치도 않은 것이다. 그렇다면 약혼 전부터 그녀는 미리 그로부터 빈틈없는 지도를 받았음이 분명하다고 추론할 수 있다. 탄크레디의 선견지명을 잘 알고 있다고 자부하는 사람에게도 그것은 대담한 가설이 되겠지만, 그러나 전혀 터무니없는 견해는 아닐 듯 싶다.

앙겔리는 흰색과 장미색의 의상을 입고 저녁 여섯 시에 나타났다. 부드럽고 연한 검정 털실로 짠 스웨터 위로 여름용의 커다란 맥고모자 그림자가 드리워 있었다. 모자의 장식물인 조화는 와인색 꽃받침에 금색 나무가 접목된 모양으로 지빌드르체의 포도밭과 세테소리의 곡창지대를 연상시켰다. 현관 앞에서 아버지를 앞서는가 싶더니 곧 넓은 스커트를 나부끼며 몇 개 계단을 가볍게 올라와 돈 파브리치오 공작의 팔에 몸을 던졌다. 수염을 기른 공작의 양쪽 볼에 입을 맞추고 애정이 담긴 키스를 받았다. 공작은, 젊은 여자의 볼에서 풍기는 치자나무 향을 즐기는 듯 필요 이상으로 그 동작을 오래 끌었다. 그러자 앙겔리는 얼굴을 붉히며 반 걸음 뒤로 물러나며 말했다.

"저는 너무도 행복해요."

그리고 다시 다가가는가 싶더니 작은 구두 끝으로 곧추서서 공작의 귓가에 대고 속삭였다.

"외삼촌……."

에이젠슈타인의 명화, '전함 포템킨'의 유모차 장면에 필적할 만한 연출에서 그녀는 또렷하면서도 은밀한 속삭임으로 멋진 대사를 던진 것이다. 순간 공작은 마음이 들뜨면서 그 아름다운 '조카머느리'에게 흠뻑 빠졌다. 그러는 사이에 돈 카로제로 촌장이 계단을 올라왔다. 언제나처럼 아내가 불행히도 참석하지 못하게 되었다며 변명의 말을 늘어놓았다. 아내는 어젯밤 집에서 넘어져 왼쪽 발을 삐었다는 것이다.

"삐었을 뿐만 아니라 가지처럼 빨갛게 부었답니다, 공작님."

공작은 앙겔리의 애무하는 듯한 달콤한 말에 넋이 나갈 지경이었다. 그러면서 전에 돈 치쵸가 세다라 부인에 대해 평했던 말을 떠올리고는 짓궂은 생각에, 부인의 병문안을 가고 싶다고 말했다. 공작의 제안에 돈 카로제로는 당황하여 쩔쩔매면서 부인의 또 다른 병을 찾아내려고 궁리했다. 결국 그 부인은 발이 빨갛게 부은 채 편두통에 시달리며 어두운 곳에 혼자 남겨졌다.

공작은 앙겔리를 데리고 작은 램프로 통로를 비추며 어스름한 방을 몇 개 지났다. 나란히 늘어선 방 건너편에 가족들이 주로 모이는 '레오폴드의 방'이 환하게 밝혀져 있었다. 깊숙한 장소에 있는 불빛의 중심을 향해 아무도 없는 희미한 통로를 따라가는 것은 어딘가 프리메이슨 결사의 비밀스러운 입회식으로 가는 길을 연상시켰다.

가족은 방문 근처에 모여 있었다. 공작부인은 그 결혼에 대해 가졌던 감정은 완전히 사라지고 없었다. 남편이 보인 격노가 그녀의 불만을 사라지게 했다. 아니, 그보다는 산산이 부숴버렸던 것이다. 부인은 아름다운 미래의 조카며느리에게 계속 입맞춤을 하면서 살리나 가문의 루비목걸이 자국이 남을 정도로 힘차게 포옹했다. 아직 밝은 낮이었지만 그 목걸이는 공작부인 마리아 스텔라가 축하의 뜻을 보이기 위해서 꼭 착용하기로 마음먹었던 것이다. 아들 프란체스코 파오로도 선망의 눈길로 앙겔리를 보면서 자신도 그녀에게 키스할 수 있다는 생각에 기쁨을 감추지 못했다. 딸 콘쳇타는 유난히 친절하게 대했다. 그녀가 느끼는 감정은 너무나 강렬해서 눈물까지 그득 머금고 있었다. 다른 두 자매는 다만 가볍고 즐거운 기분으로 그녀 가까이에서 맴돌았다. 한편 성직자인 피로네 신부는, 그 역시 여성의 매력에 둔감한 것은 아니었으므로, 우아함grazia과 신의 은총Grazia이 구현된 듯한 아름다움 앞에서 신의 의지를 확인하는 기쁨을 느꼈다. 전에 가졌던 불편한 감정은 이미 지워지고 없었다. 그는 그녀에게 '오라 신부여, 레바논에서 나와 나에게로' 구약성서 중 '아가'의 한 구절를 읊조렸는데, 그보다 더 뜨거운 시구가 떠오르지 않도록 흥분을 억제해야만 했다. 마드무아젤 돔브르유는 가정교사에게 어울리는 방식으로 인사했다.

"앙겔리, 앙겔리, 탄크레디가 얼마나 기뻐할까요."

평소에는 붙임성 있게 굴던 벤디코는 줄곧 으르렁거리며 신음 소리를 내고 있었다. 언제까지나 입술의 떨림이 멈추지 않을 정도로 화를 내고 있었다. 프란체스코 파오로가 혼을 내어 겨우 진정시킬 수 있었다.

큰 촛대의 48개 등잔 중에서 24개가 점등되었다. 흰색과 붉은색의 등잔은 천천히 그러나 온전히 사랑 앞에서 몸을 여는 순결한 처녀를 연상시켰다. 둥근 유리 줄기 위에서 무라노 산 유리로 만든 두 가지 색의 꽃이 가만히 내려보고 있었다. 새로 맞이한 젊은 여성을 찬탄하듯이 다채로운 색상을 순간순간 변화시키며 부드럽게 반짝이고 있었다. 커다란 난로는 춥지도 않은 방을 덥히기 위해서, 그보다는 즐거움을 드높이기 위해서 타올랐다. 장작의 불빛은 마루에 반사되어 흔들리다가 이따금 가구의 색바랜 금박 표면에 부딪치며 빛났다. 벽난로는 그야말로 단란한 가족의 장소, 가정의 상징이었다. 불타는 장작은 소원의 불꽃으로 타올라 이글거리는 잉걸불이 되어 응축된 정열을 보여주었다.

공작부인이 일상적인 화제를 꺼내 흥분된 분위기를 가라앉혔다. 그녀는 유년시절에 탄크레디가 보여준 비범한 일화들을 늘어놓았다. 그는 여섯 살 때부터 떼를 쓰는 일도, 애를 먹이는 일도 없이 참으로 얌전히 굴었던 조숙한 아이였다. 열두 살 때는 대담하게도 체리 한 움큼을 훔치기도 했다. 하지만 그것조차도 뛰어난 자질이므로 그런 남성과 결혼하는 행복감은 누구도 쉽게 상상할 수 없을 것이다 운운. 그 대담한(?) 도둑질이 화제가 되었을 때 콘쳇타는 웃음을 터뜨렸다.

"그건 아직도 탄크레디가 고치지 못한 나쁜 버릇이에요. 두 달 전, 외삼촌이 소중히 아끼던 배를 훔친 걸 기억하시죠?"

그렇게 말하면서 그녀는 마치 자신이 도둑맞은 과수원 주인이라도 되는 양 얼굴을 찌푸렸다.

그러나 곧 돈 파브리치오가 참견하여 사소한 화제는 다른 곳으로 흘러갔다. 공작은 현재의 탄크레디, 즉 명민하고 사려 깊고 그리고 그를 경애하는 사람들을 매료시키면서 다른 사람들은 기지 넘치는 말로 당황하게 만드는 젊은이에 대해 이야기했다. 나폴리에서 산크아르케코자 공작부인의 초대를 받았을 때 누구도 그만큼 유쾌하게 '일상사'를 이야기할 줄 아는 사람은 없었다는 칭찬도 덧붙였다.

그 부인이 밤낮으로, 거실에서든 침대에서든 그를 보고 싶어 했다는 말도 했다. 그러면서 공작은 당시 탄크레디는 열여섯 살도 되지 않았고 한편 공작부인은 이미 50세를 넘었다고 변명조로 설명했다. 앙겔리는 두 눈을 반짝였다. 그녀는 팔레르모의 젊은이에 대해 많은 정보를 가지고 있었고 또 나폴리 귀부인들의 정체도 간파하고 있었다.

앙겔리의 이런 태도가 단순히 탄크레디를 사랑하기 때문이라고 이해한다면 그건 잘못된 결론일 것이다. 그녀에게는 자기 존재 없이는 사랑도 있을 수 없었다. 그러기에는 너무도 강한 자존심과 야망을 가졌던 것이다. 물론 젊음과 경험 부족으로 인해 모든 점에서 미묘한 날카로움을 가진 사랑이라는 그 본래의 성격을 올바르게 평가할 수는 없었다. 그러나 당시에 그녀는 그에 대한 사랑은 아닐지라도 어쨌든 그에 대한 뜨거운 연심을 품고 있었던 것도 사실이었다. 맑고 푸른 눈, 장난스러우면서도 친절한 배려, 갑자기 내보이는 진지한 표정, 그런 점들을 생각하는 것만으로도 그녀는 가슴이 두근대곤 했다.

그 남자의 손에 몸을 맡기고 그 힘에 굴복하고 싶었다. 당시 그녀는 오직 그것만을 바라고 있었다. 그렇지만 실제로 몸을 맡기게 되면 그 손이 아닌 틀림없이 다른 무엇을 원하게 될 것이라는 예감도 있었다. 그리고 실제로 그렇게 되었다. 그러나 탄크레디와의 결혼이 가져올 관능적인 측면과 또 다른 여러 이점들을 냉정하게 검토할 때면 그런 연정의 감정은 이내 수그러들었다.

돈 파브리치오는 여전히 탄크레디를 칭찬하고 있었다. 그를 너무도 아끼는 탓에 공작은 마치 자신이 프랑스 혁명의 중심에서 활약했던 미라보라도 되는 듯이 말했다.

"그는 너무 늦지 않게 뛰어들었으며, 멋지게 스타트를 끊었지. 실로 전도양양한 젊은이야."

앙겔리는 고운 이마를 움직이며 열심히 고개를 끄덕였다. 그러나 실제로 시간이 지나면서 정치가 카부르1810~1861. 토리노 출신. 이탈리아 통일을 주창, 비토리오 에마누엘레 2세의 국왕 등극의 기초를 만들었다의 연설이 그녀에게 영향을 미치고 나아가 그녀의 삶을 좌우하게 될 줄은 상상조차 하지 못했다. 그녀는 시칠리아어로 생각했다.

'우리에겐 보리 경작지가 있어. 그것만 있으면 충분해. 어떤 길이든 길은 길이야.'

이것이야말로 세상 모르는 순진함이었다. 세월이 흘러 그녀가 하원과 상원이라는 국정의 사교장에서 가장 간교한 획책을 시도했던 한 사람이 되었을 때, 보리밭은 버려졌다.

"앙겔리는 아직 탄크레디가 얼마나 재미있는 남자인지 모를 거야. 그에겐 아무도 예측할 수 없는 측면이 있으니까. 기분이 좋을 때 그와 함께 있으면 세상은 아주 요지경처럼 생각되거든. 또 어떨 땐 세상이 너무도 엄숙한 것으로 보일 때도 있지."

탄크레디가 재미있는 남자라는 건 앙겔리도 알고 있었다. 그녀는 그가 새로운 세계를 자기에게 보여주기를 기대했다. 특히 지난 달, 지금은 모르는 사람이 없는 그 공인된 키스가 있은 후에는 더욱 그랬다. 1년 전 쯤에 토스카나의 포조 아 카이아나에서 딱 한 번 정원사 청년에게서 받았던 키스와 비교해볼 때, 탄크레디의 키스는 훨씬 섬세하고 황홀했던 것이다.

하지만 앙겔리의 입장에서는 결혼 상대방의 재기라든가 지성 같은 건 어디까지나 부차적인 문제였다. 그런 점을 중요하게 생각하는, 친절하고 멋지고 더구나 그토록 '지적'인 외삼촌 돈 파브리치오와는 달리 그녀는 애초부터 그런 문제에는 관심이 없었다. 다만 탄크레디를 통해 시칠리아의 귀족사회에서 특별한 위치를 확보할 가능성을 보고 있었다. 동시에 자신을 열렬히 포옹해줄 역할을 기대했다. 그가 만약 지적으로 훌륭하다면, 그야 물론 나쁘지 않았다. 그렇지만 그런 지성 같은 것에 구애받을 필요는 없었다. 생활의 즐거움은 언제든 기대할 수 있다. 지금 당장은, 그가 기지가 있든 얼간이든 상관없이 자기 곁에서 부드럽게 머리채 밑에 감춘 목덜미를 애무해줄 사람이 있었으면 좋겠다는 생각뿐이었다.

"아아, 그 분이 이 자리에 계셨더라면!"

솔직한 심정으로 그녀는 이렇게 외쳤다. 다른 사람들은, 그 속내는 알지 못했지만, 단지 그 어조가 지닌 솔직한 느낌 때문에 모두들 감동을 받았다. 이리하여 그녀의 첫 방문은 대단한 성공으로 순조롭게 막을 내렸다. 앙겔리와 그 아버지는 작별인사를 했다. 마차 앞에 매단 램프의 아련한 금색 불빛이 붉게 물든 플라타너스 낙엽길을 비추었다. 아버지와 딸은 집으로 돌아갔다. 그리고 '똥덩어리 페페'가 '소총'의 총알에 맞아 죽는 바람에 두 번 다시는 들어설 수 없게 된 현관 안으로 발을 들여놓았다.

폭풍우치는 밤

돈 파브리치오 공작이 마음의 안정을 되찾은 후 다시 시작한 예전의 습관 중에는 저녁마다 하는 독서가 있었다. 가을이 되면서 저녁 식탁의 로자리오 기도가 끝날 때쯤에는 이미 어두워 외출하기가 어려웠다. 식사를 기다리면서 가족은 난로 주위에 모여 있었다. 그 동안 공작은 매일처럼 조금씩 현대 소설을 읽어주었다. 그럴 때 거구의 공작은 위엄에 찬 가장의 자애로운 기운을 풍기곤 했다.

당시는 소설을 통해 현대 유럽인의 마음을 새롭게 지배하는 문학적 신화가 형성되고 있는 시점이었다. 새로운 것을 배척하려는 오래된 습성과 외국어를 경시하는 풍토, 그중에서도 부르봉 왕조의 압제에 따른 엄격한 세관검사와 같은 여러 가지 이유로 당시 시칠리아에는 디킨즈, 엘리어트, 조르주 상드, 플로베르, 하물며 뒤마조차도 제대로 소개되어 있지 않았다.

두 권으로 된 발자크의 소설이 비밀 루트를 통해 돈 파브리치오의 손에 들어온 일이 있었다. 가족의 검열관을 자처하는 그는 소설을 읽으면서 불쾌감을 느꼈다. 그래서 그다지 좋아하지 않는 친구에게 그 책을 빌려주었다. 친구의 말에 따르면, 소설의 문체가 힘이 있고 아주 색다른 것으로, '홀린(오늘날이라면 '편집광의'이라고 했을 것이다)' 재능의 산물이라는 것이다. 성급한 판단이긴 했으나 어느 정도 적절한 평가였다. 공작이 가족에게 읽어주는 책은 그보다는 한결 수준이 낮은 것들이었다. 미혼인 딸들의 수치심을 감안해야 했고, 또 부인의 종교적인 결벽도 신경써야 했다. 무엇보다도 그 자신이 가족에게 '좋지 않은 것'을 들려주고 싶지 않았다. 그의 자긍심이 가문의 품위를 훼손하는 내용을 허락하지 않았던 것이다.

11월 10일, 돈나푸가타에서 지낼 날도 얼마 남지 않았을 때였다. 장대비가 쏟아지고 북서풍이 몰아치고 있었다. 굵은 빗방울이 미친듯이 유리창을 두드렸다. 멀리서는 쉴새없이 천둥 소리가 울렸다. 이따금 시칠리아 특유의 소박한 굴뚝으로 물방울이 스미면서 새빨간 불꽃이 바지직거리며 튀어올라 올리브 나무 근처로 점점이 흩어졌다. 공작은 소설 《안졸라 마리아》19세기 밀라노의 작가 카르카노 작를 낭독하고 있었다.

밤도 어느덧 끝자락에 이르렀다. 따뜻한 안락의자에 몸을 맡긴 채 살리나 가의 영양들은, 젊은 여주인공이 얼어붙는 듯한 겨울의 롬바르디아를 여행하면서 겪는 수난 이야기를 들으면서 마음이 찢어지는 듯 아팠다. 그때 옆방에서 큰 소리가 나고 하인 미미가 숨을 헐떡이며 뛰어들었다. 그는 예의 같은 것은 잊어버린 채 큰 소리로 외쳤다.

"탄크레디 도련님이 도착했습니다. 지금 정원 앞에서, 마차에서 짐을 내리고 계십니다요. 세상에, 이게 무슨 일이랍니까! 이렇게 험악한 날씨에!"

그런 다음 다시 급하게 나가버렸다.

모두 깜짝 놀랐다. 특히 콘쳇타는 전혀 다른 세계에 빠져있다가 돌아온 탓에, 얼떨결에 '당신이!'라고 소리쳤다. 그러나 자신의 목소리가 들리는 순간 슬픔뿐인 현실을 깨달았다. 남몰래 벅차올랐던 가슴이 얼어붙는 듯한 현실을 인정하면서 새삼 그녀는 격렬한 고통을 느꼈다. 다행히 그녀의 외침소리는 억눌린 것이어서 흥분한 가족들은 아무도 그 말을 듣지 못했다.

성큼 성큼 걸어나가는 돈 파브리치오를 뒤따라 모두가 서둘렀다. 어둑한 몇 개의 방을 지나 현관 계단으로 내려갔다. 정원을 향한 커다란 문이 열리자 대지의 냄새와 함께 바람이 휘몰아쳐 벽에 걸린 초상화들이 덜컹거렸다. 잇달아 번개가 내리치는 하늘을 배경으로 정원의 나무들은 몸부림치면서 비단이 찢어지는 듯한 비명을 지르고 있었다.

돈 파브리치오가 문밖으로 나가려는 순간 계단 밑에서 시커먼 형상이 나타났다. 큼직한 피에몬테 기병대의 망토를 걸친 탄크레디였다. 50킬로그램은 족히 나갈 듯한 푸른 색 망토는 시커멓게 젖어 있었다.

"외삼촌, 조심하세요. 포옹은 안 돼요. 흠뻑 젖었거든요!"

실내의 불빛에 어렴풋이 그의 얼굴이 보였다. 망토를 묶었던 가는 사슬을 풀자 옷이 미끄러지면서 바닥에 철퍽 떨어졌다. 비 맞은 개 냄새가 났다. 사흘 동안이나 장화를 벗지 못했던 것이다. 그러나 분명히 탄크레디였다.

돈 파브리치오가 자식처럼 사랑하는 젊은이였다. 부인인 마리아 스텔라에게는, 한때 배신감을 느끼기도 했지만 여전히 귀여운 조카였다. 피로네 신부에게는 방황하는, 그러나 마지막에는 그에게로 돌아오는 한 마리 양이었다. 콘쳇타에게는 사랑했으나 잃어버린 연인의 망령이었다. 가정교사 마드무아젤 돔브르유도 그에게 입을 맞추며 사랑에 서툰 어조로 말했다.

"탄크레디, 탄크레디, 앙겔리가 얼마나 기뻐할까요."

언제나 타인의 기쁨을 표시하는 것을 원칙으로 하는 이 여성의 마음에는 사실 몇 개의 악기 현밖에 없었던 것이다. 벤디코도 그리운 친구, 주먹으로 솜씨있게 자기 코를 쓰다듬던 친구를 다시 만나게 되어 반가움으로 경중경중 주변을 뛰어다녔다.

돌아온 젊은이는 가족들에게 둘러싸였다. 감동의 순간이었다. 게다가 그는 가족의 일원으로 완전히 소속된 사람이 아니어서 더 큰 애착의 대상이었다. 탄크레디 자신도 당분간 안정적으로 지내며 사랑을 소유할 수 있게 되어 대단히 즐거웠다. 감격의 순간은 쉽게 끝나지 않았다. 흥분이 조금 가라앉자 돈 파브리치오는 현관 입구에 서 있는 두 사람을 보았다. 그들도 비에 흠뻑 젖어 물을 뚝뚝 떨어뜨리며 미소를 띠고 있었다. 그제서야 탄크레디도 정신이 들었는지 웃으면서 말했다.

"아, 실례했습니다. 너무도 기뻐서요. 숙모님, 정신 차릴 틈이 없었네요."

그는 공작부인에게 용서를 구한 뒤 말을 이었다.

"허락도 없이, 제 친구인 카를로 카브리아기 백작과 함께 오게 되었습니다. 모두 아시겠지만 이 친구가 팔레르모에서 장군의 부관으로 있을 때 몇 번인가 외삼촌을 찾아뵈었던 적이 있었지요. 그리고 이 사람은 창기병인 모로니, 저의 부하입니다."

병사는 우직한 얼굴에 미소를 띠고 차렷 자세를 했다. 무겁게 젖은 망토에서 빗물이 바닥으로 떨어지고 있었다. 한편 카를로 백작은 차렷 자세를 취하지는 않고 흠뻑 젖어 모양이 틀어진 군모를 벗은 뒤 공작부인의 손에 입을 맞추었다. 그는 싱글거리며 웃는 얼굴과 금발의 콧수염, 자연스럽게 드러나는 프랑스풍의 부드러운 'r'발음으로 집안의 여자들을 매혹시켰다.

"여러분들이 계시는 이 땅에서는 비 같은 건 내리지 않는다고 들었습니다! 그런데 우리는 이틀 동안이나 강물 속에서 지낸 것 같군요"

그리고 곧 진지한 표정으로 물었다.

"그런데 팔코넬리군, 앙겔리양은 어디에 계시는가? 미녀 분들이 많은 건 사실이지만 정작 중요한 그 분은 안 보이는군."

그리고는 돈 파브리치오 쪽으로 얼굴을 돌렸다.

"이 친구의 말을 들으면, 그녀는 마치 시바의 여왕과도 같습니다. 그러니 자네는 지금 당장 풍성한 검은 머리의 아리따운 그녀에게 경의를 표하러 가야지 않겠나? 서두르게, 이 게으른 친구야!"

그는 장교 식당에서 주고 받는 식으로 말을 늘어놓으면서, 갑옷을 착용하고 장식용 술과 끈을 늘어뜨린 살리나 가문의 선조들이 근엄하게 늘어서 있는 거실로 들어섰다. 모두들 유쾌하게 웃었다. 그러나 돈 파브리치오와 탄크레디는 그 아름다운 숙녀의 이면을 더 잘 알았다. 즉 돈 카로제로라는 인물과 그의 숨겨진 아내인 '아름다운 짐승', 뿐만 아니라 그 돈많은 집안의 감춰진 가계에 대해 잘 알고 있었다. 그것은 순진한 롬바르디아의 귀공자가 절대로 상상할 수 없는 일이었다.

돈 파브리치오가 끼어들었다.

"어떤가? 백작. 시칠리아에는 비가 오지 않는다고 생각하고 왔다가 억수같은 비를 실제로 겪었으니, 마찬가지로 이곳에는 간염 같은 건 없다고 믿다가 40도의 열을 내며 자리에 눕게 된다면 참으로 곤란하지 않겠나? 미미!"

그는 하인에게 지시했다.

"탄크레디 도련님의 방과 손님용 방 난로에 불을 지피도록 해. 병사에게는 그 옆의 작은 방을 내주고. 그리고 백작, 젖은 몸을 닦고 깨끗이 말린 후 옷을 갈아입게. 펀치와 비스코티를 준비해 두지. 저녁식사는 여덟 시, 두 시간 후일세."

몇 개월 동안 군대에서 지냈던 백작은 공작의 명령적인 말투를 거스르기 어려웠다. 그래서 그는 인사를 한 뒤 하인의 뒤를 얌전하게 따라갔다. 그 뒤를 따라 병사 모로니가 녹색 프란넬 칼집과 장교용 가방을 들고 갔다.

그 사이 탄크레디는 편지를 썼다.

'사랑하는 앙겔리, 마침내 도착했소. 나는 오직 그대를 위해 이곳으로 왔소. 고양이처럼 사랑에 불타며, 동시에 개구리처럼 온몸에 물을 뒤집어쓰고, 들개처럼 흠뻑 젖은 채 늑대처럼 배가 고프다오. 옷을 갈아입고 미녀 중의 미녀를 만날 준비를 갖춘 후, 곧바로 당신에게로 날아가겠소. 두 시간 뒤가 될 거요. 양친께는 모쪼록 잘 말해주시오. 이것으로 우선 기별을 전하는 바이오.'

그리고 그는 공작에게 그 편지를 보여주었다. 전부터 탄크레디의 편지 스타일을 알고 있는 공작은 빙긋이 웃으며 고개를 끄덕였다. 편지는 곧장 그녀에게 전해졌다.

붉은 셔츠를 벗다

모두들 기분이 고조되어 있었다. 15분 후 몸을 말리고 새 제복으로 갈아입은 두 젊은이가 '레오폴드의 방'의 난로 앞으로 돌아왔다. 빙 둘러앉아서 홍차와 꼬냑을 마시는 동안 그들은 줄곧 찬탄의 대상이 되었다. 당시 시칠리아에서 귀족들의 가정만큼 군국주의적 분위기에서 동떨어진 장소는 없었다. 부르봉 왕국의 장교는 팔레르모의 사교 모임에 출입하지 않았다. 어쩌다 참석하는 가르발디군 소속의 몇몇 군인들은 산뜻한 군복을 입긴 했으나 하나같이 허수아비 같은 인상을 남기는 게 고작이었다.

따라서 이 두 젊은 장교는 살리나 가문의 딸들이 처음으로 가까이서 보는 군인들이었다. 두 사람 모두 더블 제복을 입었다. 탄크레디의 옷에는 창기병의 은색 단추, 카를로 백작의 옷에는 저격병 군단의 금박 단추가 달려 있었다. 벨벳 천의 옷깃은 빳빳하게 세워졌고 한쪽에는 오렌지색, 또 한쪽에는 심홍색의 가로선이 들어 있었다. 두 사람은 군청색과 검은색 라사를 두른 다리를 붉게 타는 숯불 쪽으로 길게 뻗고 있었다. 소매에 새겨진 금은색 소용돌이 형상의 꽃문양은 그들이 팔을 움직일 때마다 당돌하면서도 다양한 색조를 띠었다. 근엄한 프록코트와 검고 어두운 연미복에만 익숙했던 딸들에게는 그 차림새만으로도 무척 매혹적이었다. 날마다 함께 했던 교양 소설은 장의자 뒤쪽에 처박혔다.

돈 파브리치오는 아무래도 이해되지 않았다. 그 두 사람은 지금껏 질리도록 붉은 셔츠만 고집해오지 않았던가.

"자네들은 이제 붉은 셔츠는 입지 않는가?"

두 사람은 마치 독사에게 물리기라도 한 듯 화들짝 놀라며 돌아보았다.

"가리발디군 말입니까, 외삼촌! 전에는 분명 그랬어요. 하지만 지금은 다릅니다. 아직 몇 개월 동안은 사르데냐 왕국이지만 이제 곧 저는 이탈리아 왕국의 떳떳한 장교가 됩니다. 가리발디군이 해산될 때 우리는 집으로 돌아갈지 아니면 왕의 군대에 머물지 선택해야 했습니다. 우리는 마음이 올바른 사람들과 함께 진짜 군대에 입대했습니다. 붉은 셔츠 패거리들과는 더 이상 함께 하지 않습니다! 그렇지, 카브리아기?"

"깡패들은 이제 안녕입니다! 그들은 폭력배와 살인자 집단입니다. 지겹습니다. 착실한 인사의 무리에 들어간 지금에야 비로서 진짜 장교가 되었습니다."

떨뜨름한 표정으로 젊은이 특유의 혐오감을 드러내며 그는 콧수염을 씰룩거렸다.

"계급은 한 단계 낮아졌어요. 우리가 했던 전투 경험은 별로 인정받지 못했어요. 저는 대위에서 중위로 강등되었어요. 보시다시피요."

탄크레디는 복잡한 꽃문양의 견장을 가리켰다.

"중위였던 이 친구는 지금 소위가 되었지만, 그래도 우리는 승진한 것만큼이나 기쁘게 생각합니다. 제복을 입고 나서면 누구나 우리를 각별히 존경하는 눈빛으로 대합니다."

"정말 그렇습니다."

카브리아기가 끼어들었다.

"이젠 아무도 우리가 닭을 훔쳐갈까 봐 경계하거나 걱정하지 않습니다."

"외삼촌께 직접 보여드리고 싶었을 정도예요. 팔레르모에서 여기 오기까지, 역참에서 말을 바꿀 때마다 '긴급명령을 받았다. 폐하께 봉사하는 군인이다!' 한마디만 하면 번개처럼 말을 끌고 와서 내주었어요. 나폴리의 호텔 계산서를 봉인한 봉투를 '명령서'로 잘못 알고서 말이죠."

군대 이야기가 일단락되자 화제는 여러 방향으로 전개되었다. 콘쳇타와 카브리아기는 좀 떨어진 곳에 함께 앉았다. 그는 나폴리에서 가져온 선물을 보여주었다. 멋지게 장정된 알레아르드 알레아르디의 《서정시집》이었다. 파란색 가죽 표지에는 공작가의 관冠과 그 밑에 'C.C.S'라는 그녀의 이니셜이 새겨져 있었다. 그 밑에는 커다란 고딕체로 '귀 먼 사람'이라고 적혀 있었다. 콘쳇타는 재미있다는 듯 웃었다.

"그렇지만 왜 '귀 먼'일까요, 백작님. 저 'C.C.S'는 귀가 아주 잘 들린답니다."

백작의 얼굴이 소년처럼 빨개졌다.

"'귀 먼 당신', 그렇습니다. 당신의 귀는 들리지 않습니다. 저의 한숨과 애원은 당신의 귀에 닿지 않으니까요. 그뿐만이 아닙니다.

당신은 보이지도 않는 것 같습니다. 갈구하는 저의 눈빛을 전혀 보아주시지 않습니다. 여러분이 이곳으로 떠난 후 저 혼자 팔레르모에 남아 얼마나 외롭고 쓸쓸한 날을 보냈는지요. 마차가 길 저편으로 모습을 감출 때까지 당신은 인사는 고사하고 눈길 한 번 돌리지 않으셨지요. '귀 먼'이 마음에 들지 않으신가요? 사실은 '무정한 당신'이라고 새기고 싶었답니다."

점점 고조되어가는 그의 문학적 어투를 여자는 분별 있는 응답으로 곧 차갑게 식혀 버렸다.

"백작님, 긴 여행으로 피곤하셨나 봅니다. 신경이 날카로워지신 것 같아요. 진정하세요. 그보다는 차라리 멋진 시라도 들려주지 않으시겠어요?"

그래서 백작은 부드러운 음률로 시구의 행간에 담긴 깊은 슬픔을 비통한 어조로 읊었다. 그 동안 난로 앞의 탄크레디는 주머니에서 하늘색 새틴^{견직물의 하나}의 작은 상자를 꺼냈다.

"외삼촌, 이것은 반지입니다. 제가 앙겔리에게 주는, 아니 제 손을 통해 외삼촌이 주시는 약혼 반지입니다."

물림쇠를 누르고 상자를 열자 깊은 녹청색을 띤 사파이어 반지가 있었다. 평평한 팔각형으로 조각된 보석 주위에는 순도가 높은 작은 다이아몬드 알이 촘촘이 박혀 있었다. 약간 어두운 느낌이 났지만 그 시대의 침울한 취미에 아주 잘 어울리는 듯했다.

돈 파브리치오가 증여한 300온스의 가치로는 충분했다.

실제로 그 반지는 그보다 훨씬 싸게 입수한 것이었다. 약탈과 도주의 몇 개월 동안 나폴리에서는 값이 싸면서도 대단히 고급스러운 보석류가 공공연히 거래되고 있었다. 그는 반지를 사고 남은 돈으로 추억의 선물로서 슈바르츠바르트 양에게 주는 브로치를 샀다. 콘쳇타와 카브리아기 백작이 시구에 감탄하면서 가족을 불렀으나 아무도 움직이지 않았다. 백작은 그 시를 이미 읽은 적이 있었고 콘쳇타는 다음에 보겠다고 했다. 반지는 손에서 손으로 옮겨가면서 모든 사람의 감탄과 칭찬을 끌어냈다. 충분히 예상했던 바지만 모두가 탄크레디의 높은 안목을 칭찬했다. 그러자 돈 파브리치오가 물었다.

"사이즈는 어떻게 되지? 딱 맞추려면 물건을 지르젠티까지 가져가야 하지 않을까?"

탄크레디는 염려 없다는 듯 눈을 반짝였다.

"그럴 필요 없어요, 외삼촌. 사이즈가 맞게 미리 재어 두었으니까요."

돈 파브리치오는 할 말이 없었다. 새삼 조카의 빈틈없는 일처리에 감탄했다.

보석 상자는 난로 주위를 한 바퀴 돌고 다시 탄크레디의 손으로 돌아왔다. 그때였다. 저쪽 너머에서 낮은 목소리가 들렸다.

"들어가도 될까요?"

앙젤리였다. 비에 젖어 어둡게 주름잡힌 푸른 천이 몸에 찰싹 들러붙어 그 부드러운 몸의 윤곽을 선명하게 드러내 보였다. 젖은 두건 밑에는 녹색 눈이 불안과 두려움의 그림자로 떨리고 있었다. 그러면서도 기쁨을 완전히 감추지는 못했다. 흥분되고 다급해진 마음으로 그녀는 장대비를 막기 위해 거친 천으로 된 '스카폴라레', 즉 농부용 망토를 걸친 채 달려왔던 것이다.

허름한 망토와 그 아름다운 모습이 뚜렷이 대비되면서 탄크레디는 채찍에 맞은 듯한 전율을 느꼈다. 그는 자리에서 일어나 말없이 그녀에게로 달려갔다. 그리고는 그 입술에 키스했다. 오른손에 들고 있던 반지 케이스가 몸을 뒤로 젖히는 그녀의 목덜미를 간지럽혔다. 탄크레디는 케이스에서 반지를 꺼내 그녀의 손가락에 끼웠다. 빈 상자는 마루에 굴러 떨어졌다.

"받아 주시오. 탄크레디가 그대에게 주는 선물이오."

살짝 비꼬는 어조로 덧붙여 말했다.

"이 일에 대해서는 외삼촌께 감사드려야 할 게요."

말을 마친 뒤 그는 다시 그녀를 힘껏 안았다. 갈망에 사로잡힌 두 육체는 전율했다. 거실도 거기 있는 사람들도 모두 어디론가 멀리 가버린 듯했다. 입맞춤을 거듭하면서 그는 시칠리아를, 몇 세기에 걸쳐 군림했던 팔코넬리 가문의 아름답고도 황폐한 영지를 되찾겠다고 결심했다. 그 영토는, 옛날의 선조들도 그랬을 테지만, 팔코넬리의 지배를 벗어나려는 무익한 시도 뒤에 다시 그에게 항복할 것이다. 그는 관능의 기쁨과 황금의 영토가 자신에게 돌아왔음을 분명하게 자각했다.

관능의 태풍

갑자기 찾아온 기꺼운 손님들 덕분에 살리나 가족이 팔레르모로 돌아가기로 한 날짜가 연기되었다. 유쾌하고 즐거운 2주간의 시간이 지나갔다. 두 장교가 뚫고 왔던 그날 밤의 폭풍우로 그 해의 우기는 끝이 났다. 폭풍우가 그친 후의 봄날 같은 날씨, 즉 '성 마르티노의 여름'으로 알려져 있는 시칠리아의 청명한 계절이 시작된 것이다. 맑게 개인 푸른색의 계절, 그것은 잠시 동안의 간절기에 찾아오는 평화였다. 오감을 깨우는 따스한 날씨로 감각기관이 잠시 곁길로 빠져 사람들은 자신도 모르게 두꺼운 옷을 벗어 던지곤 했다.

돈나푸가타의 저택에서는, 어떤 품위 있고 아름다운 나신이 숨어 있는 것은 아닌가 싶을 정도로, 관능을 자극하는 뜨거운 열기가 여기저기서 피어오르고 있었다. 저택은 80년 전만 해도 죽음에 도취된 18세기 취향의 비밀스런 쾌락을 위해 제공된 집회 장소이기도 했다. 그러나 카롤리나 왕비의 엄격한 섭정정치와 종교 개혁에 따른 새로운 신앙의 부활, 그리고 현재의 소유주인 돈 파브리치오의 육체적 욕망을 솔직히 따르려는 개방적인 성격 등으로 인해 예전의 엽기적인 일탈의 쾌락은 망각 속에 매장되었다. 머리에 분가루를 뿌린 작은 악마와 함께 쫓겨난 것이다.

그런데 실제로 그 악마는 거대한 저택의 건물 천장 어디쯤, 뒤덮인 먼지 속에서 유충의 형태로 동면을 계속하고 있었다. 시간이 흐른 뒤 회고되었듯이, 어쩌면 아름다운 앙겔리가 저택을 방문하면서 그 유충들의 잠을 깨웠을 것이다. 사랑하는 두 젊은이가 나타남으로써 집안 어딘가에 잠들어 있던 본능적 충동이 되살아난 것이다. 햇빛에 독성을 빼앗기면서도 점점 생기 넘치는 개미들처럼, 관능은 저택의 곳곳에서 그 자취를 드러냈다.

로코코풍의 건축과 장식물은 예기치 못한 곳에서 곡선을 그리며 길게 누운 여체와 풍만한 가슴을 연상시켰다. 문을 열 때마다 벽의 움푹 패인 곳에서는 알코브alcove, 방 또는 복도의 벽 한 부분을 뒤로 민 공간의 커튼과도 같이 옷깃 스치는 소리가 났다.

카브리아기 백작은 콘쳇타를 사랑하고 있었다. 얼굴에만 소년다운 귀여움이 남아 있는 탄크레디와는 달리 그는 얼굴도 마음도 아직 소년이었다. 프라티 조반니 프라티. 1814~1884. 이탈리아의 로망주의 시인와 알레아르디의 시구가 지닌 부드러운 리듬으로, 달빛 아래서 꿈꾸는 사랑의 노래로 여성을 유혹하려고 했다. 그 비극적 결말에 대해서는 아랑곳하지 않았다. 콘쳇타는 아예 그의 말을 들으려고도 하지 않았으므로 그의 계획은 싹도 틔워보지 못한 채 일찌감치 짓눌리고 말았다. '녹색 방'에 머물면서 고독에 잠긴 백작이 더 구체적인 계획을 몽상했는지에 대해서는 분명하지 않다. 다만 확실한 것은 돈나푸가타 마을에서 펼쳐졌던 사랑의 무대에서 백작의 역할은 단지 흘러가는 구름과 노을 지는 지평선 등을 스케치하는 풍경화가 같은 것이었지, 무대 구성 전체를 움직이는 설계자의 그것은 아니었다.

한편 다른 두 명의 딸, 카롤리나와 카테리나는 그해 11월에 저택 전체에 울려 퍼진 욕망의 교향악에서 각자 자신의 역할을 맡아 멋지게 연주했다. 그녀들의 음악은 샘물이 찰랑이는 소리와 혼례용 침상을 파먹는 진부한 벌레 소리의 협주곡이었다. 그녀들은 아직 젊고 매력적이었다. 애인은 없었으나 사람들 사이에 떠도는 감각의 자극적 분위기에 완전히 노출되어 있었다.

콘쳇타에게 퇴짜를 맞으면서도 되풀이 시도되는 카브리아기의 입맞춤과 앙겔리를 포옹하는 탄크레디의 만족스런 표정을 보면서, 어떤 느낌이 메아리쳐 자신들의 순진무구한 살갗에 부드럽게 와 닿는 것을 알았다. 사람들은 그녀들을 두고 몽상하고 그녀들 자신은 일시적인 땀으로 흠뻑 젖은 머리와 짧은 신음을 몽상했다.

박복한 마드무아젤 돔브르유조차도 피뢰침 역할을 떠맡아 정신과 의사가 환자의 광기에 굴복하듯, 즐겁게 마음을 어지럽히는 감정의 소용돌이 속으로 휩쓸려 들어갔다. 정숙한 척 기다리던 하루가 끝나면 그녀는 혼자 침대에 누워 자신의 시든 가슴을 만지며 탄크레디, 카를로, 그리고 파브리치오, 분명히 누구랄 것도 없이 상대를 향해 매달리듯 호소했던 것이다.

이러한 도취적 관능의 물결을 일으키고 힘차게 밀고 나간 주역은 말할 필요도 없이 탄크레디와 앙겔리였다. 장래의 일이라 해도 약속된 혼인은 서로를 갈구하는 욕망이라는 뜨거운 토양에 새삼 거칠 바 없는 힘을 실어주었다.

돈 카로제로는 계급 차이에 따른 무지 때문에, 사람들의 눈에 띄지 않는 장소에서 약혼한 두 남녀가 길게 사랑의 언약을 주고받는 일을 귀족계급에서는 당연시 여기는 것으로 믿었다. 한편 공작부인 마리아 스텔라로서는, 수시로 드나드는 앙겔리의 방문이나 그녀가 보이는 자유로운 행동들은 자신의 딸이라면 결코 허락할 수 없는 일이라고 생각했다. 그래서 그녀는 앙겔리의 행동을 세다라 촌장이 속한 계층에서는 늘상 있는 일 정도로 받아들였다. 그런 식으로 가족들의 묵인 하에 앙겔리가 저택을 찾는 횟 수는 점점 잦아졌다. 나중에는 집에 돌아갈 생각도 하지 않고 둘이서 틀어박혀 지내는 시간이 점차 길어졌다. 그녀가 누구와 함께 오든 어디까지나 들러리 형식에 지나지 않았다. 그 들러리가 아버지인 경우, 그 아버지는 곧바로 관리사무소로 가서 가게 운영에 필요한 사안을 찾거나 혹은 계획하는 작업에 들어갔고, 몸종의 경우는 커피를 마시러 주방으로 가서 마침 운 나쁘게도 거기 있던 하인들을 귀찮게 하는 것이 전부였다.

저택지 안으로의 항해

탄크레디는 앙겔리에게 복잡하게 얽힌 저택 전체의 모습을 보여주고 싶었다. 저택은 오래된 객실과 새로 지은 객실 건물, 의례 식장, 연회용 거실, 극장과 그림 전시실, 가죽 냄새로 가득한 마구간, 열대 식물의 열기로 숨이 막힐 듯한 온실, 통로들, 복도들, 사다리식 계단들, 테라스와 회랑 등으로 구성되어 있었다.

그 중에서도 특히 빠뜨릴 수 없는 곳은 미로처럼 뒤얽힌 채 수십 년 동안 폐가로 버려진 주택지였다. 탄크레디는 자신이 관능이라는 태풍의 중심으로 여자를 끌어들이려 한다는 점을 알지 못했다(혹은 알고 있었는지도 모른다). 한편 앙겔리는 탄크레디의 욕망을 내심 바라고 있었다. 광대한 저택지 안을 샅샅이 돌아보는 여행은 길고도 꾸불꾸불 이어져 언제까지나 끝나지 않을 것 같았다.

그 여행은 알지 못하는 미지의 영역으로 들어가는 길이었다. 격리된 채 버려진 주택지는 돈 파브리치오조차 한 번도 발을 딛지 않은 곳도 많았다. 말 그대로 미지의 세계였다. 그런 생각을 하면서 탄크레디는 가슴이 떨렸다. 그는 뻔히 다 알고 있는 방만 있는 저택이라면 그다지 살고 싶지 않다고 입버릇처럼 말하곤 했던 것이다.

두 연인은 어둑한 방도 있는가 하면 볕이 잘 드는 방도 있고, 화려한 방, 초라한 방, 썰렁한 방, 그런가 하면 복잡한 가구의 잔해로 뒤덮인 방, 등등 여러 개의 선실을 가진 배, 사랑의 여신 아프로디테가 사는 큐테라 섬으로 향하는 선박에 올랐다. 항해에 동반하는 사람은 가정교사 마드무아젤 돔브르유이거나 카브리아기 백작이었다(예수회 교단에서도 빈틈이 없기로 소문난 피로네 신부는 언제나 실수 없이 그 역할을 거절했다). 때로는 가정교사와 백작 두 사람이 함께 들러리를 서기도 했다. 그렇게 해서 외관상의 모양은 일단 갖추었다.

그러나 버려진 건물 안으로 들어서면 뒤따라오는 들러리를 따돌리는 것쯤은 일도 아니었다. 옆으로 빠지는 복도로 들어서기만

하면(격자창이 있는 복도는 여러 곳으로 통했고 하나같이 좁고 휘어졌다. 또 터무니없이 길게 이어져 있었다. 그래서 통로를 따라가는 동안에는 알 수 없는 불안과 긴장으로 심장이 뛰곤 했다) 그만이었다. 혹은 회랑을 돌아나오거나 작은 보조 계단을 오르는 것만으로도 충분했다. 젊은 두 사람은 어느새 사라지고 텅 빈 섬에는 들러리 두 사람만이 남아 있다. 빛이 바래 생기를 잃어버린, 어느 미숙한 화가가 그린 파스텔 초상화나 아니면 이미 절반쯤 엉덩이 부분이 지워진, 양치기 소녀를 그린 천장화만이 그들을 바라보고 있을 뿐이다.

카브리아기 백작은 곧 피로해져서 겨우 눈에 익힌 계단이나 뜰을 발견하고 그쪽으로 총총히 물러가 버렸다. 그 행동은 친구를 위한 것이기도 했고 또 콘쳇타의 얼음처럼 차가운 손을 생각하며 탄식하기 위한, 즉 자신을 위한 것이기도 했다. 가정교사는 좀더 오래 머물러 있지만 그렇다고 언제까지나 계속 있을 수는 없었다. 처음 잠시 동안은 "탄크레디, 앙겔리, 어디에 계세요?"라는 대답 없는 외침소리가 울렸다. 하지만 그 소리도 점점 멀어지고 곧 주위는 쥐 죽은 듯 조용해진다. 아니, 천장 위를 돌아다니는 쥐의 발소리와 백년이나 연대가 지난 편지 한 통이 마루 위를 바스락대며 구르는 소리가 고요를 더하고 있다. 두 사람은 감미로운 불안감으로 서로 몸을 꼭 붙인 채 마음을 진정시켰다.

그렇게 사랑의 신 에로스는 짓궂게도 끈질기게 두 사람 곁을 돌며 위험하고도 야릇한 마력으로 넘치는 게임에 연인들을 끌어들였다. 두 사람은 아직도 어린 시절의 미숙성을 벗어나지 못한 채 서로를 쫓다가 놓치고 다시 찾아내며 즐거워하는 숨바꼭질 놀이 그 자체를 즐기고 있었다.

그러나 두 사람이 같이 있게 되면 다시 감각이 예민해져 맞잡은 손가락이 주뼛거리고 서로 애를 태우며 손목의 파란 정맥을 어루만졌다. 그러면서 마음이 흐트러지고 몸도 조금씩 떨려왔다. 한층 더 깊은 애무로 가려는 전조였다.

한번은 앙겔리가 마루에 세워놓은 그림 뒤에 숨은 적이 있었다. 그 그림은 '안티오기아 포위작전에서의 아르투로 코르벨라(살리나 가문의 선조 중 한 사람)'였는데, 그녀가 바라는 불안한 기대감을 그대로 대변해주고 있었다. 탄크레디가 거미줄투성이 얼굴에 먼지투성이가 된 그녀를 찾아내고는 꼭 껴안았다. 그녀는 다만 "안 돼요, 탄크레디, 안 된다니까요"라는 말만 반복했다.

그 말은 유혹을 담은 거부였다. 그녀의 말에 아랑곳 없이 탄크레디는 그녀의 짙은 녹색 눈동자 속에 비친 자신의 청색 눈을 가만히 들여다보았다. 어느 맑게 갠 차가운 아침의 일이었다. 그녀는 아직 얇은 옷을 입고 있었다. 남자는 누더기가 된 덮개를 걷어내고 장의자 위에 여자를 뉘였다. 그리고는 그 몸을 따뜻하게 해주려고 그녀를 껴안았다. 여자의 기분 좋은 한숨이 남자의 이마에 늘어진 머리카락을 부드럽게 흔들었다. 황홀감과 두려움이 뒤섞인 순간이었다. 욕망은 아쉬움으로 남았지만 두 사람에게는 억제조차도 기쁨이고 즐거움이었다.

버려진 주택지에서 방들은 하나같이 비슷비슷했고 주어진 이름도 없었다. 신세계를 발견한 사람처럼 두 사람은 지나는 방마다 우연히 맞닥뜨린 사물을 빌려 이름을 붙였다. 타조의 깃털펜나 장식의 천장과 부서진 침대가 있는 넓은 침실에는 '고뇌펜나 많은 방'이라는 이름을 붙였고, 금이 가고 슬레이트가 닳은 작은 계단은 '유쾌한 미끄럼 계단'이라고 불렀다. 여러 번 그들은 자신들이 어디쯤 있는지를 알지 못했다. 통로를 돌고 돌아나오면서 흔적을 찾아 멈추어 소곤거리다 포옹하고 하는 사이 방향감각을 잃어버린 것이다. 그럴 때는 유리가 깨져나간 창문으로 얼굴을 내밀어 바깥의 뜰과 정원 풍경을 보면서 자기들이 있는 위치를 가늠하곤 했다.

한 번은 구석진 곳에서 처음 보는 작은 뜰과 마주쳤다. 아무리 해도 그곳이 어디인지 알 수가 없었다. 이름 없는 그 작은 뜰에는 고양이 배설물과 누가 버린 건지 토한 건지 약간의 토마토소스가 든 파스타가 버려져 있었다. 그것 또한 하나의 이정표가 되었다. 그러다가 또 다른 창문에서 기웃대고 있던 더부살이 하녀를 발견하고 길을 찾았다.

어느 날 오후, 두 사람은 다리 하나가 부러진 궤짝에서 카릴롱carillon, 다수의 종을 음률에 따라 배열하고, 건반이나 기계 장치로 쳐서 울리는 악기 네 개를 발견했다. 18세기의 거드름 피우는 음악광이 마음에 들어했을 법한 음악상자였다. 그 중 세 개는 먼지와 거미줄 속에서 망가졌는지 작동이 되지 않았다.

그러나 네 개 중에서 가장 늦게 만들어진 것으로 보이는, 작고 거뭇한 나무 상자에 비교적 안전하게 들어있던 나머지 한 개를 만졌을 때, 놀랍게도 핀들을 장치한 동 재질의 원통형이 돌아가기 시작했다. 그러자 강철 혀가 튀어나와 은처럼 맑고 고운 소리를 울리며 우아하게 음악을 연주했다. 저 유명한 '베네치아 사육제'였다. 어딘가 비탄을 감추고 있는 듯하면서도 쾌활한 음악의 울림에 맞춰 그들은 끝없이 키스했다. 마침내 포옹에서 몸을 풀었을 때 그들은 음악이 진작에 끝나 있었다는 사실을 깨달았다. 그러니까 두 사람은 기억 속에서 환청으로 그 음악을 들으며 사랑을 확인했던 것이다.

또 다른 종류의 놀라움도 있었다. 그들은 아주 낡은 객실들 중 하나에서 장롱 뒤에 숨겨진 문 하나를 발견했다. 백년도 더 되는 세월을 잠그고 있던 거친 자물쇠는 몇 번 흔들어보는 것으로 간단히 열렸다. 문을 열고 들어서자 빛바랜 장미색 난간이 있는 계단이 완만한 곡선을 그리며 위로 뻗어 있었다.

계단 꼭대기에는 또 다른 문이 있었다. 가죽이 찢어진 채 열린 문 앞에는 잡동사니들이 잔뜩 쌓여 있었다. 그것을 밀고 들어갔을 때 그들은 참으로 기이한 느낌을 받았다. 중간 정도 크기의 거실이었는데, 작은 방 여섯 개가 거실을 둘러싸고 있었다.

거실과 방의 바닥은 모두 순백의 대리석이었다. 스타코 화장 회반죽로 마감한 낮은 천장은 기이한 색상으로 채색되어 있었다. 벽에는 엄청나게 큰 거울들이 바닥 가까이 낮게 걸려 있었는데, 그 중 하나는 가운데가 산산조각이 나 있었다. 18세기 풍의 촛대가 달린 거울이었다. 하나뿐인 창문은 처음 보는 작은 뜰과 접해 있었다. 거기에서 어렴풋이 빛이 들어올 뿐, 따로 열린 입구가 없어 어딘지 우물을 연상케하는 공간이었다. 각 방에는 넓직한, 지나치게 넓직한 긴 장의자가 놓여 있었다. 거실도 마찬가지였다. 벽지를 고정한 압정에는 찢어진 벽지 조각이 달라붙어 있었다. 꾀죄죄한 팔걸이 의자가 있고 벽난로 위쪽에는 격정에 휩싸여 뒤엉킨 남녀를 대리석으로 조각한 나체상이 놓여 있었다. 격노한 망치에 두들겨 맞기라도 했는지 손과 발은 모두 깨어져 나가고 없었다. 열기 탓인지 벽 상부에 얼룩이 져 있었다. 사람의 키 높이 정도인 그곳만 거무스름하고 두텁게 변형되어 있었다. 탄크레디는 불안한 마음으로 앙겔리가 알아채기 전에 거실 벽 사이에 놓인 장롱 문을 살짝 밀어보았다.

 장롱 안은 대단히 깊었다. 거기에도 기이한 것들, 즉 비단 끈을 둥글게 감은 뭉치 몇 개와 은으로 된 작은 병 따위가 보였다. 병에는 모르는 글자가 우아한 서체로 적힌 라벨이 붙어 있었다. 음란한 장식이 붙은 바닥 밑쪽에는 약병임을 암시하는 'Estr, Catch' 'Tirch Stram' 'Part. opp.'라는 해독이 불가능한 라벨이 붙어 있었다.

 또 내용물이 증발해버린 작은 병 몇 개와 더러워진 헝겊에 싸인 뭉치가 구석에 세워져 있었다. 헝겊을 펼쳐보니 소의 힘줄로 만든 승마용 채찍 다발이 나왔다. 몇 개는 은 손잡이가 달려 있고 채찍의 중간 부분까지 흰색 바탕에 파란 줄무늬가 채색된 비단 천이 감겨 있었다. 윗부분은 거뭇한 얼룩이 세 줄 나 있었다. 그 외에도 뭐라고 설명할 수 없는 금속 도구가 몇 점 있었다. 탄크레디는 오싹해지는 기분이었다. 어쩐지 자기 자신이 무서워졌다. 그는 자신이 저택 안에 관능적 불안을 휘돌리고 있는 비밀의 중추에 도착했다는 것을 알았다.

 "저쪽으로 갑시다. 여긴 재미있는 게 없어요."

 두 사람은 문을 닫고 발소리를 죽여 살금살금 계단을 내려왔다. 그리곤 숨겨진 문으로 통하는 장롱을 원래대로 해놓았다. 그날 하루 종일 탄크레디의 키스는 꿈속처럼 막연했고 죄갚음이라도 하는 듯한, 아주 맥빠진 것이었다.

두 개의 채찍

사실 돈나푸가타 땅에서는 '표범'의 문장 다음으로 흔한 것이 채찍이었다. 수수께끼의 한 획을 발견한 다음 날, 두 연인은 전혀 다른 성격의 채찍과 맞닥뜨렸다. 사실 그곳은 버려진 주택지와는 다른 구역이었다. '성인 공작'의 유적지로 받들어지는 곳, 저택지 안에서도 가장 후미진 곳에 위치해 있었다.

그곳은 17세기 중엽, 살리나 가문 출신의 한 선조가 사설 수도원으로 삼아 은거했던 장소였다. 거기서 과오를 뉘우치고 회개하면서 수행에 힘써 천국으로 갈 준비를 했던 것이다. 그 건물은 천장이 낮은 방 세 개로 되어 있었다. 마루에는 거친 점토기와가 깔려 있고, 벽은 가난한 농부의 주거지처럼 흰 석탄재로 세워졌다.

맨 위층의 방 테라스에서 토지와 토지로 뻗어나가는, 서글픈 빛 속에서 노랗게 펼쳐지는 살리나 가문의 영지를 한 눈에 볼 수 있었다. 벽에는 엄청나게 큰 거대한 십자가가 걸려 있었다. 순교하는 신의 머리는 천장까지 닿았고, 피가 방울져 흐르는 발은 바닥에 닿아 있었다. 옆구리의 상처는 야만적인 행위 앞에서 마지막 구원의 말조차 허락되지 않았던 입을 연상시켰다.

신의 유해 가까운 곳에 손잡이가 짧은 채찍이 못에 걸려 있었다. 손잡이 끝부분에는 말라 비틀어진 여섯 가닥의 가죽끈이 있고, 그 각각의 끝에는 개암나무 열매 정도 크기의 납덩이가 달려 있었다. 그것은 '성인 공작'이 애용했던 고행의 채찍이었다. 그 방에서 살리나 가문의 성인 공작, 주세페 코르벨라는 자신의 영지를 조망하는 한편, 채찍으로 자신을 때리며 수련에 힘쓴 것이다. 마루에 피를 뿌리면서 그는 영지는 자신에게 돌아온다고 믿었을 것이다. 그리고 겸허한 속죄의식을 통해서 그것이 정말로 자기의 것, 문자 그대로 자신의 피와 살, 그 자체가 된다고 생각했을 것이다.

하지만 이제 그 땅은 살리나의 손을 벗어나 흩어지고 있다. 지금 눈에 들어오는 대부분의 땅은 돈 카로제로를 포함한 다른 사람의 소유가 되었다. 다만 돈 카로제로의 것은 즉 앙겔리의 것, 따라서 그들 미래의 아들의 것이다.

그녀를 소유함으로써 토지를 되찾겠다는 분명한 의지는 피로써 그것을 소유하려는 방법과 동일한 것이었다. 탄크레디는 현기증을 느꼈다. 그는 앙겔리 앞에 무릎을 꿇고 상처를 입은 그리스도의 발에 입을 맞추었다.

"보세요. 당신은 그 채찍과 같은 거요. 그것과 똑같은 역할을 맡고 있어요."

앙겔리는 무슨 말인지 모르겠다는 듯, 고개를 들고 아름다우면서도 공허해 보이는 미소를 지었다. 그는 벌떡 일어서 상대의 입술에 난폭하게 입 맞추었다. 여자는 신음소리를 냈다. 입술뿐만 아니라 입 안에도 상처를 입은 것이다.

두 사람은 꿈꾸는 듯한 나날을 보냈다. 그들은 사랑이라는 구원의 손이 내미는 천국을 보았고, 그 사랑이 원인이 되어 더럽혀진 신성함과 버려진 수많은 지옥을 보았다. 빨리 도박을 끝내고 지금이라도 걸었던 패를 확보해야 한다는 위기감이 두 사람을 몰고 갔다. 서로에 대한 탐색은 끝났다. 두 사람은 어떤 외침소리도 닿지 않을, 아주 멀리 떨어진 방안을 방심한 듯 돌아다니고 있었다. 그곳에서는 아무리 소리를 질러도 더 이상 외침이 아니라 그저 기도 소리이거나 낮고 쉰 목소리밖에 되지 않을 것이다.

또한 두 사람은 끝없이 포옹하면서도 순결을 더럽히지 않으려고 억제하고 있었다. 가장 위험한 구역은 오래된 객실 건물에 있는 몇 개의 방이었다. 그곳은 멀리 떨어져 있을 뿐만 아니라 지금도 관리의 손길이 미치고 있어 방마다 멋진 침대가 있고 쉽게 펼칠 수 있는 깨끗한 매트리스가 접혀 있었…….

어느 날이었다. 탄크레디는, 머리 속으로는 여전히 기다려야 한다고 했지만, 그러나 몸속의 피가 끓어올라 오늘이야말로 매듭을 짓겠다고 과감한 결단을 내렸다. 앙겔리가 그날 아침 요염한 악녀처럼, "나의 숫처녀를 당신에게 바치겠어요"라고, 분명히 그런 유혹을 암시하는 말들을 속삭였던 것이다.

여자는 머리를 풀고 자리에 누웠다. 남자는 '인간'을 이기고 그 가면을 벗으려 하고 있었다. 그때 교회의 우렁찬 종소리가 누워 있는 두 사람의 몸에 수직으로 내리꽂히며 방안 공기를 흔들었다. 웃음 띤 얼굴로 혀가 뒤엉켰던 두 사람은 재빨리 자리에서 일어났다. 그리고 본래의 자신으로 돌아왔다. 빠른 시일 내로 탄크레디는 출발해야만 했다.

그 시기는 탄크레디와 앙겔리가 숙명적으로 겪어야 했던 수많은 고난과 불성실과 불륜으로 점철된 인생에서 가장 좋았던 나날들이었다. 그러나 그때는 아무것도 알지 못했다. 그들은 결국 허망한 것으로 밝혀진 것들을 실체적이고 의미 있는 미래로 생각하며 그리고 있었던 것이다.

두 사람이 노인이 되어 뒤늦게나마 사리분별을 가지게 되었을 때, 그때서야 비로소 잊지 못할 무한한 그리움으로 그 시절을 돌이켜보곤 했다. 매순간 억제하면서, 그러나 그만큼 되솟아나는 욕망으로 유혹과 눈빛과 동의를 반복하면서도 끝내 거부했던 침대에의 유혹. 날마다 관능적 유혹을 반복하면서도 단념하고 극복함으로써, 말하자면 진실한 사랑으로 승화시킨 날들이었다.

그 일련의 나날들은 결국 성애적인 면에서 성공하지 못한 채 끝나고 마는 결혼생활의 예고편 같은 것이었다. 그들의 결혼은 처음에는 짧지만 절묘한, 그것만으로도 완벽하게 하나가 된 완성품처럼 보였다. 그것은 마치 오페라극에서 작곡을 미뤄둔 채 따로 남겨진 희곡 대본 같았다. 그 작품은 서곡 단계에서는 적당한 해학과 전주곡을 통해 아름다운 멜로디를 제시했으나 더 이상 조화롭게 전개되지 않은 채 실패로 끝날 수밖에 없는 것이었다.

앙겔리와 탄크레디가 지나간 악덕과 잊혀진 미덕의, 그 영원한 욕망이 꿈틀거리는 주택지에서의 방랑을 끝내고 다시 제자리로 돌아왔을 때, 사람들은 일제히 부드럽기는 했지만 놀리는 말을 퍼부었다.

"무슨 바보 같은 짓을 하는 거냐. 먼지투성이 꼴이라니. 거울을 좀 보아라, 탄크레디."

돈 파브리치오는 빙긋이 웃었다. 그 말을 들으면서 조카는 먼지를 털어내고 있었다. 카브리아기는 의자에 걸터앉은 채 무념한 표정으로 버지니아 잎 궐련의 연기를 피웠다. 얼굴과 목을 씻으며 시커매진 물을 보면서 뭐라고 투덜대는 친구를 지켜보았다.

"나는 그만두라는 말은 하지 않겠어. 하지만 팔코넬리. 분명히 앙겔리 양은 지금까지 본 적 없는 최고의 미인이야. 그렇다고 해서 뭐든지 용서받는 건 아니야. 절제가 필요해. 오늘 자네들은 세 시간 동안이나 둘이서만 있었어. 서로 사랑하고 있다면 결혼부터 해야지. 세간의 웃음거리가 되고 싶나? 오늘 그녀의 아버지가 관리사무소에서 나와서 자네들이 아직 거기서 항해를 계속하고 있다는 걸 알았을 때 어떤 표정을 지었는지 자네에게 보여주고 싶군. 절제. 자넨 신중해질 필요가 있어. 자네들 시칠리아인들은 그 점이 부족해."

연상의 동료이면서 '귀 먼 당신'인 콘쳇다의 사촌오빠이기도 한 친구에게 어른처럼 훈계하는 일에 신이 난 백작은 계속 잘난 척 말을 이었다. 그러나 탄크레디는 머리를 감으며 속으로 화를 내고 있었다. 절제가 부족하다는 이유로 비난하고 있지만 사실 그는 거의 열차를 멈출 정도의 강한 의지로 자신의 욕망을 눌렀던 것이다. 그렇지만 거만한 저격병 장교가 하는 말이 틀렸다고 반박할 수도 없었다.

게다가 세간의 눈도 고려해야만 한다. 하지만 백작이 이렇게도 도덕자연 하는 것은 질투심 때문이었다. 고집쟁이 콘쳇타에게 아무리 구애를 해본들 소용없다는 점이 오늘 확실해졌기 때문이었다. 앙겔리에 관해서는, 오늘 그녀의 입안에 상처를 냈을 때 그 피의 달콤한 맛, 안긴 채 부드럽게 몸을 맡긴 그 순종적인 태도란! 그러나, 그래도, 그건 아무래도 잘못된 행동이었다.

"내일 피로네 신부님과 토로토리노 스승님과 함께 교회에 가기로 하자."

그 사이 앙겔리는 옷을 갈아입기 위해 딸들이 있는 방으로 갔다.

"앙겔리, 도대체 왜 이런 모습이 되었나요?"

마드무아젤 돔브르유는 화를 내고 있었다. 앙겔리는 내복과 짧은 스커트 차림으로 팔을 씻었다. 차가운 물로 흥분한 마음을 진정시키며 그녀는 가정교사의 말을 생각해 보았다. 이렇게도 피곤해지고 먼지투성이가 되어버렸다. 모두의 웃음거리가 된 것이다. 이런 일이 무슨 의미가 있는 것일까? 도대체 그것은 무엇을 위해서인가? 가만히 바라보는 그 눈길과 부드러운 손가락의 애무를 받는 것, 그것 때문일까? 그렇지 않으면 더 사소한 무엇 때문일까? 아직도 입술이 아팠다.

이제 그만하기로 하자. 내일은 모두와 함께 거실에 남아 있어야겠다. 그러나 내일이 되면 또 그의 눈, 그의 손이 마력을 발휘해서 두 사람은 또 다시 '나 어디 있니, 나 찾아봐라' 숨바꼭질 놀이를 벌일 것이다.

흡연실에서

서로 달랐지만 계획은 한 방향을 향하고 있었기에 저녁식사 자리에서 사랑하는 두 사람이 가장 명랑하게 행동한다는 역설적인 결과를 보였다. 그들은 내일이야말로, 하고 그때마다 덧없이 무너지는 결심을 매일처럼 반복하고 있었다.

그리고 두 사람은 다른 사람의 연심을 조금이라도 감지하면 기꺼이 재담의 대상으로 삼았다. 콘쳇타는 탄크레디를 실망시켰다. 나폴리에서 그녀에 대해 다소 마음에 걸리는 게 있었던 그는 자신의 입장을 조금이라도 만회하기 위해 친구 카브리아기를 데려왔던 것이다. 여기에는 연민도 포함되어 있었다. 그녀를 다시 만나게 되자 그는 빈틈없이 예의를 갖추면서도 친절한 태도로써 자신의 미안한 마음을 표시하고자 했다. 그러면서 친구의 등을 떠밀었던 것이다.

그런데 아무 성과가 없었다. 콘쳇타는 기숙학교생 특유의 명청한 말만 늘어놓으면서 감상적인 백작을 대할 때면 왠지 경멸하는 듯한 차가운 눈길을 던지는 것이었다. 얼마나 어리석은 여자인가. 그 친구에게서 조금도 좋은 점을 찾아내지 못하다니. 그녀가 바라는 건 무엇일까? 카브리아기는 잘 생긴 데다가 성격도, 집안도 좋다. 롬바르디아의 브리앙차에는 드넓은 농장도 있다. 요컨대 세간의 말로 '최고의 결혼 상대'가 아닌가.

콘쳇타는 여전히 자신을 원하고 있을지도 모른다. 게다가 자기도 예전에 그녀를 좋아했다. 그녀는 앙겔리만큼 미인도 아니고 부자도 아니다. 그러나 그녀는 돈나푸가타의 시골 여자인 앙겔리가 도저히 가질 수 없는 다른 무언가를 가지고 있다. 인생에는 어쩔 수 없는 것이 있다. 도대체 어쩌라는 건가! 콘쳇타는 이걸 알아야만 하는 것이다. 그렇다 치더라도 그 친구를 왜 그토록 차갑게 대하는 것일까? 언젠가 성령수도원에서 그녀가 보여준 행동, 그런 일은 그후에도 몇 번인가 있었다. 분명히 그녀는 '표범'족의 일원인 것이다. 그러나 그 교만한 동물에게도 한계라는 것이 있어야 한다. '친애하는 누이여. 자제심이 필요하다. 마음을 통제할 브레이크. 그대들, 시칠리아의 딸들이 거의 갖지 못한 그것이!'

한편 앙겔리는 내심 콘쳇타의 태도를 그럴 수도 있다고 이해하는 쪽이었다. 카브리아기는 재치가 없고 지루한 사람이었다. 탄크레디를 사랑했던 여자가 그 사람과 결혼한다는 것은 최고의 마르살라주를 맛본 뒤에 맹물을 마시는 것과 마찬가지였다. 콘쳇타는 그렇다 치자. 사랑의 선례가 있었던 만큼 그녀의 기분은 잘 알 수 있다. 하지만 카롤리나와 카테리나, 두 바보 같은 여자애들도 카브리아기를 마치 죽은 생선을 보듯이 보고 있다. 그런데도 카브리아기가 다가가면 호들갑을 피우며 교태를 부린다. 도대체 무슨 생각일까? 아버지를 닮아 도덕에 구애를 받지 않는 앙겔리는 어째서 그 두 자매 중 한 명이라도 카브리아기 백작의 시선을 자기 쪽으로 돌리려고 애쓰지 않는지 도통 이해할 수가 없었다.

'그 또래 여자애들이란 짐승이나 마찬가지야. 휘파람을 불기만 하면 바로 뛰쳐나오거든. 바보들이니까. 그 두 사람. 하지만 신경 쓰지 말자. 건방지게 보이면 결과는 뻔하니까.'

저녁식사가 끝나면 남자들은 보통 담배를 피우기 위해 대기실로 갔다. 이 집에서 담배를 즐기는 사람은 탄크레디와 카브리아기 두 사람이었다. 거기서 그들은 담배를 피우면서 자주 이야기를 나누었다. 친구들끼리의 대화는 또 다른 색조를 띠고 있었다. 카브리아기 백작은 자신의 좌절된 사랑을 털어놓았다.

"그녀는 너무 아름답고 너무 순수해. 그러니 내가 마음에 찰 리가 없지. 그걸 기대했던 내가 어리석었어. 나는 후회라는 쓰라린 칼을 품고 이곳을 떠나게 될 거야. 그런데도 나는 아직 확실한 의사를 밝히지 않았어. 그녀는 아마 나를 쥐새끼 쯤으로 여길 거야. 그것도 당연해. 그러니 나는 이제 나를 받아줄 만한 쥐새끼 같은 여자를 찾아야겠지."

그는 아직 19세의 젊은이였다. 그는 사랑의 불행을 어떻게 해서든 웃어넘기고 싶어 했다.

그러나 탄크레디는 행복을 손에 넣은 자의 여유로움으로 자꾸 그를 달래려고 했다.

"이보게. 나는 콘쳇타를 태어났을 때부터 알고 있어. 참으로 사랑스럽고 많은 미덕을 갖춘 좋은 여자야. 다만 처음 사귀기가 어렵고 지나치게 신중한데다 자존심이 강하다는 문제가 있지. 이 땅을 한 번도 벗어나본 적이 없는 뼛속까지 시칠리아 여자니까. 아, 하긴 밀라노 같은 곳, 마카로니 요리를 먹기 위해 일주일 전부터 걱정해야 하는 고장에 가면 그녀가 잘 적응할 수 있을까?"

탄크레디가 한 말의 마지막 부분은 이탈리아 통일 직후에 나타난 사회현상 중의 하나였다. 그 말에 카브리아기도 빙긋이 웃었다.

"나는 물론 그녀를 위해 시칠리아 마카로니 몇 상자쯤 준비해둘 수 있어. 하지만 어차피 다 끝난 일이야. 다만 한 가지, 너무도 친절하게 맞아준 자네 숙부님과 숙모님께 감사할 따름이지. 다짜고짜로 찾아와서는 아무 성과도 없이 떠나게 되었으니, 부디 나를 싫어하지 않으셨으면 좋겠는데."

그 점은 걱정할 일이 전혀 아니라고 탄크레디는 친구를 안심시켰다. 그 말은 사실이었다. 카브리아기 백작이 보여준 과도하게 슬퍼하는 감상벽과 또 동전의 양면으로 과도한 명랑성과 활기찬 언동 덕분에 콘쳇타를 제외하고(아니 콘쳇타도 포함해서) 가족 모두가 그를 좋아하고 있었던 것이다. 카브리아기는 다른 이야기,

앙겔리에게로 화제를 돌렸다.

"팔코넬리. 자네는 정말 부러운 사람이야. 이런 마구간 같은 곳에서 앙겔리라는 보석을 캐내다니! (아니, 이런, 이건 아무래도 아니야.) 얼마나 아름다운지! 오오, 그 아름다움이란! 밀라노의 대성당만큼이나 드넓은, 이 터무니없이 큰 저택의 한쪽 구석에서 그 여인과 단 둘이서 몇 시간씩 돌아다니다니. 자네, 변덕도 정도껏 부려야지! 그녀는 미인인 데다 총명하고 교양도 있어. 그 표정만으로도 그녀는 친절하고 사랑스럽고 무심하고 순수한 마음을 가졌다는 걸 알 수 있어."

재미있다는 듯 지켜보고 있는 탄크레디 앞에서 카브리아기는 황홀한 표정으로 앙겔리의 장점을 하나하나 꼽았다.

"그러나 진짜 선량한 사람은 카브리아기 바로 자네야."

그러나 이 말은 그의 입에서 우물쭈물 미끄러지고 말아 밀라노식 낙천주의자의 귀에는 가 닿지 않았다.

"이봐, 자네."

밀라노의 백작이 말했다.

"우리는 며칠 후 이곳을 떠나네. 그러니 이제 남작 영양의 모친을 소개해줄 의향은 없나?"

탄크레디는 처음으로 자기 애인이 귀족 칭호로 불리는 것을 들었다. 한 순간 그는 누구를 가리키는지 알지 못했다. 그것을 깨닫자 즉각 그의 안에 있는 '공작'이 반응했다.

"남작 영양이라니 당치도 않아, 카브리아기. 그녀는 내가 마음을 준 여자이며 사랑스러운 여자, 그게 전부야."

'전부'라는 것은 사실이 아니었다. 그러나 탄크레디가 하는 말에는 거짓이 없었다. 선조들과 마찬가지로 대토지를 당연하다는 듯 물려받은 그로서는 지빌드르체와 세테소리의 땅도, 금화가 든 자루도, 국왕 안쥬 가의 샤를르가 예전부터 계속 소유했던 것으로 생각한 것이다.

"미안하지만 앙젤리의 모친은 만날 수 없어. 내일 샤카에 온욕 요법을 받으러 갈 모양이야. 안됐지만 건강이 좋지 않아."

그는 버지니아 잎권련을 재떨이에 눌렀다.

"사람들에게로 돌아가자. 둘이서만 너무 오래 시간을 보낸 것 같군."

피에몬테인 슈발레이

그러던 어느 날 돈 파브리치오는 지르젠티 도지사로부터 격식을 갖춘 편지를 받았다. 피에몬테의 몬테르즈오로 출신의 기사이자 비서과장인 아이모네 슈발레이라는 인물이, 정부가 매우 중요하게 생각하는 어떤 사안에 대해 공작과 의논하기 위해 이곳 돈 나푸가타를 방문한다는 내용이었다.

다음날 돈 파브리치오는 아들인 프란체스코 파오로를 마차역까지 보내 슈발레이를 마중하게 했다. 공작은 '군주의 사절'을 저택에 초대해 식사와 숙박을 제공할 생각이었다. 찾아온 손님을 최대한 접대하겠다는 생각에서였다. 피에몬테 귀족이 메니코 영감의 다 쓰러져 가는 여관방에서 피에 굶주린 빈대에게 밤새 물어뜯기도록 내버려둘 수는 없었기 때문이다.

마차는 어두워서야 도착했다. 마부석에 무장한 호위무사 한 명을 대동한 마차에는 몇 사람의 손님이 타고 있었다. 슈발레이 디 몽테르즈오로도 내렸다. 어리둥절해 하며 조심스러운 미소를 건네는 걸 보고 프란체스코 파오로는 그가 손님임을 알아보았다.

슈발레이는 한 달 전부터 시칠리아의, 그것도 토착민 세력이 강력한 힘을 행사하는 마을에 머물고 있었다. 그는 피에몬테의 몸펠라트에 그다지 크지 않고 대단치도 않은 토지를 소유하고 있었다. 그런 그가 이 먼 곳까지 행정 관리로 파견된 것이다. 꼼꼼한 관리인 기질을 가진 그로서는 시칠리아 그 자체가 너무도 견뎌내기 어려운 시련이었다.

타지인이 들어올 때마다 시칠리아인들은 그 이방인의 기를 꺾어놓기 위해 주로 산적이야기부터 들려주었다. 슈발리이 역시 부임 전부터 줄곧 그런 무서운 이야기들을 들어왔다. 그런 탓에 부임 한 달 전쯤에는 관청의 수위에서부터 거의 모든 행정관리들이 모두 살인자로 보였을 뿐만 아니라 서류 위에 놓인 목제 페이퍼 나이프까지도 단검으로 보일 정도였다. 게다가 그 한 달 동안 올리브유 범벅인 시칠리아 음식을 먹어야 했기에 위장마저 최악의 상태가 되고 말았다.

저녁의 어스름한 안개 속에서 그는 회색 천으로 된 여행용 가방을 들고 마차에서 내려섰다. 그리고선 잠시 삭막하고 음울한 거리 풍경을 지긋이 바라보았다. 맞은편 다 쓰러져가는 누옥의 벽면에는 흰 바탕에 푸른 색으로 비토리오 에마누엘레 거리(통일 후 각지에 생겨난 새 시대의 명칭)라는 이정표가 붙어 있었다. 그는 아무래도 이 장소가 자기 나라 안이라는 사실을 믿기 어려웠다. 그래서 그는 그리스 건축의 여인상 기둥들처럼 집을 등지고 서성이고 있는 농부들 그 누구에게도 말을 붙여볼 엄두가 나지 않았다.

말이 통하지 않을 것 같았서였다. 게다가 최악의 상태이긴 하지만 그래도 소중한 자신의 위장 속으로 불시에 단검의 일격을 받고 싶지는 않았던 것이다. 요컨대 그는 겁이 나서 죽을 지경이었다.

프란체스코 파오로가 이름을 밝히면서 다가왔을 때, 그는 이

것으로 마지막인가 하는 심정으로 눈이 휘둥그레졌다. 그러나 그 젊은이의 정중하고 성실한 태도를 보면서 조금 안정이 되었다. 그리고 자신이 살리나 저택에 초대를 받았으며 그곳에서 숙박까지 할 수 있다는 점을 알았을 때는 너무도 고마워서 완전히 마음을 놓을 수 있었다.

살리나 저택으로 출발하면서, 피에몬테 식 예절과 시칠리아 식 예절(이 둘은 이탈리아에서도 가장 격식을 차리는 예절법으로 유명했다) 사이에서 늘 되풀이되는, 설령 그것이 아무리 사소한 것이라 해도 유쾌한 승강이가 한 차례 있었다. 여행 가방을 서로 들겠다는 것인데, 결국 양 기사도의 대표 둘이서 사이좋게 같이 운반하는 것으로 마무리되었다.

저택에 도착하자 정원에 늘어선, 무장을 하고 수염이 난 '호위병'들이 다시 슈발레이 디 몬테르즈오로의 마음을 어지럽혔다. 그러나 곧 살짝 보이는 실내의 호화로운 분위기, 그리고 손님을 맞는 공작의 품위 있는 친절에서 정반대의 상상을 하기에 이르렀다. 피에몬테의 소귀족인 그는 대대로 가난하지만 자신의 좁은 영지에서 나름대로 자부심을 가지고 살아왔다. 그러나 이런 대귀족의 커다란 저택에 초대를 받은 것은 처음이었다. 그래서 그는 조금 기가 죽었다.

또한 지르젠티에서 수없이 들어온 피비린내 나는 일화들에 비추어, 지금 도착한 이 땅의 광대한 풍경과 그와 걸맞게 드넓은 정원 도처에 세워진 '경비병'들도 그를 주눅들게 했다. 마침내 저녁 식사 자리에 앉았을 때, 그는 자신의 생활 습관과 전혀 다른 환경 속에 놓인 사람이 느끼는 불안과 산적의 손에 죄없이 죽어간 사람이 느꼈을 불안, 그 두 가지 불안이 한데 뒤섞여 거의 정신을 잃을 지경이 되고 말았다.

다행이 음식은 맛이 있었다. 그가 시칠리아 땅에 발을 들여놓은 후로 처음으로 맛보는 즐거운 식사였다. 사랑스러운 딸들, 피로내 신부의 엄숙한 풍모, 돈 파브리치오의 당당하면서도 자상한 태도 등을 보면서 그는 자신이 산적 플라로의 동굴이 아니라 돈 나푸가타의 저택에 머물고 있으며, 따라서 무사히 살아 돌아갈 수 있다는 믿음을 되찾았다.

무엇보다 그는 카브리아기라는 인물의 존재를 보면서 그점을 더욱 확신했다. 그 사람은 열흘 전부터 이 집에서 지내고 있다. 그런데 그의 모습은 너무나도 편안해 보인다. 더군다나 그는 젊은 팔코넬리의 친구로 대접받고 있다. 시칠리아인과 롬바르디아인 사이에 성립한, 그로서는 거의 기적이라고밖에 생각할 수 없는 우정의 산 증거를 보았던 것이다. 식사가 끝날 때쯤 그는 돈 파브리치오에게 다가가, 내일 아침 떠날 예정이니 식사 후에 둘이서 이야기할 수 있기를 청했다. 그런데 공작은 상대의 어깨에 가볍게 손을 올리며 너무도 '표범'적인 미소를 지었다.

"그렇게는 안 됩니다, 기사님. 귀공은 우리 집의 귀하신 손님입니다. 제가 만족할 때까지 인질이 되어야겠습니다. 내일 떠난다니요. 그건 있을 수 없는 일입니다. 그 점을 분명하게 하기 위해서라도 오늘은 대화를 금하겠습니다."

세 시간 전만 해도 그런 말은 그 유서 깊은 기사를 두려움의 나락으로 빠뜨렸을 것이다. 하지만 지금 공작의 응답은 그에게 대단히 즐겁고 반가운 것이 되었다. 그날 밤은 앙겔리가 오지 않았기 때문에 일동은 트럼프 카드놀이를 했다. 테이블을 둘러싼 돈 파브리치오, 탄크레디, 피로네 신부와 함께 그는 세 번의 승부에서 두 번을 이겨 3리라 35첸테시모 이탈리아 통화 단위의 하나. 100분의 1 리라의 돈을 땄다. 그런 다음 자기를 위해 마련된 방으로 가서 새 시트의 감촉을 즐기며 편안하게 잠들었다.

마을 순회

다음날 아침, 슈발레이는 탄크레디와 카브리아기의 안내를 받으며 정원을 한 바퀴 둘러보았다. 그는 특히 회랑과 벽걸이 컬렉션을 칭찬했다. 그런 다음 그들은 마을을 돌아보기로 했다. 11월의 황갈색 햇빛 아래, 간간이 마주치는 마을 사람들은 전날 밤의 불쾌와 피로를 다 털어내고 그들에게 밝은 미소를 보냈다. 슈발레이 디 몽테르즈오로는 점점 시칠리아의 시골에 대해서도 안심하게 되었다.

이것을 눈치챈 탄크레디는 시칠리아인 특유의 충동, 즉 타지인들의 모골을 송연케 하는 이야기를, 그것도 진짜로 있었던 일을 들려주고 싶다는 장난기가 발동했다. 볼품없게 생긴 돌로 지어진, 그러나 어딘가 즐거운 느낌을 주는 작은 가옥을 지나갈 때였다.

"슈발레이 씨. 이건 무트로 남작의 저택인데 지금은 사람이 살고 있지 않아 문이 잠겨 있습니다. 가족은 지금 지르젠티에 살고 있어요. 아들이 10년 전에 산적들에게 유괴당한 뒤로 그렇게 되었습니다."

피에몬테 사람의 몸이 떨리기 시작했다.

"불쌍하게도! 몸값을 아주 많이 내야 했나요?"

"아니, 한 푼도 내지 않았답니다. 여기서는 누구나 그렇듯이, 남작은 재정적으로 큰 압박을 받고 있었으니까요. 어쨌든 아이는 돌아왔습니다. 다만 분할 상환 형식으로 말이지요."

"뭐라구요? 공작, 그게 무슨 뜻입니까?"

"분할 상환, 말 그대로입니다. 조각을 내어 보낸 겁니다. 처음에는 오른쪽 집게손가락이 돌아왔습니다. 일주일 후에는 왼쪽 발,

그리고 오른쪽 발, 마지막에는 깨끗한 상자에 든 머리였습니다. 상자에는 무화과 열매가 가득 채워져 있었어요(마침 8월이었습니다). 눈알은 빠져 있었고 입가에는 굳은 피가 달라붙어 있었어요. 저는 이 눈으로 직접 보지는 못했습니다. 아직 어린아이였으니까요. 그건 결코 기분 좋은 일이 못 됩니다. 상자는 검은 숄을 두른 노파가 저 문 앞의 두 번째 계단 위에 놓고 갔다는군요. 아무도 알지 못하는 여자라고 합디다."

그 끔찍한 이야기에 슈발레이의 눈은 얼어붙을 지경이었다. 한번 들었던 이야기였지만 새삼 이 밝은 태양 아래서 보는, 그 이상한 상자가 놓여 있었다는 계단은 다른 계단과는 완전히 다르게 보였다. 그의 내부에서 행정가의 영혼이 구원의 손길을 뻗었다.

"부르봉 왕조의 경찰들은 도대체 얼마나 무능했단 말씀입니까! 이제 곧 우리의 국방경찰Carabinieri, 원래는 카라비의 소총부대로 사르데냐 왕국의 근위병. 1861년에 통일국가의 헌병대가 되었다이 오게 되면 그런 일은 결코 있을 수 없습니다."

"그렇지요, 슈발레이 씨. 분명히 그럴 것입니다."

그들은 마을 사람들이 모여 있는 집회소 앞을 지나갔다. 광장의 플라타너스 나무 그늘 밑에는 철제 의자가 놓여 있고 상복 차림을 한 남자들이 모여 정중한 인사와 미소가 오가는 매우 일상적인 광경이 펼쳐지고 있었다.

"잘 보십시오. 슈발레이 씨. 저 장면을 깊이 새겨두셔야 합니다. 일 년에 두 번, 저런 신사들 중 한 명이 철제의자에 앉은 채로 저격을 당합니다. 석양의 희미한 빛 속에서 저격병은 결코 찾아내지 못합니다."

순간 슈발레이는 본토 사람의 피를 조금이라도 더 가까이 느끼고 싶었다. 그래서 카브리아기 백작의 팔을 붙잡았다.

조금 전 지나왔던 나직한 경사면에는 줄에 널어놓은 갖가지 색의 빨래들 사이로 소박하고 볼품없이 서 있는 바로크풍 교회가 보였다.

"저것이 성 님파교회입니다. 5년 전 저기서 교구 사제가 미사를 보던 중에 살해되었습니다."

"어떻게 그런 무서운 일이! 교회 안에서 총을 쏘다니요!"

"총이 아닙니다, 슈발레이 씨. 우리 시칠리아인도 모두 겸손한 가톨릭 신자들입니다. 그런 불경스런 행위를 할 리가 없습니다. 다만 성체 배령拜領의 포도주에 누군가 독을 조금 넣었을 따름입니다. 말하자면 보다 격식을 갖춘, 전통적인 방법을 따른 것이지요. 물론 범인은 찾아내지 못했어요. 그 사제는 정말 훌륭한 사람이었고, 그런 사람에게 적이 있을 리 만무하니까요."

한밤중에 깨어나 침대 옆에 앉은 망령을 본 사람은 그것이 다만 친구의 장난일 뿐이라고 믿으며 공포를 물리치려 한다. 슈발레이도 다만 자신이 놀림을 당하고 있을 뿐이라고 스스로를 타이르고 있었다.

"재미있군요, 공작. 실로 유쾌한 이야기입니다. 소설을 써보시는 건 어떨지요? 이야기를 그토록 잘 만들어내시니까요."

그러나 그의 목소리는 떨리고 있었다. 탄크레디는 상대가 딱하게 여겨졌다. 집에 도착하기까지 그들은 그런 종류의 사건들이 연루된 장소를 적어도 두세 군데는 더 지났다. 하지만 탄크레디는 '연대기 작가'의 역할을 버리고, 나라가 우환을 겪을 때마다 부르는 영원한 '특효약', 음악가 베리니1801~1835. 시칠리아에서 태어난 가극작곡가. 베르디에게 영향을 주었다와 베르디 초기에 통일운동의 기운을 반영한 가극을 썼다에 대한 이야기로 화제를 돌렸다.

시칠리아가 원하는 것

오후 네 시가 되었을 때, 돈 파브리치오 공작에게서 서재에서 기다려주면 좋겠다는 전언이 왔다. 그곳은 작은 방이었다. 사냥의 전리품인 새의 깃털과 그 중에서도 진귀하다고 하는 붉은 다리의 산메추라기 박제물 등이 벽면에 설치된 유리케이스 안에 들어 있었다. 다른 쪽 벽에는 높고 듬직한 책장이 있었는데 거기에는 천문학 잡지가 간행날짜 순서대로 빼곡히 꽂혀 있었다.

손님용의 커다란 의자 뒷쪽에 세밀화로 그린 가족들의 초상화가 나란히 걸려 있었다. 먼저 돈 파브리치오의 아버지 파오로 공작은 사라센인처럼 거뭇한 피부와 육감적인 입술을 내밀고 궁정복을 입은 어깨에 성 젠나로 훈장을 비스듬히 걸쳤다. 카롤리나 공작부인은 미망인 차림새로 멋진 금발을 탑처럼 올리고 꿰뚫어 보는 듯한 파란 눈동자를 빛내고 있었다. 공작의 여동생인 팔코넬리 공작부인 줄리아는 뜰의 벤치에 앉아 있었다. 벤치의 오른쪽에는 작은 파라솔이 심홍색 점으로 그려져 있고 왼쪽에는 들꽃을 어머니에게 내밀고 있는 세 살 된 탄크레디의 윤곽이 노란색으로 표현되어 있었다(이 세밀화는 팔코넬리 저택의 가구 목록을 담당하는 집사의 눈을 피해 공작이 훔쳐온 것이다). 또 그림의 아래쪽에서는 꼭 맞는 승마복 차림의 장남 파오로가 목을 활모양으로 돌리면서 사나운 말에 올라타려는 중이었다. 그 밖에 잘 모르는 몇 명의 숙부와 숙모(그리고 백부와 백모)들의 그림들도 있었다. 여봐란 듯이 보석으로 몸을 장식한 사람도 있었고 가까운 고인의 흉상을 슬픈 표정으로 가리키고 있는 사람도 있었다.

가문의 초상화라는 성좌의 정점에는 20세를 조금 넘긴 돈 파브리치오의 초상화가 있었다. 북극성이라 해도 좋을 만큼 다른 초상들보다 유난히 눈에 띄는 커다란 그림이었다. 그 그림 속에서 젊은 아내는 몸도 마음도 전부 사랑하는 남편에게 의탁하는 듯한 행복한 표정으로 남편의 어깨에 머리를 기대고 있었다. 아내는 갈색 머리였고 남편의 머리칼은 장미색이었다. 남편 돈 파브리치오는 파랑과 은색의 국왕친위대 제복을 입고 있었다. 막 돋기 시작한 금발의 구레나룻이 있는 그 얼굴은 만족스러운 듯 미소를 띠고 있었다.

자리에 앉자 곧 슈발레이는 자기에게 주어진 임무를 설명하기 시작했다.

"경하해야 마땅할 병합, 시칠리아와 사르데냐 왕국의 행운의 결합을 말씀드리는 것입니다만, 병합의 대사업이 달성된 이상 트리노의 중앙정부는 시칠리아의 명사 몇 분을 이탈리아 왕국의 상원의원으로 지명하고 싶어합니다. 저희 선출기관은 중앙정부의 심사에 올리기 위한 추천 인명 리스트를 작성하라는 임무를 받았습니다. 그래서 국왕께서도 지명한다면 지르젠티 지방에서는 당연히 공작님, 그리고 저희도 당연히 공작님, 당신의 이름을 제일 먼저 떠올렸습니다. 오랜 전통을 가진 가문의 명성과, 또 현 당주이신 공작님의 개인적 명성과 과학적 업적, 더불어 최근의 동란 속에서도 시종일관 품위를 지키면서도 리버럴한 자세를 견지하신 점 등, 그 모든 점에 비추어 공작님의 이름을 상원의원으로 추대하고 싶습니다."

이 말은 미리 준비해온 것이다. 지금도 슈발레이의 바지 뒷주머니에는 연필로 요점을 메모해둔 수첩이 들어 있었다. 그러나 돈 파브리치오는 아무 반응도 보이지 않은 채 무겁게 눈썹을 내리깔고 있었다. 금색 체모로 덮인 그의 커다란 손은 테이블 위에 있는 성 피에트로 사원 석고 모형물의 둥근 지붕 위에 놓여 있었다. 슈발레이는 일단 제안이 들어오면 거기에 대해 말은 많고 행동은 하지 않는 시칠리아인의 표리부동한 반응에 익숙해 있었다. 공작의 반응은 전혀 다른 것이었지만 그는 당황하지 않았다.

"저희 윗분들은 추천리스트를 트리노로 보내기 전에, 공작님께 먼저 이 제안을 수락하실지에 대한 의견을 들어보아야 한다고 판단했습니다. 그분들은 공작님이 승락해주실 것에 큰 기대를 걸고 있습니다. 이것이 바로 제가 맡은 임무입니다. 그리고 저는 이 일을 맡은 덕분에 참으로 멋진 이 저택과 가족 여러분, 그리고 그림 같은 돈나푸가타 마을을 직접 눈으로 보는 영광과 기쁨을 누릴 수 있었습니다."

수련 꽃잎에 떨어지는 물방울처럼, 아름다운 찬사의 말들이 공작의 마음 속으로 미끄러지듯 흘러 떨어졌다. 그것은 자부심이 강하고, 또 그 자부심의 태도가 자연스럽게 몸에 밴 사람이 누리는 특권 중의 하나였다. 공작은 생각했다.

'지금 여기에 있는 이 사람은 내게 커다란 명예를 주러 왔다고 믿고 있다. 현재의 나, 특히 시칠리아 왕국의 귀족이었던 내게 그 명예는 틀림없이 상원의원과 비슷한 위치일 것이다. 실제로 그 선물이라고 하는 건, 페코리노pecorino, 양젖으로 만든 이탈리아 치즈를 들고 오는 농민을 귀족 친구인 쥴리오 라스카리가 식탁에 초대해주는 것 이상의 선물이다. 다만 곤란한 점은 페코리노는 냄새가 고약해서 속이 메슥거린다. 그러니 감사한 마음을 표시할 수가 없다. 입을 막고 코를 잡는 게 고작이니까.'

더구나 상원의원이라는 것의 정체도 그에게는 아주 막연했다. 아무래도 잡을 수 없는 뜬구름 같은 것이어서 결론은 자꾸 고대 로마의 원로회로 돌아갔다. 무례한 가리아인의 머리를 지팡이로 때리고 그 지팡이를 꺾어버렸다는 원로원 의원 파피리오스, 혹은 황제 카리큘라가 원로원 의원에 임명했다고 하는 잉키타투스 등의 이름이 떠올랐다.

어쩌면 아들 파오로도 그 자리가 대단한 명예라고 생각지 않을 수도 있다. 파오로는 피로네 신부가 늘 하는 말, '원로원 의원은 훌륭한 사람일지 몰라도 원로원 그 자체는 어리석은 자들의 집단'이라는 말을 두고 한 차례 고민에 빠진 적이 있었으니까. 현시대에도 프랑스 제2제정의 원로원이란 것이 있다. 그 원로원도 이래저래 부당이득을 탐하는 이권 집단에 불과했지만.

팔레르모에도 이전에 원로원이 있었다. 그러나 그 기관은 단순히 상급 행정위원회에 지나지 않았다. 그런데 행정위원회라니! 살리나 가 사람들의 눈에는 몽땅 잠동사니에 지나지 않았던 것이다. 그는 이 점을 분명히 해야겠다고 생각했다.

"설명을 해주겠어요? 기사님. 예전의 군주제 시절에 발행된 신문에는 이탈리아 제국의 입헌제도에 대해 전혀 다루지 않더군요. 2년 전 나는 일 주일 정도 토리노에 체류한 적이 있었지만, 자세히 알아보기에는 시간이 부족했어요. 상원직이란 무엇인가요? 단순한 명예직, 일종의 훈장 같은 것입니까? 아니면 법률의 제정, 심의, 의결이라는 실제 직무를 맡기도 합니까?"

이탈리아 유일의 자유주의 국가의 대표로서, 피에몬테인 슈발레이는 정색을 했다.

"공작님. 상원은 왕국의 최고의회입니다. 사려 깊은 국왕폐하께서 추천하신 우리나라 최고의 정치가 분들이 모여 나라의 진보와 발전을 위해 정부나 상원의원 자신이 상정한 법률을 검토하고 심의하여 그것을 찬성하거나 반대하는 의결권을 가진 기관입니다. 또 그 기관은 나라의 발전에 박차와 고삐 역할을 동시에 맡고 있습니다. 즉 우수한 경영은 고무해주고 지나칠 경우는 제어합니다. 상원 의석을 승인하시게 되면 선거로 뽑힌 하원의원과 더불어 시칠리아를 대표하게 됩니다. 젊은 시칠리아는 치유해야 할 상처와 달성해야 할 많은 정당한 희망으로 나날이 확장되는 근대 세계를 전망합니다. 공작님은 지금 보고 계신 이 땅의 멋진 하모니를 들으실 것입니다."

슈발레이는, 만약 벤디코가 문밖에서 '국왕의 지혜'를 함께 듣겠다고 호소하지 않았다면 언제까지나 연설을 계속했을 것이다. 돈 파브리치오는 문을 열려고 몸을 일으켰다. 그러면서도 상대방이 열어주도록 잠시 동작을 멈추었다. 안으로 들어온 벤디코는 오랫동안 꼼꼼하게 슈발레이의 바지 냄새를 맡더니 믿어도 되겠다는 듯이 가까운 창문 밑에 몸을 웅크리고 잠을 청했다.

"잘 들어주세요, 슈발레이 씨. 만약 그 자리가 명예의 증표, 즉 서명란에 단어 하나 더 적어넣는 것에 그친다면 나는 기꺼이 받을 것입니다. 하지만 이탈리아 국가의 장래를 결정하는 이 시기에는 모두가 동의하는 형식을 갖추어 일을 결정할 필요가 있습니다. 다른 나라들이 지켜보는 가운데 불화의 인상을 주는 것은 피하는 게 좋으니까요. 주변 나라들은 우려와 기대감으로 우리를 지켜보고 있습니다. 그 생각이 부당하다는 점은 언젠가는 밝혀지겠지만 지금은 실재로 그것이 존재합니다."

"그러나 공작님, 어째서 수락하실 수 없다는 것인지요?"

"그렇게 서둘지 말아 주세요, 슈발레이 씨. 설명 드리겠습니다. 우리 시칠리아는 오랫동안 우리와는 다른 종교를 가진, 우리와는 다른 말을 하는 통치자 밑에서 살아왔습니다. 그러다보니 지나치게 세세한 점까지 따지는 습성이 생겼습니다. 그렇게라도 하지 않았다면 비잔틴 정부동로마제국의 수탈자, 베르베르인아랍의 수장, 스페인 부왕副王의 마수에서 결코 벗어나지 못했을 것입니다. 그 오랜 습관이 지금의 시칠리아인을 만들었습니다. 저는 여러분들에게 '동의'한다고 했지만 '참가'한다고는 말하지 않았습니다. 지난 6개월 동안, 여러분의 가리발디 장군이 마르살라 해안에 상륙한 이래로, 우리에게는 너무나도 많은 일들이 우리와는 전혀 상의된 바도 없이 일어났습니다. 이제 와서 새삼 예전의 지도층 사람들에게 그 일을 더 발전시키고 완성하기 위해 손을 빌려달라고 한다면, 그건 무리한 요구입니다. 나는 지금 여기서 이미 일어난 일에 대해 가타부타 논의할 생각은 추호도 없습니다. 제 입장만 보자면 많은 부분이 좋지 않았다고 생각합니다. 그러나 서둘러 덧붙이고 싶은 말은, 기사님도 이 땅에서 일 년 이상 살아보지 않은 이상 쉽게 납득하기 어려울 거라는 점입니다. 우리 시칠리아인이 절대로 인정하지 않는 잘못이 있다면 그것은 한 마디로 '무엇인가 한다'는 것입니다. 시칠리아는 이미 늙었습니다. 슈발레이 씨. 우리는 충분히 오래 살았습니다. 적어도 2,500년에 걸쳐 우리는 크고 작은 온갖 문명의 부담을 견뎌왔습니다. 모든 것이 완제품으로, 바깥에서 들어왔습니다. 이 땅에서 태어난 것은 아무것도 없습니다. 한 번도 우리가 앞장서서 보급시킨 적이 없습니다. 귀공이나 영국 여왕처럼 우리도 백인종입니다. 그러나 2,000년 전부터 이곳은 식민지였습니다. 물론 우리 자신에게 책임이 있습니다. 우리는 피로하고 지치고 어쨌든 완전히 기운이 쇠하고 말았습니다."

슈발레이는 당황해서 말했다.

"그러나 이제 그런 일은 다 끝났습니다. 지금 시칠리아는 더 이상 식민지가 아닙니다. 자연스럽게 탄생한 국가의 자유로운 일부입니다."

"의도는 좋았습니다, 슈발레이 씨. 그러나 너무 늦었습니다. 더구나 좀전에 말했다시피 잘못의 책임은 대부분 우리 자신에게 있습니다. 기사님은 아까 경이로운 근대 세계를 향하고 있는 젊은 시칠리아라는 표현을 했습니다만 내 생각을 말하자면 이 땅은 차라리 손수레에 실려 런던의 세계대박람회를 구경하러 나온 백 살 먹은 노파로 보입니다. 이유를 알고 싶어하지도 않고, 세필드의 제강소에도 맨체스터의 방적공장에도 마음이 동하지 않고, 다만 침대 밑에 요강을 갖다놓고 베개에 침을 묻히며, 조금이라도 더 잘 수 있기를 바랄 뿐입니다."

공작의 어투는 온화했지만 그 손은 성 피에트로 사원의 모형을 움켜쥐고 있었다. 다음 날 아침 석고모형의 지붕 꼭대기에 장식된 작은 십자가가 바스라져 있는 것이 발견되었다.

"잠입니다, 친애하는 슈발레이님. 잠자는 것이야말로 시칠리아가 바라고 있는 것입니다. 사람들은 무엇보다도 자기들의 잠을 깨우려는 것을 가장 증오합니다. 어떤 최고의 선물을 가져 왔다고 해도. 여기서만 하는 얘기입니다만, 새로운 왕국 이탈리아가 우리를 위해 많은 선물을 준비하고 있다고 해도, 아무래도 그게 선물이라고 생각되지 않습니다. 시칠리아의 특징적인 사건이나 현상은 몽땅 꿈의 실현입니다. 난폭한 사람은 자잘한 즐거움은 잊어버리고 총을 쏘고 칼을 휘두릅니다. 그것은 죽음에 대한 갈망입니다. 행동하지 않은 채 관능의 환희를 맛보려는 사람 또한 죽음을 바라고 있습니다. 죽음의 구체적인 현상이 우리의 태만이고 샐서피salsify, 지중해 연안의 유럽지역이 원산지인 국화과 식물와 계피가 들어간 셔벗입니다. 우리가 가진 특유의 명상적 표정은 수수께끼 같은 열반의 허무를 찾는 데서 생겨납니다. 그렇기 때문에 어떤 사람, 즉 절반쯤 깨어 있는 사람들이 휘두르는 광폭한 권력이 발생합니다. 여기서 시칠리아의 예술적 지적 현상으로 잘 알려진 한 세기의 시간차가 나타납니다. 새로운 것은 우리 모두 생을 마칠 때, 더 이상 생명의 흐름을 만들어낼 수 없다고 생각될 때, 비로소 우리를 매료시킵니다. 그래서 이 시대에도 신화가 만들어진다는 믿기 어려운 현상이 나타나는 것입니다. 참으로 오래된 것이라면 당연히 존중할 가치가 있습니다. 하지만 그것은 실로 죽음으로 끝나는 것입니다. 우리를 끌어당기는 과거, 그런 과거로의 퇴행을 부추기는 불길한 유혹일 따름입니다."

선량한 슈발레이는 공작이 하는 말을 모두 이해할 수는 없었다. 특히 마지막 구절이 그랬다. 그는 깃털로 몸을 장식한 비쩍 마른 말이 화려한 색조의 마차를 끌고 가는 광경을 본 적이 있었다. 또 인형극에서 용맹한 이야기들을 듣기도 했다. 그런 것들이야말로 진짜 옛날부터 전해오는 전승에 속하는 것이 아닌가? 그가 말했다.

"아무래도 좀 과장된 말씀이 아닐까 싶습니다, 공작님. 저 역시도 토리노에서 그곳에 정착한 시칠리아 출신 분들을 알고 지냈습니다. 이름을 대라 하시면 크리스피 씨가 있습니다만, 저는 그분이 게으르다고 생각하지는 않습니다."

공작은 화를 냈다.

"우리도 예외가 없을 만큼 그렇게 적은 수가 아닙니다. 나는 아까 절반만 눈을 뜬 사람이라고 표현했습니다만, 물론 그건 그 젊은 크리스피를 가리키지 않습니다. 아마 당신도 나이가 들어 우리처럼 편안한 몽상에 빠지게 되면 이해할 것입니다. 그 점은 누구나 마찬가지겠지요. 아마 내 설명이 부족했나 봅니다. 나는 시칠리아인이라고 말했습니다. 이것의 총체야말로 이 땅의 정신을 형성함에 있어서 외국 세력의 지배와 적절한 폭력 그 이상으로 지대한 영향력을 끼치는 것입니다. 시칠리아의 풍토는 무절제한 쾌락과 저주받은 엄격성, 그러나 그 중간을 알지 못합니다. 합리적 이성을 가진 나라의 사람들이 보여주는 인색함이나 진부함은 이곳에선 찾아볼 수 없습니다. 관대하지도 않고 인간적이지도 않습니다. 이곳에서 겨우 몇 마일 떨어진 곳에는 람다초라는 지옥과 타오루미나라는 아름다운 후미 물가나 산길이 휘어서 굽어진 곳가 있습니다. 둘 다 보통과는 다른, 그래서 위험한 양극이 공존하는 땅입니다. 그곳의 기후는 여섯 달 동안이나 불볕더위에 갇혀 있습니다. 생각해 보세요, 슈발레이 씨. 5월, 6월, 7월, 8월, 9월, 10월, 30일의 여섯 배가 되는 날을 매일처럼 머리 위에 수직으로 쏟아지는 직사광선을 맞고 있다는 것을. 이것이 바로 러시아의 겨울에 필적하는, 길고도 우울한 시칠리아의 여름이라는 것입니다. 그러나 뒤집어 보면 러시아만큼의 성공도 의심스럽습니다. 귀공은 아직 잘 모르겠지만 우리의 땅에는 성서의 저주받은 도시처럼 머리에서 불이 내려옵니다. 그 여섯 달 동안 만약 시칠리아인이 착실하게 일을 한다고 쳐도 보통의 기후에서는 3개월 유지될 에너지가 한 달이면 소진되어버립니다. 게다가 항상 물이 부족합니다. 때로는 아주 멀리까지 가서 물을 길어와야 합니다. 하지만 한 통의 물을 운반하려면 한 통의 땀을 흘려야 합니다. 그런 뒤 비가 옵니다. 비는 언제나 폭우로 쏟아집니다. 평소에는 말라 있던 수로에 갑자기 미친 듯한 급류로 몰아치고 범람하고 역류합니다. 그래서 1주일 전까지만 해도 갈증으로 허덕이고 있던 동물과 사람들이 물에 빠져 죽습니다. 풍토의 폭력성, 기후의 가혹함, 사람들과 사물의 끝없이 긴장된 표정, 여기에 더하여 장엄함이 있습니다. 우리 스스로 건설한 것이 아니기 때문에 이해할 수 없는, 더없이 아름답게 침묵하는, 망령처럼 우리를 둘러싸고 있는 과거의 기념물과 건조물들, 그리고 어디선지도 모르게 이 섬에 상륙한 무장한 통치자들이 있습니다. 그들은 토착민을 복종시킬 수는 있겠지만, 그러나 토착민들은 그들을 경계하고 증오하고 절대로 이해하려 하지 않습니다. 우리에게는 수수께끼와도 같은 예술작품으로 자신들을 표현하고, 한편으로는 어딘가 다른 곳의 경비를 충당하기 위해 알뜰하게 세금을 걷어가는, 그들만의 정부가 있습니다. 이 모든 것들이 시칠리아의 성격을 만들었습니다. 우리의 성격은, 속이 터질 정도로 답답한 우리의 한심한 정신 그 이상으로, 이러한 외적 숙명의 지배를 받고 있습니다."

작은 서재에서 부활한 관념의 지옥도는 오전에 들었던 참혹한 사건 이상으로 슈발레이를 놀라게 했다. 뭔가 말하고 싶었지만 돈 파브리치오는 그의 말에 귀를 기울일 여유가 없었다.

"섬에서 나간 시칠리아인 중에는 저주받은 이 땅의 방황에서 자유로워진 사람도 있다는 점을 나도 부정하지 않습니다. 그러나 그러기 위해서는 아직 젊을 때 이 섬을 떠나야 합니다. 스무 살만 되어도 너무 늦습니다. 이미 딱딱한 껍질이 생겼으니까요. 믿음을 가지는 데는 오랜 시간이 걸리지 않습니다. 우리의 땅은 다른 땅과 별반 다르지 않다. 그럼에도 우리는 부당하게 중상을 입었다. 하지만 여기 있는 것이야말로 정당한 문명이다. 괴상한 것은 전부 이 땅 바깥에 있는 것들이다. 아, 미안합니다, 슈발레이 씨. 나도 모르게 지나치게 열중했군요. 질리겠습니다. 귀공이 여기 있는 것은 에제키엘_{히브리어 성경의 에제키엘서에 나오는 주인공}이 이스라엘의 불행을 한탄하는 말을 듣기 위해서가 아니지요. 본래의 주제로 돌아가도록 합시다. 나를 상원으로 보내려고 천거해주신 정부 관계자께는 깊은 감사를 드립니다. 책임자 분께 감사의 말을 전해주세요. 그러나 추천은 받아들일 수 없습니다. 나는 어쩔 수 없이 부르봉 왕가와 타협하며 살았던 옛 계급을 대표하는 사람입니다. 절반쯤인 애정은 지워졌지만 그 나머지 절반인 '예의'로 그 왕제와 이어져 있습니다. 나는 옛 시대와 새 시대 사이에서 어느 한쪽과도 잘 지낼 수 없는 불운한 세대에 속해 있습니다. 뿐만 아니라, 귀공도 눈치챘는지 모르겠지만, 나는 환상을 가질 수 없는 사람입니다. 자신에 대한 착각, 지도자가 되려는 사람에게 필수적인 그런 환상이 내게는 없습니다. 그런 내가 상원이 되어 무슨 일을 할 수 있겠습니까? 우리 세대의 사람은 이제 뒤로 물러나서,

화려하게 장식된 상여 주변을 돌며 과거를 매장하려는 젊은 세대의 공중제비와 재주넘기를 조용히 지켜보아야 합니다. 지금 당신들에게 필요한 것은 젊고 기민한 사람들, '왜?'보다도 '어떻게?'에 더욱 신경을 쓰는, 자신의 특정한 관심을 모호한 정치적 이상으로 감추는, 다시 말해 교묘하게 포장하여 전시할 줄 아는 능력을 갖춘 젊은이들입니다."

이야기는 끝났다. 그는 성 피에트로 사원의 모형에서 손을 뗐다. 그러나 다시 말을 이었다.

"내가 귀공의 윗분들께 전하고 싶은 한 가지 조언을 해도 좋을까요?"

"물론입니다, 공작님. 어떤 의견이든 경의를 담아 진심으로 귀를 기울이실 것입니다. 다만 저는 여전히 공작님의 조언 대신 승인을 원하고 있습니다."

"상원에 추천하고 싶은 이름이 있어요. 카로제로 세다라는 사람입니다. 그 사람은 그 자리에 앉기에 충분한, 나보다도 훨씬 유능한 인물입니다. 족보 있는 집안이라고 들었습니다만, 설령 그렇지 않더라도 언젠가는 반드시 그렇게 될 것입니다. 귀공이 말한 명망도 그렇습니다. 그 이상으로 그는 힘이 있습니다. 학문적 능력은 없지만 그 대신 뛰어난 실무능력을 가졌습니다. 지난 5월의 위기 때 그가 보여준 행동은 대단히 유효했습니다. 그 역시 환상과는 관계가 없는 인물입니다만 필요하다면 그것을 만들어낼 줄 아는 기략을 갖추고 있습니다. 참으로 당신의 요구에 꼭 맞는 인물입니다. 그런데 좀 서둘 필요가 있습니다. 하원에 입후보한다는 이야기를 들었으니까요."

세다라에 대해서는 관청에서도 이미 많은 이야기들이 있었다. 촌장으로서의 평가는 물론이고 사생활에 대해서도 잘 알려져 있었다. 슈발레이는 덜컥하는 심정이었다. 그는 정직한 사람이었다. 곧고 순수한 의도만큼이나 입법부에 대해서도 그 나름의 존경심을 품고 있었다. 그는 자신이 어떤 발언도 하지 않는 편이 낫겠다고 생각했다. 사실 어떤 식으로든 관련되지 않는 편이 좋았다. 10년이 지난 후에 유능한 사람 돈 카로제로는 상원의원의 옷을 입었다.

정직하다고 해서 슈발레이가 어리석은 사람이라는 뜻은 아니다. 시칠리아에서 말하는 총명함, 즉 생각이 민활하게 움직이는 편은 아니었지만, 그러나 그는 느리지만 확실하게 사태를 이해했다. 무엇보다도 그는 타인의 고민에 둔감한 남부인과는 달리 돈 파브리치오의 고뇌와 절망감을 이해했다. 자신이 지난 한 달 동안 접했던 빈궁과 비겁성과 기분 나쁜 무관심의 장면들이 파노라마처럼 마음에 되살아났다.

이제껏 그는 살리나 가문의 부와 세련을 부러워했다. 하지만 지금은 자신이 가진 작은 포도밭과 카자레 근처에 있는 땅, 작고 평범해서 내세울 것은 없지만, 그러나 평온하면서도 활기찬 몬테르즈오로의 땅이 그리웠다. 맨발의 아이들, 말라리아에 걸린 여자들, 매일처럼 사무실로 날아오는 죄 많은 희생자들의 명단을 보며 그랬던 것처럼 실의에 빠진 공작을 보면서도 그는 마음 속으로 깊은 연민을 느꼈다. 결국 누구나 같은 처지였다. 같은 우물에 빠진 가련한 사람들인 것이다.

마지막으로 한 번만 더 시도해보기로 했다. 그는 자리에서 일어섰다. 격정이 솟구쳐 목소리가 떨렸다.

"공작님, 그러나 진정으로 사태를 낫게 하기 위해 이 땅의 주민들이 처해 있는 물질적 가난과 출구가 없는 도덕적 비참성을 개혁하고 치유하는 일에 힘 쓰는 일을 거부하시렵니까? 기후는 어느 정도 제어할 수 있습니다. 좋지 않았던 통치자들의 기억 또한 멀어지고 있습니다. 이제 시칠리아인들도 스스로의 향상을 바라고 있습니다. 성실한 사람들이 나서지 않는다면 결국 주도권은 미래에 대한 어떤 비전도 갖지 못한 세다라 같은 인물들의 수중에 떨어집니다. 그렇게 되면 다시 몇 백 년 동안 똑같은 일이 반복될 뿐입니다. 지금까지 말씀하셨던, 오만한 관점에서의 진실을 버리고 진정으로 자신의 양심에 귀를 기울여 주십시오. 아무쪼록 협력을 부탁드립니다."

돈 파브리치오는 미소를 지었다. 그는 상대의 손을 잡고 장의자의 자기 옆에 앉게 했다.

"귀공은 귀족 출신의 사람입니다, 슈벨레이 씨. 귀공을 알게 된 것을 나는 행운으로 생각합니다. 당신이 한 말은 모두 맞습니다. 다만 시칠리아인들이 자신의 향상을 희망할 것이라고 했는데, 그건 틀렸습니다. 내 경험을 말해보지요. 가리발디가 팔레르모 거리로 들어오기 이삼일 전의 일입니다. 항구에 정박한 군함에서 사건의 추이를 알고 싶어하는 영국 해군 장교 몇 명을 소개받은 적이 있습니다. 그들은 내가 해변 근처에 집을 가지고 있고, 또 집의 지붕 밑 테라스에서 거리를 둘러싼 산들을 한눈에 내려다 볼 수 있다는 정보를 입수했습니다. 그래서 나를 찾아와서는 가리발디군이 움직이고 있다는 소문의 진상을 확인할 만한 전망 장소를 보여달라고 요청했습니다. 배 위에서는 상황을 확실히 알 수 없었기 때문입니다. 그래서 나는 그들과 함께 테라스에 올라갔습니다. 불그스름한 구레나룻을 길렀지만 아직 순수하고 건강한 젊은 이들이었습니다. 그들은 먼저 멋진 풍경과 강렬한 햇빛에 놀라더군요. 그러나 더 가까이 있는 황폐한 거리와 낡은 집들, 참혹하도록 더러운 풍경에 소름이 끼친다고 했습니다. 하나는 다른 하나에서 생긴다는 설명은 하지 않았습니다. 그 뒤 한 명이 와서 그 지원병들이 뭐하러 왔는지를 묻더군요. 그래서 대답했습니다. '그들은 우리에게 예의를 가르치려 왔습니다. 그러나 성공할지는 의심스럽군요. 왜냐면 우리가 신이기 때문입니다.' 그들도 무슨 말인지는 몰랐을 것입니다. 웃고 가버렸지요. 슈발레이 씨, 귀공에게도 나는 그렇게 대답하겠습니다. 시칠리아인들은 스스로 완전하다고 믿고 있기 때문에 자신을 향상시키겠다는 생각 같은 건 꿈에도 하지 않습니다. 그들의 자아도취는 비참한 현실보다 훨씬 더 강력합니다. 외국 세력이 침범해오면, 그 완전하다는 망상의 기초를 무너뜨리고 허무에 대한 꿈결 같은 기대감을 방해할 소지가 있습니다. 정신의 독립성이라는 관점에서 보아도 그렇습니다. 고작 십수 명의 타지인들의 손에 휘둘리면서도 자신들이야말로 이 영광스러운 역사의 짐을 짊어진 사람이며, 그 성대한 장례식을 주관할 자격이 있다고 믿고 있습니다. 슈발레이 씨. 귀공이 처음으로 시칠리아를 세계사의 흐름 속으로 인도하기를 꿈꾼 사람이라고 생각합니까? 과연 얼마나 많은 사람들이 당신처럼 아름답고도 덧없는 몽상을 품었을까요? 이슬람의 종교지도자 루제로왕 밑의 기사들, 안쥬 가의 샤를르의 수하, 슈타우펜조의 서기, 거기에 스페인의 부왕副王 카를로스 3세의 혁신 관료들, 도대체 그들은 어떤 사람들이었나요? 수많은 사람들의 간절한 희망에도 불구하고 시칠리아는 다만 잠들기를 원했습니다. 만일 시칠리아가 참으로 풍부하고 사려 깊고 정직해서 모든 사람이 찬양하고 부러워

한다면, 다시 말해 완전 그 자체라면, 무엇 때문에 다른 사람들의 말에 귀 기울이겠습니까?"

"지금은 우리 땅에서도 프루동과 그, 이름은 잊었지만 어느 유대계 독일인이 쓴 글에 경의를 품고 이 땅에서도 다른 나라와 마찬가지로 책임은 봉건제에 있다는 주장을 펴고 있습니다. 말하자면 나에게 책임이 있다는 것입니다. 그럴지도 몰라요. 그러나 봉건제는 어디에든 있었고 외국의 침략도 마찬가지입니다. 슈발레이 씨, 나는 살리나 가문의 선조들이 당신의 선조나 영국의 지주들, 혹은 프랑스의 영주들보다 더 잘못된 통치를 했다고는 생각지 않습니다. 그런데도 잘못이 있습니다. 잘못은 바로 시칠리아인의 눈속에서 빛나는 우월감입니다. 우리는 그것을 자존심이라고 부릅니다만, 그러나 그것이야말로 실제적인 사물을 보지 못하게 만드는 것입니다. 지금, 아니 앞으로 오랜 세월이 흘러도 어찌해 볼 도리가 없는 것입니다. 통탄할 일이지요. 그러나 정치라는 방법으로는, 나로서는 손가락 하나 움직일 수 없습니다. 이런 말은 시칠리아인들이 들을 만한 이야기는 아닙니다. 나 역시도 누군가 이런 말을 하는 걸 듣는다면 기분이 나쁘겠지요."

"슈발레이 씨, 너무 늦었습니다. 만찬에 갈 준비를 해야 합니다. 내겐 앞으로 몇 시간 동안 문명인의 역할을 해야 할 의무가 있어요."

여명 속의 출발

슈발레이는 계획을 바꾸어 다음 날 아침 일찍 떠났다. 그날 돈 파브리치오는 사냥을 할 예정이었기 때문에 가는 길에 역까지 그를 바래다주기로 했다. 돈 치쵸 투메오도 함께 갔다. 그는 자신의 사냥총과 돈 파브리치오의 것까지 두 사람의 짐을 어깨에 메었다. 그러면서 잠시 동안 자신의 특기를 발휘할 시간이 늦추어진다는 점이 불만이었다.

다섯 시 반, 납빛의 여명 속에서 어렴풋이 밝아오는 돈나푸가타 마을은 인기척 하나 없는 쓸쓸한 풍경이었다. 집집마다 회반죽이 벗겨진 외벽을 따라 초라한 음식 찌꺼기들이 쌓여 있었다. 몸을 떨며 개들이 열심히 할퀴며 돌아다녔겠지만 대단한 소득은 없었을 것이다. 몇몇 집들은 벌써 문이 열렸다. 그 안에서 비좁게 포개어 잠든 사람들의 울컥한 냄새가 흘러나와 거리를 떠돌고 있었다.

희미하게 밝힌 촛불 아래서 어머니들은 아이들의 눈을 바라보고 있었다. 여자들은 대개 상복 차림이었다. 그녀들 대부분은 가축이 지나다니는 길모퉁이에서 시체가 되어 통행을 막았던 그 멍청이들의 아내들이었다. 남자들은, 신의 가호가 있다면, 하고 덧없는 기대를 품으며 괭이를 들고 일거리를 찾아 집을 나섰다. 무기력한 침묵에 잠긴 거리, 어디선가 히스테릭하고 절망적인 목소리가 날카롭게 공기를 찢었다. 성령수도원 근처에서 새벽빛이 납빛 구름 사이로 천천히 번지고 있었다.

슈발레이는 생각했다.

'이런 상황이 계속될 수는 없다. 새롭고 효율적인 근대적 행정당국이 모든 것을 바꿀 것이다.'

공작도 전율을 느끼며 생각에 잠겼다.

'이것이 전부인가. 언제까지나 이럴 수는 없다. 그렇지만 영원히 계속될 것이다. 물론 인간의 척도에서 영원이다. 백 년 그리고 2백 년…… 그리고 그 뒤에는 바뀔지도 모르지. 그러나 나쁜 쪽으로 바뀔 것이 분명하다. 우리는 '표범'이고 '사자'였다. 우리를 대신하는 건 자칼이나 하이에나일 것이다. 그러나 모든 '표범'족은, 그것이 자칼이든 양이든, 끝내 자신은 '다른 소금'이라는 것을 믿어야 한다.'

두 사람은 의례적인 말들을 나눈 뒤 작별인사를 했다. 슈발레이는 오물투성이 수레바퀴의 역마차에 기어올랐다. 공복이고 전신이 상처투성이인 말은 먼 길을 향해 떠났다.

얼마 지나지 않아 날은 완전히 밝았다. 두터운 구름을 통과해 온 눈부신 빛이 오랫동안 쌓인, 마차 창유리의 먼지 앞에서 망설이고 있었다. 슈발레이는 혼자였다. 마차의 충격과 흔들림에 몸을 맡긴 채, 손가락 끝에 침을 묻혀 밖을 볼 수 있을 만큼 유리의 먼지를 닦았다. 그리곤 조용히 내다보았다. 회색빛 풍경이 그 구제할 길 없는 모습을 속속들이 보이면서 상하좌우로 흔들리고 있었다.

제 V 장

1861년 2월

피로네 신부의 귀향

피로네 신부는 시골 출신이었다. 상 코노San Cono라는 아주 작은 마을에서 태어났다. 지금은 교통이 좋아져 대도시 팔레르모가 거느린 '위성' 가운데 하나가 되었지만, 한 세기 전만 해도 팔레르모라는 '태양'에서 짐마차로 네다섯 시간이 걸리는 먼 곳이었다. 그만큼 고립된, 말하자면 하나의 '혹성군'에 속한 곳이었다.

예수회 신부의 아버지 돈 가에타노는 성 엘레우테리오 수도원이 상 코노 지구에 소유하고 있던 영지 두 개를 담당하는 관리인이었다. 당시의 관리인 직무는 심신 양면에서 건강을 요하는 대단히 위험한 일이었다. 수상한 장소에 출입하면서 정체도 모를 사람들을 다루어야 했으며, 또 갖가지 모호한 사건들과 부딪쳐야 했다. 그러면서도 그 모든 것을 혼자 마음속에 담아 두어야만 했다. 게다가 항상 어느 곳의 벽 뒤에서 '갑자기' '기병'의 손에 '정말로!' 목숨을 잃을 수도 있는 위험 속에 있었다.

이미 지난 일에 대해 한가한 사람이 아무리 호기심을 발동시킨다 해도 그 진상을 낱낱이 파악할 수는 없을 것이다. 그러나 그의 아버지 돈 가에타노는 타고난 신중함과 준비성으로 모든 어려움을 무사히 헤쳐나갔다. 그리고 아몬드 꽃을 피우는 2월의 바람이 불던 어느 일요일, 폐병으로 조용히 숨을 거두었다. 미망인과 세 아이(딸 둘과 신부)는 경제적으로 비교적 안정된 상태였다.

영리한 사람이었던 그는 수도원에서 지급된 급료의 일부를 착실하게 저축했다. 그가 죽었을 때는 계곡가에 아몬드 나무 몇 그루가 있는 밭, 산기슭의 포도나무 몇 주, 그리고 자갈이 섞인 목초지 약간을 남겨 놓았다. 물론 이것은 가난한 계층다운 재산 목록에 지나지 않는다. 그러나 상 코노 마을의 소규모 경제에서는 어떤 식으로든 영향력을 가질 만한 것이었다. 또 팔레르모 가까운 쪽의 마을에 푸른 색 작은 집 한 채가 있었다. 내부는 흰 색이었으며 위층 아래층으로 방 네 개를 가진 정방형의 집이었다.

열여섯 살 때 피로네 신부는 그 집을 떠났다. 교구의 학교에서 우수한 성적을 거두자, 교구장과 동등한 지위에 있던 성 엘레우테리오 대수도원장은 온정심에서 그를 교구의 신학교에 진학시켰다. 집을 떠난 후 그는 동생들의 결혼식과 아버지의 임종, 그리고 반드시 필요하지는 않았던(물론 속인의 입장에서 본 이야기지만) 속죄 기도를 위해 몇 차례 집을 찾았다. 1861년 2월 하순, 그는 아버지의 열다섯 번째 기일 의례를 치르러 집으로 가는 길이었다. 15년 전, 아버지 돈 가에타노가 죽던 날처럼 맑은 날씨에 바람이 심하게 부는 날이었다.

달리는 말의 꼬리 바로 뒤에 앉아 두 발을 흔들거리며 마차로 다섯 시간을 달렸다. 이륜 짐마차의 판자 안쪽에는 최근에 그린 듯한, 애국심을 강조하려는 의도로 화려하게 채색된 그림이 있었다. 바다색의 푸른 옷을 입은 성녀 로자리아와 붉은 군복을 입은 가리발디군 병사가 손을 잡고 있는 그림을 보면서 신부는 처음에는 기분이 좋지 않았다. 그러나 곧 즐거운 마음으로 여행에 몸을 맡겼다.

팔레르모에서 상 코노로 올라가는 도로는 해안의 아름다운 풍경과 내륙의 삭막한 풍경을 동시에 보여주었다. 특히 이곳은 공기를 깨끗하게 해주는 사나운 돌풍이 부는 곳으로 유명했다. 돌풍 때문에 아무리 정확히 조준한다고 해도 명중시키기는 거의 불가능했다. 그래서 총기 사용자들은 이곳을 피해서 연습하거나 저격했다. 마차꾼은 고인이 된 아버지를 잘 알았다. 가는 동안 내내

고인에 얽힌 추억들을 길고도 세세하게 늘어놓았다. 거기에는 아들로서, 또 성직자로서 편히 듣고 있기에는 곤란한 내용도 포함되어 있었다.

피로네 신부가 도착하자 가족들은 기쁨의 눈물과 환성으로 그를 맞았다. 신부는 어머니를 포옹하고 축복의 말을 했다. 어머니는 지금도 상중이라는 것을 나타내는 모직물의 옷을 입고 있었다. 하얗게 센 머리와 미망인 특유의 장미색 피부가 눈길을 끌었다. 누이들과 조카들과도 인사를 나누었는데, 특히 조카 가운데 한 명인 카르멜로를 곁눈질로 유심히 보게 되었다. 그는 기일에 참석하면서 모자에 새로운 국가의 깃발을 상징하는 삼색 꽃모양의 표식을 붙이고 있었다.

집안으로 들어서자 그리운 소년시절의 추억이 밀려왔다. 모든 것이 예전과 다름 없었다. 가구가 놓인, 붉은 도기로 만든 마루도 그대로였다. 조그만 창문에는 어린 시절과 마찬가지로 햇빛이 비치고 있었다. 구석에서 으르렁거리고 있던 로메오라는 개는 소년시절 그의 활발한 놀이 친구였던 칠네코 견종^{고대 이집트에서 기원하는 종자로 파라오 하운드로도 알려져 있다. 주로 토끼사냥에 이용된다}과 꼭 닮았다. 나중에 알고 보니 로메오는 그 개의 증손자였다.

부엌에서는 특별한 날을 위한 요리가 한창이었다. 아네레티^{반지 모양의 파스타}용으로 토마토와 양파와 양고기를 삶아 만드는 라그

(미트소스)가 부글부글 끓으면서 그 옛날과 조금도 다름없는 맛있는 냄새를 풍기고 있었다. 집안 곳곳에는 고인인 아버지가 고생하면서 마련한 안식의 기운이 느껴졌다.

가족은 곧장 추도미사를 올리게 될 교회로 향했다. 가는 길에서 피로네 신부는 상 코노 마을이 가진 가장 근사한 풍경들을 보았다. 건강하고 젊은 산양들은 검은 젖가슴을 늘어뜨린 채 여기저기 몰려다니며 마치 자랑이라도 하듯이 배설물을 남겼다. 시칠리아 특유의, 검고 망아지처럼 몸집이 가는 새끼돼지들이 비탈길을 올라가는 사람들과 마치 경쟁이라도 하듯이 사람들 사이를 헤치며 달려갔다. 신부도 그 고장이 자랑하는 유명 인사 가운데 한 명이었다. 여자들과 아이들, 그리고 젊은이들이 그의 주위로 몰려들어 추억을 말하면서 신부의 축복을 구했다.

교구 사제를 만나 간단히 회포를 푼 뒤 곧 미사에 참석했다. 그런 다음에는 예배소 안에 있는 묘석으로 발길을 옮겼다. 여자들은 눈물을 흘리며 대리석에 입을 맞추었다. 신부는 어렵기 짝이 없는 라틴어로 기도문을 외웠다. 다시 집으로 돌아왔을 때는 아네레티 요리가 먹기 좋게 준비되어 있었다. 살리나 저택에서 세련된 맛의 요리 덕분에 미각이 까다로워지긴 했지만 그 요리는 예수회 신분의 입맛을 매료시키기에 충분했다.

옛 친구들과 약초꾼

저녁이 가까워서 그의 어린 시절 친구들이 찾아왔다. 모두 신부의 방에 모였다. 천장에 매달려 있는, 받침대가 셋 달린 촛대에서 희미한 빛이 퍼지고 있었다. 구석에 놓인 침대에는 밝은 색의 매트리스와 빨강과 노랑으로 퀼팅quilting, 심을 넣고 박은 자수된 두꺼운 이불이 준비되어 있었다. 방의 한쪽 구석에는 딱딱한 돗자리가 높다랗게 둘러쳐져 있었는데, 보리를 보관해둔 장소였다. 거기서 일주일에 한 번씩 필요한 양만큼 덜어 제분소에 가져가는 것이다.

벽면에는 곳곳에 마마자국처럼 구멍이 뚫린 판화 몇 점이 걸려 있었다. 아기 예수를 가리키는 성 안토니오, 두 눈을 도려낸 성녀 루치아, 거의 벌거숭이 차림에 깃털 장식을 한 인디언들 앞에서 설교하는 프란시스코 자비엘 등이었다. 밖에는 어느새 별이 반짝이기 시작했고 어둠 속에서 바람이 울고 있었다. 그야말로 바람 그 자체였던 한 사람의 추도 의식이었다.

천장에 매달린 촛대 밑으로 우아한 목재로 틀을 엮은, 발을 올리는 커다란 화로가 놓여 있었다. 화로를 빙 둘러싸고 손님들은 밧줄로 엮은 의자에 앉았다. 교구사제, 지주인 스키로 형제, 그리고 나이 많은 약초꾼이었다. 그들은 처음 찾아왔을 때처럼 표정이 어두웠다. 여자들이 아래층에서 집안일을 하는 동안 옛친구들은 정치 이야기를 나누었다. 그들은 팔레르모에서 돌아온 피로네 신부에게서 무엇이든 위로가 될 만한 소식을 들을 수 있기를 고대하고 있었다.

신부는 '성' 안에서 살고 있으므로 여러 가지 사정에 정통해 있을 것이다. 그러나 알고 싶다는 바람은 실현되었지만 안심해도 된다는 희망은 배반당했다. 그들의 친구인 신부는 한편으로는 성실한 사람이기 때문에, 다른 한편으로는 전술적인 이유로 무척 절망적인 예측을 했던 것이다.

가에타의 성채에는 지금도 부르봉 왕조의 삼색기가 휘날리고 있다. 그러나 적의 공세가 너무도 강해서 성채의 화약고가 차례로 폭파당했다. 지금으로선 어떻게 손을 써볼 도리가 없게 되었다. 동맹국인 러시아는 너무 멀리 있고 가까운 곳인 프랑스 나폴레옹 3세는 도저히 믿을 수가 없다. 신부는 바지리카타와 캄바니아 북부의 비옥한 평원 테라 디 라보오에서 일어난 반란에 대해서는 차마 입에 올리지 못했다. 그건 너무도 참담한 패배였기 때문이었다.

신부는 말했다. 이렇게 생겨난 탐욕으로 신에 대한 신앙심이 점점 낮아지고 있는 현실과, 그리고 피에몬테에서 이곳에 이르기까지 콜레라처럼 번지고 있는 토지의 수용과 강제에 관한 법률을 받아들여야만 한다고 했다. 결론은 새로운 것이라고는 아무것도 없는, 이미 회자되고 있는 소문의 확인에 지나지 않았다.

"언젠가는 알게 되겠지. 모든 것을 빼앗긴 후에는 눈물을 흘릴 눈조차 남지 않을 걸세."

그 말에 맞장구를 치면서 그들은 농민으로서 살아오면서 쌓여 있던 불평불만을 한꺼번에 쏟아냈다. 스키로 형제와 약초꾼은 이미 쓰라린 맛을 보았다. 형제에게는 특별센가 뭔가 하는 부가세가 부과되었고 늙은 약초꾼은 간담이 서늘해지는 충격, 즉 마을 광장에 호출되어 매년 20리라를 내지 않으면 약초를 팔 수 없다는 선고를 받았던 것이다.

"하지만 나는 설사약 센나senna, 콩과의 열대관목. 말린 잎과 열매는 완화제로 쏨든 나팔꽃이든, 하나님이 만드신 소중한 약초를 내 손으로 직접 뜯으러 산속을 돌아다닙니다. 낮이나 밤이나, 비가 오든 개이든 개의치 않고 위에서 결정하신 대로 하고 있습니다. 그 풀들을, 누구의 것도 아닌 우리 모두의 것인 풀들을, 누구의 것도 아닌 우리 모두의 것인 햇빛에 말려서 우리 할아버지가 남겨주신 절구통에 넣어서 빻습니다. 이 일이 높으신 분들과 무슨 상관이 있습니까? 왜 내가 20리라를 내야 하는 겁니까? 자기네들 얼굴을 세울려고 그런 겁니까?"

신부는 그 노인을 좋아했다. 기억 속에 있는 그의 얼굴은 처음부터 어른이었다. 그가 참새에게 돌팔매질하며 놀던 어린 시절부터 그는 이미 허리가 굽어 있었다. 날마다 산과 들로 약초를 캐며 돌아다닌 탓이었다. 노인이 약을 팔 때 특히 여자들에게 말하기를, 자기 약을 복용할 때는 꼭 '아베 마리아'나 '아버지 하나님께 영광을!'이라고 기도해야 한다는 점을 강조했다. 그렇지 않으면 효과가 없다는 것이다. 그 말만으로도 피로네 신부는 그에게 은혜를 입었던 셈이다. 사려 깊은 신부는 약에 어떤 재료가 들어갔는지, 혹은 어떤 효력을 보이는지에 대해 굳이 물어보지 않았다. 신부가 말했다.

"말씀하신 그대로입니다, 돈 피에트리노. 당신의 말씀은 백배 옳습니다. 하지만 당신이나 다른 가난한 사람들에게서 돈을 걷지 않으면 그들은 교황에게 전쟁을 걸어 교회 재산을 빼앗으려 해도 그 비용을 마련할 수 없습니다."

튼튼하게 만들어진 덧문 사이로 바람이 들어와 불빛을 흔들고 있었다. 부드러운 빛 아래서 이야기는 끝없이 이어졌다. 신부는 교회 재산 몰수라는 피할 길 없는 사태에 이르기까지 화제를 넓혔다. 그렇게 되면 이 일대의 수도원이 맡았던 온정적인 통치는 막을 내리게 된다. 더 이상 매서운 겨울 동안 배급되곤 하던 수프도 없을 것이다. 그러자 스키로 형제 중에서 동생이, 그렇게 되면 가난한 농민 중에는 자기 땅을 파는 사람도 있을 거야, 라는 말을 했다. 신부는 참을 수 없는 경멸감을 느꼈다. 그는 무뚝뚝한 목소리로 말했다.

"보세요, 돈 피에트리노. 땅은 어차피 촌장이 모두 구입할 겁니다. 할부금도 처음에는 잘 주겠지만 시간이 지나면 어떻게 되든 상관없다, 맘대로 해라는 식으로 시치미를 떼겠지요. 실제로 피에몬테에서 일어나고 있는 일입니다."

손님들은 돌아갔다. 올 때보다 훨씬 더 심각해진 얼굴로 그들은 이후 두 달 동안 끊임없이 늘어놓게 될 푸념과 울화통을 들고 집으로 갔다. 그러나 그날 밤은 잠도 오지 않을 것 같았던 약초꾼 노인은 그대로 남아 있었다. 새로운 달이 뜨는 밤에는 피에트리케의 바위가 많은 곳으로 로즈마리를 채집하러 가야 했기 때문이었다. 그는 미리 칸텔라kandelaar, 휴대용 석유등를 챙겨와서 신부의 집을 나서면 곧장 그리로 갈 작정이었다.

"그런데 신부님. 당신은 귀족 분들과 살고 있는데요. 그 영주님은 이번 전쟁의 소동을 어떻게 보고 있을까요? 그 몸집이 크고 화를 잘 내고 자부심이 강하다는 살리나 공작님 말입죠."

그 질문에 대해서는 피로네 신부도 이미 수없이 자문자답을 해왔던 터였다. 그럼에도 확신을 내리기 어려웠다. 1년 쯤 전 어느 아침 나절, 천체관측소에서 공작이 그에게 했던 말을 마음에 두지 않았거나 아니면 과장된 말 정도로 받아들였기 때문이었다.

공작의 본심을 알게 된 지금도 그는 어떻게 말해야 돈 피에트리노를 이해시킬 수 있을지 막막했다. 약초꾼 노인은 물론 어리석은 사람은 아니다. 노인은 어떤 약초가 기침을 멈추게 하고 장의 가스를 배출시키고 혹은 어떻게 최음 효과를 낳는지에 대해서는 누구보다도 정통해 있다. 그러나 그런 일들은 추상적인 사고를 이해하는 문제와는 별개의 것이었다.

"돈 피에트리노. 당신이 말하는 영주님이라는 분들은 무척 이해하기 힘든 데가 있어요. 하나님이 직접 그 손으로 창조하신 것과는 달리, 그 사람들은 몇 세기에 걸쳐 기쁨과 괴로움의 독특한 경험을 짜맞추어 스스로 만들어낸 특별한 세계에 살고 있어요. 그들은 아주 튼튼한 자기 집단의 기억을 가지고 있기 때문에 당신이나 나라면 전혀 대수롭지 않은 것들을 대단히 소중한 무엇인 양 전전긍긍하면서 즐거워하거나 울적해 합니다. 그런 일들은 그 계급이 공유하는 기억이나 희망, 불안이라는 재산과 상관이 있을 겁니다. 신의 의지 덕분으로 저는 최후의 승리가 약속된 불멸의 교회에서 그 영광스러운 교단에 미미한 작은 종이 되었습니다만. 당신도 그 계단의 한쪽 끝에 자리잡고 있어요. 그렇다고 가장 아래는 아니에요. 다만 아주 특수한 자리를 차지하고 있습니다. 당신이 어쩌다가 오레가노oregano, 향신료의 하나. 차조깃과의 향초로 만듦의 건강한 그루터기와 반묘班猫, Blister beetle, 가뢰과 곤충가 가득한 둥지를(그것도 찾고 계시다는 건 알고 있어요) 발견했을 때는, 인간이 자유롭게 선택할 수 있도록 하나님이 선악의 구별을 두지 않고 창조하신 대자연과 직접 관계하는 것입니다. 그런데도 요사스런 일만 생각하고 있는 노파라든가, 아니면 무엇이든 갖고 싶어 하는 여자들의 상담을 받을 때는, 골고다 그리스도를 처형한 언덕에 광명이 함께 하기까지 몇 백 년에 걸친 암흑 시대의 나락으로 떨어지고 말지요."

노인은 놀라서 아무말도 하지 못했다. 그는 단지 살라나 공작이 이 새로운 현실에 만족하고 있는지 아닌지 궁금했을 뿐이었다. 그런데 상대방은 반묘니, 골고다의 광명이니 하는 이야기를 들고 나온 것이다.

'책을 너무 많이 읽어 머리가 잘못 된 건 아닐까? 불쌍하게도.'

"영주님들이 틀렸다? 그렇지는 않아요. 그들은 인간의 손을 한 번 거친 혼합물을 생활의 양식으로 삼고 있어요. 우리네 성직자가 그들에게 봉사하는 건 영생을 보증하는 데 도움을 주기 때문입니다. 당신들 약초꾼이 진통제나 흥분제를 제공하는 것과 똑같은 방식이지요. 그렇다고 그들이 악인이라는 건 아니에요. 전혀 다른 거죠. 그들은 다른 사람입니다. 우리에게 별난 사람으로 보일 뿐입니다. 그들은 성직자가 아닌 사람이라면 누구나 원하는 인생의 목표, 즉 부라는 목표에 이미 도달해버린 사람들입니다.

부에 익숙해져 있는 탓에 이 세상의 재산에는 둔감합니다. 그래서 우리에게는 대단히 소중하게 생각되는 일에도 무관심할 수 있어요. 산 속에 사는 사람은 평지의 들끓는 모기를 걱정하지 않을 테고 이집트인들은 우산 걱정을 하지 않아요. 하지만 산에 사는 사람은 산사태를 걱정하고 이집트에 사는 사람은 제가 거의 관심도 없는 악어를 무서워하겠죠. 영주님들에겐 우리가 모르는 다른 걱정거리가 있어요. 저는 돈 파브리치오가, 그 진지하고 현명한 양반이, 와이셔츠 다림질이 약간 구겨졌다고 화를 내시는 걸 봤어요. 라스카리 공작이 부왕副王의 관저에 식사 초대를 받았을 때 좋은 자리를 배정받지 못했다는 이유로 밤새 잠을 설쳤다는 이야기를 들어보셨나요? 고작 와이셔츠와 외교적인 예의 문제로 화를 내는 사람들이 과연 행복하고 그래서 대단하다고 생각할 수 있겠습니까?"

돈 피에트리노 노인은 무슨 말인지 종잡을 수도 없었다. 이상한 소리는 점점 도를 더해서 와이셔츠 옷깃과 이집트의 악어까지 튀어나왔다. 그래도 그는 관습을 존중하는 시골사람답게 힘껏 버텨내고 있었다.

"하지만 신부님, 그러면 우리 모두 지옥에 가야 되는 건가요?"

"어째서요? 자신을 망치는 사람이 있는 한편, 반대로 스스로 구제되는 사람도 있어요. 그건 이 유한한 세계에서 어떻게 사느

나에 따라 달라지겠지요. 예를 들어 살리나 가문은 어떻게든 빠져나갈 거예요. 그들은 게임에서 최소한 규칙을 어기거나 부정한 방법을 쓰지는 않으니까요. 하나님은 위반이라는 걸 알면서도 고의적으로 규칙을 범하거나 자진해서 악의 길에 들어서는 자들을 벌하십니다. 그러나 자기 길을 가는 사람은 특별히 망령된 행동만 하지 않는다면 안심해도 됩니다. 돈 피에트리노, 당신이 만약 알면서도 박하 대신에 독초를 끼워 팔았다면 당연히 파멸이지요. 그런데 만일 옳다는 신념으로 타나 숙모가 그걸 사 먹었다면, 소크라테스처럼 고귀한 죽음을 맞겠지요. 그리고 당신도 새하얀 깃털이 달린 법의를 입고 곧바로 천국으로 갈 겁니다."

소크라테스의 죽음까지 나오고 보니 그 대단한 약초꾼도 항복하고 말았다. 그는 더 이상 참을 수 없어서 잠들고 말았다. 피로네 신부도 그걸 알았지만 오히려 다행으로 여겼다. 오해받을 걱정 없이 마음대로 이야기해도 괜찮았기 때문이었다. 어쨌든 신부는 이야기를 하고 싶었다. 마음속에서 아직 누구에게도 꺼내보인 적 없이 웅크려 있었던 상념들을 문장이라는 구체적인 소용돌이 형태로 붙잡아 보고 싶었던 것이다.

"더구나 영주님은 여러 가지 좋은 일들을 하고 있어요. 예를 들어 거리를 떠도는 가난한 가족을 저택으로 데려와 보살펴주는 경우도 여러 번 있었어요. 그렇다고 달리 뭘 요구하는 것도 아닙니다. 어지간한 도둑질은 그냥 속아주는 척 넘어가죠. 그런 건 남들에게 보이기 위해서가 아니라 조상 대대로 물려받은, 뭐랄까, 거의 체질이 되어버린 행동처럼 보여요. 달리 행동하는 법을 모르는 거죠. 또 잘 눈에 띄지는 않지만 보통 사람들처럼 그렇게 자기 이익에 얽매이지 않습니다. 집이 화려하고 축하연이 사치스러운 건 사실이에요. 하지만 그건 어딘가 교회나 종교 의식의 성대함과 비슷한, 어떤 비개인적인, 만인을 위한 것 같은, 아무튼 거기에는 자신의 죄를 씻어주는 뭔가가 포함되어 있어요. 자신이 한 잔의 샴페인을 마시면 50명의 사람들에게 샴페인을 베풀어요. 그리고 이건 자주 있는 일인데, 누군가를 심하게 다룬다고 해서 그걸 계급의 위세라고 말할 수는 없는 것처럼 한 개인에게 죄를 돌릴 수는 없어요. 운명이 명하는 대로 돈 파브리치오는, 예를 들어 조카 탄크레디를 보호하고 양육했어요. 요컨대 어찌할 바를 모르는 가련한 고아를 구한 겁니다. 그러나 당신은 말할지도 모르죠. 그 청년도 귀족이기 때문에 그렇게 한 것이다, 다시 말해 영주님은 다른 사람을 위해 희생을 치른 것이 아니다. 옳으신 말씀입니다. 분명히 그래요. 하지만 솔직히 말해 그 마음 깊숙한 곳에서 다른 사람은 모두 반편이라고 할까, 마요르카의 도공이 자기가 빚은 인물상이 너무 못생겨서 굳이 화덕에 넣어 구울 필요가 없다고 생각하듯이 일부러 희생을 치러야만 할 의무가 있을까요?"

"돈 피에트리노, 당신이 혹시 지금 자고 있는 게 아니라면 거기에 누워 이렇게 생각할지도 모르겠군요. '귀족이 틀려먹은 것은 그들이 다른 사람을 깔보고 있다는 점이다. 우리 인간은 누구나 똑같이 사랑과 죽음이라는 이중의 멍에를 지고 있는 이상, 하느님 앞에서는 모두 평등하다.' 그래요. 당신 말이 맞아요. 그러나 한 마디 덧붙이자면, 그렇다고 해서 '영주님'에게만 죄를 묻는 건 좋지 않아요. 왜냐면, 그건 우리 모두 나누어가진 결점이기 때문이에요. 대학 교수가 확실한 언명을 하지 않으면 돌팔이 교수라고 무시당해요. 당신이 자고 있으니까 거리낌없이 하는 말인데, 우리 성직에 있는 사람들도 세속의 사람들보다, 어떨 때 다른 수도사들보다도 자신이 한 단계 위에 있다고 생각해요. 그건 마치 당신들 약초꾼이 치과의사를 경멸하듯이, 또 그 사람들은 그들대로 당신들을 무시하는 것과 똑같은 이치에요. 의사는 의사대로 치과의사와 약초꾼을 조롱하고, 심장과 간장이 다 망가져도 살고 싶어하는 환자를 바보 취급 하지요. 재판관에게 변호사는 법률 집행을 늦추기만 하는 전혀 쓸데 없는 사람들이죠. 한편 문학에서는 그 재판관을 허장성세로 손 쓸 수조차 없는 게으름뱅이로 풍자하고 있어요. 스스로 자신을 비하하는 사람은 농민 정도에요. 그 사람들이 남을 무시하는 걸 배우게 되면 다시 제자리입니다. 처음부터 다시 같은 일이 시작되는 거지요."

"돈 피에트리노. 얼마나 많은 직업이 말 그대로 욕설이 되었는지 생각해본 적 있나요? '막노동꾼'이니 '구두쟁이'부터 시작해서 프랑스어인 '독일기병'이나 '소방수'에 이르기까지 셀 수도 없을 정돕니다. 모두 인부와 소방수가 소중하다는 건 생각하지 않고 작은 결점에만 주목하고 있어요. 당신이 내 말을 듣지 못하니 하는 말이지만, 예수회라는 말이 어떤 뉘앙스로 쓰이고 있는지 저도 잘 알고 있습니다."

"게다가 이 귀족 영주님들은 자신들의 괴로운 처지를 부끄러워하고 있어요. 나는 그 사건이 있은 다음 날, 불쌍하게도 자살을 결심한 사람을 본 적 있어요. 놀랍게도 그 사람은 첫 영성체를 앞둔 소년처럼 항상 웃고 명랑하게 지내던 사람이었어요. 그런데 어때요, 돈 피에토리노. 당신이 팔려고 달여놓은 센나를 직접 먹어야 되는 처지가 된다면 온 마을에 돌아다니며 하소연하지 않을까요? 분노와 조소는 귀족을 향해 있는데 영주님들에겐 불평하고 한탄할 권리가 없어요. 그러니까 먼저 판단할 수 있는 안목을 가져야 합니다. 만약 아주 처량하게 푸념을 늘어놓고 있는 '영주님'을 보게 되면 우선 그 양반의 가계도를 알아보는 게 좋을 겁니다. 틀림없이 말라버린 가지를 발견할 수 있을 겁니다."

"그러니까 이 계급은 처치하기가 아주 어렵습니다. 종국에는 다시 태어나기 때문입니다. 필요하다면 명예로운 죽음을 택하고 바로 그 소멸의 순간에 새로운 종자를 뿌리는 기술을 알고 있기 때문입니다. 프랑스라는 나라를 보세요. 살육의 운명을 당당하게 받아들이면서, 귀족은 다시 전과 마찬가지로 부활했어요. 귀족을 만들어내는 건 대토지소유제나 봉건제의 모든 권리로서가 아닙니다. 그건 태생적인 차이에서 나옵니다. 지금 파리에는 폭동과 독재정치의 충격 하에서 망명과 빈궁의 생활을 보내는 폴란드 백작들이 있다고 해요. 길목에서 마차를 끄는 마부로 생계를 유지하면서도 대단히 신경질적인 태도를 보인답니다. 그래서 손님들은 마치 교회로 끌려가는 개처럼 어리둥절해서 저항도 못한 채 마차를 타게 된다는군요."

"그래도 돈 피에트리노, 잘 아시겠지만 만약 그 계급이 사라진다면, 그와 똑같은 장점과 결점을 갖춘 대역이 나타날 것입니다. 그건 더 이상 혈통에 기초하는 것이 아니라, 어떤 장소에 출현해 얼마나 그곳에 정착했는지, 성전에 관해 얼마나 깊은 지식을 가졌는지가 기준이 될 겁니다."

그때 어머니가 나무계단을 올라오는 소리가 들렸다. 그녀는 웃으며 들어왔다.

"아들아, 누구하고 말하고 있는 거냐? 친구가 잠든 것도 모르고 있는 거니?"

피로네 신부는 조금 부끄러워졌다. 그래서 그는 다른 말로 대답했다.

"이제 보내야겠어요. 불쌍하게도 밤새 추위에 떨게 되겠지요."

신부는 까치발을 하고 신부복에 기름을 묻히며 천장의 촛대를 옮겼다. 그리고는 램프에 불을 붙인 다음 심지를 조절하고 뚜껑을 닫았다. 돈 피에트리노 노인은 꿈의 세계를 날아다니고 있었다. 입술을 타고 흐른 침이 옷깃으로 이어지고 있었다. 깨우는 데 다소 시간이 걸렸다.

"실례가 많았어요, 신부님. 하도 이상한 말씀만 하시는 통에."

두 사람은 마주 보고 빙긋 웃었다. 그런 다음 계단을 내려가 집 밖으로 나갔다. 가까이에 있는 산들은 이미 깨어났지만 그 아래 집과 마을과 계곡은 아직도 깊은 어둠에 잠겨 있었다. 바람은 많이 가라앉았으나 차가운 냉기가 전신으로 매섭게 파고들었다. 멀리서 별들이 열심히 깜박이며 수천 도의 열기를 쏘아보내고 있었지만 노인을 따뜻하게 해줄 수는 없었다.

"안 되겠어요, 돈 피에토리노! 아무래도 망토를 한 장 더 가져와야겠어요."

"괜찮아요, 신부님. 이골이 난 일인데요. 내일 다시 뵙지요. 그때는 살리나 공작이 혁명을 어떻게 견디는지 말해주실 겁니까?"

"지금 여기서 간단하게 말씀드리죠. 그분은 말씀하셨습니다. '혁명은 없었다. 모든 것은 이전과 같다.'"

"그럴 리가! 그럼 당신도 혁명이 없었다고 생각하시나요? 촌장 놈이, 하나님이 창조하시고 제가 제 손으로 캐낸 풀에 세금을 매기고 있는데. 아니면 당신도 머리가 좀 이상해지셨나요?"

램프 불빛이 어른대며 멀어지면서 펠트 천처럼 촘촘히 짜인 짙은 어둠 속으로 사라졌다.

피로네 신부는 생각했다. 수학도 신학도 모르는 사람에게 이 세계는 커다란 수수께끼처럼 보일 것이다.

'주여, 전지전능하신 주이시기에 이러한 어려운 문제를 떠올릴 수 있는 것입니다.'

가족이라는 이름의 가시

이튿날 아침 또 다른 어려운 문제가 그에게 닥쳤다. 교구 미사를 집행하기 위해 나가려다가 그는 부엌에서 양파를 까고 있는 여동생 사리나Sarina, 공작가는 Salina를 보게 되었다. 그녀는 울고 있었다. 양파 때문이라고 하기에는 너무 심하게 눈물을 흘리고 있다는 생각이 들었다.

"왜 그러니, 사리나? 무슨 힘든 일이라도 있는 거냐? 기운을 내. 하나님은 괴로움도 주시지만 위로도 주신단다."

오빠의 다정한 목소리를 듣자 가련한 처지에서 자신의 심경을 들키지 않으려고 조심하던 그녀의 마음이 한순간에 무너졌다. 그녀는 기름으로 더러워진 테이블에 얼굴을 파묻고서 큰 소리로 울기 시작했다. 흐느껴 울면서 똑같은 말을 반복했다.

"안젤리나가…… 안젤리나가……. 만약 비첸치노가 이 일을 알면 두 사람 다 죽여버릴 거야. 안제리나가…… 그이가 둘 다 죽일 거야."

검고 폭이 넓은 허리띠에 양손을 넣고 엄지손가락만 밖으로 내놓은 채 피로네 신부는 그 자리에 서서 여동생을 바라보았다. 무슨 일인지 알 수가 없었다. 안젤리나는 사리나의 아직 결혼하지 않은 딸이다. 비첸치노는 불 같은 성격으로 주위 사람을 힘들게 하는, 딸의 아버지, 그러니까 그에게는 매제가 되는 사람이었다. 이 방정식에서 유일한 미지수인 또 한 사람은 어쩐지 안젤리나의 애인일 것만 같았다.

신부는 지난 밤에 조카인 안젤리나를 만났다. 7년 전, 아직 울보였던 여자아이를 본 뒤로 어제 처음 본 것이다. 그 아이는 열여덟 살이 되었을 것이다. 약간 못생긴 축에 속하는, 이 지방 농사꾼 여자들에게서 많이 볼 수 있는 좀 튀어나온 입과 강아지처럼 겁먹은 눈빛을 가졌다. 그런 점은 도착했을 때부터 알고 있었다. 그때 신부는 속으로 안젤리나라는 서민적인 애칭에 어울리는 가난한 조카딸의 얼굴과, 최근 살리나 가문의 평온을 깨뜨린 앙젤리라는 아리오스트풍 이름16세기 초의 이탈리아 시인 아리오스트의 극시 〈광란의 올란도〉에서 주인공인 기사의 애인 이름이 주는 화려함 화려한 느낌을 자신도 모르게 비교하고 있었다.

가책을 느끼면서 신부는 더욱 난감해졌다. 어느 새 가족문제라는 성가신 일에 끌려들어간 것이다. 돈 파브리치오가 늘 했던 말이 생각났다. 인간관계, 특히 친척과 만난다는 것은 가시를 만나는 것과 같다. 뒤늦게 그 말을 떠올려본들 소용이 없었다. 그는 허리띠에서 오른손을 빼 모자를 썼다. 그리고 떨고 있는 여동생의 어깨를 다독였다.

"자, 힘을 내렴, 사리나. 울음은 그치고. 다행히 여기에 내가 있잖아. 운다고 무슨 수가 나겠니. 그런데 비첸치노는 어디 있어?"

비첸치노는 리마트에 있는 스키로 형제의 농장관리인을 만나러 나갔다. 갑자기 들이닥칠 염려는 없었기 때문에 그녀는 마음 놓고 이야기할 수 있었다. 흐느끼며, 짬짬이 눈물을 쏟기도 하고 코를 풀기도 하면서 추잡스러운 사건의 전모를 털어놓았다. 요컨대 안젤리나(라기보다도 시칠리아식으로 말하면 운칠리나)는 유혹에 넘어간 것이었다. 그 불운한 일은 '성 마르티노의 여름', 즉 초겨울의 맑고 따뜻한 시기에 일어났다. 둘은 돈나 눈치아타의 밀짚 오두막에서 남의 눈을 피해 여러 차례 만남을 가졌다. 지금 딸은 임신 3개월이었다. 너무도 겁이 난 그녀는 어쩔 수 없이 어머니에게 사실을 털어놓았다. 조금만 더 지나면 배가 불러올 것이다. 만약 아버지인 비첸치노가 눈치라도 채게 되면 당장 그 둘을 죽이려 들 것이다.

"나까지 죽이려 들 거에요. 아무 말도 하지 않았다고. 그 사람은 무엇보다도 명예를 중요시하니까요."

실제로 그는 약간 고개를 숙여 관자놀이에 머리카락을 장식처럼 늘어뜨리고 허리를 흔들며 거드름 피우는 듯 걸었고 또 항상 바지 오른쪽 주머니가 불룩해서 자신이 무엇보다도 명예를 중요하게 여긴다는 점을 과시했다. 그 표식은 명예를 위해서라면 살인도 할 수 있는 난폭하고 어리석은 사람이라는 뜻이기도 했다.

사리나의 울음소리는 점점 더 높아졌다. '기사도(!)의 거울'이라고 자처하는 남편 앞에서 자신이 전혀 어울리지 않는 짓을 저질렀다는 말도 되지 않는 가책으로 서러워하고 있었다.

"사리나, 사리나, 제발 그만 하렴. 그 젊은이가 딸과 결혼하면 돼. 그렇게 해야지. 내가 당사자와 그 가족을 만나 얘기를 해볼게. 다 잘 될 거야. 혼약이 성사되면 비첸치노도 그 소중한 '명예'를 다칠 일이 없어. 그러니 그 남자가 누군지 내게 말해주겠니?"

누이는 고개를 들었다. 그녀의 눈에는 또 다른 공포가 나타났다. 더 분명하고 가슴을 찌르는 듯한 날카로운 두려움이었다. 신부는 영문을 알 수 없었다.

"산티노 피로네. 바로 투리의 아들이에요. 그 아이가 나와 엄마, 돌아가신 아버지 얼굴에 먹칠을 했어요. 난 지금껏 한 번도 그 애와 말을 나눈 적이 없어요. 사람들은 좋은 청년이라고 말하지만 그렇지 않아요. 순 날건달이라구요. 그 자식, 제 아버지를 쏙 빼닮은 악당이에요. 염치도 없는 겁쟁이 같은 놈. 지금 생각났는데, 11월의 그날, 그 놈이 늘 몰려다니는 패거리와 우리집 앞을 지나가는 걸 봤어요. 귀에다 빨간 헬레늄Helenium, 국화과의 다년초. 여름과 가을에 빨간색과 노란색 꽃이 핌 꽃을 꽂고 말이에요. 무서운 지옥 불에나 떨어지라지!"

예수회 신부는 의자를 들고 가서 그녀 가까이에 앉았다. 일은 분명했다. 미사를 늦출 수밖에 없었다. 문제는 유혹자의 아버지가 바로 그의 백부라는 데 있었다. 즉 고인인 아버지의 손위 형이었다. 20년 전, 고인이 정력적으로 일하면서 기반을 다지고 있을 때 그 백부도 똑같이 농장 관리인이었다.

그런데 어떤 언쟁이 계기가 되어 형제는 의를 끊게 되었다. 가족끼리의 싸움이 늘 그렇듯이, 발단은 간단하지만 그것이 얽히고설켜 도저히 바로잡을 수 없는 분쟁으로 변질된 경우였다. 양 쪽 모두 숨겨야 할 것들이 있어 서로 확실하게 말을 하지 않기 때문이다. 이 경우는 고인이 작고 보잘 것 없는 아몬드 밭을 구입했을 때 큰형인 투리가 그 금액의 반, 그게 아니면 노력의 절반을 제공했다고 주장하면서 밭의 절반은 자기 몫이라고 요구한 일이 발단이었다.

그러나 취득 증서의 명의는 고인 한 사람으로 되어 있었다. 투리는 명백한 증빙서류 앞에서 화를 내며 길길이 날뛰었다. 상 코노 마을 온 거리를 돌아다니면서 침을 튀기며 고래고래 소리를 질렀다. 그 행동은 고인의 명예와 관련된 문제였다. 중간에 친구들이 나서서 최악의 사태는 피할 수 있었다.

아몬드 밭이 죽은 아버지의 것이라는 사실은 바뀌지 않았다. 그러나 피로네 가의 두 형제 사이에는 도저히 메꿀 수 없는 깊은 균열이 생겼다. 투리는 동생의 장례식에도 나타나지 않았다. 한편 피로네 신부의 누이들 집에서는 그를 '인간 아닌' 사람 취급을 했다. 그러면서 두 집안은 완전히 단절되었다. 신부는 그 일에 대해서는 교구사제가 보내준, 사건만큼이나 복잡한 요령부득의 편지를 읽고 대강의 흐름만 이해하고 있었다. 그리고 이 당치도 않은 일에 대해서는, 아버지에 대한 경의 때문에 굳이 입밖에 내지는 않았지만 그만의 독자적이고 극히 개인적인 의견으로, 그 아몬드 밭은 어디까지나 현재 여동생 사리나의 소유여야 했다.

모든 것은 명백했다. 여기에는 사랑도 정열도 전혀 상관이 없었다. 그렇다면 이 문제는 간단히 어느 비겁한 계획과 맞물린 또 하나의 비겁한 행동에 지나지 않았다. 그러나 사태를 바로잡을 방도가 전혀 없는 것도 아니었다. 예수회 신부는 마침 그 시기에 자신을 상 코노로 인도하신 신의 배려에 감사했다.

"사리나. 이 성가신 문제는 내가 곧바로 정리하도록 하겠다. 그러려면 아무래도 네 도움이 있어야 돼. 키파로의 땅 아몬드 밭의 절반을 운칠리나의 지참금으로 주도록 해라. 달리 도리가 없어. 네 딸의 어리석은 행동으로 너희들이 손해를 보는 거야."

그리고 생각했다. 하나님은 경우에 따라 발정난 개들을 불러 정의를 실현하기도 하시는 것이다.

그의 말을 들은 사리나는 화를 내며 격하게 반응했다.

"키파로의 반을! 그 사람이 아닌 아들에게! 그건 안 돼요! 차라리 죽는 게 낫지!"

"좋아, 이걸로 결정됐어. 자, 미사가 끝나면 비첸치노와 의논하기로 하자. 걱정할 건 없어. 내가 잘 달래볼 테니."

그는 모자를 쓰고 허리띠에 손을 넣은 채 침착하게 기다렸다.

비첸치노의 분노라는 책의 '신판'은 어떤 것인지, 예수회 신부가 개입하여 일부 개정하고 삭제한다고 해도 사리나는 전혀 그 내용을 읽을 수 없었다. 여전히 불행했던 그녀는 다시금(이번이 세 번째였다) 소리를 높이며 통곡하기 시작했다. 그러나 울음소리는 점점 약해지고 곧 진정되었다. 누이가 자리에서 일어섰다.

"하느님의 뜻에 맡기겠어요. 그럼 오빠가 말을 넣어주세요. 그래도 키파로의 땅을! 아버지의 땀의 결정체인 그 땅을!"

그녀는 다시 울음이 터질 것만 같았다. 그러나 피로네 신부는 이미 나가고 없었다.

조카딸의 지참금

미사가 끝난 뒤, 교구사제가 타준 커피를 마시고 예수회 신부는 곧장 투리 백부의 집으로 갔다. 한 번도 가본 적은 없지만, 마을에서 가장 높은 지대에 위치한 치크 스승의 난로 가까이에 있는, 다 쓰러져가는 집이라는 것은 알고 있었다.

집은 금방 찾을 수 있었다. 창문이 없어 햇빛이 들어오도록 출입구를 조금 열어둔 채였다. 신부는 그 앞에 멈춰 섰다. 당나귀용의 짐 안장과 하물 운반에 쓰는 도구들, 그 밖에 자루 같은 것들이 쌓여 있었다. 돈 투리는 아들과 함께 당나귀를 키우고 이용해서 생계를 유지했다.

"드라치오!"

피로네 신부가 소리쳤다. 이것은 Deo gratias(agamus)^{신의 덕분}에라는 말을 줄인 것으로, 성직자가 들어갈 수 있도록 허가를 요청하는 신호이다. 안에서 노인의 커다란 목소리가 들렸다.

"누구요?"

그리고 일어서서 입구 쪽으로 나왔다.

"당신의 조카 세베리오 피로네 신부입니다. 괜찮으시다면 잠깐 드릴 말씀이 있습니다."

백부는 특별히 놀란 기색도 아니었다. 적어도 두 달 전부터 신부가 아니면 그 대리인이 찾아올 것이라는 것을 예상하고 있었던 것이다. 백부 투리는 아직 허리가 꼿꼿하고 햇볕과 추위에 단련된 건강한 노인이었다. 얼굴에는 불행한 운명의 흔적이 음흉한 주름으로 또렷하게 각인되어 심술궂은 인상을 주었다.

"들어오게."

노인은 웃지도 않고 냉랭하게 말했다. 안으로 들어가자 노인은 떨떠름한 자세로 신부의 손에 입을 맞추려는 몸짓을 보였다. 신부는 커다란 나무 안장 위에 앉았다. 방은 참으로 초라했다. 암탉 두 마리가 한쪽 구석에서 모이를 쪼고 있었다. 오물과 젖은 수건 냄새. 실내에는 비참한 가난의 냄새가 흠뻑 고여 있었다.

"백부님, 오랫동안 뵙지 못했습니다. 제 잘못이라기보다는, 아시겠지만 제가 이 마을에 없었기 때문입니다. 또 백부님께서도 저의 어머니, 그러니까 동생의 부인 집에 한 번도 오시지 않으셨습니다. 그 점 역시 대단히 유감스럽게 생각합니다."

"나는 그 집에 두 번 다시 발을 들여놓지 않아. 거길 지나다닐 때마다 속이 다 매슥거리니까. 나, 투리 피로네는 한 번 당한 무례는 절대로 잊지 않는다. 20년이 지났다고 해도 마찬가지야."

"그 기분은 이해합니다. 다만 오늘 저는 노아의 방주 비둘기 역할을 하러 여기에 왔어요. 대홍수가 끝났다는 걸 알려 드리려고요. 저는 이곳에 오게 되어 무척 기쁩니다. 사실은 어제, 백부님의 아들 산티노가 제 조카딸인 안젤리나와 약혼하고 싶어한다는 말을 들었습니다. 훌륭한 총각과 처녀 사이니, 둘이 하나가 되면 우리 집안 사이의 틀어진 관계도 잘 풀리겠지요. 그 동안 늘 제 마음에 걸렸던 문제였습니다."

투리는 놀라움을 참을 수 없다는 듯 펄쩍 뛰었다.

"신부. 만일 그 멋진 옷만 아니라면 거짓말이라고 말했을 거야. 너희 집안 여자들끼리 어떤 말들이 오갔는진 몰라도 내 아들 산티노는 지금껏 단 한 번도 안젤리나에게 말을 붙여본 적도 없어. 그 애는 아버지의 뜻을 함부로 어기는 그런 불효자식이 아니라는 말씀이지."

예수회 신부는 노인의 인정머리 없는 말투와 태연히 거짓말을 하는 솜씨에 속으로 감탄할 지경이었다.

"백부님, 저는 아무래도 잘못된 일에 말려든 것 같습니다. 그렇지만 백부님 아들이 지참금도 받아들였고, 그래서 오늘이라도 둘이 승낙을 받아서 집으로 오겠다고 했답니다. 그게 아니라면 그 할 일 없는 여자들이 터무니없는 소리를 한 게 맞군요. 하지만 그게 다 거짓말이라고 해도 그건 어디까지나 그녀들의 생각을 보여준 것입니다. 제가 더 이상 여기 있어 봐야 아무 소용이 없으니 집으로 돌아가 누이를 혼내야겠습니다. 결례를 용서하세요. 백부님의 건강하신 모습을 뵌 것만으로도 저는 만족합니다."

노인은 욕심에 따른 관심을 노골적으로 드러냈다.

"잠깐만, 신부. 너희 집에서 하는 말들을 좀더 들려주면 어때? 말 많은 여자들이 얘기하는 그 지참금이란 게 어떤 게지?"

"저야 모르지요, 백부님. 기파로의 반이라는 말을 들은 것도 같습니다만. 하여간 모두들 하는 말이 운칠리나는 눈에 넣어도 아프지 않을 사랑스런 딸이라니까, 가족의 평화를 위해서라면 어떤 대가도 아깝지 않을 겁니다."

돈 투리는 웃음을 거두고 자리에서 일어섰다.

"산티노."

말을 듣지 않는 옹고집 당나귀를 부르듯이 그는 꽥꽥 소리치며 아들을 불렀다. 그래도 아무도 나타나지 않자 목소리는 더욱 높아졌다.

"산티노! 이 망할 놈아, 대체 어디 처자빠져 있는 게야?"

그러다가 그는 피로네 신부가 당황하는 모습을 보고는 알랑거리는 듯한 표정을 지으며 입을 다물었다.

산티노는 바로 옆 마당에서 가축을 돌보고 있었다. 아버지가 부르는 소리에 그는 말빗을 손에 든 채 겁먹은 얼굴로 안으로 들어왔다. 스물두 살의 건강하고 잘 생긴 젊은이였다. 아버지처럼 키가 크고 말랐지만 그렇게 사나운 눈빛은 아니었다. 그 전날 신부가 마을의 거리를 지날 때 그 청년도 다른 사람들과 함께 구경 나와 인사를 했기 때문에 서로 얼굴은 알고 있었다.

"이 놈이 산티노. 그리고 이쪽은 네 사촌형인 세베리오 피로네 신부님. 넌 신부님이 여기 계신 걸 하나님께 감사해야 돼. 안 그랬으면 벌써 싸대기를 맞았을 거야. 아버지인 나도 모르게 연애질이나 하고 다니다니. 어쩔 생각이냐? 자식이란 건 말이야, 아버지를 위해 태어난 거야. 여자 엉덩이나 쫓아다니라고 있는 게 아니란 말이다."

젊은이는 부끄러워하고 있었다. 그것은 아버지에 대한 반항심 때문이 아니라 반대로 아버지의 묵인 하에 일을 저질렀기 때문이었을 것이다. 그는 어떻게 대꾸해야 할지 알 수가 없었다. 난처함에서 빠져나가기 위해 말빗을 마루에 내려놓고 신부의 손에 입을 맞추었다. 신부는 빙그레 웃으며 짧은 말로 축복해 주었다.

"그대에게 신의 가호가 함께 하기를. 그럴 자격이 있다고는 생각 되지 않지만."

그러자 노인이 말을 계속했다.

"여기 있는 네 사촌형이 내게 몇 번이나 부탁해서 나도 승낙해 주는 거다. 그래도 그렇지, 왜 너는 내게 아무 말도 하지 않았던 거냐? 자, 몸을 씻고 빨리 운칠리나의 집으로 가자."

"잠깐 기다려 주세요, 백부님."

피로네 신부는 아직 아무것도 모르고 있는 '명예를 가장 중요시 하는 남자'에 대해 언질을 주어야 한다고 생각했다.

"집에서는 지금쯤 마음의 준비를 하고 있을 것입니다. 다만 밤이 되기를 기다리고 있지요. 그러니 어두워질 때쯤 오세요. 두 사람을 보면 무척 반길 것입니다."

그 말을 마친 뒤 신부는 아버지와 아들의 포옹을 받고 그 곳을 떠났다.

명예를 중요시하는 남자

정방형의 집으로 돌아오자 신부는 자부심 강한 남편의 어깨 너머로 누이에게 한쪽 눈을 찡긋해 주었다. 시칠리아인들 사이에서는 그걸로 충분했다. 잠시 후 그는 매제에게 할 말이 있다고 했다. 두 사람은 집 뒤의 낙엽이 떨어진 조그맣고 보잘것없는 창고

가 있는 쪽으로 갔다. 너풀거리는 신부복의 끝단은 예수회 신부에게 너무 가까이 접근하지 못하게 하는, 일종의 경계선을 긋고 있었다.

명예를 가장 중요시하는 남자의 살찐 엉덩이는 존엄한 권위를 과시라도 하듯이 씰룩거렸다. 그러나 이야기는 전혀 예상치 못했던 것이었다. 운칠리나의 결혼이 가까웠다는 것은 알았지만 명예가 소중한 그 남자는 딸의 처신에는 완전히 무관심했다. 냉담 그 자체였던 것이다.

딸이 가져갈 지참금 이야기를 듣자 그는 눈알이 빙빙 돌아가고 관자놀이가 부풀고 엉덩이를 흔드는 동작이 빨라지다가 마침내 야비한 말들을 쏟아내기 시작했다. 비루하고 폭력적인 결심이 암시되고 딸의 명예를 위해서는 조금도 움직이지 않았던 손이 신경질적으로 바지 오른쪽 주머니 속으로 들락거렸다. 그 몸짓으로 그는 누구든 아몬드 밭을 넘보는 자가 있으면 끝까지 피를 보겠다는 각오를 보여주었다.

온갖 추잡한 말이 다 떨어질 때까지 그가 실컷 뱉어내도록 신부는 조용히 기다렸다. 신을 저주하는 욕설이 튀어나올 때는 어쩔 수 없이 재빨리 십자를 긋고 마음을 진정시켰다. 살해를 예고하는 협박 같은 건 완전히 무시했다. 그러다가 그가 잠시 숨을 돌리를 틈을 놓치지 않고 재빨리 끼어들었다.

"물론 비첸치노. 나도 그 문제에 약간의 도움을 줄 수 있네. 아버지 유산으로 내가 받은 문서 말인데, 필요한 만큼 자네에게 나누어 주겠네."

진통제의 효과는 바로 나타났다. 비첸치노는 추정되는 유산을 계산하느라 정신이 팔려 입을 닫아버렸다. 그때 맑고 차가운 대기 속으로 가락이 전혀 맞지 않는 칸초네 멜로디가 흘러왔다. 운칠리나가 외삼촌 방을 청소하면서 노래를 부르고 있었던 것이다.

오후가 되자 투리와 산티노가 새하얀 셔츠를 입고 찾아왔다. 약혼한 두 사람은 의자를 꼭 당겨 앉은 채, 말은 나누지 못했지만 가끔씩 즐거운 듯 웃음소리를 냈다. 두 사람은 진심으로 만족하고 있었다. 딸은 결혼을 할 수 있다는 것과 미남을 얻었다는 것에, 아들은 아버지의 충고를 따른 덕분에 아내와 원하던 땅의 절반을 얻어냈다. 그의 귀에 꽂힌 붉은꽃이 어느 또 다른 지옥을 비추고 있다고는 아무도 생각하지 않았다.

팔레르모로 돌아가다

이틀 후에 피로네 신부는 팔레르모을 향해 출발했다. 돌아가는 마차에서 그는 반드시 즐거웠다고 말할 수는 없는 여행의 인상을 나름대로 정리했다.

'성 마르티노의 여름'에 열매를 맺게 된 그 거친 사랑과 또 그 사건을 계획함으로써 손에 넣게 된 아몬드 밭의 절반을 생각해볼 때, 이 일의 성격은 최근 일어난 사태의 사소하고 비참한 측면을 단적으로 보여주는 예가 될 수 있다. 귀족계급은 지나치게 신중해서 이해하기 어렵고 농민들은 너무 솔직해서 알기가 쉽다. 그러나 악마는 양 쪽 모두를 손쉽게 마음대로 조종하고 있다.'

신부는 살리나 저택에 도착했다. 돈 파브리치오 공작은 무척 기분이 좋아 보였다. 그에게 여행은 즐거웠는지, 모친께 안부는 전했는지 물었다. 그의 모친은 공작과는 아는 사이였다. 6년 전에 그녀가 손님으로 저택을 방문한 적이 있었는데 그때 이곳 사람들에게 좋은 인상을 남겼던 것이다. 예수회 신부는 안부 인사는 잊고 전하지 못했으므로 그 말에는 대답하지 않고 모친과 여동생들이 공작님께 진심어린 인사를 전하더라는 말만 했다. 이 또한 지어낸 말이었지만 거짓말보다는 죄가 덜했다. 그리고 신부는 덧붙여 말했다.

"영주님. 부탁드릴 것이 있습니다. 내일 저를 위해 마차 한 대를 빌려주실 수 있을지요? 조카딸이 사촌동생과 약혼을 하게 되어 대교구관에 결혼신청서를 작성하러 가야 합니다."

"물론이지요, 파드레. 필요하다면 언제든지. 그런데 나도 이틀 후 팔레르모에 갈 예정인데, 괜찮다면 그때 함께 가면 어떨까요? 급하다면 할 수 없구요."

제VI장

1862년 11월

폰테레오네 저택의 무도회

공작부인 마리아 스텔라는 마차에 올라 파란 자수가 놓인 쿠션에 기대 앉았다. 그런 다음 사각거리는 옷주름을 자기 앞쪽으로 끌어당겼다. 그 사이에 콘체타와 카롤리나도 마차에 올라 앞자리에 앉았다. 두 딸의 장미색 드레스에서는 은은한 제비꽃 향기가 풍겼다.

승강용 발판으로 엄청난 무게감이 실리면서 용수철의 탄력으로 무개 사륜마차가 크게 흔들렸다. 돈 파브리치오가 올라탄 것이다. 마차는 비좁아서 터져나갈 것만 같았다. 비단 천과 세 개의 드레스를 떠받치는 페치코트의 뼈대가 거의 머리까지 닿을 정도로 서로 부딪치며 파도처럼 출렁였다. 바닥에는 갖가지 신발들이 밀치락대고 있었다. 딸들이 신은 비단 무용화, 공작부인의 금갈색 부인화, 공작의 거대한 에나멜가죽 실내화가 사람들의 발들 사이에서 북적이며 자기 발이 어디에 있는지조차 알 수 없었다.

2단으로 된 승강용 발판을 떼어낸 다음 마부가 명령을 기다렸다.

"폰테레오네 저택으로."

그가 마부석에 뛰어오르자 말의 고삐를 잡고 있던 하인이 뒤로 물러섰다. 그는 들리지 않을 정도로 낮게 혀를 찼다. 사륜마차는 미끄러지며 달리기 시작했다.

일동은 무도회에 가는 길이었다.

그 시기에는 팔레르모에는 상류사회의 무도회가 빈번하게 열렸다. 피에몬테인의 상륙과 아스프로몬테의 전투(가리발디군이 8월, 정부군에게 패배한 전투) 이후, 굴욕과 폭력이라는 두려움의 망령은 자취를 감추었다. 사교계를 주도하는 이백 명 가량의 남녀들은 항상 만나는 얼굴끼리 빈번하게 모여 파티를 열고 살아남은 행운을 축하했다.

때와 장소만 달라질 뿐 멤버나 내용은 비슷비슷한 파티가 끊이지 않았다. 살리나 가문의 사람들은 상 로엔초에서의 먼 거리를 거의 매일 이동해야 하는 번거로움을 피해 시가의 저택에 3주 정도 머물 예정이었다. 여자들의 의상은 나폴리에서 관처럼 생긴 검고 긴 상자에 담겨 도착했다. 그리고 모자 디자이너, 미용사, 신발 제화공들의 히스테릭한 왕래가 뒤따랐다. 너무 바쁜 하인들은 재봉사에게 대금을 어음으로 지불하는 일까지 떠맡아 거의 정신이 나갈 지경이었다. 그 짧은 시즌 동안 수없이 열린 파티 중에서도 가장 중요한 파티는 폰테레오네 저택에서 열린 무도회였다. 가문의 명성과 저택의 호화로움, 초대 손님들의 숫자에서 단연 으뜸이었는데, 특히 조카의 약혼녀인 앙겔리를 사교계에 내보내려는 살리나 가의 경우에는 그만큼 더 중요한 의미가 있었다.

열 시 반이었다. 이런 장소에는 파티의 열기가 달아오를 때쯤 입장하는 것이 좋다고 보는 살리나 공작에게는 좀 이른 시간이었다. 그러나 세다라 가족이 들어설 때 직접 맞이할 필요가 있었기 때문에 어쩔 수 없었다. 그 사람들은 초대장에 기록된 시간을 액면 그대로 받아들이고 정시에 나타날 것이기 때문이었다(당사자들은 그래야 한다고 생각했다).

세다라 가족에게 초대장을 넣으려고 공작은 나름대로 애를 썼다. 세다라에 대해서 아는 사람이 없었기 때문이었다. 그래서 공작부인 마리아 스텔라가 열흘 전에 마르게리타 폰테레오네를 일부러 찾아갔다. 물론 일은 뜻대로 되었지만, 그것은 탄크레디의 약혼녀가 '표범'의 우아한 발톱에 낀 가시의 하나였기 때문이다.

폰테레오네 저택까지 거리는 멀지 않았으나 몇 개의 복잡한 좁은 도로를 거쳐야 했다. 마차는 느린 속도로 달렸다. 살리나 거리, 바르베르데 거리, 반비나이의 내리막길. 낮에는 밀납 인형 같은 자잘한 물건을 진열한 가게들로 북적이는 거리였지만 밤에는 아주 어두었다. 말발굽 소리가, 잠든 건지 아니면 잠든 척 하는 건지 알 수 없는 어두운 집들 사이에서 조심스럽게 울렸다.

젊은 여자들, 도저히 이해하기 어려운 이 종족들에게 무도회는 결코 지루한 사교상의 의무가 아니다. 참으로 마음 설레는 축제의 장이다. 여자들은 소곤소곤 즐거운 수다에 여념이 없었다. 마리아 스텔라 공작부인은 각성제(탄산암모늄)가 든 작은 병을 찾느라 손가방을 뒤적거리고 있었다. 돈 파브리치오는 앙겔리의 미모가 그녀를 처음 보는 사람들에게 가져올 효과를 예상하면서 내심 즐거웠다.

다만 한 가지 의심이 그의 만족스러운 기분에 불안한 기운을 내비치고 있었다. 돈 카로제로의 프록코트는 어떻게 됐을까? 예전에 돈나푸가타에서 입었던 그 우스꽝스러운 연미복이 아니라는 것만은 확실했다. 탄크레디가 책임을 지고 그를 최고의 의상실로 데려가 시침질까지 확인했던 것이다. 겉으로는 결과에 만족하는 것 같았지만 언젠가 한 번 그는 다음과 같이 말했다.

"프록코트는 그런 대로 잘 만들어졌어요. 그런데 앙겔리의 아버지는 태생적으로 감각이 부족합니다."

그것은 부정할 수 없는 사실이었다. 그래도 깔끔한 면도와 품위 있는 신발까지는 믿어도 좋았다. 그 정도라도 다행이라고 생각해야 했다.

반비나이 언덕길이 금방이라도 성 도메니코 교회의 뒤를 치고 들어갈 것만 같은 지점에서 마차가 멈추었다. 가느다란 방울소리가 들리고 길 모퉁이에서 성체와 성배를 손에 든 사제가 나타났다. 그 뒤를 시종 소년이 금 자수가 놓인 흰 우산을 사제의 머리 위로 들고, 앞에는 또 다른 소년이 한 손에 촛불을 들고 다른 한 손으로는 은방울을 흔들었다. 문을 닫은 저 집들 가운데 어느 집엔가 마지막을 맞은 한 영혼이 갇혀있는 것이다. 그것은 임종의 성체였다.

돈 파브리치오는 마차에서 내려 보도에 무릎을 꿇었다. 부인들은 십자를 그었다. 방울 소리는 성 자코모 교회를 향해 내려가는 골목길 속으로 사라졌다. 사륜마차는 다시 건강에 대한 무거운 경고를 받은 손님들을 싣고 눈앞에 있는 목적지를 향해 움직이기 시작했다.

도착한 일동은 포치porch에서 내렸다. 빈 마차는 넓은 뜰 안으로 들어갔다. 그쪽에서 먼저 도착한 말들의 발굽소리와 마부들이 웅성대는 소리가 들리고 깜박대는 등불이 보였다.

현관의 넓은 계단은, 나무 재질은 수수했지만 균형을 잘 갖추어 고상한 품격을 보여주었다. 계단 양옆에는 소박한 들꽃이 놓여 자연 그대로의 향기를 뿜고 있었다. 계단 위아래 옆쪽으로 머리를 염색한 하인 두 명이 부동자세로 서 있었다. 심홍색의 복장이 건물의 진주색을 배경으로 선명한 대조를 이루었다. 금색의 높은 격자창 너머에서 아이들의 웃음소리와 속삭임이 들려왔다. 파티장에서 내쫓긴 폰테레오네 가의 손자들이 손님들을 구경하며 노는 소리였다.

여자들은 비단옷 주름을 가지런히 매만졌다. 그녀들 사이에 머리 하나가 불쑥 튀어나온 돈 파브리치오가 오페라해트를 겨드랑이에 끼고 계단을 올라왔다. 거실 입구에서 저택의 주인 부처가 그들을 맞았다. 남편인 돈 디에고는 백발에 배가 나온 사람이었다. 그는 까다로워 보이는 눈 때문에 오히려 서민 같은 인상을 주었다. 여주인인 돈나 마르게리타는 나이든 고위성직자 느낌을 주는 매부리코를 가졌다. 그녀의 목에는 티아라와 삼중 에메랄드 목걸이가 반짝이고 있었다.

"일찍 오셨군요. 하지만 염려 마세요. 당신의 손님들은 아직 도착하지 않았답니다. 탄크레디님은 벌써 오셨습니다."

또 작은 가시가 '표범'의 민감한 발톱을 자극했다.

무도회장의 여자들

거실 반대쪽 한쪽 구석에서, 검고 가는 뱀을 연상시키는 조카 탄크레디가 젊은 사람 서너 명과 빙 둘러서서 몸을 비틀며 폭소를 터뜨리고 있었다. 늘상 화제에 올리는 모험담을 늘어놓고 있는 것이 분명했다. 그러나 그의 시선은 불안한 듯 계속 출입문 쪽을 흘끔거렸다. 댄스는 이미 시작되었다. 무도회장에서 오케스트라의 음률이 세 개, 네 개, 다섯 개, 모두 여섯 개의 방을 통해 울려퍼지고 있었다.

"아스프로몬테 전투에서 뛰어난 공을 세운 파라비치 대위도 초대했습니다."

폰테레오네 공작의 이 말은 간단했지만, 사실 그렇지만은 않았다. 뛰어난 공이란 표면적으로는 총알 한 발을 장군(가리발디)의 발에 맞춘 것에 지나지 않았다. 하지만 이 말 속에는 대위가 보인 기지와 신중함, 감동, 그리고 친절함까지 칭찬하는 의미가 담겨 있었다. 다시 말해 정치색을 전혀 띠지 않는 사실을 언급하면서도, 칼라브리아 산의 밤나무 아래서 대위 자신이 너무도 감격하여 어떤 멋진 경구를 읊을 여유도 없이(아쉽지만 가리발디도 원래 유머 감각이 없었다) 상처 입은 그 영웅을 향해 모자를 벗고 무릎을 꿇고 손에 입을 맞춘 일련의 행위에 대한 경의를 담아낸 것이다.

  공작에게도 그 말은 내심 중요한 의미가 있었다. 대위는 시칠리아의 카라타피미 전투에서 사전에 방어 태세를 갖추고 대대를 유리한 지점에 배치했다. 그리하여 시칠리아 왕국군 람디에게 도저히 인정하기 어려운 패배의 철퇴를 가할 수 있었다. 그는 대위의 군사적 능력을 직접 확인해보고 싶었다. 사실 대위가 가리발디 군대를 제어한 것은 결코 만만한 공적이 아니었다. 부상을 입혀 가리발디를 생포할 수 있었기에 이 나라의 신구 양 세력이 타협점을 이끌어낼 수 있었던 것이다.

  그런 생각을 할수록 한층 더 그를 칭찬하고 싶은 기분이었다. 공작이 그런 상념에 잠겨 있을 때 파라비치 대위가 계단 위로 모습을 나타냈다. 그는 촘촘하게 퀼팅된 더블 군복을 입고 깃털 장식이 달린 모자를 겨드랑이에 끼고 있었다. 왼쪽 손목에 활모양의 사벨 칼집에 매달린 쇠사슬 장식물을 늘어뜨리고 박차와 훈장 등을 철컥거리며 다가왔다. 그는 인생경험이 많은 유순한 인물이었다. 그때는 가르발디와의 조우 덕분에 의미심장하게 손에 입을 맞추는 사람으로 유럽에 알려졌다. 오늘 밤 그의 향기로운 입맞춤을 자기 손등에 받게 될 부인이라면 누구나 저 민중지誌가 찬양하고 있는 역사적 순간을 직접 경험함으로써 그 장면을 다시 떠올리게 될 것이다.

폰테레오네 가의 사람들로부터 쏟아지는 찬사를 받으며 대위는 돈 파브리치오가 내민 손가락 두 개를 잡은 다음 부인들에게 둘러싸여 향기로운 소리가 뒤섞인 잡담 속으로 빠져들었다. 사람들의 부러움을 한 몸에 받고 있는 그 남자의 얼굴이 귀부인들의 새하얀 어깨 위로 솟아 있었다. 거기서 토막난 말들이 들려왔다.

"저는 울고 있었습니다, 백작부인. 어린애처럼 울었답니다."

"그는 미남이었고, 대천사처럼 빛났습니다."

저격병들의 솜씨에 마음을 놓았던 귀부인들은 의협심이 강한 그의 말을 들으며 매혹되고 있었다.

앙겔리와 카로제로는 좀처럼 나타나지 않았다. 살리나 가족들이 다른 방으로 이동하려고 할 때, 탄크레디가 친구들을 떠나 빠른 걸음으로 입구 쪽으로 가는 것이 보였다. 기다리던 사람들이 온 것이다.

앙겔리는 페치코트로 부풀린 우아한 장미색 드레스를 입고 가슴 윗부분은 물결치는 듯한 주름장식으로 감쌌다. 그 위로 희고 풍만한 어깨와 거기서 팔이 부드럽고 매끈한 곡선으로 이어졌다. 젊고 팽팽한 목에는 일부러 단순하고 소박한 진주목걸이로 장식했다. 살짝 화가 난 듯한 작은 얼굴로 그녀는 길고 품위 있는 장갑을 벗었다. 작지만 예쁜 손에서 나폴리 산 사파이어가 반짝 빛났다.

돈 카로제로가 그녀의 뒤를 따르고 있었다. 그 모습은 마치 불처럼 빛나는 장미꽃을 호위하는 듯한 인상을 주었다. 그의 복장은 세련된 고급스러움은 없었으나 그런 대로 점잖고 품위가 있었다. 단 하나 거슬린 것은 최근에 수여받은 이탈리아왕국의 십자훈장을 단춧구멍에 꽂고 온 점이었다. 그러나 탄크레디가 곧 그것을 압수해서 연미복 주머니에 감추어버렸다.

약혼자로서 그는 앙젤리에게 냉정한 태도를 유지하는 것이 고귀함의 기본이라고 가르쳤다. ("알겠소? 내게는 솔직히 터놓고 얘기해도 상관없지만, 다른 사람에게 당신은 항상 미래의 팔코넬리 공작부인이어야 해요. 그러니까 당신은 대부분의 사람들보다 더 높은 위치에 있으며, 다른 한편으로는 그 어떤 사람과도 동등하다고 생각해야 해요.") 그 때문에 앙젤리가 여주인에게 보였던 인사는 자연스러우면서도 신흥계급의 딸로서 대단히 신중하고 품위가 있었다. 거기에 젊음의 매력이 더해서 참으로 멋진 모습을 보인 것이다.

팔레르모 사람은 결국 시칠리아인이었다. 시칠리아인은 무엇보다 아름다움의 매력과 금전의 위세에 민감한 반응을 보인다. 탄크레디가 무일푼이라는 점은 잘 알려져 있었다. 그래서 그는 매력적인 청년이기는 했지만 결혼상대로서는 아니었다(그러나 그때쯤에는 누구나 그것이 잘못된 판단임을 인정했다). 그 때문에 그는 미혼 여자들보다는 결혼한 부인들에게 인기가 좋았다. 탄크레디의 그러한 강점과 약점을 알고 있었기 때문에 앙겔리를 처음 본 사람들도 그녀를 따뜻하게 맞아주었다.

솔직히 젊은 사람들 중에는 그렇게 돈이 많고 아름다운 여자를 놓친 것에 분통을 터뜨리는 사람도 있었을 것이다. 그러나 돈 나푸가타의 영주는 돈 파브리치오였고 그가 그 보물을 발견해서 조카 탄크레디에게 주선한 것이다. 자기 땅 어디에선가 유황 광산을 발견했을 때와 마찬가지로 그것은 어쩔 수 없는 일이다. 당연히 그녀는 살리나 가문에 소속되었고 따라서 애석해 할 일은 아닌 것이다.

약혼자와 대적하려는 심리적 흔들림도 앙겔리의 빛나는 미소를 받으면서 곧 사라졌다. 소개를 받고 댄스를 신청하려는 젊은 이들이 앙겔리 주위로 몰려들었다. 그녀는 딸기처럼 향기로운 미소를 아낌없이 나누어주며 수첩을 보았다. 거기에는 폴카, 마주르카, 왈츠 등의 곡명 뒤에 소유권을 나타내는 팔코넬리의 서명이 적혀 있었다.

젊은 영양들로부터도 친구로 지내자는 요청이 밀려들었다. 한 시간쯤 지나자 앙겔리는 야생의 어머니도 수전노 아버지도 다 잊은 채 낯선 사람들 속에서 완전히 편안해졌다.

그녀의 태도는 한 번도 사람들의 기대를 배신하지 않았다. 혼자서 멍하니 돌아다니는 일도 없었고 팔을 아래로 축 늘어뜨리는 일도 다른 부인들보다 목소리를 더 높이는 일(원래 충분히 높았지만)도 하지 않았다. 탄크레디가 그 전날 충분히 일러둔 덕분이었다.

"우리는 무엇보다도 (당신도 지금까지는 그렇겠지만) 집을, 가구를 중요하게 생각해요. 그러니 그것에 무관심해서는 안 돼요. 그건 주인에게 상처를 주는 일이 되니까. 가능한 어떤 것도 놓치지 말고 칭찬해주도록 해요. 특히 폰테레오네 저택은 충분히 그럴 만한 가치가 있어요. 당신은 이제 아무 것에나 수선을 떠는 시골 처녀가 아닙니다. 칭찬하는 일에도 알맞은 절제가 필요해요. 감탄하는 건 좋지만 지금까지 당신이 보았던 것 중에서 가능한 유명한 것을 예시로 들어 비교하는 게 좋아요."

돈나푸가타의 별장에서 장기간 머문 것이 앙겔리에게는 큰 도움이 되었다. 무도회에서 그녀는 몇 가지 색실로 무늬를 넣은 직물 벽걸이를 칭찬하면서 피렌체의 피티 궁전에서 본 벽걸이는 둘레가 아름다운 색으로 마감되어 있더라는 말을 덧붙였다. 또 카를로 도루치의 성모상을 칭찬할 때는 라파엘로 작품인 토스카나 대공이 소유한 성모상에는 아주 깊은 우수가 표현되어 있음을 상기시켰다.

눈치 빠른 젊은 귀공자 한 명이 케이크 한 조각을 가져다주자 그녀는 정말로 멋진 솜씨로, 살리나 가문에서 맛본 요리는 '개스턴 명인'의 것과 맞먹을 정도로 맛있었다고 말했다. '개스턴 명인'이 요리계의 라파엘로라면, 피티궁의 직물 벽걸이는 벽걸이류를 대표하는 '개스턴 명인'의 작품이라는 말에서 누구도 반론할 여지가 없었다.

사람들은 그 비유를 재미있게 생각했다. 그래서 그날 밤 그녀는 은근하면서도 확고한 식견을 가진 사람이라는 평판을 얻게 되었다. 그리고 그 평판이 점점 퍼져나가서 일생 동안 그녀를 따라다녔다.

앙겔리가 멋진 성공을 거두고 있는 사이, 공작부인 마리아 스텔라는 긴 의자에서 옛 친구들과 수다를 떨었다. 콘쳇타와 카롤리나는 지나친 내숭으로 친절한 젊은이들의 관심에 찬물을 끼얹곤 했다.

돈 파브리치오는 몇 개의 방을 돌아다니고 있었다. 부인들의 손에 입을 맞추거나 축하 인사를 하는 남자들의 어깨를 얼얼하도록 힘차게 두드렸다. 그러면서 그는 조금씩 우울해졌다. 무엇보다도 그 집이 마음에 들지 않았다. 폰테레오네 가는 벌써 70년 동안 어떤 새로운 가구도 들여놓지 않았다. 그래서 마리아 카롤리나 왕비 시대의 분위기가 그대로 보존되어 있었다. 근대적 취향을 가진 공작에게는 그 점이 거슬렸다.

'아무리 그래도 그렇지. 이건 너무하잖아. 디에고의 수입이라면 이런 잡동사니 고물이나 얼룩진 거울 같은 건 얼마든지 내다 버릴 수 있어. 자단 같은 최신의 멋진 가구를 들이면 얼마나 좋아. 자신도 쾌적하고 또 손님들도 이런 지하 묘지 같은 방을 서성이지 않아도 될 텐데. 그에게 말을 해주어야겠군.'

그러나 그는 아무 말도 하지 않았다. 그런 생각은 단순히 그의 울적함 때문이었다. 울적해지면 아무거나 꼬투리를 잡으려는 그의 해묵은 습성이었다. 생각해보면 자기 자신도 상 로렌초나 돈 나푸가타, 그 어느 저택에도 오랫동안 전혀 손을 대지 않고 살았던 것이다. 문득 떠오른 그 생각 때문에 공작은 점점 더 울적한 기분에 빠져들었다.

무도회장에 있는 여자들은 그에게 별다른 관심을 보이지 않았다. 또래의 중년 여성들 두세 명은 한때 그의 애인이기도 했다. 지금 그녀들은 나이를 먹었고 또 자식들, 며느리들에게 시달리면서 초라하게 시들어버렸다. 20년 전의 그녀들의 자태를 떠올리려고 해보았지만 생각도 나지 않았다. 그는 이런 처량한 여자들을 쫓아다니는 (그리고 손에 넣는) 일로 인생의 가장 좋은 시절을 허비했다고 생각하니 화가 치밀었다. 젊은 여성들도 두셋 정도를 제외하고는 그의 관심을 끌지 못했다.

흥미를 끈 한 사람은 아주 젊은 파르마 후작부인이었다. 그녀의 회색눈과 단정하고 정숙한 태도가 그의 마음에 들었던 것이다. 또 한 명의 여성은 투투 라스카리 양이었다. 아마 그가 조금만 더 젊었더라면 분명 그는 매혹되어 접근을 시도했을 것이다. 그러나 다른 여자들은……. 다행히 돈나푸가타의 암흑 속에서 갑자기 앙겔리가 출현하여 미인이란 어떤 사람인지 팔레르모의 부인들에게 가르쳐준 것이다.

그렇다고 그녀들에게 죄를 물을 수는 없다. 근래 몇 년 동안 성도덕이 문란해지고 토지나 재산에 대한 이해관계로 근친결혼이 증가했다. 또 단백질 부족과 전분의 과다섭취라는 영양의 불균형 상태, 신선한 공기와 운동 부족, 이런 여러 가지 이유로 성장이 느리고 키도 자라지 못한 것이다. 그래서 믿기지 않을 정도로 누런 피부의 여자들이 어린애처럼 칭얼대는 말투로 조잘대며 살롱을 출입하고 있다.

여자들은 떼를 지어 몰려다니며 겁먹은 젊은이들에게 한꺼번에 질문을 쏟아붓는 식으로 시간을 보내고 있었다. 늪의 개구리처럼 떠들면서 그 위를 백조처럼 춤추듯 미끄러지는 금발의 마리아 파르마, 아름다운 엘레오노라 자르디넬리 등, 서너 명의 미녀들의 배경 역할을 하는 운명으로 만족하는 것이었다.

공작은 그런 상념들로 점점 더 서글퍼졌다. 오랫동안 고독과 추상적인 사변에 익숙해진 그는 여자들이 의자용 쿠션에 둘러 앉아 떠들고 있는 긴 방을 지나가면서 일종의 환각에 빠져들었다. 자신이 몇 백 마리 원숭이들이 감금된 동물원의 원장처럼 생각되었던 것이다. 원숭이들은 샹델리에에 꼬리를 감고 매달려 엉덩이를 드러내며 몸을 비틀었다. 그러면서 얌전한 구경꾼을 노려 이빨을 뽑으며 '헤이즐넛'이라고 소리질렀다. 그런 장면이 머리속을 스쳐갔다.

어떤 이상한 종교적 감각 때문에 그는 동물원이라는 환상에서 벗어날 수 있었다. 실제로 눈앞에는 허리가 불룩한 한 무리 원숭이들이 단조로운 목소리로 끊임없이 성모 마리아를 부르고 있었다. 가련한 딸들이 절규하고 있었다.

"마리아님! 마리아님!"

"마리아님! 얼마나 멋진 저택인지요!"

"마리아님! 파라비치 대위는 정말로 멋진 분이세요."

"마리아님! 저는 발이 너무 아파요."

"마리아님! 저는 배가 고파요! 식사는 언제나 나올까요?"

처녀들이 한 목소리로 기도하면서 성처녀 마리아를 부르는 소리가 방안 가득 울려퍼졌다. 원숭이들은 다시 인간 여자들로 돌아왔다.

약간의 구토증을 느끼면서 공작은 다음 방으로 들어갔다. 거기에는 남자들, 적의와 경쟁을 감춘 부류들이 모여 있었다. 젊은이들은 춤을 추는 데 열중했다. 나이가 든 축은 모두 그의 친구들이었다. 그는 잠시 친구들 사이에 앉았다. 여기에는 헛되이 성모 마리아를 부르는 목소리는 없었다. 그 대신 뻔하고 지루한 대화가 공기를 더럽히고 있었다.

신사들 사이에서 돈 파브리치오는 '변절자'로 통했다. 그들은 공작이 가진 수학에 대한 관심을 일종의 죄 많은 도착으로 보고 있었다. 만일 그가 살리나 공작이 아니었다면, 승마의 달인이며 정력적인 사냥꾼, 그리고 평균적인 호색가가 아니었다면, '시차계산에 기초한' 천체 관측이나 망원경 등을 문제 삼아 상류사회에서 배척당했을지도 모른다. 그러나 어차피 그에게 다정하게 말을 거는 사람은 거의 없었다.

왜냐하면 무거운 눈꺼풀 사이로 내비치는 차갑고 파란 공작의 눈빛이 상대방을 당황하게 만들기 때문이었다. 그래서 그는 늘 고립된 상황에 빠지곤 했다. 그 거리감은 그 자신의 생각과는 달리 존경심이 아니라 일종의 두려움 때문이었다.

그는 자리에서 일어섰다. 냉소적이던 감정이 진짜 불쾌감으로 바뀌어버린 것이다. 애초에 무도회에 온 것이 잘못이었다. 스텔라, 앙겔리, 그리고 딸들은 스스로 알아서 처신할 것이다. 지금 시각이라면 살리나 거리의 테라스에 가까운 서재에 앉아 조용히 샘물의 속삭임에 귀를 기울이거나 아니면 혜성의 꼬리를 좇으며 행복한 시간을 보낼 수 있었을 것이다.

'그러나 그럴 수는 없다. 지금은 여기에 있어야 해. 이대로 돌아가면 무례한 행동이니, 무용수들이나 구경하러 가야겠다.'

수확은 끝났다

무도회장은 온통 금빛이었다. 문틀에 조각된 주름 장식의 윗부분은 순도 높은 금으로 씌워졌다. 또 그 문과 문이 닫히면 거의 빛이 들지 않는 안쪽 덧문의 표면에도 약간 어두운 금색 바탕에 은색과 비슷한 색조가 상감되어 있었다. 두 개의 문은 마치 자신들은 바깥 창문과는 전혀 상관 없다는 듯이 오만한 느낌을 주었다. 동시에 안쪽의 실내 공간이 마치 보석상자라도 되는 듯한 암시를 주었다. 그 색조는 현대의 실내 장식가들이 과시하는, 표정 없는 황금색이 아니라 먼 북쪽 나라 소녀들의 머리카락 색깔처럼 연하면서도 바랜 듯한 느낌의 금빛이었다.

거기에는 이미 잃어버리기는 했지만 자신의 아름다움을 드러내 보이려는 의지가 작용하고 있었다. 즉, 금이라는 값비싼 재질을 이용하여 수줍음이라는 자신의 성품이 지닌 진정한 가치를 환기시키려는 것이었다. 벽에 가지런히 걸린 액자들이나 그 외에도 곳곳에 로코코 풍의 곡선 문양이 붉은 색조를 띠고 있었다. 그것은 마치 샹들리에의 반사광으로 생겨난 붉은 빛처럼 몽롱한 느낌을 주었다.

붉은 기운 속에서 눈부신 빛과 그림자가 흔들리고 있었다. 돈 파브리치오는 어두운 얼굴로 문 옆에 서서 그 광경을 지켜보고 있었다. 세련된 귀족풍의 방에서 그는 뜻밖에 시골의 풍경을 떠올리고 있었다. 그 색조는 돈나푸가타 지역의 작열하는 태양 아래 자비를 구하고 있는, 끝없이 펼쳐지는 엷은 먹색과 너무도 흡사한 것이었다.

8월 중순의 그 땅과 마찬가지로 이 방에서도 수확은 이미 끝났다. 수확물은 마찬가지로 다른 어딘가에 저장될 것이다. 그는 기억 속의 볕에 익은 보리 그루터기처럼 이곳에 남아 있다. 더위로 숨이 막힐 듯한 공기 속으로 왈츠 선률이 흐르고 있었다. 목 마른 대지가 스스로 장송곡을 연주하면서 어제와 오늘, 내일, 그리고 영원히 불어오는 바람으로 언제까지나 현상을 빚어내는 것이다.

그의 눈앞에서 춤을 추고 있는 사람들은 영원의 기억을 짜고 있는 비현실의 존재로 보였다. 영원이란, 마음은 그만두고서라도 육체만큼은 바로 곁에 존재하고 있다고 우리가 믿고 있는, 그러면서도 꿈속까지 우리를 괴롭히고 고민하게 만드는 보통의 이웃들보다도 더욱 무상한 것이었다. 천장에는 금색의 왕좌에 몸을 기댄 신들이 있었다. 그들은 미소를 띠고 그러면서도 비정한 눈길로 아래를 굽어보고 있었다. 그 신들 역시 자신의 영생을 믿고 있는 것이다. 그러나 1934년 아메리카 펜실베이니아 주의 피츠버그에서 제조된 한 발의 폭탄이 그 믿음이 착각이었음을 깨우쳐 주었다(미군이 팔레르모를 폭격했다).

"굉장합니다! 공작님, 멋진 저택입니다. 지금의 금의 가격으로 이만한 것을 가진다는 건 불가능합니다."

세다라가 그의 곁에 앉아 있었다. 그는 작고 날랜 눈으로 방의 구석구석을 둘러보고 있었다. 저택이 가진 우아한 매력에는 관심이 없고 단지 금전적 가치에만 관심을 나타냈다.

돈 파브리치오는 문득 자신이 그를 미워하고 있다는 생각을 했다. 저택 전체에 무겁게 가라앉아 있는 죽음의 감각은 세다라와 그 부류의 성공과 책략, 인색과 탐욕에서 생겨난 것이다. 그는 무용수들의 검은 의상을 보면서, 사람이 사는 마을에서 멀리 떨어진 작은 계곡의 상공을 날며 썩은 먹이를 구해 비상하는 까마귀떼를 연상하고 있었다. 죽음의 그림자는 세다라와 그 동료들에 대한 원한과 열등감, 그리고 부의 기회를 놓쳐버린 사람들의 패배감에서 비롯되었다.

무뚝뚝한 응답으로 그를 다른 곳으로 쫓아버리고 싶었다. 그러나 그래서는 안 되는 일이었다. 이 남자도 초대받은 손님 중 한 사람인 것이다. 더구나 사랑하는 앙겔리의 아버지가 아닌가. 그 역시도 다른 사람들과 마찬가지로 불행한 사람일 뿐이다.

"굉장하지요, 돈 카로제로. 그러나 가장 멋진 건 우리의 두 젊은이들입니다."

마침 앙겔리와 탄크레디가 두 사람 앞을 지나갔다. 남자는 여자의 허리에 장갑을 든 오른손을 두르고 이따금 그녀의 눈을 들여다보면서 걸어갔다. 남자가 입은 연미복의 검은색과 여자가 입은 드레스의 장미색이 어울려 특별한 보석이 태어났다. 모두가 선망의 눈길로 그들을 바라보았다. 그 젊은 두 연인은 서로의 단점을 보지 않고 운명의 경고에도 귀 기울이지 않은 채 자신들의 앞날처럼 매끄러운 마루 위에서 춤을 추고 있었다.

그러나 연출가는 대본에 적힌 대로 지하묘지와 독약을 건드리지 않고서도 세상물정 모르는 두 젊은 배우에게 줄리엣과 로미오의 역할을 맡기는 법이다. 남자도 여자도 뿌리부터 선량한 것은 아니어서 각자의 가슴 속에는 자신만의 은밀한 야망을 품고 있었다. 그럼에도 두 사람은 사랑스러운 감동을 가져오는 아직 어리고 순진한 연인들이었다. 총명하지는 않지만 악의 없는 야심은, 남자가 여자의 귀에 속삭이는 익살조의 달콤한 말들과 여자의 향기로운 머리결과 목숨처럼 소중한 두 육체의 포옹 속에서 흔적 없이 사라지는 것이었다.

두 젊은 연인이 가고 나자 특별히 아름답지는 않았지만 마찬가지로 서로에게 완전히 빠져 있는 감동적인 다른 커플이 그들 앞을 지나갔다. 돈 파브리치오는 감각이 되살아나는 기분이었다. 조금 전까지의 불쾌감은 탄생 이전과 죽음 이후의 어둠 사이에 약간의 빛을 바라는 희망과 무상한 생명에 대한 동정심에 떠밀려 사라져 버렸다. 언젠가는 확실히 죽어갈 사람을 가혹하게 대한다는 일이 용서될 수 있는가. 그것은 60년 전 메르카트 광장에서 죄인들에게 폭행을 가한 어물전 상인들과 똑같은 비겁한 행위가 아닌가. 의자용 쿠션에 앉아있는 원숭이 조련사들도, 친구들인 나이 먹은 선량한 사람들도, 거리에서 울면서 도살장으로 끌려가는 동물들처럼 가련하고도 구제받을 길이 없는 사랑스런 존재들이다. 그들의 귀에도 언젠가는 세 시간 전에 들었던 성 도메니코 교회 뒷길의 방울소리가 울릴 것이다. 영원 이외의 것을 미워할 권리는 인간에게 없다.

거실을 가득 메우고 있는 사람들, 못생긴 여자들, 어리석은 남자들, 허영심 덩어리인 사람들. 그들은 모두 자신과 같은 피가 흐르고 있는, 바로 그 자신이었다. 서로를 모르면서도, 그러나 같이 있으면서 마음이 편해지는 것이다.

'나는 어쩌면 그들보다 머리가 좋을 것이다. 또 틀림없이 교양도 있다. 그러나 같은 사람이라는 것에는 변함이 없다. 내 안에 그

런 마음을 키우는 것이 중요하다.'

돈 카로제로 세다라가 조반니 피나레와 함께 '카쵸 카발로 이탈리아 남부 산 양 치즈'의 예상되는 가격 인상에 관해 이야기하는 소리가 들렸다. 경사스런 사태가 곧 전개될 것을 기대한 탓인지 세라다 촌장의 눈이 은밀하게 반짝이고 있었다. 공작은 어쩐지 양심의 가책 없이 이곳을 빠져나갈 수 있을 것 같았다.

지금까지는 치미는 감정과 분노가 그에게 힘을 주었다. 그런데 긴장이 풀리자 갑자기 피로가 몰려왔다. 벌써 새벽 두 시가 되었다. 그는 사랑스런 형제들, 그래본들 여전히 지루한 친구들에게서 벗어나 혼자 조용히 쉴 만한 장소를 찾았다. 곧 작고 조용하고 밝은, 더구나 인기척도 없는 도서실을 찾아 그 방으로 들어갔다. 의자에 앉았다가 다시 일어선 그는 책상 위에 놓인 물을 한 컵 따라 마셨다.

'정말 맛있는 건 물밖에 없어.'

그것은 순수한 시칠리아 사람다운 생각이었다. 그는 입술에 묻은 물을 닦지도 않고 다시 자리에 앉았다. 마음에 드는 장소였다. 그는 곧 느긋해지는 기분이었다. 아무도 그를 방해하지 않을 것이다. 사람이 살지 않는 방이 그렇듯이, 특별히 개인적인 공간이라는 느낌이 들지 않았다. 더구나 폰테레오네는 이곳에서 많은 시간을 보낼 타입은 아니었다. 맞은 편 벽에 걸린 그림은 그루즈

장 바티스트 그루주. 1725~1805. 프랑스 화가의 '의인의 죽음'을 솜씨 좋게 복제한 것이었다. 그림 속의 노인은 푹신하고 흰 천이 덮인 침대에 몸을 누이고 침통한 얼굴의 손자들과 천장을 향해 팔을 들어올린 어린 손녀들에게 둘러싸여 막 숨을 거두려 하고 있었다.

젊은 여자들은 사랑스럽고 선정적인 느낌을 주었다. 흐트러진 드레스는 고뇌보다도 왠지 방종한 생활의 냄새가 났다. 돈 파브리치오는 바로 그 점이 그림의 진짜 주제라는 것을 알았다. 그런데 디에고는 늘 이런 슬픈 그림을 보고 있었던가? 그런 놀라운 생각이 들었지만 이내 그가 이 방을 찾는 일은 고작 일 년에 한두 번일 거라는 생각으로 마음을 진정시켰다.

자신의 죽음도 이와 같을 것인가? 그는 자문했다. 아마 그럴 것이다. 다만 침대 시트는 이만큼 청결할 리가 없을 것이다(죽어가는 사람의 시트는 침이나 배설물, 약물 흔적 따위로 늘 더러운 것이다). 그렇지만 콘쳇타, 카롤리나, 그 외 집안의 여자들은 더 좋은 옷차림을 했으면 좋겠다. 그러나 전체적으로 보면 동일한 죽음이다.

어째서 자신의 죽음을 생각하는 일은 타인의 죽음이 생각을 어지럽히는 것과는 정반대로 사람의 마음을 진정시켜 주는 걸까? 어쩌면 그것은 자신의 죽음이 곧 세계 전체의 죽음을 뜻하기 때문일지도 모른다.

그러자 그는 카푸친회 소속의 가족 묘지를 복구해야겠다는 생각이 들었다. 지하 성당에 죽은 자의 유해를 매달아 서서히 미라가 되는 것을 보는 일은 아쉽게도 허락되지 않을 것이다. 거구인 그가 매달린다면 흰 퀼팅을 넣은 바지를 입고 당당히 벽을 등진 채 양피지 같은 얼굴에 미소를 띠고서 여자들을 놀래키겠지. 아니 어쩌면 지금 입고 있는 연미복 차림 그대로 매달리게 될지도.

문이 열렸다.

"외삼촌, 오늘 밤은 정말 멋지시군요. 검은 연미복이 너무도 잘 어울리십니다. 그런데 뭘 보고 계셨어요? 라 모르테(죽음의 신)를 설득하는 중이셨나요?"

앙젤리와 팔짱을 낀 채 탄크레디가 들어섰다. 아직도 계속되는 무도회의 관능적 열기 속에서 두 사람은 피곤해 보였다. 앙젤리는 자리를 잡고 이마를 닦으려고 탄크레디에게 손수건을 청했다. 돈 파브리치오가 먼저 손수건을 건네주었다.

두 젊은이는 무심한 표정으로 그림을 바라보았다. 두 사람에게 죽음에 대한 의식은 순수하게 지적인 것, 말하자면 교양의 일부에 지나지 않았다. 뼛속까지 파고드는 심리적 경험과는 전혀 관련이 없었다. 그런 것이다. 분명 죽음은 존재하고 있다. 그러나 그것은 남들에게 일어나는 일에 지나지 않는다. 돈 파브리치오는 생각했다. 죽음이 주는 위안과 친숙하지 않기 때문에 젊은이들은 삶의 괴로움을 노인들보다 더 무겁게 받아들인다. 안전한 출구는 노인들에게 더 가까이 있다. 앙겔리가 말했다.

"공작님이 여기에 계시다는 걸 알고서 우리도 휴식하러 왔답니다. 그런데 한 가지 청이 있어요. 꼭 들어주시기를 바래요."

앙겔리가 장난스러운 눈웃음을 지으며 한 손을 돈 파브리치오의 팔 위에 놓았다.

"저, 다음 마주르카를 공작님과 같이 추고 싶어요. 허락해 주시겠지요? 너무 짓궂게는 하지 마시구요. 공작님이 대단한 춤 상대라는 건 잘 알고 있거든요."

공작은 기쁜 마음에 몸까지 들뜨는 것 같았다. 카푸친회의 지하성당 같은 건 아무래도 상관없어! 너무나 기뻐 수염으로 덮인 볼에 긴장이 풀어졌다. 그러나 마주르카라는 말에서 조금 멈칫했다. 끊임없이 발을 움직이고 몸을 돌려야 하는 그 과격한 댄스는 자신의 관절로는 아무래도 무리였다. 앙겔리 앞에서 무릎을 굽히는 건 좋지만 그 뒤 일어날 일로 고생을 한다면?

"고맙네, 앙겔리. 내게 젊음을 되찾게 해주려는구나. 기꺼이 응하지. 다만 마주르카는 안 돼. 그 다음 곡인 왈츠로 부탁하면 안 되겠니?"

"탄크레디, 외삼촌은 정말 친절하신 분이세요. 당신 같은 변덕쟁이가 아니시죠. 공작님, 이 사람은 제가 그 부탁을 드리는 걸 승낙하지 않았어요. 질투하는 거랍니다."

"이렇게 멋지고 세련된 외삼촌이라면 누구라도 질투하는 건 당연하지. 하지만 이번만큼은 봐주기로 했어요."

세 사람은 마주 보면서 웃었다. 다만 돈 파브리치오는 자신을 기쁘게 해주려는 건지 아니면 놀리려는 건지 무슨 목적으로 그런 제안을 했는지 판단이 서지 않았다. 하지만 그런 건 아무래도 좋았다. 두 사람은 충분히 사랑스럽고 매력적이었다.

밖으로 나가려는 순간 앙젤리는 안락의자를 덮은 천을 잠시 만졌다.

"정말 예쁘네요, 이것. 색상이 참 마음에 들어요. 그런데 공작님 댁에 있는 것은……."

시동이 걸린 배가 이제 그 속도를 높이려 하고 있었다. 탄크레디가 재빨리 가로막았다.

"그만 둬요, 앙젤리. 우리가 좋아하는 것은 당신이지, 가구 색깔에 대한 지식이 아니야. 그러니 의자 얘긴 그만 두고 춤이나 추러 갑시다."

무도장으로 가면서 돈 파브리치오는 세다라가 아직도 조반니 피나레와 이야기하고 있는 것을 보았다. 루셀라, 프리민티오, 마르조리노, 등의 말이 들려왔다. 씨보리의 품질을 비교하고 있는 것이다. 공작은 피나레가 농업개혁사업의 실패로 파산 직전에 놓인 마르가로사로 조만간 초대 받아 갈 것으로 예측했다.

앙겔리와 돈 파브리치오의 춤은 강렬한 인상을 주었다. 공작의 거대한 발은 놀라울 정도로 민첩하게 움직이면서 단 한 번도 상대방의 신발에 부딪치지 않았다. 그의 손은 그녀의 허리를 힘 있게 받치고 턱은 레테의 강처럼 물결치는 여자의 머리 위에 두었다. 앙겔리의 드러난 어깨 밑, 목덜미가 패인 곳에서는 '원사부인의 꽃다발' 향수 냄새와 그 이상으로 젊고 고운 살결 냄새가 피어났다. 공작은 오르간 연주자 투메오의 말을 떠올렸다.

"그 아가씨의 시트에서는 천국의 향기가 날 겁니다."

예의에 벗어나고 상스럽기는 했지만 꼭 맞는 표현이었다. 탄크레디 녀석…….

앙겔리가 말을 꺼냈다. 끈질긴 야심과도 같은 그녀의 타고난 허영심이 충분히 만족되었던 것이다.

"외삼촌, 저는 정말 행복해요. 여러분 모두 친절하게 대해주셨어요. 탄크레디는 저의 사랑스러운 사람이며, 외삼촌은 저의 소중한 분이시죠. 모든 게 두 분 덕분입니다. 외삼촌이 허락해주시지 않았다면 제가 어떻게 되었을지 불을 보듯 뻔한 걸요."

"내가 한 건 없단다. 내 딸아. 모든 건 네 자신의 힘이야."

그건 사실이었다. 탄크레디가 아니라면 누구도 재산과 함께 그녀의 아름다움을 극복하지는 못했을 것이다. 그는 모든 것을 무너뜨리는 한이 있어도 그녀와 결혼했을 것이다. 공작은 마음이 아팠다. 콘쳇타의 자긍심 강한 마음에 상처 받은 얼굴을 떠올렸기 때문이었다. 그러나 그것은 미미한 슬픔이었다. 그는 춤을 추면서 한 번씩 회전할 때마다 일 년씩 나이가 빠져나가는 것을 느꼈다. 이제 곧 아내 스텔라와 함께 춤 추던 시절, 스무 살의 나이로 돌아갈 것이다. 환멸, 권태, 그밖의 많은 것들을 알지 못했던 그 시절로. 그날 밤 잠깐 보았던 죽음은 이미 '다른 사람의 일'이 되었다.

현재의 모든 감각과 정확히 일치하는 과거의 기억에 빠져 있었던 탓에 그는 언젠가부터 앙겔리와 자신, 단 둘이서 춤을 추고 있다는 사실을 깨닫지 못했다. 탄크레디의 재촉으로 다른 커플들이 모두 춤추기를 멈추고 두 사람을 지켜보고 있었던 것이다. 폰테레오네 부부도 거기에 있었다. 감동을 받은 것처럼 보였다. 그들도 나이가 들었기 때문에 아마 공작의 기분을 알았을 것이다. 물론 스텔라도 나이를 먹었지만 방 입구에서 그들을 바라보는 그녀의 눈길은 어둡고 슬퍼보였다. 오케스트라 연주는 끝났으나 박수 소리는 들리지 않았다. 사자를 연상케 하는 돈 파브리치오의 모습에서 박수 치는 행동조차 경망스럽게 보일까 봐 모두들 주저했던 것이다.

왈츠가 끝난 뒤 앙겔리는 돈 파브리치오에게 자기들과 함께 저녁식사를 하자고 청했다. 그는 기뻤지만 젊었을 때의 기억을 떠올렸다. 나이 많은 외삼촌과의 저녁식사가 젊은 연인에게 얼마나 지루할지를 생각했다. 더구나 가까운 곳에 스텔라가 있었다.

'연인들은 단 둘이서만 있고 싶지. 모르는 사람도 불편하게 여기거든. 노인이라면, 그건 최악이야. 게다가 친척이라면 진짜 좌불안석이지.'

"고마운 말이지만, 앙겔리. 나는 배가 고프지 않아. 난 여기 있을 테니, 탄크레디와 둘이 가도록 해. 난 괜찮아."

저택의 식당

공작은 두 사람이 보이지 않을 때까지 기다렸다가 자신도 입식 테이블이 있는 뷔페식 식당으로 들어갔다. 폭이 좁고 기다란 테이블이 열 두개 있었고 그 위를 그 유명한 주황색 촛대가 비추고 있었다. 그 촛대는 디에고의 할아버지가 마드리드 대사 임기를 마칠 때 스페인 궁정에서 증정받은 것이었다. 번쩍이는 금속의 받침대 위에 여섯 명의 경기자와 여섯 명의 여성이 금박을 입힌 은으로 조각되어 열두 개의 관을 높이 들어 열 두개의 촛불을 밝혔다. 터무니없이 무거워 보이는 기구를 든 남성상과 여유로운 표정의 젊은 아가씨들의 우아한 자세가 선명하게 대조되어, 왠지 숙달된 금은세공사의 심술기가 느껴지기도 했다. 최고급의 예술 작품 열두 개의 값은, '땅으로 치면 과연 몇 헥타르와 맞먹게 될까?'

가련한 세다라 촌장이라면 그렇게 물었을 것이다. 언젠가 디에고가 그 촛대 수납상자를 공작에게 보여준 적이 있었다. 녹색 모로코가죽을 겹친 듯 보였는데, 상자의 측면에는 폰테레오네 가의 삼등분한 방패 문장紋章과 기증자의 이니셜이 금색으로 새겨져 있었다.

촛대 아래로, 5단으로 장식된 캔디와 케이크가 높은 천장을 향해 피라미드처럼 솟아 있었다. 그 옆으로 음식이 담긴 접시가 차곡하게 차려져 있었다. 대무도회에서 종종 선보이는 다채로운 뷔페식 식탁이었다. 산 채로 통째로 삶은 산호색 새우, 미색을 띤 하얀 살이 부드럽고 탄력 있어 보이는 냉동 송아지 고기, 순한 맛의 소스에 잠긴 강철빛 농어, 오븐에서 옅은 갈색으로 구운 칠면조, 그 내장을 으깨어 호박색 페이스트paste, 풀처럼 개어서 만든 식품로 만들어 바른 카나페canapé, 프랑스어. 잘게 썬 빵이나 크래커를 몇 장 겹친 것, 뼈를 발라낸 산도요새 고기, 푸아그라foie gras, 프랑스어. 거위의 간에 포도주·향신료를 넣고 조려서 식힌 식품를 넣어 젤라틴으로 굳힌 장미색 파이, 오로라 빛을 내는 가란틴얼린 롤 고기 등. 그 외에 수많은 다채롭고 잔혹한 기쁨의 물건들. 테이블 양쪽 끝에는 은으로 만든 거대한 스프 그릇이 놓여 있고 그 안에 짙은 호박색으로 말간 콩소메 consommé, 프랑스어. 맑은 수프가 가득 담겨 있었다. 조리복을 입은 요리사들이 저녁 만찬을 준비하기 위해 전날 밤 늦도록 땀을 흘려야 했다.

'어허, 뭐가 이렇게 많은가! 돈나 마르게리타의 솜씨는 정말 대단해. 이걸 다 먹어치우려면 내 배가 몇 개 더 있어야겠는 걸.'

그는 유리와 은으로 된 많은 컵들이 반짝이는 오른쪽의 음료수 테이블을 피해 케이크 종류가 진열된 왼쪽 테이블을 향했다. 우선 눈에 띈 것은 갈기가 멋지게 다듬어진 밤색 말을 연상시키는 '바바럼주에 적신 스폰지 케이크'였다. 그 옆으로 크림을 눈처럼 얹은 몽블랑, 아몬드의 흰색과 피스타치오의 연록색 반점이 든 '드피네풍 프리타튀긴 과자', 울퉁불퉁한 작은 언덕이 있는 카타니아 평원의 끈적끈적한 밤색 부식토 같은 초콜릿을 뿌린 '프로피트로로 슈크림', 장미색 파르페, 샴페인이 든 파르페, 암갈색 파르페 등이 놓여 있었다. 파르페 종류는 스푼을 꽂으면 크림 피막이 벗겨졌다. 설탕에 담근 체리는 교태를 부리듯 달콤한 장조의 선율로, 노란색 파인애플은 조금 신 맛의 선율로 울렸다. 그 외에도 피스타치오의 녹색 가루로 채색한 '대식의 승리', 음란한 손길로 만든 '성녀들의 케이크'가 놓여 있었다. 돈 파브리치오는 마지막 성녀의 케이크를 두 개 접시에 담았다. 베어진 자신의 유방을 보여주는 성녀 아가타라는 뜻이 있어서 그는 일종의 모독과 조롱을 느꼈다.

'교황청의 권한으로 왜 이런 과자를 금지하지 않는 걸까? '대식의 승리'나 성녀 아가타의 유방이라는 케이크를 수도원에서 팔고, 또 그것을 파티를 좋아하는 인간들이 탐내고 있으니. 무슨 요지경 속인지!'

바닐라, 포도주, 백분 냄새가 가득한 방 안을 돈 파브리치오는 앉을 자리를 찾아 돌아다녔다. 테이블 앞에 앉아 있던 탱크레이드가 그를 발견하고 의자를 손으로 두드려 앉을 자리가 있다는 것을 알렸다. 그의 옆에는 앙겔리가 은접시 뒤에 얼굴을 비추며 머리가 헝클어진 데가 없는지 살피고 있었다. 돈 파브리치오는 빙긋이 미소를 지으며 고개를 저으며 거절했다. 그리고 마땅한 자리를 찾아다녔다. 저쪽 테이블에서 파라비치 대위의 흡족한 듯한 목소리가 들려왔다.

"제 인생에서 최고로 감격스런 순간은……."

대위와의 대화

 마침 그의 곁에 자리 하나가 비어 있었다. 그래도 그 지겨운 이야기는! 차라리 앙껠리의 제안에 따라 그녀의 달콤하고 다정한 말과 탄크레디의 거리낌 없는 가벼운 말을 듣는 편이 좋지 않았을까? 아니, 다른 사람을 지루하게 하기보단 내가 지겨운 게 더 낫지. 그는 허락을 구한 뒤 대위의 옆에 앉았다. 그가 다가갔을 때 대위는 일어나서 그를 맞았다. 그 행동으로 '표범'의 마음 속에는 새삼 친애의 감정이 솟았다. 가져온 케이크에 박힌 아몬드밀크, 피스타치오, 그리고 계피의 섬세한 맛을 즐기면서 파라비치 대위와 말을 나누었다. 그러면서 그는 대위가 부인들을 상대로 어리석은 말을 늘어놓던 사람과는 전혀 다른 인물이라는 점을 알게 되었다. 대위도 '귀족'의 일원이었다. 평소에는 귀족 계급 특유의 회의주의적 성향을 저격병 부대의 평범한 군복 속에 감추고 있었다. 그 성향이 병영 바깥에서, 그리고 지금 여성들에게 둘러싸여 열렬한 미사여구의 폭풍 속에서 자유를 느끼며 새삼 고개를 들기 시작한 것이다.

 "급진파는 저를 죽이고 싶어합니다. 지난 8월 가리발디 장군에게 발포 명령을 내렸기 때문입니다. 어떨까요, 공작님. 명령서를 받은 제가 달리 어떤 행동을 할 수 있었을까요? 그러나 저는 여기서 밝혀두고자 합니다. 아스프로몬테에서 수백 명의 붉은 셔츠 대열의 병사들과 마주 했을 때, 그 중에는 구제할 길 없는 광신적인 놈들과 흉악한 범죄자들, 직업적인 폭도들이 섞여 있었지요. 그때 저는 그 명령이 제 생각과 일치한다는 것을 알고 기뻤습니다. 만약 발포 명령을 내리지 않았다면 그놈들은 제 부하들과 저를 처참하게 짓밟았겠지요. 만약 그랬다면 이렇게 골치아픈 상황이 오지 않았겠지요. 하지만 그 명령이 없었다면, 프랑스와 오스트리아의 개입이라는 전례가 없는 대혼란을 초래했을 것이고 그러면 기적적으로 성립한, 그러니까 어떻게 성립했는지조차 알지 못 하는 이탈리아 왕국은 붕괴되었을 겁니다. 하지만 당신이니까 솔직히 말씀드리겠습니다. 눈 깜짝할 사이 끝나버린 저의 총격전은 다른 무엇보다도 가리발디 자신에게 도움이 되었습니다. 덕분에 그는 주변에 있는 악당들과 또 그를 이용하려 했던 잠피앙기 같은 놈들에게서 자유로워졌습니다. 그가 어떤 사람인지는 잘 모르지만 어리석고도 품격 높은, 그러나 튜일리 궁(프랑스 정부)과 파르네제 궁(재이탈리아 프랑스 대사관)의 의향에 따라 가리발디를 이용하려 했습니다. 이 사람들은 가르발디와 함께 마르사라 해안에 상륙한 일당과는 분명히 다른 사람들입니다. 그들에게 좋은 점이라면 기껏해야 민중폭동을 반복함으로써 이탈리아 통일을 실현할 수 있다고 생각한 것입니다. 가리발디 장군도 그것을 잘 알고 있었습니다. 왜냐하면 그렇게 유명한 사람이, 제가 그의 앞에 무릎을 꿇었을 때, 제 손을 꼭 잡는 겁니다. 바로 5분 전에 자기 발에 총을 쏠 것을 명령한 사람의 손을, 보통 같으면 생각조차 할 수 없는 정열을 담아 잡았던 것입니다. 그때 그가 뭐라고 했는지 아십니까? 이 불행한 사태에 관련된 그 많은 사람들 중에서 유일하게 훌륭한 사람이었던 그가 낮은 목소리로 이렇게 말했습니다. '고맙네, 대위.' 무엇에 대한 감사인 줄 아시겠습니까? 평생 다리를 자유롭게 쓰지 못하게 한 것에 대해서? 물론 그렇지는 않지요. 의심스러운 추종자들의 말과 그리고 그보다는 더 힘들어질 겁쟁이 짓을 확실하게 깨닫게 해준 점에 대한 감사입니다."

"하지만 대위, 실례지만 그에게 입을 맞추고 모자를 벗어 인사까지 한 건 좀 심했다는 생각이 들지 않아요?"

"솔직히 말씀드리면 그건 전혀 다른 문제입니다. 왜냐하면 저의 행동은 진정한 존경심에서 나온 것이기 때문입니다. 공작님도 그 위대한 인물이 비참하게도 상처를 입고, 마음에는 더 큰 상처를 입고 밤나무 아래 누워 있던 모습을 보았어야 합니다. 얼마나 비참했을까요! 언제나 그랬던 것처럼 그는 수염과 주름이 있는 한 아이였습니다. 무모하고 순진한 젊은이였다는 점은 새삼 분명해졌습니다. 비록 제가 그를 다치게 했지만 그럼에도 그 감동을 부정할 수는 없었습니다. 어떻게 제가 그것을 더럽히지 않을 수 있었을까요? 저는 여성의 손에만 키스합니다. 저는 우리 군인이 충성의 맹세를 바친 대상, 바로 여성인 우리의 왕국, 이 왕국의 구출에 감격하여 입맞춤한 것일 뿐입니다."

하인이 곁을 지나가자 돈 파브리치오는 그에게 몽블랑 한 병과 샴페인 글라스를 가져오라고 했다.

"대위, 뭐라도 한 잔 하시겠습니까?"

"좋습니다. 저도 샴페인을 마시겠습니다."

그는 이야기를 계속했다. 총은 거의 발사되지 않았다. 대부분의 사람들이 그렇듯이 교묘한 줄다리기로 일관된 그 기억에서 그는 좀처럼 빠져나오지 못했다.

"저의 저격부대원들이 가리발디 부대의 무장해제를 촉구하는 동안에도 그들은 큰 소리로 떠들며 저주를 퍼붓고 있었습니다. 누구에겐지 아십니까? 놀랍게도 그 상대는 혼자서 책임을 지고 속죄를 하려 했던 가르발디 장군이었습니다. 슬픈 이야깁니다. 하긴 그럴 법도 했습니다. 그들은 수많은 사람들의 비열한 음모를 덮어줄 유일한 인물, 그 아이 같은 위대한 인물이 자기들의 수중을 벗어났다는 것을 알았기 때문입니다. 저는 제가 한 행동을 후회하지 않습니다. 설령 그것이 불필요했다고 해도 마찬가지입니다. 그래서 저는 마음이 홀가분합니다. 우리 이탈리아에서는 감상적인 언동이나 입맞춤으로 애정을 표현하는 일을 문제 삼지 않습니다. 그것이야말로 우리가 가진 가장 효과적인 정치적 수단이기 때문입니다."

대위는 하인이 가져온 포도주를 마셨다. 술을 마시면서 그의 고뇌는 더 강해지는 것 같았다.

"신왕국이 건설된 후 이탈리아 본토에 가보셨습니까? 아니시라면 운이 좋으신 겁니다. 재미있는 구경거리는 이제 없습니다. 통일 이후만큼 이처럼 모두가 갈기갈기 찢어진 적은 지금껏 없었습니다. 토리노는 언제까지나 수도이기를 바라고 있습니다. 밀라노는 우리나라의 행정기관이 오스트리아의 것보다 못하다는 것을 알았습니다. 피렌체는 예술작품을 빼앗기지 않을까 걱정하고 있습니다. 나폴리는 산업이 없어지는 것을 한탄하고 있고, 이곳 시칠리아에는 뭔가 터무니없는 부조리한 재앙이 일어날 조짐이 있습니다. 저도 약간의 기여를 한 바 있지만, 붉은 셔츠 군대는 더 이상 사람들의 입에 오르내리지 않습니다. 그들이 모습을 감추었으니 이제 다른 색깔의 옷을 걸친 놈들이 나타날 겁니다. 그 다음에는 또 다른 붉은 셔츠 군대가 오겠지요. 그런 다음에는 또 어떻게 될까요? 거대한 별이 나타났다는 소문이 돕니다. 그럴지도 모릅니다. 모든 것이 끝나고 만사가 평정되었다고 누구도 말할 수 없습니다."

대위는 취기가 오른 듯했다. 공작은 그의 불안한 예측을 들으면서 가슴이 죄여오는 느낌이었다.

무도회의 끝

　무도회는 끝날 줄을 몰랐다. 날이 밝아오는 아침 여섯 시였다. 사람들은 모두 지치고 기운이 없어 보였다. 세 시간쯤 전부터는 누구나 마루에 앉아 쉬고 싶어했다. 파티가 끝나기 전에는 돌아갈 수도 없었다. 그것은 파티가 보잘 것 없었다고 공언하는 행위나 마찬가지여서 고생하여 준비한 주인에게 깊은 상처를 주는 것이었다.
　부인들의 얼굴은 흙빛이 되고 옷은 구겨져 주름투성이였다. 숨소리도 거칠고 무거웠다.
　"마리아님, 이제 지쳤어요! 마리아님, 졸려서 더 이상 참을 수가 없어요!"
　쭈글쭈글한 넥타이를 맨 남자들의 얼굴은 노랗게 주름지고 입가에는 쓴 침이 묻어 있었다. 사람들은 오케스트라 박스가 있는 층의 허름하고 작은 방으로 빈번하게 들락거렸다. 거기에는 커다란 실내용 변기가 있었는데, 지금은 전부 가득 차서 마루에 볼일을 보고 가는 사람들도 있었다. 하인들은 무도회가 끝날 시간이 가까웠다는 것을 알고 더 이상 촛대의 초를 교환하지 않은 채 쏟아지는 졸음을 견뎠다. 짧아진 초는 방안에 그을음의 불길한 빛을 뿌렸다. 뷔페 식당 방에는 더 이상 사람들이 보이지 않았고 음식도 남아 있지 않았다. 빈 접시들과 포도주가 조금 남겨진 빈 잔들뿐이었다. 하인들은 주위를 둘러보며 컵에 남은 포도주를 재빨리 마셨다. 현실의 새벽빛이 덧문 틈으로 새어들고 있었다.

파티는 끝났다. 돈나 마르게리타 주위에는 작별을 고하는 사람들이 모여 있었다.

"훌륭했습니다! 꿈만 같았어요! 옛날로 돌아간 것 같았어요!"

탄크레디는 안락의자에 머리를 박고 잠든 돈 카로제로를 깨우느라 애를 먹어야 했다. 비단신발을 신었지만 바지는 엉덩이 께로 밀려 내려와 시골사람다운 팬티자락이 보였다. 파라비치 대위는 눈 밑에 검게 서클이 생겼다. 하지만 그는 관심을 보이는 사람들에게, 자신은 집으로 가지 않고 폰테리오네 저택에서 곧장 연병장으로 돌아갈 것이라고 말했다. 무도회에 초대받은 군인이 지켜왔던 전통을 엄격히 따르겠다는 태도였다.

가족 일동이 마차(안개에 쿠션이 젖어 있었다)에 올라타자, 돈 파브리치오는 걸어서 가겠다고 말했다. 두통이 좀 있어 차가운 공기를 쐬면 좋아질 것이라고 했다. 사실 그는 머리 위의 별을 보며 마음을 진정시키고 싶었다. 하늘에는 아직 별 몇 개가 남아 있었다. 별들은 언제나 그에게 힘을 주었다. 그토록 멀리 떨어져 있으면서도 정확한 시간에 제 자리에 나타났다. 가까이에 있으면서도 약한 주제에 강한 척 해야 하는 사람들과는 완전히 반대인 것이다.

거리에는 벌써 사람들이 움직이고 있었다. 당나귀가 자기 몸의 네 배나 되는 쓰레기더미를 실은 짐마차를 끌고 있었다. 뚜껑이 없는 기다란 짐마차에는 지금 막 도살장에서 죽인 몇 마리의 소들이 실려 있었다. 네 토막으로 잘려져 죽음에 대한 경계가 풀려버린 소들은 감추었던 자신의 내용물을 속속들이 드러내 보였다. 가끔씩 끈적거리는 핏방울이 도로 위로 떨어지곤 했다.

작은 교차로까지 왔을 때 바다 위로 동쪽 하늘이 보였다. 그곳에 가을 아지랑이처럼 둥근 터번을 두른 듯한 금성이 있었다. 그녀는 언제나 충실했다. 새벽 외출을 할 때마다 늘 그 자리에서 자신을 기다려주었다. 돈나푸가타에서 사냥을 나설 때도, 지금 무도회가 끝난 뒤에도.

돈 파브리치오는 긴 숨을 내쉬었다. 언제쯤이면 그녀는, 지긋지긋한 인간들과의 인연에서 멀리 벗어나 확고한 자신만의 세계에서 영원히 끝나지 않을 밀회를 약속해줄 것인가?

제VII장

1883년 7월

생이 빠져나가는 소리

 돈 파브리치오는 오래 전부터 그 느낌과 친숙해 있었다. 이미 10년 전부터 그는 생명을 가진 유기체의 생존 능력, 그러니까 생명 그 자체와 그것이 살아가려는 의지가 자신에게서 끊임없이 그러나 아주 천천히 빠져나가고 있는 듯한 느낌이었다. 그것은 모래알이 모래시계의 좁은 입구로 쉬지 않고, 서두르지도 않고 한 알 한 알 미끄러져 흘러내리는 것과 같은 느낌이었다. 어떤 일에 몰두하거나 움직이고 있을 때는 그런 상실감은 느껴지지 않았다. 그러나 주변이 조용하거나 내성의 시간이 오면 어김없이 그 느낌이 찾아들었다. 끝없이 울리는 이명처럼, 시계추의 진동음처럼,

생은 그 존재를 알려주었다. 그가 그 소리를 듣고 있든 아니든, 언제나 그것은 거기 있었다.

조금만 주의를 기울여도 그는 조용히, 쉴없이 자신의 생명에서 빠져 달아나는 모래알, 영원히 되돌릴 수 없는 시간의 소리를 분명히 들을 수 있었다. 그러나 그 느낌은 불쾌감을 동반하지는 않았다. 거의 감지하기 힘든 미세한 상실감은 바로 생명력의 증거, 말하자면 생의 조건이었다.

그는 오랫동안 외부의 무한한 세계를 관찰하고 자기 안의 광대한 심연을 탐색하는 일에 익숙했다. 그런 그에게 생의 느낌은 자신의 인격이 끝없이 미세하게 해체되어, 지금처럼 분명하게 잡히지 않는 개성(신의 자비로)으로 어딘가 다른 곳에서 재생된다는 막연한 예감과 이어져 있었다. 모래알은 소멸되는 것이 아니라 한 순간 모습을 감추는 것이다. 그래, 아무도 모르는 장소로 흘러들어 더욱 강건한 건축물로 굳어지는 것이다. 그러나 건축물이라는 것은, 그는 생각을 계속했다.

무게를 가지는 물질로는 정확히 표현할 수 없다. 모래알도 적절하지 않다. 그보다는 오히려 늪지에서 피어오르는 수증기 같은, 미세한 입자 같은 것이 더 좋을 것이다. 그것은 공중으로 올라가 가볍고 자유롭고 활달하고 거대한 구름이 되는 것이다. 생명을 저장한 탱크에서 이토록 오랫동안 쉴새없이 빠져나갔는데, 그런데 아직도 약간의 내용물이 남아 있다는 것, 그런 생각을 하면 정말이지 경이롭기까지 했다.

'피라미드만큼 크지도 않은데.'

상실의 소리를 느낄 때면 그런 느낌은 자신만이 가진 듯 싶었다. 그 생각은 묘한 자부심을 품게 했다. 이 점에서 그는 자신이 타인을 경시하는 이유를 찾아냈다. 주위에서 윙윙거리며 날아오는 탄환을 무해한 파리로 착각하는 신참병을 보며 고참병이 느끼는 감정 같은 것이었다. 그런 생각은 입 밖으로 내서 할 말은 아니었다. 사람들이 느끼는 그대로 두어야 했다. 재판소나 식당, 수도원, 그리고 시계점이나 그 외 모든 것이 그대로 존재하는 다른 내세가 있다고 믿고 있는 딸들도, 당뇨로 괴저에 시달리면서 비참하고 괴로운 인생을 보내고 있는 아내 스텔라도 마찬가지다.

언젠가 탄크레디가 비꼬듯이 "외삼촌, 죽음의 신을 설득하고 계십니까?"라고 말했을 때, 어쩌면 그때 그 아이도 한 순간일지언정 그 감각을 느꼈을지도 모른다. 탄크레디는 앙겔리와 결혼을 했다. 지금 그 둘은 사랑의 밀월 여행을 떠나려고 컨파트먼트compartment, 칸막이된 좌석 열차를 예약해 놓았다.

예전과는 상황이 많이 바뀌었다. 공작은 호텔 '토리나크리아세 개의 곶, 즉 삼각형을 의미하는 시칠리아의 옛 이름'의 발코니에서 긴 다리를 담요로 감싼 채 안락의자에 앉아 있었다. 자신의 생명이 라인 강의 폭포 소리와도 같은 굉음으로 넘실거리며 빠르게 자기 몸을 빠져나가고 있음을 느끼고 있었다.

7월 하순의 월요일 정오였다. 그의 발 아래로 기름처럼 농밀한 느낌을 주는 팔레르모의 바다가 마치 주인의 위협에 겁을 집어먹은 개처럼 납작하게 펼쳐지고, 중천에 솟은 태양은 어떤 자비도 없이 무수한 빛살을 뿜으며 그를 후려치고 있었다. 주위는 완전한 정적이었다. 햇빛 속에서 돈 파브리치오에게 들리는 소리는 오직 자기 몸에서 빠져나가는 생명의 소리뿐이었다.

나폴리 여행

그는 그날 아침 나폴리에서 출발해 몇 시간 전에 이곳에 도착했다. 나폴리 행은 셴모라 교수의 진찰을 받기 위해서였다. 이미 마흔줄에 들어선 딸 콘쳇타와 손자 파브리치에트_{파브리치오의 애칭}의 시중을 받으며 장례식처럼 슬프고도 긴 여행이 끝난 것이다. 험악한 인상을 주던 항구와 악취 풍기던 선실, 또 도시에서 들었던 끊기지 않는 소음과 외침소리들로 인해 나폴리 행은 대단히 불쾌하고 힘든 여행이었다. 그 모든 불쾌감을 달리 피할 길이 없었으므로 더욱 피곤했고, 긴 세월 동안 기독교인으로 살아온 그에게는 더욱 좋지 않은 것이었다. 그는 돌아갈 때는 반드시 육로로 가겠다고 강하게 주장했다. 그것은 무모한 결정이었다. 하지만 의사와 가족들이 아무리 말려도 그는 끝내 듣지 않았다. 그의 위세에 눌려 결국 의사가 항복했다.

그래서 공작은 36시간 동안 뜨거운 기관차 상자 안에 갇히게 되었다. 고열로 악몽에 시달릴 때처럼 터널의 열기 속에서 그는 숨이 막힐 지경이었다. 그 땅의 슬픈 현실처럼 태양빛을 막아주는 그늘 한 점 없는 구간을 달리면서 볼일 때문에 몇 번씩이나 이미 녹초가 된 손자의 시중을 받아야 했다. 그것은 또 다른 굴욕감이었다. 열차는 악의적인 풍경들, 저주받은 산과 말라리아가 들끓어 폐허가 되어버린 평지를 가로질러 달렸다.

그의 눈에는 칼라브리아와 바지리카타 지방의 풍경들이 미개하게 보였다. 그러나 사실 시칠리아와 조금도 다르지 않았다. 철도는 아직 완성되지 않았다. 레죠 근처의 마지막 구간에서 선로는 메타폰트 지역을 경유하면서 멀리 돌아 갔다. 향락적인 생활을 떠올리게 하는 쿠로토네와 시바리 지역 쿠로토네는 쿠로톤. 시바리는 시바리스라는 이름의 고대 그리스의 시민도시. 소아시아와 교역을 해 향락적인 생활을 했다은 달의 표면처럼 황량한 풍경이었다. 마침내 메시나에 도착하자 해협이 정든 풍경으로 그들을 맞아주었다. 그러나 그것도 잠시였고 곧 페로로 지방의 나즈막한 민둥산들이 나타나면서, 뒤얽

1883년 7월 397

힌 소송 사건처럼 꼬부라진 길을 한참을 돌아야 했다. 기관차는 카타니아에 잠시 정차한 뒤 카스트로 조반니 '시칠리아의 배꼽'이라는 애칭이 있는 섬의 중앙에 있는 마을 이름를 향해 기어 올라갔다.

가파른 경사를 헐떡거리며 오르는 기관차는 무리하게 달리는 마차의 말처럼 금방이라도 주저앉을 것만 같았다. 그러나 기차는 시끄러운 소리를 내며 무사히 언덕길을 내려와 팔레르모에 도착했다. 기다리고 있던 가족은 여행을 무사하게 끝난 것을 기뻐했다. 적어도 겉으로는 그랬다. 지나치게 수선을 피우며 반가워하는 그들의 모습은 어딘가 부자연스러운 데가 있었다. 공작은 센모라 박사가 했던 말, 무조건 걱정하지 말라던 그 말이 의미하는 바가 무엇인지 깨달았다.

그때였다. 기차에서 내린 공작이 남편장남 파오로을 잃은 상복 차림의 며느리, 이빨을 보이며 웃는 손자들, 걱정스러운 눈빛의 탄크레디, 비단 옷을 입고 가슴을 내밀고 있던 앙겔리 등과 돌아가면서 포옹이 끝났을 때, 그는 자기 안에서 폭포와도 같이 울리는 굉음을 들었다.

정신을 잃고 어떻게 마차에까지 옮겨졌는지 알지 못했다. 오른쪽 다리가 마비된 채로 그는 마차 안에 누워 있었다. 곁에는 탄크레디가 있었다. 마차는 아직 출발하지 않았다. 밖에서 가족들의 말소리가 들렸다.

"큰 일은 아닐 거야."

"여행이 너무 길었어."

"이런 더위에는 누구라도 기절할 수 있어."

"집까지 마차로 가려면 정말 힘들 텐데."

또렷하게 의식이 돌아왔다. 콘쳇타가 얼핏 지어보였던 심각한 표정, 밤색과 암갈색 체크무늬 상의에 갈색 중산모를 쓴 탄크레디의 옷차림을 떠올렸다. 그 조카가 미소를 거두고 우려하는 듯 그에게 애정을 표현했던 것도 기억났다. 그때 공작은 조카가 자신을 사랑하고 있다는 것을 알 수 있었고, 동시에 의사가 자신을 포기했다는 것도 깨달았다. 쓸쓸해지는 기분이었다. 마차는 움직이면서 오른쪽으로 돌았다.

"어디로 가는 거니, 탄크레디?"

그는 자기 목소리를 들으면서 무척 놀랐다. 그 목소리에서도 마음 속에 울리는 굉음이 들리는 듯했기 때문이었다.

"토리나크리아 호텔로 갑니다. 집으로 가기에는 너무 멀어요. 호텔에서 하룻밤 휴식한 뒤에 내일 가는 게 좋겠어요. 외삼촌, 괜찮으시지요?"

"그럼 해안가에 있는 집으로 가자. 거기가 더 가까우니까."

그럴 수는 없었다. 해안가 집에는 부족한 것이 많았다. 이따금 바닷가에서 가벼운 식사를 즐기기 위해 들르는 곳이었다. 침대조차 없었다.

"호텔이 더 편해요, 외삼촌. 호텔에는 필요한 게 다 준비되어 있으니까요."

조카는 마치 갓난애처럼 조심스럽게 공작을 다루었다. 사실 그에겐 아기의 기력 정도밖에 남지 않았다.

호텔이 제공한 가장 좋은 점은 의사였다. 의사는 아마 그가 실신했을 때 불려왔을 것이다. 그 의사는, 흰 나비넥타이에 금테안경을 쓰고 상냥한 웃음을 지어보이는 카타리오티 박사와 같은 의사가 아니라, 말 그대로 수많은 사람들이 비참하게 죽어가는 것을 지켜보았던 가엾은 마을 의사였다.

그는 닳아 떨어진 프록코트를 입고 수염을 허옇게 자라는 대로 내버려둔, 초췌하고 불쌍한 얼굴로 들어섰다. 한때는 무언가를 갈구했으나 그 꿈이 깨져버린 지식인처럼 보였다. 그는 주머니에서 체인이 끊어지고 값싼 도금 아래 청색 녹까지 슨 시계를 꺼냈다. 공작도 정신을 잃은 채 노새가 지나다니는 산길을 질질 끌려 운반되는 동안, 마지막 남은 기름 한 방울까지 엎질러 버린 불쌍한 가죽주머니에 지나지 않았다. 의사는 맥을 짚어보고 캠퍼kamfer 용액강심제의 하나을 처방했다. 환자를 안심시키려고 그는 충치투성이의 이빨을 내보이며 웃었다. 그 웃음은 오히려 동정을 구걸하는 것처럼 보였다. 의사는 곧 발소리를 낮추며 방을 나갔다.

근처 약국에서 구입한 용액은 곧바로 효과가 있었다. 그는 다소 기력을 회복했다. 그러나 아직 혼자 힘으로 움직이기에는 무리였다.

돈 파브리치오는 옷장의 거울에 자신을 비쳐 보았다. 옷차림을 보건대 자기 자신인 것은 분명했다. 그러나 그 얼굴은 자신이 알았던 그것이 아니었다. 실없이 큰 키에 야위어 볼이 움푹 꺼진, 사흘씩이나 수염을 깎지 못한 남자. 그 몰골은 자신이 어린 손자 파브리치에트에게 준 베르누의 소설책 삽화에서 보았던, 정신이 나가서 건들거리고 있던 영국인처럼 보였다. 최악의 상태에 빠진 '표범'이었다.

신은 어째서 사람이 원래의 자기 얼굴로 죽는 것을 허락하지 않는 것일까? 어째서 누구나 예외없이 얼굴에 가면을 뒤집어쓴 채로 죽음을 맞아야 하는가? 젊은 사람조차도, 정원에 머리를 처박고 죽었던 그 젊은 병사도, 아들 파오로도 마찬가지였다. 아들이 말에서 떨어지고 사람들이 미처 날뛰는 말을 쫓고 있을 때, 공작은 아들을 보도에서 안아 일으켰다. 그때 아들의 얼굴은 말발굽에 찢겨 있었다.

노인인 자신에게도 생이 빠져나가는 소리가 이토록 강렬한데, 젊고 건강했던 그 육체에서, 생명력으로 충만한 탱크에서 불시에 한 순간에 생명이 빠져나갈 때는 얼마나 큰 소리로 울릴 것인가. 변장을 강요하는 부조리한 법칙에 그는 맞서고 싶었다. 하지만 불가능했다. 면도칼을 잡는 수밖에 달리 도리가 없었다. 그러나 면도칼을 집어드는 데만도 예전에 책상을 들어옮기는 것만큼이나 힘이 든다는 것을 알았다.

"이발사를 불러야겠어."

막내 아들 프란체스코 파오로에게 말했다. 그러나 곧 생각을 바꾸었다.

'아니, 아무리 불쾌해도 게임의 규칙은 따라야지.'

그래서 큰 목소리로 말했다.

"아니, 그만 두자. 다음에 하지."

마지막 면도. 그는 자신의 주검이 놓여 있고 그 위에 이발사가 웅크리고 앉은 모습을 상상해 보았다. 그러나 심경은 그저 담담할 뿐이었다.

급사가 미지근한 물이 담긴 대야와 스펀지를 가지고 들어왔다. 그의 와이셔츠를 벗기고 아기를 씻기듯이, 아니 시체를 씻기듯이 그의 얼굴과 손을 씻겨 주었다. 하루 반 동안 열차에서 뒤집어쓴 먼지 때문에 물은 우중충한 색으로 변했다. 천장이 낮은 호텔 방은 후덥지근했다. 세탁한 지 오래 된 듯한 침대 시트에서는 악취가 풍겼고, 군데군데 바퀴벌레를 밟아 죽인 흔적도 눈에 띄었다.

거기서 강한 약품 냄새가 났다. 침대 머리맡에 놓인 협탁 너머에서 지린내가 풍겨 방안의 공기를 더욱 고약하게 했다.

그는 창문을 열라고 했다. 호텔은 태양의 그림자 속에 들어갔으나 금속 같은 해수면의 반사광으로 눈이 부셨다. 하지만 감옥처럼 지독한 냄새보다는 한결 나았다. 그리곤 발코니에 안락의자를 옮기도록 했다. 누군가의 부축을 받아 그는 발을 끌면서 발코니로 나갔다. 침대와는 겨우 2미터 정도 떨어진 곳에서, 그는 그 옛날 산에서 사냥을 하고 휴식을 취하며 누렸던 해방감을 느꼈다.

"혼자 조용히 있고 싶다. 모두에게 그렇게 일러라. 기분이 좋아졌으니까. 그냥 좀 자고 싶구나."

그는 정말로 자고 싶었다. 그러나 지금 잠을 잔다는 것은, 고대하던 만찬이 열리기 직전에 케이크를 볼이 미어터지도록 먹는 것과 마찬가지로 어리석은 짓이었다.

'나는 늘 분별력 있는 대식가였지.'

무한한 고요에 감싸인 채, 그는 자신의 내면에서 울리는 소리를 듣고 있었다.

공작 돈 파브리치오의 죽음

머리를 왼쪽으로 힘겹게 돌렸다. 페레그리노산 옆으로 둘러싸듯이 이어진 산들이 보였다. 그 멀리에 두 개의 언덕이 있을 것이고 언덕의 기슭에 자신의 집이 있다. 이제 그것은 도저히 손이 닿지 않는, 멀고 아득한 저쪽처럼 생각되었다. 지난 10년 동안 먼지를 덮어쓴 채 방치된 망원경들, 이미 불꽃으로 스러진 피로네 신부, 영지가 그려진 천장화와 벽화들, 벽지의 원숭이들, 사랑하는 스텔라가 임종했던 동 침대 등이 새삼스레 머리를 스쳐갔다. 아내가 그토록 소중히 아끼던, 그러나 이제 쓸모없이 버려져 망각의 연옥 속으로 들어가게 될 금실과 은실, 편물들, 직물들, 초록으로 물들인 천조각들도 생각났다.

이제 그 모든 그립고 가련한 것들의 최후가 가까웠다. 그런 생각으로 그의 가슴은 죄어드는 듯하여 정작 자신의 괴로움은 잊어버렸다. 등 뒤에서 굳게 입을 다문 집들, 댐처럼 가로막고 서 있는 산들, 뜨거운 햇빛에 시달리며 드넓게 펼쳐진 대지 앞에서 그는 돈나푸가타의 별장을 선명하게 그려낼 수가 없었다. 마치 꿈속에서 보았던 집처럼, 그 집이 자신의 것으로 실재했다고 믿을 수도 없었다. 자신이 가진 것은 쇠약한 육신, 발 아래 검은 슬레이트 지붕, 심연을 향해 흘러 떨어지는 어두운 물이 전부였다. 그는 혼자였고, 감당할 수 없는 물결에 흔들리는 뗏목을 타고 표류하는 조난자였다.

분명히 아이들이 있었다. 아들들, 단 한 명 그를 닮은 조반니는 이곳에 없다. 조반니는 해마다 런던에서 인사장을 보내왔다. 석탄 회사의 일은 그만둔 지 오래였고 도시에서 다이아몬드를 팔고 있었다. 스텔라가 죽자 그는 조문 편지를 보내고 얼마 후에는 팔찌가 든 소포를 보내왔다. 그런 것이다. 아들 또한 죽음의 신을 설득했으며, 무엇이든 버리며 다시 계속 살아갈 수 있을 만큼의 죽음을 스스로 마련했던 것이다. 그러나 다른 아이들은……. 손자도 있었다. 살리나 가문에서 가장 젊은 파브리치에트. 그 아이는 정말 잘 생겼고 쾌활해. 사랑스러운 녀석이지.

손자에게 나쁜 점이 있다면, 향락적인 기질과 부르주아의 고상한 척하는 태도를 가졌다는 점이다. 아마 두 번에 걸쳐 마르비카 가문의 피가 유입된 탓일 것이다. 살리나 가문의 마지막 후손은 파브리치에트가 아니라 바로 자신이었다. 지금 호텔 발코니에서 죽음을 맞고 있는, 키가 크고 야윈 남자. 그 자신이 최후의 후계자였다. 부정하고 싶었지만 그럴 수가 없었다. 왜냐하면 귀족 가문을 존립시키는 중요한 기반은 그 가계의 전통 속에서 언제까지나 살아있는 근원적인 기억 속에 있기 때문이다. 그런 점에서 그는 분명히 다른 가족과는 구별되는, 가문의 추억을 보존하고 있는 최후의 사람이었다.

그 손자에게도 다른 사춘기 친구들처럼 짓궂은 추억들, 선생님을 골려먹거나 말을 실제 가치보다는 높은 가격에 허세 부리듯 구입했다거나 하는 추억들은 있을 것이다. 귀족이라는 신분이 사람 자체보다 더 믿을 만한 것으로, 결국 겉치레적인 허영심으로 변질되고 만 것이다. 탄크레디의 결혼처럼 대담한 야심을 목표로 한 모험이라는 성격을 잃게 되면, 단지 금전을 원하는 결혼이 되고 만다. 그렇게 되면 돈나푸가타의 벽걸이, 라가티지의 아몬드밭, 혹은 암피트리테의 샘물도 바로 소화되는 푸아그라나 여자들이 사용하는 화장품보다도 덧없고 하찮은 존재로 전락하고 만다.

손자에게 자신은 7월의 어느 오후에 호통치면서 바다수영을 가지 못하게 했던 심술궂은 노인네로 기억될 것이다. 전에 그는 살리나 사람은 아무리 세월이 지나도 살리나 사람이라는 점에는 변함이 없다고 단언했다. 그러나 그 말은 틀린 것 같다. 결국 자신이 마지막 후손인 것이다. 가리발디, 그러니까 그 수염투성이의 불의 신, 불카누스Vulcanus가 이겼다.

발코니로 통하는 옆방에서 콘첵타의 목소리가 들려왔다.

"그렇게는 할 수 없어. 모셔와야만 해. 그렇게 하지 않으면 내가 견딜 수 없어."

무슨 일인지 금방 알았다. 사제를 부르라는 것이다. 그는 그러지 말라고, 아주 건강하니 그럴 필요 없다고 거짓말이라도 하고 싶었다. 어리석은 생각이었다.

살리나 공작인 이상 그는 살리나 공작답게 사제의 비호 아래서 죽음을 맞아야 했다. 수천만의 사람들이 죽음을 맞으면서 원했던 것을 왜 뿌리치려고 하는가? 그는 침묵한 채 방울소리가 들리기를 기다렸다.

폰테레오네 저택에서 열렸던 무도회 때, 앙겔리는 그의 팔 안에서 꽃처럼 좋은 향기를 풍겼다. 그때 방울소리가 들렸다. 피에타교구 교회는 호텔 바로 맞은편에 있었다. 은처럼 맑고 쾌활한 방울소리가 계단을 따라 올라왔다. 스위스인 호텔지배인은 입을 꾹 다문 채 말이 없었다. 자기 호텔에 빈사상태의 투숙객이 생겼기 때문이다. 그 뒤를 따라 교구 사제인 바르사노가 성체 빵과 성체 용기가 든 가죽 상자를 들고 들어왔다. 탄크레디와 파브리치에트가 양쪽에서 그가 앉은 안락의자를 들어 방안으로 들어갔다. 사람들은 모두 무릎을 꿇었다. 환자는 목소리가 아닌 몸짓으로 의사를 전했다.

"나가 있어."

그는 참회를 하고 싶었다. 모두 밖으로 나갔다. 그러나 막상 무엇이든 말을 해야 했을 때, 그는 자신에게 할 말이 거의 없다는 점을 깨달았다. 몇 가지 죄를 기억해냈지만 이 무더운 날씨에 격식을 갖춘 성직자를 귀찮게 하기에는 너무 사소하다는 생각이 들었다. 그렇다고 자신이 결백하다고 생각되지도 않았다. 다만 죄 많은 것은 인생 전체이지 이것저것 개개의 일들이 아니었다.

진짜 죄는 단 하나, 원죄가 있었다. 하지만 그에게는 그것을 조리있게 설명할 여유가 없었다. 그저 그런 마음의 동요를 전해보려고 애를 썼다. 사제는 그것을 회한의 증거라고 생각했다. 어떤 의미에서는 분명히 그랬다. 그는 사면되었다. 사제는 무릎을 꿇고 그의 입 속에 성체 빵을 넣어주었다 그리고는 죽은 자가 가는 길이 편안하도록 오래된 주문을 외웠다. 사제는 물러갔다.

안락의자가 다시 발코니로 옮겨지는 일은 없었다. 파브리치에트와 탄크레디가 양쪽에 앉아 그의 손을 잡았다. 손자는 처음 보는 임종의 장면을 젊은이다운 호기심으로 지켜보았다. 그는 죽음 자체를 이상하게 생각하지는 않았다. 그러나 지금 죽어가고 있는 사람은 그냥 한 사람이 아니라 그의 할아버지였다. 그것은 전혀 다른 기분이었다.

탄크레디는 공작의 손을 꼭 잡고 이것저것 즐거운 어조로 이야기를 늘어놓았다. 자신이 관계하고 있는 일의 계획이라든가 정치적 사건에 대한 의견 등이었다. 현재 하원의원이기도 한 그는 곧 리스본 주재 공사직을 맡기로 되어 있었다. 그 과정에는 외부인이 잘 모르는 유쾌한 일화들이 많았다. 콧소리로 재치를 부리면서 그는 목소리를 높이고 있었다. 그 소리는 솟구치는 생명의 흐름을 타고 장식 문양을 만들다가 허무하게 사라졌다. 공작은 탄크레디가 계속 이야기하고 있는 것이 좋았다. 힘을 다해 조카의 손을 잡아보려고 했지만 뜻대로 되지 않았다.

그렇다고 해서 공작이 조카의 말을 귀기울여 들었던 것은 아니다. 그는 자기 인생의 수지결산에 마음을 집중하고 있었다. 산더미 같은 적자의 세월 속에서 행복한 순간이라는 아주 작은 황금 조각을 캐내려고 애썼다. 그래도 몇 개 정도는 찾을 수 있었다. 결혼 전의 2주 남짓, 그 후의 두 달 정도, 또 장남 파오로가 태어났을 때의 반 시간 정도가 그랬다.

그때 그는 살리나 가문이라는 가계도에서 자신이 조금이나마 한 가지를 내뻗었다는 자긍심을 가졌다(그때는 지나치게 흥분했던 탓이다). 아무튼 우쭐한 기분이었던 것만은 사실이었다. 그리고 조반니가 집을 떠나기 전에 그와 나누었던 몇 차례의 대화. 그러나 그것은 젊은 아들에게 자신과 나누어 가진 무엇인가가 있다고 믿었던 그가 혼자 중얼거린 독백에 지나지 않았다.

그리고 추상적인 수학과 영원히 닿을 수 없는 존재에 몰두했던 많은 시간들. 그 시간을 결산서의 수익란에 기입해도 좋을까? 어쩌면 그것은 죽은 자에게만 주어지는 선물이 아닐까? 아무래도 상관없다. 그런 시간이 있었던 것만은 사실이니까.

호텔에서 바다로 내려가는 도로변에서 오르간 연주자가 연주를 시작했다. 외국인이 거의 찾지 않는 이 시기에 그 연주자는 어떤 손님의 마음을 매혹시키려는 것일까? 그가 연주한 음악은 '신의 곁으로 날갯짓 하는 당신!'이라는 곡이었는데, 돈 파브리치오는 희미해지는 의식 속에서 지금 이탈리아 전역에서 죽음을 눈앞에 둔 많은 영혼들이 저 기계적인 음악을 들으며 얼마나 괴로울까 하는 생각이 들었다.

곧 사정을 알아차린 탄크레디가 발코니로 나가 동전을 던져주며 멈추라는 신호를 보냈다. 바깥이 조용해지자 돈 파브리치오의 내부에서 다시 굉음이 울리기 시작했다.

탄크레디, 조카는 자신에게 많은 기쁨을 주었다. 냉소보다도 더 뛰어난 이해력으로 인생의 어려움을 빠져나갔다. 유쾌하고도 분명한 결단력으로 그는 상대를 조롱하면서도 친절하게 대할 수 있었다.

또 개들이 있었다. 어린 시절 그의 정다운 친구들이었다. 뚱뚱한 몸체의 파그종 후피, 오직 자신에게만 마음을 주던 푸들종 톰, 즈메르토의 부드러운 눈, 벤디코의 즐겁고 유쾌한 얼간이 짓, 언제나 쓰다듬고 싶은 충동을 일으키던 코프의 귀여운 다리, 그런데 그 포인터는 지금 나를 찾느라 관목 숲속이나 별장의 안락의자 사이를 헤매고 다니지 않을까?

이제 더 이상 그를 찾지 못할 것이다. 그리고 몇 마리의 말들. 그 말들도 아주 멀리 있는 희미한 존재로밖에 여겨지지 않았다. 또 돈나푸가타에 도착했을 때의 처음 몇 시간, 돌과 물이 빚어내는 전통과 영원의 감각, 그렇게 응고된 시간들이 있었다. 사냥터에서 듣는 기분 좋은 총성, 터질 듯한 긴장감으로 토끼와 산도요를 잡았을 때 투메오와 나누었던 낭랑한 웃음, 곰팡이와 사탕과자 냄새가 나는 수도원에서의 회개. 또 뭐가 있을까?

그래, 또 있다. 그러나 그것은 이미 땅에 묻혀버린 금괴에 지나지 않는다. 어리석은 사람들에게 신랄하게 쏘아붙이던 유쾌한 순간, 예쁜 콘쳇타의 기질 속에 살리나 가문의 여성이 살아 있음을 확신했을 때 맛본 기쁨, 몇 번이나 사랑의 불꽃이 타올랐을 때의 설렘, 아라고1786~1853가 편지를 보내 허슬레이 혜성에 관한 어려운 계산의 정확한 수치에 진심으로 찬사를 아끼지 않았을 때, 그때의 자부심.

당연한 일이지만 소르본 대학에서 메달을 받았을 때 그는 모든 방면의 사람들에게 칭찬을 받았다. 비단 넥타이의 기분 좋은 촉감, 무두질한 가죽의 냄새, 몇몇 여자들의 즐거워하던 모습들, 관능적인 자태, 그것은 바로 얼마 전의 일이었다. 카타니아역의 혼잡한 인파 속에서 잠깐 스쳤던 그 여자, 밤색 여행복 차림에 영양가죽 장갑을 끼고 있던 그녀는 더러워진 객석 칸막이 사이에서 그의 초췌한 얼굴을 찾고 있는 듯 보였다. 시끄럽게 오가는 외침 소리. '속을 채운 파니니 이탈리아식 샌드위치는 어때?' '시칠리아 최근 신문이야.' 이어서 금방이라도 숨을 멈출 것 같은 기관차의 헐떡임, 기차에서 내렸을 때의 잔인한 햇빛, 거짓 웃음, 생명의 수문의 분출……

저녁 어스름이 깔리기 시작했다. 그는 자신이 얼마나 오래 살았는지 계산하려 했으나 이제 그의 머리는 간단한 계산도 할 수 없었다. 3개월, 20일, 합계 6개월, 6 곱하기 8은 84…… 4만 8천…… 84만 평방근……. 그는 기운을 내서 다시 생각해보려고 애를 썼다.

'지금 나는 칠십 세 살이다. 어쩐지 그 나이만큼은 살았던 것 같다. 아니 실제로 살았던 건 전부 모아도 2년이나 3년이다."

그동안 맛본 고뇌와 권태의 양은 얼마나 될까? 그런 걸 계산해 봐야 의미는 없다. 나머지 전체가 70년.

그는 손자들이 자신의 손을 잡고 있지 않다는 것을 알았다. 탄크레디는 갑자기 일어나 밖으로 나갔다…불현듯…. 이제 그에게서 빠져나가는 것은 강물이 아니라 거품이었다. 높은 파도가 흐름을 거스르는 소용돌이, 폭풍이 세차게 내리치는 대양의 거품이었다…….

또 실신했을 것이다. 그는 침대에 누워 있었다. 누군가가 맥을 짚었다. 창에서 해수면의 반사광이 들어와 눈을 부시게 했다. 방 안에 윙윙거리는 소리가 들렸다. 자신의 목에서 나오는 소리였지만 그는 그것을 알지 못했다. 주위에 한 무리의 사람들이 있었다. 조심스러운 눈빛으로 그를 바라보고 있는 낯선 사람들. 차츰 그들의 얼굴을 알아보았다. 탄크레디, 콘쳇타, 앙겔리, 프란체스코 파오로, 카롤리나, 파브리치에트. 맥을 짚고 있는 것은 카타리 오티 박사였다. 진찰하러 와준 것에 예의를 보이려고 미소를 지으려고 했으나 아무도 알아채지 못했다. 모두, 콘쳇타를 제외하고 모두 울고 있었다.

"외삼촌, 외삼촌, 아아."

이 말을 반복하면서 탄크레디도 울고 있었다.

불현듯 사람들 사이로 한 젊은 부인이 들어왔다. 날씬한 몸매에 가슴에 천을 덧댄 여행복 차림이었다. 물방울 무늬의 베일을 늘어뜨린 맥고모자를 쓰고 있었는데, 얼굴에서 뿜어나오는 유혹적인 매력을 감출 수는 없었다. 그녀는 영양가죽 장갑을 낀 작은 손으로 울고 있는 사람들의 팔꿈치를 살짝 밀치며 실례를 구하면서 가까이 다가왔다. 그 여자였다. 오랫동안 그가 그토록 꿈꾸었던, 자신을 마중나와 단 둘이 떠나기를 기다렸던 바로 그 여자였다. 그렇게도 젊고 아름다운 여자가 자신의 구애를 받아준 것이다. 출발 시간이 가까웠을 것이다. 그녀는 그의 얼굴 가까이에 와 베일을 걷고 수줍은 듯 몸을 맡기려 했다. 그녀는, 하늘의 별들 사이에서 그가 언뜻 언뜻 그려보았던 모습에 비교할 수도 없을 만큼 아름다웠다.

  바다의 굉음은 완전히 가라앉았다.

제VIII장

1910년 5월

살리나 저택의 세 자매

 살리나 저택을 방문하는 사람들은 누구나 현관 대기실에 들어설 때마다 대기실 의자 위에 사제들의 모자가 놓인 것을 볼 수 있었다. 살리나 가문의 결혼하지 않은 세 딸들은 집안의 주도권을 잡기 위해 암암리에 신경전을 벌이고 있었다. 셋 다 나름대로 강한 성격이어서 저마다 자신에게 전속된 고해 신부를 원했던 것이다. 1910년경의 일반적인 관습대로 이 지역에서도 자기 집에서 예배를 드리고 고해성사를 했다. 가책과 불안으로 고해자들은 가능한 자주 고해성사를 할 수 있기를 원했다. 고해 신부들 외에도 아침마다 저택 안의 예배소에 미사를 보러 오는 신부, 저택에 갇이 지내면서 가문의 정신적 지주 역할을 해주는 예수회 신부, 또 교구와 관련된 일로 찾아오는 사제들과 자선사업 기금을 위해 찾아오는 수도사나 사제들로 늘 붐볐다. 그래서 살리나 저택의 대기실 의자 위에는 추기경의 진홍색 모자에서부터 시골 주임사제의 불타는 듯 붉은 머리덮개에 이르기까지, 온갖 종류의 사제 모자가 마치 로마의 미네르바 광장 주변의 모자가게처럼 거의 매일처럼 진열되었다.

1910년 5월의 어느 오후, 지금까지 없었던 새로운 모자들의 모임이 있었다. 따로 놓인 의자 위에는 최고급 비버가죽제의, 우아한 보라색의 커다란 모자 하나가 놓여 있었다. 이것은 팔레르모 지역을 대표하는 교구장의 모자였다. 그 모자 곁에는 똑같이 우아하고 같은 보라색인 비단 편물 장갑도 있었다. 또 그를 수행한 신부의 것인 보라색의 가느다란 장식 끈이 달린, 윤이 나고 테두리가 없는 모자가 있었다. 그 외에도 예수회 신부 두 사람의 모자, 즉 신중과 겸허의 상징인 거무스름한 벨트가 감긴 수수한 모자도 눈에 띄었다. 매일 오는 예배소 사제의 모자는 마치 비교되는 것이 싫다는 듯이 좀 떨어진 장소에 덩그러니 놓여 있었다.

그날의 모임은 흔히 있는 평범한 모임이 아니었다. 추기경을 겸임하고 있는 대교구장에게 교황의 지령이 내려왔다. 즉 미사 의례를 집행하는 사람의 적격성 여부와 의례에 사용되는 물품들

및 예배 절차의 적합성 여부, 그리고 개인 예배소에서 숭배하는 성물聖物의 신빙성을 확인하라는 내용이었다. 그래서 지역의 교구장이 대교구장의 대리 자격으로 관내 개인 예배소를 시찰하게 되었다. 살리나 가문의 예배소는 팔레르모에서 가장 유명한 장소 가운데 하나였다. 그래서 대교구장은 제일 먼저 그곳에 가보기로 작정했다. 공식적인 방문 날짜 하루 전날 아침, 상황을 미리 파악하기 위해 지역 교구장이 살리나 저택을 찾아온 것이다. 어떤 경로에서 나온 말인지는 모르나 대교구관청에서는 살리나 가문의 예배소에 관한 명예롭지 못한 소문이 돌고 있었다.

소문은 저택 주인의 신앙심이나 예배 절차, 또는 시설에 관련된 것이 아니었다. 의례 규칙이나 절차 문제에 대해서는 의심할 여지조차 없었다. 다만 살리나 가문의 영양들이 가까운 사람들끼리 모여 친밀한 분위기에서 예배 드리는 것을 좋아해서 잘 알지 못하는 사람들이 참석하는 것을 싫어한다는 소문도 있었지만, 그 점은 논외의 문제였다. 추기경의 관심은 그곳에서 숭배되고 있다는 한 점의 초상화와 열 개 가량의 성물에 있었다. 그것의 진위여부와 관련해서 우려할 만한 소문이 떠돌고 있었기 때문이었다. 예배소의 사제는 충분히 교양을 갖춘 사람으로 장래가 촉망되는 성직자였지만 살리나 가문의 영양들에 대한 교육 불성실이라는 이유로 엄한 질타를 받았다. 말하자면 혼이 난 것이다.

모임은 저택의 중앙 거실, 즉 원숭이와 앵무새가 그려진 방에서 열렸다. 30년 전에 구입한 붉은 테두리선이 있는 푸른 커버의 장의자에는 콘쳇타 양과 교구장이 앉았다. 의자 커버의 푸른 색상은 색이 바랜 벽지와 전혀 어울리지 않았다. 장의자 양쪽에 놓인 일인용 소파에는 카롤리나 양과 예수회의 코르티 신부가 앉고, 한쪽 다리가 불편한 카테리나 양은 휠체어에 앉았다. 다른 사제들은 벽지처럼 얇은 비단이 깔린 의자로 만족할 수밖에 없었다. 그 딱딱한 의자는 당시 누구나 가지고 싶어 했던 일인용 소파에 비할 바가 못 되었다.

세 자매는 모두 70세 전후의 나이였다. 가장 연장자는 아니었으나 집안의 실질적인 주도권은 콘쳇타에게 있었다. 앞에서 언급했던 주도권 싸움은 사실 카롤리나의 패배로 오래 전에 막을 내리고 그 이후로는 콘쳇타의 가장 역할에 아무도 이의를 제기하지 않았다. 그녀에게는 아직도 예전의 아름다움의 흔적이 남아 있었다. 적당히 살집이 있는 당당한 체구에 거친 감촉의 모아레 비단 옷을 걸치고 거의 상처 받은 적 없는 이마를 높이 들어올렸다. 눈처럼 희어진 머리채는 멋지게 묶어 올렸다. 그런 모습은 거만해 보이는 시선과 높은 콧대, 차가운 느낌의 피부 등과 어울려 어딘지 위엄있는 여제의 풍모를 연상케 하는 데가 있었다. 책 속에서 유명한 러시아 황후의 그림을 본 조카 한 명이 콘쳇타 고모를 가리켜 '위대한 여제 에카테리나 황후'라고 부른 적도 있었다. 그러나 콘쳇타가 일생 동안 순결을 지켰다는 점에 비추어 볼 때, 물론 러시아 역사에 지식이 전혀 없는 조카의 잘못은 아니겠지만, 그 별명은 아무래도 적절하지 않은 것이었다.

대화가 시작된 지 한 시간 정도 지났다. 모두 커피를 다 마셨고 시간이 늦어지고 있었다. 교구장인 사제는 자기 말의 요지를 정리했다.

"대교구장님은 아버지와 같은 마음으로, 저택에서 드리는 미사 예배가 성모교회의 순수한 예식과 일치되기를 바라십니다. 성직자로서 그 분이 제일 먼저 이곳의 예배소를 염려한 점도 바로 그 때문입니다. 여러분의 예배소는 팔레르모의 일반 신도들을 인도하는 등대처럼 빛나고 있습니다. 그 분은 이곳에서 숭앙되는 유물들을 모두 의심할 바 없는, 믿어도 좋은 것으로 밝혀 여러분들과 모든 신앙심 깊은 사람들이 한층 더 깊은 신심으로 인도되기를 바라고 계십니다."

콘쳇타는 아무 말이 없었다. 그러나 가장 연장자인 카롤리나가 화를 터뜨렸다.

"그럼 우리가 마치 피고인처럼 세간의 눈앞에 나서야 하겠군요. 우리 집안의 예배소를 조사하신다니요. 죄송합니다만, 대교구장님께서 친히 그렇게 생각하신 건 아니겠지요."

그 말을 듣자 사제는 기쁜 듯이 미소를 지었다.

"시뇨리나. 당신이 화를 내시는 점에 대해 저희는 오히려 감사하게 생각합니다. 그 분노는 순결의 완전성과 그리고 무엇보다 우리 주 예수 그리스도를 향한 감사를 나타내는 것이기 때문입니다. 우리 교황께서는 가톨릭 교회를 믿는 모든 구역에 몇 개월 전부터 그러한 조사를 요청하셨고 그래서 지금 시행 중에 있습니다. 이 일은 우리의 신앙을 한 번 더 확인하고 그래서 더욱더 순수한 믿음으로 드높이기 위해서입니다."

사제가 여기서 교황을 들먹인 것은 적절하지 못했다. 카롤리나는 현 교황보다는 더 깊은 신앙의 진리를 가졌다고 생각하는 그룹에 속해 있었던 것이다. 그래서 비오 10세교황 재위 1903~1914가 추진한 몇 가지 근대적 개혁, 그 중에서도 몇몇 부차적인 축일을 폐지한 점에 대해 불만을 품고 있었다.

"교황께서는 자신의 문제에 더 관심을 가지셔야지요. 그게 좋을 거라고 생각해요."

말이 좀 지나쳤나, 생각이 들어 그녀는 십자를 긋고 '영광의 찬가'를 웅얼거렸다.

콘쳇타가 끼어들었다.

"카롤리나, 마음에도 없는 그런 말을 하면 어떡해요. 교구장님께서 우리를 어떻게 생각하시겠어요."

사제는 더 상냥하게 웃어 보였다. 그는 지금 편협된 생각으로 쓸데없는 일에 마음을 쓰는, 나이 많은 어린애를 상대하고 있다고 생각했다. 그래서 너그럽게 봐주기로 작정한 것이다.

"교구장님은 지금 덕망 있는 세 여성 분들과 함께 하고 있음을 잘 알고 계십니다."

예수회의 코르티 신부가 끼어들었다. 분위기를 누그러뜨리려고 한 말이었다.

"교구장님, 저는 그 말씀에 대해서 좀더 객관적으로 볼 수 있는 사람 중 한 명입니다. 피로네 신부에 대한 추억으로, 그 분을 아는 사람은 누구나 깊은 존경을 품고 있습니다만, 제가 견습 수도사였을 때 그 분은 여기 계신 분들이 가진 겸허한 생활 태도에 대해서 자주 말씀하셨습니다. 그러나 살리나 가문이라는 이름만으로도 모든 것을 충분히 말해주고 있습니다."

교구장은 구체적인 문제로 화제를 돌리고 싶었다.

"그보다는 시뇨리나 콘쳇타, 모든 것이 분명해졌으니, 괜찮으시다면 저와 함께 예배소로 가주시겠습니까? 저는 대교구장님이 내일 아침 보시게 될 신앙의 은혜에 대비하여 미리 살펴보고 싶은 것이 있습니다."

성화와 성물

파브리치오 공작 시절에는 저택 안에 예배소가 없었다. 축제일에는 가족이 모두 교회로 가고, 피로네 신부도 자신의 미사를 집행하러 매일 아침 조금 걸어야 했다. 그러나 파브리치오가 죽은 후 상속 문제와 관련하여, 입밖에 내기는 부끄러운 다툼 끝에 저택이 세 자매의 전유물이 되었을 때, 그녀들은 빨리 전용 기도소를 만들고 싶어했다. 조금 떨어진 곳에 있는 방을 선택했는데 그곳은 반원의 모조대리석 기둥이 있어 로마제국 말기의 바지리카 성당 내부와 조금 닮은 데가 있었다. 천장 가운데 그려진 그리스 신들의 초상을 지우고 제단을 설치했다. 이렇게 해서 전용 예배소가 마련된 것이다.

교구관 사제가 들어섰을 때 예배소에는 늦은 오후의 햇빛이 환하게 비치고 있었다. 제단 윗쪽에 걸린, 세 자매가 진심으로 숭배하는 초상화에도 빛이 환했다. 그것은 크레모나양식16세기 롬바르디아 거리 크레모나를 중심으로 개화된 르네상스 그림의 초상화로, 아름다운 젊은 여인이 위를 향해 눈길을 모으고 있었다. 부드러운 갈색 머리채가 절반쯤 어깨 위로 우아하게 드리우고, 오른손에는 구겨진 편지를 쥐고 있었다. 순수한 눈빛은 기쁨으로 반짝이면서 동시에 무엇인가를 기대하는 갈망 내지 불안 같은 것이 깃들어 있었다.

그 너머로 흐릿하게 롬바르디아의 초록 풍경이 펼쳐졌는데, 아기 예수나 광륜^{종교화 따위에서 성인 등의 머리 위쪽에 그린 금빛의 둥근 테}, 뱀, 별 등의, 마리아의 초상에 통상적으로 함께 나오는 어떤 것도 보이지 않았다. 화가는 그 그림이 다만 성모의 초상임을 보여주기만 하면 된다고 생각했던 것 같았다. 사제는 그림을 더 잘 보기 위해 제단의 계단 한 칸을 올라섰다. 그리곤 십자를 긋지도 않고 몇 분 동안을 가만히 들여다 보았다. 그런 다음 마치 평론가처럼 상냥한 미소로 칭찬을 아끼지 않았다. 그의 뒤에서 자매들은 십자를 긋고 '아베 마리아' 기도문을 읊조렸다.

사제는 다시 계단을 내려와 돌아보면서 말했다.

"훌륭한 그림이군요. 표정이 정말 풍부합니다."

"기적을 낳는 초상입니다, 교구장님. 참으로 멋진 기적을!"

거동이 자유롭지 못한 카테리나가 휠체어에서 애써 몸을 앞으로 내밀며 말했다.

"얼마나 많은 기적을 주셨는지!"

그러자 카롤리나가 끼어들었다.

"편지의 성모를 그린 것입니다, 교구장님. 성모님은 지금 소중한 친서를 건네려고 하십니다. 신의 아들에게 메시나 사람의 가호를 구하는 그 친서 말입니다. 2년 전의 지진^{1908년의 메시나 대지진}이 일어났을 때 수많은 기적을 보여주신 것처럼 영광스럽게도 그 바람은 이루어졌습니다."

"아름다운 그림입니다, 시뇨리나. 무엇을 그렸든 아름다운 그림은 존중되어야 합니다."

이어서 그는 성물 쪽으로 시선을 돌렸다. 74개의 물건들이 제단 양쪽 벽을 가득 메우고 있었다. 모두 벽면에 설치된 유리케이스에 들어 있었는데, 그 중에는 물건의 내력을 설명하고 진품이라는 점을 고증하는 서류 번호가 기록된 것들도 있었다. 서류 자체는 두꺼운 것이 많았는데, 대부분 단단히 봉인되어 한쪽 구석에 있는 다마스크damask, 테이블클로스·벽걸이·커튼 등에 이용할 수 있는 무늬를 놓은 감 비단 천을 씌운 용기에 보관되어 있었다. 유리케이스 안에는 조각된 은을 비롯해서 그 외에도 은이나 동, 산호, 대모갑 등, 또 금이나 은을 조각한 세공품들, 회양목, 나무조각, 붉고 푸른 벨벳, 큰 것, 작은 것, 팔각형, 사각형, 원추형, 또 대단히 값이 나가는 것, 보코니 거리의 가게에서 산 것 등, 온갖 것들이 들어 있었다. 이런 식으로 신앙심 깊은 영혼들은 초자연적인 힘을 지닌 재산을 지킨다는 경건한 의무감으로 그 모든 것을 숭배하고 있었다.

이 많은 수집품들의 진정한 어머니는 카롤리나였다. 그녀는 돈나 로자라는, 반쯤은 수녀이기도 한 뚱뚱한 노파를 어딘가에서 데려왔다. 노파는 팔레르모와 그 주변에 있는 교회들과 수도원,

자선단체 어디든 거래하는 사람을 알고 있었다. 카롤리나와 알게 된 후로 노파는 두 달에 한 번 꼴로 얇은 종이에 싼 성물을 들고 살리나 저택을 찾아왔다. 그녀의 말에 의하면 재정이 부족한 교구의 교회나 몰락한 명문가에서 나온 것들이었다. 원래 소유주의 이름을 밝힐 수 없는 이유는 충분히 납득할 만했다. 아니, 오히려 그런 신중함은 칭찬 받아야 마땅했다.

그녀가 함께 가져오는 고증 서류는 언제나 믿음직스러웠다. 라틴어나 히브리어, 혹은 시리아어 등 알지 못하는 문자로 기록되어 있었다. 돈을 지불하는 사람은 관리인이자 출납 책임자이기도 한 콘쳇타였다. 그리고 거기에 알맞은 유리케이스를 구했다. 그것도 콘쳇타는 조금도 망설이지 않고 계산했다. 눈 깜짝할 사이에 2년이 흘렀다. 그 2년 동안 카롤리나와 카텔리아는 성물 수집에 열광했다. 어찌나 그 일에 몰두했는지 수면까지 방해 받을 정도였다. 아침에 일어나면 두 자매는 꿈에서 기적적으로 발견한 것들에 대해 이야기했다. 돈나 로자에게 부탁하기만 하면 꿈은 곧 현실이 되었다. 그러나 콘쳇타가 무슨 꿈을 꾸고 있는지는 아무도 몰랐다. 그러다가 돈나 로자가 죽고, 성물 수집도 끝났다. 사실 이미 정도를 벗어나고 있던 터였다.

사제는 눈길이 닿는 범위 내에서 재빨리 몇 개를 둘러 보았다.
"멋진 보물이군요. 케이스도 멋집니다!"

그런 다음 그는 실내의 가구 배치를 단테풍의 고급스런 어투를 빌려 칭찬하고 대교구장과 내일 아침 정확히 아홉시에 오겠다고 약속했다. 측면 벽에 걸린 폼페이의 성모 그림 앞에 무릎을 꿇고 십자를 긋고 수행 사제와 함께 밖으로 나갔다. 각자 의자에서 자기 모자를 집어든 다음, 그들은 정원에서 기다리고 있던 대교구관 소속의 마차에 올랐다.

교구관 사제는 살리나 가문의 예배소 사제인 티타 신부에게 자기 마차에 동승할 것을 권했다. 이름이 지명되자 티타 신부는 안도감으로 가슴을 쓸어내렸다. 마차가 움직이기 시작한 뒤에도 교구장은 말이 없었다. 잘 다듬어진 정원과 만개한 부겐빌레아가 담 밖까지 가지를 뻗친 화려한 팔코넬리 저택을 지나 오렌지밭 사이 팔레르모 시가로 향하는 내리막길에 도착했을 때 그는 입을 열었다.

"그런데 티타 신부, 당신은 몇 년씩이나 그 여자의 초상화를 앞에 두고 미사를 볼 용기가 나던가요? 그건 봉인된 약속으로 애인을 기다리고 있는 여자입니다. 설마 신부님도 그것이 성스러운 그림이라고 생각지는 않겠지요?"

"제가 나빴습니다. 교구장님. 저도 알고 있었습니다. 하지만 살리나 가문의 영양들, 특히 시뇨리나 카롤리나님의 말을 거역하기란 쉽지 않습니다. 그건 교구장님께서도 아실 겁니다."

사제는 잠시 흠칫했다.

"신부님, 아픈 곳을 건드리는군요. 그 문제는 다시 검토하기로 합시다."

카롤리나는 결혼해서 나폴리에 살고 있는 동생 키아라에게 일어난 모든 일을 적은 편지를 보내야겠다고 말한 뒤 밖으로 나가 버렸다. 긴 시간 동안의 대화에 지친 카테리나는 자기 침실로 가 누웠다. 콘쳇타도 자기 방으로 돌아갔다.

콘쳇타의 방

그녀의 방은 겉과 속이 다른 얼굴을 가졌다(방이란 원래 그런 것이다, 라고 해도 무방할 정도로 대부분의 방들이 다 그러했지만). 방의 두 얼굴이란, 하나는 잘 모르는 방문자에게 보여주는 가면을 쓴 얼굴이고 다른 하나는 방의 주인에게만 열어보이는 민얼굴, 특히 그 주인에게 자신의 비참한 진짜 모습을 보여주는 얼굴이다.

그 방은 햇볕이 잘 들고 정원 바로 옆에 있었다. 구석에는 네 개의 베개가 놓인 높은 침대(콘쳇타는 심장이 약해서 거의 앉은 자세로 자야 했다)가 있고, 마루에는 노란색의 복잡한 문양이 장식되어 있었다. 돌과 인조 대리석으로 만든, 옛날 돈을 수집해둔 함, 열 개 정도의 서랍이 달린 책상과 중앙 테이블, 그리고 사냥꾼과 개, 잡은 짐승의 사냥 장면을 그린 시골풍의 그림과 밝은 스타일의 마조리노양식 18세기 밀라노의 마조리노의 주로 꽃을 모티브로 한 가구의 상아 가구들로 채워진 방이었다. 콘쳇타에게는 그 모든 것이 케케묵은 최악의 것들이었다.

그녀가 죽은 후 남긴 물건들은 모두 경매에 붙여졌다. 돈 많은 운송업자에게 낙찰되었는데, 그 물건들은 지금까지도 그의 자랑거리다. 그는 칵테일 파티를 열고 여자들을 초대하여 그것들을 보여주면서 부러움을 사곤 했다. 또 콘쳇타의 방에는 초상화, 수채화, 종교화 등이 얼룩 한 점 없이 깨끗하게 건사되어 나란히 걸려 있었다.

이례적으로 보이는 물건은 두 가지였다. 침대 반대쪽에 녹색으로 칠한 커다란 나무상자 네 개가 있는데, 모두 커다란 자물쇠가 채워져 있었다. 그리고 그 앞에는 구멍이 난 모피코트가 바닥에 깔려 있었다. 어쩌다 이 방에 들른 사람은 그것을 보고 미소를 띨지도 모른다. 그만큼 그것은 나이 든 미혼 여성의 성격과 감정을 보여주는 것이기 때문이다.

그러나 사정을 아는 사람, 특히 콘쳇타 자신에게 있어 그 방은 박제가 되어버린 추억들로 만들어진 지옥이었다. 녹색 상자 네 개에는 몇 다스나 되는 셔츠, 블라우스, 넥타이, 네그리제négligé, 원피스 모양의 헐렁한 여성용 잠옷, 실내복, 시트 등이 '상품'과 '싸구려'로 분류되어 보관되어 있었다. 50년도 더 지난 옷들이었다. 신부로서 준비했던, 그러나 입어보지도 못한 채 끝나버린 것들이었다. 때와 장소를 가리지 않고 출몰하는 과거의 악령들이 두려워 그녀는 한 번도 자물쇠를 열지 않았다. 옷들은 노랗게 삭아서 완전히 무용지물이 되었을 것이다. 벽에 걸린 초상화들은 그녀가 더 이상 마음쓸 일이 없는 죽은 자들의 것이었고, 사진들은 그녀가 살아 생전에 마음의 상처를 입은, 그래서 죽어서도 잊지 못할 애인들의 것이었다. 그리고 수채화들은 낭비벽이 심한 조카들이 매각, 이라기보다는 거의 덤핑으로 팔아 넘긴 그 옛날의 저택과 영지를 그린 것들이었다.

벽에 걸린 성자들은 모든 사람들이 두려워하는, 그러나 사실은 더 이상 아무도 믿지 않는 망령들에 지나지 않았다. 한편 방 한구석의 벌레 먹은 모피 덩어리를 자세히 들여다본 사람은 틀림없이 우뚝 선 귀와 검은 목제 코, 그리고 깜짝 놀란 표정의 노란색 유리구슬의 두 눈을 보았을 것이다. 그것은 45년 전에 죽어 박제된 벤디코였다. 지금은 거미와 벌레들의 집이 되었다. 하인들은 그것을 아주 싫어해서 10년 전부터 갖다 버리자고 간청했지만 콘쳇타는 그렇게 하지 않았다. 그것은 자신에게 가혹한 감정을 불러일으키지 않는 유일한 추억이기 때문이었다.

그러나 오늘 맛본 쓰라린 기분(일정한 나이가 되면 매일처럼 고통이 찾아오는 것이다)은 모두 현재와 관련이 있었다. 카롤리나보다 냉정하고 카테리나보다 더 민감한 콘첻타는 교구장이 이곳을 방문한 진짜 이유를 알고 있었다. 그 결과도 충분히 예측할 수 있었다. 아마 거의 모든 성물을 버릴 것, 제단 위에 걸린 초상화를 내릴 것, 그래서 예배소를 새롭게 성화하라는 명령이 있을 것이다. 그녀 역시 그 성물들이 진짜라고는 믿지 않았다. 그저 관심이 없었을 뿐이다. 아이들의 예절에 도움이 될 거라고 생각하며 장난감을 사주는 아버지처럼, 그녀는 무심하게 돈을 지불했던 것이다.

그 물건들이 철거되는 것에는 관심이 없었다. 그녀를 초조하게 하고 고민하게 만드는 점은 가까운 시일 안에 살리나 가문이 종교 당국에게, 그리고 세상 사람들의 눈앞에서 험한 꼴을 당하게 될 것이라는 점이었다. 시칠리아 교회의 최대 장점이 신중한 일처리에 있다고 하지만 지금으로선 전혀 기대할 바가 아니었다.

이 섬은 옛 이름인 토리나크리아 대신, 아무리 작은 한숨이라도 사방 50미터까지 울려 퍼진다는 '디오니소스의 귀'라는 명칭으로 불려야 했다. 그녀는 정말이지 교회에 대해서만큼은 우호적인 관계를 유지하고 싶었다. 살리가 가문의 명성은 날로 쇠퇴하고 있다. 재산도 분할에 분할을 거듭하면서 아무리 후하게 잡아도 다른 몰락한 집안의 수준과 비슷해졌다. 현재의 몇몇 부유한 기업과는 더 이상 비교할 수도 없다. 그동안 살리나 가문은 가톨릭교회 당국과의 여러 관계들에서 항상 우위를 지켜오지 않았던가. 크리스마스 시즌에 세 자매가 대교구관을 방문할 때면, 접견 시간이나 방식을 정하는 쪽은 항상 이쪽이었다. 그러나 과연 더 이상 그럴 수 있을까?

심부름하는 하녀가 들어왔다.

"공작부인께서 오십니다. 차가 정원에 도착했습니다."

콘쳇타는 일어나 머리를 매만지고 검은 레이스가 달린 숄을 어깨에 걸쳤다. 다시금 여제 같은 시선을 회복했다. 대기실로 내려가자 앙젤리는 현관의 마지막 계단을 올라서고 있었다.

"오랜만이야, 콘쳇타!"

"앙젤리! 이게 얼마만인지!"

앙젤리는 부정맥을 앓고 있었다. 그 때문에 다리가 조금 짧아진 것 같았다. 그녀는 길고 두꺼운 검은 코트를 펄럭이며 하인의 팔에 기댄 채 계단을 올라섰다. 지난 번 방문 이후 겨우 닷새 만이었다. 그러나 종동서끼리의 친밀함(가까운 거리에 살았기 때문이기도 했지만 몇 년 뒤에 일어난, 이탈리아인과 오스트리아인이 가까운 참호 안에서 서로 친밀감을 품게 된 사정과 비슷한 점이 있었다)으로 그녀들에겐 5일도 아주 긴 시간처럼 생각되었다.

앙겔리도 70세에 가까웠다. 그녀에겐 여전히 즐거운 추억들이 남아 있었다. 그러나 3년 후에 그녀를 죽음으로 몰아갈 병은 이미 혈액 속에서 활동을 시작했다. 초록색 눈은 여전히 아름다웠으나 나이 때문에 다소 흐려졌다. 목의 주름살은 두건이 달린 망토의 부드러운 리본 밑에 감추어져 있었다. 3년 전에 미망인이 된 그녀는 지금도 망토 하나로 애수적인 분위기를 연출할 줄 알았다.

"정말!"

두 사람은 손을 잡고 거실로 갔다.

"천인대 가리발디의 붉은 셔츠부대 50주년 기념행사가 코앞이잖아. 너무 바빴어. 3일 전에 명예위원회에 참가하라는 초청장을 받았어. 우리의 그리운 탄크레디에게 경의를 표시하는 것이겠지만, 솔직히 내겐 너무 큰 짐이었어. 이탈리아 전역에서 부대의 생존자들을 초대해야 하는데, 숙박 준비니, 자리 배치니, 아무도 기분 상하지 않도록 신경을 써야 했거든. 빠뜨린 마을도 없어야 하고. 그런데 살리나 섬의 시장은 성직권 옹호론자여서 팔레드 행사에 참가하는 걸 거절했어. 그때 네 조카 파브리치오가 생각이 나서 불렀더니 금방 와서 일을 바로잡아 주었어. 시장은 더 이상 거절하지 못했어. 그 시장이 연미복을 입고 '살리나'라고 커다랗게 쓴 플래카드를 들고 행진하는 사람들 선두에서 리베르타 거리를 돌아다니는 걸 보게 될 거야. 멋지지 않니? 살리나가 가리발디에게 경의를 표하는 거야. 시칠리아의 신구 양 세력의 결속은 실현되었어. 그리고 이건 네 초대장. 내가 정한 너의 자리는 귀빈석 오른쪽의 명예석이야."

앙겔리는 파리제 핸드백을 열고 젊은 시절의 탄크레디가 잠시 소매 위에 둘렀던 장식 끈의 색, 즉 가리발디군을 상징하는 빨간색 카드를 꺼냈다. 그리고는 생각나는 대로 이야기를 계속했다.

"카롤리나와 카테리나는 섭섭하겠지만, 초대장은 한 장밖에 여유가 없었어. 넌 누구보다 자격이 있으니까. 우리의 탄크레디가 가장 사랑한 동생이니까."

그녀는 대범한 듯 말했지만 어투는 섬세했다. 40년에 걸친 탄크레디와의 결혼 생활, 끊어졌다 이어진 그 파란만장한 시간을 지나면서 그녀는 돈나푸가타 지방의 사투리나 습성을 완전히 극복했다. 그러면서 양손을 깍지 끼기도 하고 비틀기도 하는 탄크레디 특유의 우아한 손장난을 따라했다. 책도 많이 읽어 교양을 쌓았다. 책상 위에는 아나톨 프랑스와 브루젤 등의 최근 저작들과 단눈치오, 세라오의 책들을 교대로 펼쳐놓곤 했다.

팔레르모의 살롱 친구들 사이에서는 그녀가 프랑스 로와르 지방의 성벽건축 전문가와 종종 만나는 것으로 알려졌다. 그녀는 그의 건축을 무척 칭찬했는데, 아마도 무의식중에 그 건축가가 보이는 르네상스풍의 은유적 분위기를 돈나푸가타 저택이 풍기는 바로크적 불안과 대치시키고 싶었기 때문이었을 것이다. 그녀는 후자의 건물에 대해서는 일종의 혐오감을 품고 있었다. 천한 생활로 누구에게도 주목받지 못했던 그녀의 어린 시절을 모르는 사람은 이해하기 어려운 감정이었다.

"아, 내 정신 좀 봐. 곧 이곳으로 다소니 상원의원이 온다고 말하는 걸 잊고 있었네. 우리 팔코넬리 가에 오신 손님인데 너를 소개해 달래. 탄크레디의 친구이고 전우였어. 그 사람이 네 말을 했단다. 아아, 보고 싶은 우리의 탄크레디!"

그녀는 가장자리에 검은 자수를 새긴 손수건을 핸드백에서 꺼내어 아직도 충분히 매력적인 눈에 맺힌 눈물 한 방울을 닦았다.

콘쳇타는 끝날 줄 모르는 앙겔리의 말을 들으면서 가끔 맞장구를 쳐주었다. 그러다가 다소니라는 이름을 듣고서는 입을 다물었다. 그 이름에서 그녀는 아주 멀리서, 그러나 너무도 선명한 장면 하나를 떠올렸던 것이다. 마치 망원경으로 과거를 보는 것 같았다.

지금은 모두 망자가 된 사람들이 희고 커다란 테이블에 둘러앉아 있었다. 그녀의 옆에는 탄크레디가 있었다. 그러나 그는 더 이상 세상에 없다. 그녀 자신도 사실상 죽은 것이나 마찬가지다. 듣기에도 추잡스러운 이야기들. 앙겔리가 터뜨리던 히스테릭한 웃음소리. 그에 못지않게 히스테릭했던 자신의 눈물. 그때 그녀는 인생의 한 모퉁이가 꺾여버린 것이다. 그렇게 들어선 길이 지금이 삭막한 사막에까지 자신을 끌고 왔다. 지금 여기에는 사랑도, 그리고 미움조차도 남은 것이라곤 아무것도 없다.

"너와 교구장 사이에 귀찮은 일이 있다고 들었어. 화가 나는 일이야. 그런데 왜 내게 더 일찍 말해주지 않았니? 어떻게 힘이 될 수도 있잖아. 추기경이 날 유심히 보고 있거든. 너무 늦었을진 몰라도 아무튼 손을 써볼게. 효과가 아주 없지는 않을 거야."

적은 어디에 있는가

다소니 상원의원은 시원하면서도 세련된 언행을 보이는 왜소한 몸집의 노인이었다. 그는 엄청난 자산을 가졌고 현재도 계속 늘려가는 중이었다. 거의 모든 재산을 경쟁과 투쟁 속에서 쌓았는데, 분쟁이 있을 때마다 그는 약해지는 것이 아니라 오히려 더 에너지가 솟구치는 기질이었다. 그래서 나이보다 훨씬 더 혈기왕성해 보였다. 가리발디의 남이탈리아 원정군에 참여한 그 몇 달 동안 그는 불굴의 군인정신을 체득했던 것이다.

그의 인격에 나타나는 호기로움은 일종의 합성된 '비약'의 결과물이었다. 호방한 성격으로 그는 많은 유쾌한 성공을 거두었고, 활동 영역을 넓힘에 따라 성격은 더욱 효과를 발휘하여 금융이나 방직업의 경영자 그룹까지 손에 넣는 위치에 올라섰다. 이탈리아의 절반 정도의 지역과 발칸반도의 대부분이 다소니 회사가 생산한 섬유로 옷감을 만들었다.

그는 아이들에게나 어울릴 만한 작은 의자를 가져와 콘쳇타 가까이에 앉았다. 그리고 말했다.

"시뇨리나, 내 오랜 청춘의 꿈이 마침내 실현되었군요. 보루투르노 강변과 우리 군이 포위하고 있던 가에타의 성벽 주변에서 야영하며 지냈던 얼어붙을 듯한 밤들. 아, 그때 탄크레디가 얼마나 자주 당신 이야기를 들려주었던지요. 그래서 제게는 당신이 아주 친밀한 사이 같답니다. 그가 찬란한 청춘의 날들을 보냈던 이 저택도 나는 이미 여러 번 출입한 것 같은 착각이 듭니다. 늦긴 했지만, 우리 해방군 중에서도 단연코 으뜸가는 영웅이었던 그와 그의 마음을 달래주었던 당신을 이렇게 직접 만나 인사를 드릴 수 있다니, 참으로 기쁘기 그지없습니다."

콘쳇다는 어릴 때부터 잘 모르는 사람과 이야기하는 데 익숙하지 않았다. 게다가 그녀는 독서를 좋아하지 않았다. 그래서 수사학적인 과장법을 걸러내지 못하고 그 말이 주는 달콤함에 빠져들었다. 그녀는 상원의원의 말에 취해서 반 세기 전 전쟁 당시에 들었던 일들을 잊어버렸다. 그 노인이 수도원에 침입했던 그 패들, 놀라서 떨고 있는 늙고 불쌍한 수녀들을 놀리던 병사라는 사실도 보이지 않았다. 그 대신 거기에 있는 사람은 오직 탄크레디의 충실한 친구였다. 그 친구가 탄크레디에 대한 애정을 듬뿍 담아서 그림자 같은 존재로 살아가는 자신에게 고인의 메시지를 전하는 것이다. 그 전언은 죽은 자가 도저히 건널 수 없는, 저승의 강과 이 세상을 가로막는 시간의 늪을 건너 당도한 것이다.

"그리운 사촌오빠는 저에 대해 어떻게 말씀하셨나요?"

검은 비단과 백발의 머리 안에서 18세의 소녀가 되살아난 듯 머뭇거리며 조금 낮은 목소리로 그녀가 물었다.

"참으로 많은 말씀을 하셨답니다! 당신에 대해서는 돈나 앙겔리와 거의 비슷할 정도였지요. 그 분은 돈나 앙겔리에게는 사랑스런 애인, 당신에게는 감미로운 청춘의 심벌, 저희 병사들에게는 너무도 빨리 지나가버린 청춘의 화신이었습니다."

콘쳇타의 늙은 마음은 다시 차갑게 식었다. 어느새 다소니는 목소리를 높여 앙겔리를 향하고 있었다.

"공작부인, 그가 10년 전 오스트리아의 빈에서 우리에게 한 말을 기억하십니까?"

다시 콘쳇타를 보며 설명했다.

"저는 통상문제의 교섭 때문에 이탈리아 대표단과 함께 그곳에 갔습니다. 탄크레디는 친구이자 전우에 대한 깊은 우정과 훌륭한 신사에 걸맞는 친절로써 우리를 대사관에서 직접 환대했습니다. 화기애애한 분위기 속에서 옛 전우들과의 재회, 그 점이 아마 그를 감동시킨 듯합니다만, 그때 그는 많은 이야기를 들려주었습니다. 오페라 극장 무대 뒤에서 《돈 조반니》의 막간에 그가 보였던 짓궂은 행동, 그의 표현을 빌리면 당신, 그렇습니다 세뇨리나, 당신에게 범했던 용서받기 어려운 죄를 고백했습니다."

놀랄 준비를 하라는 듯 그는 거기에서 잠시 말을 끊었다.

"괜찮으시지요? 돈나푸가타의 저택에서 열린 만찬회 때 허풍삼아 당신께 들려주었다는 이야기도 고백했습니다. 그건 팔레르모에서의 전투에서 지어낸 이야기로, 그 이야기 속에는 저도 등장했더군요. 그런데 당신이 그 말을 곧이곧대로 믿고서 상처를 입었다던가요. 50년 전 풍조로 보면 그건 대담하게 꾸며낸 이야기에 지나지 않았어요. 그런데 당신은 그 일을 상당히 엄중하게 책망하셨다고요. '그녀는 정말 귀여웠어.' 그가 말했습니다. '노기를 띤 눈으로 가만히 나를 바라보더군, 천진난만한 강아지처럼 말이지. 화가 나서 입술을 뽀루퉁하게 내민 모습이 어찌나 귀엽던지. 통제력이 조금만 더 약했다면 아마 나는 무서운 외삼촌과 스무 명이나 되는 사람들 앞에서 그녀를 껴안았을지도 몰라.' 시뇨리나는 잊으셨겠지만 탄크레디는 그 일을 또렷이 기억하고 있었습니다. 그만큼 그는 다감한 사람이었습니다. 하지만 그 날의 기억이, 그 엉뚱한 잘못을 저지른 날이 바로 돈나 앙젤리를 처음 만난 날이기도 했기 때문일 것입니다."

그는 공작부인을 향해 이 나라의 상원의원들 사이에만 남아 있는 오른손을 조금 올려 경의를 표하는 방식, 즉 골드니 풍의 전통적 제스처를 취해 보였다.

대화는 잠시 더 계속되었지만 콘쳇타는 더 이상 감정의 동요 없이 담담히 듣고 있었다. 뜻밖에 알게 된 사건의 진상이 천천히 마음 속에서 번지고 있었다. 처음에는 그다지 큰 아픔이 아니었다. 그러나 방문자들이 작별인사와 함께 돌아가고 혼자가 되자 상황은 좀 더 확실해지고 회한도 깊어졌다. 과거의 망령 같은 건 오래 전에 떨쳐버렸다고 믿었다. 하지만 착각이었다. 그 오랜 망령들이야말로 그녀로 하여금 식욕을 잃게 하고 사람들을 기피하게 만들었던 것이다.

오랫동안 그 망령들은 진짜 정체를 보인 적이 없었다. 그런데 이제 와서 비통하고 익살맞은 의상을 두르고 갑자기 튀어나온 것이다. 콘쳇타가 지금도 탄크레디를 사랑하고 있다고 하면 우스울 것이다. 사랑의 영원성 같은 건 길어야 몇 년일 뿐 50년씩 지속될 수는 없는 일이다. 하지만 50년 전 천연두에 감염된 사람의 얼굴에는 그때의 치료 흔적이 그대로 남아 있다. 콘쳇타의 내면 속에는 거의 역사가 된, 아니 실제로 50주년 기념식을 할 정도까지 역사의 일부가 되어버린 깊은 상실의 상처가 남아 있었다. 어쩌다가 그 먼 여름에 있었던 일을 떠올릴 때면 그녀는 자신이 수난과 부당한 처사를 당했다는 슬픔, 자신을 희생물로 삼은 부친에 대한 원망, 나아가 지금은 죽고 없는 그 사람에 대한 가슴이 찢어질 듯 쓰라린 감정에 시달려야 했다.

이런 식으로 오랜 세월 동안 그녀의 내면을 지탱해오던 억압된 감정이 한순간 흩어져버린 것이다. 살면서 자신이 생각해왔던 몇 명의 적들은 실제로 존재한 적도 없었다. 있었던 것은 오직 한 명의 적대자, 그녀 자신뿐이었다. 그녀의 일생은 자신의 경솔한 판단과 살리나 가문의 핏줄 속에 전해지는 분노의 충동으로 생기를 잃었다. 희망 없는 사람이 자신의 고통을 속이기 위한 도피를 한 것이다. 그러니까 인생의 불행을 타인의 탓으로 돌렸던 것이다. 이제 그 위안마저 산산조각이 나고 말았다.

다소니가 말한 대로 사정이 그와 같았다면, 그녀가 부친의 초상화 앞에서 마음 속으로 증오하며 쾌감을 즐겼던 시간, 탄크레디에 대한 미움을 감추기 위해 그의 사진이든 초상화든 의식적으로 외면했던 일, 그런 행동은 단순히 어리석음이라기보다는 스스로에게 참으로 잔인한 짓이었다. 탄크레디가 외삼촌에게 수도원에 들어가게 해달라고 애원했을 때의 모습을 떠올리자 다시 울컥해지는 심정이었다.

그것은 자신을 알아달라고 내세운 사랑의 표현이었다. 그의 말은 그녀의 강한 자부심과 엄한 태도 앞에서 얻어맞은 개처럼 꺾이고 말았다. 진실이 밝혀지면서, 자기 존재의 시간을 초월한 저 깊은 곳에서 묵묵히 괴로움이 솟구쳤다.

그러나 그것은 진실일까? 진실이 시칠리아만큼 빨리 사라지는 곳도 없었다. 불과 몇 분 전에 일어난 일조차도 진정한 핵심은 환상과 곡해로 은폐되고 미화되고 억압당해 무로 화해버리는 것이다. 수치, 두려움, 관대, 악의, 기회주의, 자비, 그 외에 선이든 악이든 온갖 감정이 일체의 사물을 겨누어 산산이 부숴버리는 것이다. 그리고 그런 사실은 슬그머니 사라지고 만다. 불행한 콘쳇타는 반세기 전 자신이 살짝 엿보았을 뿐인 감정에서 진실을 찾으려고 했던 것이다. 그러나 진실은 어디에도 없었다. 확실하게 존재하는 고뇌는 그런 불확실성을 대신하는 것이다.

앙겔리와 다소니 상원의원은 짧은 방문을 마치고 떠나려고 일어섰다. 다소니는 걱정하고 있었다.

"앙겔리."

다소니가 불렀다(그와 앙겔리는 30년 전에 잠깐 동안 정사를 나눈 경험이 있었다. 짧았지만 침대 위해서 같이 보낸 시간들 덕분에 둘 사이에는 지금도 친밀한 감정이 남아 있었다).

"아무래도 내가 그녀의 마음을 아프게 한 것 같아요. 그렇지 않나요? 나중에는 거의 말을 하지 않더군요. 미안해요. 아름다운 부인인데."

"맞아요, 비토리오. 그녀는 상처 받았어요."

앙겔리가 말했다. 뚜렷한 이유는 모르지만 그녀는 뭔가 질투심을 느꼈고 그래서 살짝 화가 나 있었던 것이다.

"그녀는 탄크레디에게 완전히 빠져 있었어요. 그렇지만 그이는 전혀 관심도 없었죠."

다시금 한 삽의 흙이 진실의 묘지 위에 뿌려졌다.

대교구장의 방문

팔레르모의 추기경은 참으로 성인다운 인물이었다. 타계하고 오랜 시간이 흘렀으나 지금도 그가 보여준 사랑과 덕망과 믿음에 관한 기억은 사람들의 머리에 살아 있었다. 그러나 생전에는 사정이 달랐다. 무엇보다 그는 시칠리아인이 아니었고, 남부인도, 로마인도 아니었다. 북이탈리아인으로서 그가 무엇보다 노력을 기울였던 부분은 오랜 세월 동안 시칠리아인 일반의, 특히 성직자계급의 정신이 보이는 둔중하고 냉담한 풍토를 타파하고 신앙에 진취적인 활력을 불러일으키려는 시도였다.

처음 몇 년 동안은 같은 지역 출신인 두 명의 비서와 함께 자신이 그 오래 묵은 악폐를 제거하고 또 몇 가지 두드러진 장애 요인들을 해결할 수 있다고 믿었다. 그러나 일은 뜻대로 풀리지 않았다. 그것은 두꺼운 천에 총탄을 쏘는 것 같았다. 총알 구멍이 나면 그 순간 다시 몇 천, 몇 만의 섬유가 한꺼번에 몰려들어 총알 구멍을 메워버리고 만사는 다시 원래 상태로 돌아갔다. 화약만 소모된 것이다. 아니, 그가 벌인 무익한 노력은 조롱거리로 남았다.

그 시기에 시칠리아적 성격의 고질적인 병폐들을 개혁하려 했던 사람들이 다 겪었듯이, 그에게도 세간에서는 '얼간이'라는 꼬리표가 따라다녔다(당시 상황을 생각하면 완전히 틀린 말도 아니었다). 그 때문에 그의 활동은 자선이라는 소극적인 활동으로 국한되고 말았다. 그런데 원조를 받는 입장에서는 대교구관으로 직접 그 은혜받은 인물을 찾아가야 했기 때문에 그 점도 인기를 떨어뜨리는 요인이 되었다.

그런 탓에 고령의 성직자는 원래는 착한 인물이었지만 더 이상 교구 신자들에 대한 환상을 가지지 않았다. 그는 살짝 얕보는 듯한 연민의 눈으로 신자들을 대했다(가끔 도리에 어긋나기도 했다). 그런 그가 5월 14일 오전, 살리나 저택을 방문하게 되었다.

앞서 말했듯이, 살리나 가문의 세 자매는 자기들 예배소가 감찰받는다는 사실로 인해 자존심에 큰 상처를 입었다. 그러면서도 어린애 같은 순진한 마음씨와 여성스러운 성격으로 교구관장의 방문에 따르는 부차적인 만족감을 미리 기대하고 있었다. 즉 교회의 권력자인 추기경이자 대교구관장을 저택의 손님으로 맞아, 아직 조금도 손상되지 않았다고 그녀들이 믿고 있는 살리나 가문의 명성을 재확인한다는 즐거움이었다. 그보다도 더 큰 즐거움은 적어도 반 시간은 추기경의 화려하고 붉은 모자가 새처럼 집안을 돌아다니는 광경을 지켜보면서, 또 위엄있고 아름다운 주홍색과 청색의 비단 예복을 마음껏 찬양할 수 있다는 점이었다.

가련하게도 그녀들에게 남은 마지막 작은 소망은 즉각 배신당했다. 그 늙은 여자들이 바깥 계단의 마지막 층계까지 내려가 추기경을 기다리고 있었는데, 막상 마차에서 내려서는 사제의 복장은 화려한 예복은커녕 아주 약식의, 검고 수수한 신부복에 높은 신분임을 표시하는 주홍색 단추 하나가 고작이었다. 사제의 얼굴에서 선의를 배반당한 사람의 냉담함이 전해졌다. 하지만 돈나푸가타 사제장만큼의 위엄은 느껴지지 않았다.

신부는 정중하기는 했지만 차가웠다. 살리나 가문의 시뇨리나 각각의 장점에 경의를 적절히 표시하면서도 그녀들의 어리석은 언동에 대한 경멸을 완전히 감추지는 않았다. 거실을 지나면서 교구관 신부가 가구들을 칭찬하는 말에는 아무 대꾸도 하지 않고 준비한 고급 음료수는 거절했다("감사합니다만, 시뇨리나. 물을 조금 주시겠어요? 오늘은 제 수호성인의 축제일 전날이군요."). 심지어 그는 자리에 앉지도 않은 채 곧바로 예배소로 가서 폼페이의 성모 앞에 잠깐 무릎을 꿇은 뒤 문제의 성물을 살폈다. 그런 다음에는 참으로 사제다운 온화한 표정으로 여주인들과 입구에서 무릎을 꿇고 있는 하인들에게 축복을 해주었다. 마지막으로 잠을 설친 기색이 역력한 얼굴인 콘체타를 향해 말했다.

"시뇨리나, 삼사일 정도 예배소를 이용하지 못할 것 같습니다. 조사는 가능한 빨리 끝나도록 하겠습니다. 제 생각에는 폼페이의 성모 초상화를 제단 위쪽에 걸어두는 게 좋겠습니다. 아까 방을 지나오면서 보았던 몇몇 예술품과 같이 걸어도 좋겠군요. 성물에 대해서는, 저의 비서이자 그런 일에 적임자인 돈 파테오티 사제가 남아 처리할 것입니다. 그러면 서류를 첨부해서 여러분에게 그 결과를 전해드리겠습니다. 그가 결정하는 일은 그대로 저의 결정이라고 생각하셔도 좋습니다."

자애롭게도 신부는 모두에게 반지에 입을 맞추는 것을 허락했다. 그리고 위엄 있는 발걸음으로 몇 명의 동행과 마차에 올랐다.

마차가 팔코넬리 저택 모퉁이를 돌기도 전에 그동안 입을 꼭 다물고 있던 카롤리나가 날카롭게 눈을 반짝이며 소리쳤다.

"지금 교황은 불신자들 무리야."

한편 카테리나는 유황이 든 에테르를 쐬어야만 했다. 콘쳇타는 커피와 '바바'의 환대를 받기로 한 돈 파테오티와 이야기를 나누었다.

성물의 최후

교구관 사제는 서류 케이스의 열쇠를 청하고 허락을 구한 뒤, 작은 망치와 톱, 드라이버, 현미경, 연필 등등을 가방에서 꺼내어 예배소로 들어갔다. 그는 피에몬테인으로 바티칸의 고문서 학교 학생이었다. 그는 오랫동안 꼼꼼하게 일을 했다. 예배소를 지나면서 하인들은 거기서 나오는 망치소리와 나사 돌리는 소리, 한숨 소리 같은 것을 들었다. 세 시간이 지나 사제는 신부복에 먼지를 뒤집어 쓴 채 밖으로 나왔다. 손은 시커멓지만 안경을 쓴 그의 얼굴에는 만족스러운 기색을 띠고 있었다. 그는 등나무 바구니를 들고온 것을 사과했다.

"양해도 없이 죄송합니다. 쓸모없는 것들을 바구니에 담았습니다. 여기 두어도 괜찮을까요?"

그 바구니에는 찢어진 종잇조각들, 뼈, 연골 등 온갖 것들로 가득했다.

"진짜 성물 다섯 점을 찾아냈습니다. 이 점을 알려드리게 되어 기쁘게 생각합니다. 확실히 믿어도 되는 물건들입니다."

"나머지는 거기에 있습니다."

그는 바구니를 가리켰다.

"죄송합니다만 어디서 손을 씻을 수 있을까요?"

5분 후에 돌아온 그는 춤추는 '표범'이 붉은 자수로 새겨진 커다란 타월에 손을 닦았다.

"말씀드리는 걸 잊었군요. 유리케이스는 예배당 테이블 위에 있습니다. 그 중 몇 개는 정말로 아름답습니다."

그는 작별인사를 했다.

"여러분, 그럼 이만 실례하겠습니다."

그러나 카테리나는 그의 손에 입맞추기를 거부했다.

"그래서, 바구니에 있는 것은 어떻게 하란 거죠?"

"보관하시든 아니면 쓰레기통에 버리시든 마음대로 하십시오. 아무 가치도 없으니까요."

콘쳇타가 마차를 부르려고 하자 그는 사양했다.

"걱정하지 마세요, 시뇨리나. 오르토라니 수도회에서 점심식사를 하니까요. 여기서 금방입니다."

그렇게 말하고 그는 도구를 다시 가방에 집어넣고 가벼운 걸음으로 돌아갔다.

콘쳇타는 자기 방으로 돌아갔다. 아무 감정도 일지 않았다. 자신에게 주어진 에너지를 다 써버린 것이다. 이미 알고는 있었지만 자신과는 상관이 없는, 외형만을 가진 세계에서 살아온 것이다. 아버지의 초상화는 몇 센티의 천 조각, 몇 미터의 목제 상자에 지나지 않았다. 얼마 뒤 그녀에게 한 통의 편지가 왔다.

'친애하는 콘쳇타, 대교구장님이 방문했다는 소식 들었어. 성물 몇 개를 건졌다니 기쁜 일이야. 교구장님께 새로 성화된 예배소에서 첫 미사를 집행해 달라고 부탁했어. 다소니 상원의원은 내일 출발할 거야. 네게 안부를 전하면서 조만간 다시 만나자고 했어. 사랑을 담은 키스를 보내며, 카롤리나와 카테리나에게도. 앙겔리.'

여전히 아무 느낌도 없었다. 마음이 완전히 텅 비어 있었다. 방 한쪽의 모피 뭉치에서 먼지가 아지랑이처럼 피어올랐다. 불쾌했다. 이것이 오늘 가슴이 아픈 원인이었던 것이다. 불쌍한 벤디코조차도 괴로운 추억을 불러온다. 그녀는 소리쳤다.

"안네타, 이 개, 아무리 털어내도 벌레와 먼지가 너무 심해. 갖다 버려."

끌려나가면서 버려진다는 것, 소멸된다는 것을 비난이라도 하듯이 개의 유리눈이 조심스럽게 그녀를 응시했다. 몇 분 후 벤디코라는 이름의 흔적은 날마다 쓰레기차가 오는 안뜰 한구석에 버려졌다. 발코니 창으로 한순간 개가 날아가는 모습이 보이는 듯했다. 어쩌면 치렁치렁한 털을 가진, 네 발 짐승이 춤추는 형상이었을 것이다. 들어올린 오른쪽 앞발이 저주하는 것도 같았다. 곧 그 모든 것은 작고 보잘것없는 흙먼지 속에서 깊은 안식의 장을 찾아냈다.

표범

초판 1쇄 2015년 4월 20일

지은이 　주세페 토마시 디 람페두사
옮긴이 　최명희
펴낸이 　유병국

펴낸곳 　동안
책임편집 　이종수
마케팅 　유병국(010.7368.8088)
등록 　2011년 7월 13일
주소 　경기도 광주시 도척면 도웅리 66-5
전화 　031-762-7026
팩스 　0303-0232-5006
전자주소 　duringpublish@gmail.com

동안 2015
ISBN 979-11-950587-5-4　03880

값 12,000원

※ 잘못된 책은 구입하신 곳에서 교환해드립니다.

이 도서의 국립중앙도서관 출판예정도서목록(CIP)은
서지정보유통지원시스템 홈페이지(http://seoji.nl.go.kr)와
국가자료공동목록시스템(http://www.nl.go.kr/kolisnet)에서
이용하실 수 있습니다. (CIP제어번호 : CIP2015010917)